Antologia do Poema em Prosa no Brasil

Ateliê Editorial

UNICAMP

EDITORA
UNICAMP

Fernando Paixão (org.)

Antologia do Poema em Prosa no Brasil

Com ilustrações de
Sergio Fingermann

EDITORA UNICAMP

Dados Internacionais de Catalogação na Publicação (CIP)
(Câmara Brasileira do Livro, SP, Brasil)

Antologia do Poema em Prosa no Brasil /
Fernando Paixão (org.); com ilustrações de Sergio Fingermann – Cotia, SP:
Ateliê Editorial ; Editora da Unicamp, 2024.

Vários autores.
ISBN 978-65-5580-156-9 (Ateliê Editorial)
ISBN 978-65-268-1679-4 (Editora da Unicamp)

1. Poesia brasileira – Colêtaneas. I. Paixão, Fernando. II. Fingermann, Sergio.

24-238871 CDD-B869.108

Índices para catálogo sistemático:

1. Antologia: Poesia: Literatura brasileira B869.108
Cibele Maria Dias – Bibliotecária – CRB-8/9427

ATELIÊ EDITORIAL
Estrada da Aldeia de Carapicuíba, 897
06709-300 – Granja Viana – Cotia – SP
Tel.: (11) 4702-5915
www.atelie.com.br
contato@atelie.com.br
blog.atelie.com.br
facebook.com/atelieeditorial
instagram.com/atelie_editorial

EDITORA DA UNICAMP
Rua Sérgio Buarque de Holanda, 421 – 3º andar
Campus Unicamp – 13083-859 – Campinas – SP
Tel./Fax: (19) 3521-7718 / 7728
www.editoraunicamp.com.br
vendas@editora.unicamp.br

Printed in Brazil 2024
Foi feito o depósito legal

A Nani,
poesia da minha prosa.

A Plinio Martins Filho,
editor de talento e de ofício.

Sumário

Poema em Prosa: Por que Não?

> *Qual de nós, em seus dias de ambição, não sonhou com o milagre de uma prosa poética, musical sem ritmo e sem rima, bastante maleável e bastante rica em contrastes para se adaptar aos movimentos líricos da alma, às ondulações do devaneio, aos sobressaltos da consciência?*[1]

Charles Baudelaire formulou a pergunta ao editor de uma revista literária, em carta que apresentava alguns de seus textos vocacionados para tal maleabilidade, ou melhor, para a confluência entre prosa e poesia. Por mais de uma década ele havia se dedicado ao projeto, mas veio a falecer antes de organizar os escritos em livro – o que só ocorreu postumamente, em 1869, quando foram lançados seus *Petits Poèmes en Prose*, também conhecidos como *Le Spleen de Paris* (1870). O volume reúne um conjunto de cinquenta poemas, com ênfase na percepção de situações e personagens urbanos, envolvidos num clima de estranheza e poeticidade.

O acerto do poeta foi de tal ordem que o livro se tornou referência para um novo formato literário[2]. A novidade não estava propriamente na ideia de "poema em prosa", termo que surgira na literatura francesa no final do século XVII, designando as narrativas dotadas de um sentido épico próximo do tom

1. Charles Baudelaire, "Spleen de Paris (Pequenos Poemas em Prosa)", *Poesia e Prosa*, Rio de Janeiro, Nova Aguilar, 1995, p. 277.
2. Lembre-se, contudo, da antecedência de Aloysius Bertrand, com o livro *Gaspard de la Nuit*, de 1842, reconhecido por Baudelaire como fonte de inspiração para seus escritos. Cf. o capítulo "Origens Francesas", em Fernando Paixão, *Arte da Pequena Reflexão: Poema em Prosa Contemporâneo*, São Paulo, Iluminuras, 2014, pp. 39-56.

presente na poesia dramática ou nas epopeias[3]. Mesmo com o romantismo, dois séculos depois, o conceito se estendeu às prosas longas investidas de recursos poéticos evidentes, fosse para descrever, fosse para narrar uma ação ficcional. Baudelaire acrescenta aí o adjetivo *petit*, no qual sugere uma virada estética significativa: aposta na concisão da prosa como um caminho para chegar à lírica.

É, pois, sob a aura de ruptura que ocorre o surgimento dessa forma híbrida, cuja liberdade imaginativa passa a representar uma terceira via de expressão. Via em que as palavras tiram proveito da ambiguidade discursiva, de modo a desenvolver uma percepção lírica afinada com a vida moderna, que começa a emergir nas cidades europeias e abre espaço para criar uma poética dissonante com os gêneros tradicionais. Ao mesmo tempo, o poema em prosa implica desafios formais próprios à sua composição, liberto da rima e da métrica que por tanto tempo disciplinaram a arte da poesia.

Tais elementos, no entanto, são insuficientes para definir o que seja essa forma de escrita em nossos dias. Na verdade, constituem apenas o ponto de partida de uma aventura que se confunde com a modernidade literária deflagrada pelo experimento baudelairiano. A ele sucederam muitos outros autores, responsáveis por desdobrar o gênero numa variedade de estilos e vozes – como foi o caso de Arthur Rimbaud, Lautréamont, Joris-Karl Huysmans e Stéphane Mallarmé, apenas para citar o século XIX, em domínio francês –, que o bom senso recomenda não aderir a nenhuma definição cabal sobre o assunto.

Tampouco se deve crer que todo texto curto dotado de certa poeticidade entra na categoria de poema em prosa. Seria um pre-

3. "Mesmo que essa prosa lírica repita, em larga medida, os efeitos dos versos, ela é uma reivindicação da liberdade; em particular porque esse (re) conhecimento de uma poesia em prosa afirma certa autonomia da poesia (do poético) em relação ao verso" (Nathalie Vincent-Munnia, Simone Nard-Griffiths e Robert Pickering (dir.), *Aux Origines du Poème en Prose Français (1750-1850)*, Paris, Honoré Champion, 2013, p. 15, tradução nossa).

ceito demasiado fácil e ignorante em relação à tradição literária de que dispomos, cobrindo quase dois séculos de literatura e uma influência que se alastrou por diferentes países e línguas, a partir de França e Alemanha. Fato é que a natureza ambígua dessa escrita não impede de observar recorrências e modos expressivos que delimitam uma zona fronteiriça para essa forma de poetizar.

Com o passar do tempo, o modelo se transformou numa prática integrada à poética geral, processo que se intensificou no século XX. Aos poucos, foi perdendo o ar transgressor que teve com os primeiros escritores e produziu uma história literária própria, à margem dos gêneros principais. Após a Segunda Guerra Mundial, nota-se que esse tipo de escrita difundiu-se ainda mais, como dão testemunho os inúmeros livros que mesclam sem distinção os poemas híbridos e em versos.

A primeira questão que se impõe, portanto, é como circunscrever uma forma tão particular e "rica em contrastes", conforme assinalou o poeta francês. Afinal, que critério estético deve orientar uma seleção de poemas em prosa? Como foi dito antes, a pergunta não encontra uma resposta de consenso entre a crítica, embora existam hoje inúmeros livros e estudos que nos permitem ter alguma clareza para enfrentar o desafio, mas sem a pretensão de oferecer uma palavra final sobre o assunto, marcado pela ambivalência.

O primeiro passo está em reconhecer um viés prosódico nessa escrita, com especificidades resultantes do contexto histórico em que se desenvolveu[4]. Sua permanência ao longo do tempo garantiu que se transformasse num gênero literário autônomo, justamente por promover a confluência entre as dimensões do prosaico e do poético, derivando para um conceito alargado de poesia. E, para

4. Princípio que norteia esta coletânea, mas que é objeto de controvérsias. Jonathan Holder, por exemplo, no livro *The Fate of American Poetry* (Athens, University of Georgia Press, 1991), defende a ideia de que o poema em prosa constitui um antigênero. Michael Delville estabelece diálogo com Holder em *The American Prose Poem: Poetic Form and the Boundaries of Genre*, Gainsville, University Press of Florida, 1998, pp. 12-15.

que o formato seja eficaz, o texto deve funcionar como um verdadeiro poema, ou seja, deve ao cabo revelar uma inteireza expressiva, que se sobrepõe à tensão interna das imagens.

Isso ocorre, por exemplo, de modo fulgurante, nas duas frases a seguir, que compõem um dos poemas inéditos deixados pela escritora Ana Cristina Cesar:

> Estou vivendo de hora em hora, com muito temor.
> Um dia me safarei – aos poucos me safarei, começarei um safári[5].

De pronto, salta aos olhos como o final da primeira sentença – indicativo de medo – contrasta com a promessa de safári, que culmina no segundo momento de poema tão breve. Ambas as frases compõem polos de uma subjetividade que se encontra dividida e produz imagens condizentes com seu estado ansioso e esperançoso. Rapidamente se configura uma voz em tom de confidência e com ar de naturalidade.

Contrasta também a notação temporal verificada nos dois períodos, pois a marca do presente rotineiro do início cede vez ao indeterminado ("Um dia"), à lentidão ("aos poucos") e ao futuro ("começarei"). A sequência é rápida, suspensa pelo alongamento da segunda parte, a instaurar certa ambiguidade, em consonância com a indecisão interior. Predomina, contudo, a ironia final que acena para o escapismo do safári.

Observe-se, ainda, como o andamento das palavras é marcado pelo paralelismo. Enquanto a primeira frase divide-se em três partes de quatro, quatro e cinco sílabas – respectivamente, "Estou vivendo / de hora em hora, / com muito temor" –, a segunda pode ser reduzida a três partes septassílabas, com ênfase na rima interna e aliterações – "Um dia me safarei / – aos poucos me safarei, / começarei um safári". Lidas sob o fluxo da prosa, os efeitos rítmicos tornam-se rebaixados e sutis, diferentemente do que ocorreria se fosse escrito em versos.

5. Ana Cristina Cesar, *Poética*, São Paulo, Companhia das Letras, 2013, p. 292.

Importa aqui comentar os detalhes de composição, pois é neles que reside a eficácia expressiva de um poema em prosa. Para alcançar tal estatuto, o texto deve apresentar uma sequência de imagens – muitas vezes explorando a tensão entre elas –, a resultar em completude para o jogo mental a que se propõe. Mesmo que o poeta não tenha consciência total dos procedimentos, o efeito final deve ser dessa ordem. Equivale a dizer que a liberdade criativa é total, desde que a imaginação tenha autocontrole para alcançar um sentido de unicidade.

Unidade, eis um ponto essencial para caracterizar a poética híbrida. Quem afirma isso é a crítica francesa Suzanne Bernard, referência obrigatória para o tema, desde a publicação de *Le Poème en Prose*, em 1959. No livro, propõe uma definição que permanece válida ainda hoje, pois é suficientemente abrangente para cobrir experimentos os mais diversos, ao mesmo tempo que sinaliza para as particularidades essenciais. Segundo Bernard, esse tipo de escrita se caracteriza por "uma vontade consciente de organização"[6] que conduz a natureza híbrida e diversa das imagens. Além disso, pondera a autora que, para diferenciar-se como um gênero expressivo, o poema em prosa deve apresentar a ocorrência simultânea de um tripé de características que, entrelaçadas, acionam o efeito lírico.

A primeira a evidenciar é a de *unidade* orgânica, expressando uma vontade de organização interna. Tal qualidade está presente quando se tem a percepção de que o conjunto das palavras "forma um todo, um universo fechado, sob o risco de perder sua qualidade de poema"[7]. A segunda característica diz respeito à *gratuidade*, que atua na maneira livre de fazer associações e lançar-se ao imaginário. Por isso, o poema em prosa despreza a narração e a descrição tradicionais, que organizam fatos e personagens, em nome de uma aceleração de imagens que reforça a

6. Suzanne Bernard, *Le Poème en Prose: De Baudelaire Jusqu'a Nos Jours*, Paris, Librairie A.-G. Nizet, 1994, p. 14 (tradução nossa).
7. *Idem, ibidem* (tradução nossa).

intemporalidade dos elementos[8]. A poeticidade, portanto, advém do jogo de contraste e de coexistência das evocações, ao sabor de um pensamento ágil e desobediente das hierarquias preliminares. Ao fazer isso, o texto instaura um *insight* inesperado, poético.

Para completar o tripé, o gênero híbrido deve estar associado ao princípio de *brevidade*, atributo que lhe garante um teor denso e de forte magnetismo. Tal noção tem menos a ver com o tamanho, em geral curto, do que com a natureza contrita da imaginação; daí ser desprovida de digressões morais ou outras explicações, ocupada em criar imagens que ofereçam uma "síntese iluminadora"[9] a cada escrito. Quanto mais breve for a peça, maior será o peso de cada palavra para o andamento geral do ritmo. Uno, gratuito e breve, o poema desse tipo anseia por confluir poesia e prosa, simbiose que envolve forma e conteúdo.

É bem verdade que, à primeira vista, pode parecer uma definição genérica, insuficiente como critério. Talvez o seja. Mas deve ser também considerado que qualquer avanço nessa delimitação corre o risco de formular uma restrição normativa. Por conseguinte, para fazer jus à imensa diversidade de modos que subsistem no campo do poema em prosa, preferimos utilizar uma noção suficientemente ampla e aberta[10]. Para que tais prin-

8. O desempenho da narração e da descrição no poema em prosa é distinto da ficção tradicional, seja por apresentar a narrativa em estado de tensão, seja por descrever de maneira elíptica e selecionada. Sobre esses tópicos, cf. os capítulos "Narrativa sob Tensão", "Descrição Via Semiose" e "Melopeia e Algo Mais", em Fernando Paixão, *Arte da Pequena Reflexão*, pp. 81-134.
9. Suzanne Bernard, *Le Poème en Prose*, p. 15 (tradução nossa).
10. Outras definições sobre o poema em prosa, mais ou menos abertas, devem ser lembradas. Tzvetan Todorov salienta o lugar intermediário desse tipo de escrita entre o aspecto "transitivo e referencial da prosa" e o "uso intransitivo da poesia" (Tzvetan Todorov, "La Poesie Sans Vers", *La Notion de Littérature et Autres Essais*, Paris, Seuil, 1987, pp. 66-84). Em estudos posteriores, há uma tendência de caracterizar a poesia em prosa por seu caráter continuamente renovador. Cf. Margueritte S. Murphy, *A Tradition of Subversion: The Prose Poem in English from Wilde to Ashbery*, Amherst, University of Massachusetts Press, 1992; Michel Delville, *The American Prose Poem*). Em língua espanhola, recomenda-se: María Victoria Utrera

cípios fiquem mais claros para o leitor, nada melhor do que um exemplo para trazer a abstração dos conceitos ao plano do observável e do sensível.

Propomos, então, recorrer a um belo poema de Murilo Mendes, intitulado "Permanência" e reproduzido nesta antologia, para ponderar sobre a natureza intrínseca do gênero:

> Morrerei. Uma parte do meu corpo se transformará em água. Correrei pela cidade, entrarei nos encanamentos, descerei pelo teu chuveiro. Tu te esfregarás em mim, misturando-me com teu perfume. Circularei nas tuas entranhas.
>
> A outra parte será mudada em semente, em árvore, em papel, rodará nas máquinas tipográficas que imprimirão os poemas que escrevi em teu louvor. Teu hálito aquecerá as pobres palavras. Tu me ouvirás, me lerás – e eu te lerei. Tu me lerás em mim.
>
> Desligado do tempo, dispersado no espaço, nascerei para os que ainda vão nascer. Começarei em ti, nos poetas que te glorificam em mim e me glorificam em ti. Existirei para teus filhos, para teus netos e os netos de teus netos. Seremos uma só biografia escrita no sem princípio e sem fim da Grande Unidade[11].

O texto faz parte de um livro pouco conhecido, de 1936, totalmente dedicado ao poema em prosa e cujo título, *O Sinal de Deus*, reflete o espírito do autor naquela época, recém-convertido ao catolicismo por influência do amigo Ismael Nery. Impressiona ver como as palavras transfiguram a ideia de morte em potência

Torremocha, *Teoría del Poema en Prosa*, Sevilla, Universidad de Sevilla, 1999. Dentre os estudiosos do assunto no Brasil, destaca-se o estudo de Jefferson Agostini Mello, que delineia o gênero como um "canteiro de obras" (Jefferson Agostini Mello, "O Poema em Prosa no Brasil: Ângulos de Experimentação", *Teresa: Revista de Literatura Brasileira*, n. 14, pp. 95-110, 2014).

11. Murilo Mendes, "O Sinal de Deus", *Poesia Completa e Prosa*, Rio de Janeiro, Nova Aguilar, 1994, p. 757.

criativa, proporcional ao amor crescente que liga o sujeito poético à amada. O verbo inicial, com a triste notícia futura, acaba por deflagrar uma série de imagens que se sobrepõem e amplificam o estado amoroso, culminando com a remissão ao absoluto.

O andamento se subdivide em três momentos-parágrafos, iniciando com a matéria da água e do corpo – vontade de chegar às entranhas da mulher –, seguindo por um ciclo de encantamento – que passa pela árvore, pelo papel, pelas máquinas tipográficas, pelos poemas... – e terminando numa deleitosa dispersão final no espaço, sinal da permanência do sentimento glorioso nas gerações futuras. Por certo, o derradeiro parágrafo contrasta com a primeira palavra do texto, mas é justamente isso que sela a *unidade* do conjunto. Temos, nesse caso, um movimento ascendente da imaginação, que culmina na ideia de Ser Uno.

Tampouco é difícil flagrar a *gratuidade* presente na surpresa das associações, se entendermos cada frase como peça de um *assemblage* de pensamentos. Por isso, os desdobramentos são rápidos e aceleram a imaginação por via do contraste ou da tensão entre as imagens; ao mesmo tempo, incorporam-se ao sentido geral. Pode-se, então, concluir que o poema apresenta uma gratuidade expansiva e harmoniosa; no entanto, deve ser lembrado que, nesse tipo de texto, se torna frequente a ocorrência da gratuidade marcada pela dissonância das associações.

De outro ângulo, é perceptível a atmosfera de *brevidade* que marca o elo entre o início e o fim do escrito muriliano. Embora o texto evoque um largo espectro de elementos e espaços, o enunciado se dá sob o princípio de abreviação, do sintetismo. Assim, instaura-se certa estranheza em meio à aceleração de imagens, conduzindo a fantasia por meio de "saltos" imaginativos. Marcada pelo espírito breve, a respiração do poema fica tensionada e oblitera certas zonas de significação. Entre o dito e o sugerido, evidencia-se o efeito lírico.

Uno-gratuito-breve. Tríade de características que, em separado, oferecem um recorte racional e esclarecedor, mas que, na verdade, operam em conjunto, configurando o andamento geral do fragmento. Donde se justifica a importância da noção de inteireza como eixo estruturante, essencial ao gênero em questão. Inteireza manifesta no interior da linguagem – na disposição rítmica das palavras e imagens –, e não como qualidade externa, predeterminada. Assim, cada poema enfrenta o desafio de elaborar uma forma que corresponda a seu conteúdo, e vice-versa, sem perder de vista o sentido de unidade.

PROSA POÉTICA E POEMA EM PROSA: CONTRASTES E AFINIDADES

Um tópico importante a ser esclarecido diz respeito à confusão costumeira que se faz entre o nosso modelo e a prosa poética. Não raras vezes, toma-se uma coisa pela outra, sem o discernimento que o assunto merece. Retomando o que foi dito antes, não se deve enquadrar no gênero híbrido qualquer texto que revele sinais de poeticidade, pois nem sempre se atende às características fixadas anteriormente. O fragmento pode ser lírico, por exemplo, e prescindir da ideia de unidade – que equivale mesmo à noção de poema.

Daí a conclusão de que todo poema em prosa deve ser considerado como pertencente ao campo da prosa poética, mas o inverso não se sustenta. E por uma razão simples: nem toda peça "poetizada" tem compromisso com a brevidade; pelo contrário, com frequência adapta-se ao discurso de fôlego longo, extensivo. "Tem alguma coisa de aventuroso, de aberto, de inacabado"[12], afirma o crítico Luc Decaunes sobre o caráter dessa escrita, ressaltando que ela "só é detida, limitada, quando cessa o fluxo interior que a originou"[13].

Resulta, assim, um tipo de texto levado ao estado de poesia – por meio de metáforas, metonímias, paralelismos, sonoridades

12. Luc Decaunes, *Le Poème en Prose: Anthologie 1842-1945*, Paris, Seghers, 1984, p. 16 (tradução nossa).
13. *Idem, ibidem* (tradução nossa).

e outros recursos –, sem abrir mão do viés descritivo ou narrativo. Por essa razão, ainda hoje o termo "prosa poética" destina-se a qualificar os escritos longos – ou romances – dotados de poeticidade. É o caso, por exemplo, de *Lavoura Arcaica* (1975), de Raduan Nassar, ou de *Grande Sertão: Veredas* (1956), de João Guimarães Rosa, dois exemplos em que a linguagem renuncia ao modo referencial, realçando uma tessitura de palavras que chama a atenção do leitor. É quando o princípio rítmico prevalece, em detrimento do semântico-narrativo[14].

Existem ainda muitas prosas curtas, bem elaboradas, que não chegam a configurar poemas em prosa por serem desprovidas de compromisso com a unidade ou a gratuidade. Textos dessa natureza costumam ser chamados de fantasias, devaneios, fragmentos e outros termos difusos de largo espectro. Em comum, porém, subsiste a ideia de que essa escrita deseja escapar às fórmulas usuais da linguagem, com vistas a propor uma fruição única de frases e imagens, donde sobressai o valor poético do discurso.

Murilo Mendes, nas obras finais de sua longa trajetória, dedicou-se à prosa curta com muita inventividade. Dado a experimentações como era, sem se importar com a fronteira dos gêneros, reuniu em *A Idade do Serrote* (1968) e *Poliedro* (1972) uma multiplicidade de textos com alta voltagem lírica, nem sempre concebidos sob a noção de poema. Pode-se dizer o mesmo de *Retratos-Relâmpago* (1973), em que o autor inventa um modelo literário próprio, tratando com poeticidade o perfil de figuras que conheceu e admirou. Livros difíceis de serem classificados e que ressaltam a singularidade desse poeta na literatura brasileira.

Apesar das diferenças apontadas anteriormente, não deve ser esquecido que tanto a prosa poética como o poema em prosa se nutrem de uma fonte comum, representada por uma larga tradição lírica, entendida como uma maneira específica de

14. Sobre a comparação entre prosa poética e poema em prosa, cf. também Antônio Donizeti Pires, "O Concerto Dissonante da Modernidade: Narrativa Poética e Poesia em Prosa", *Itinerários*, n. 24, pp. 35-73, 2006.

criação literária. Essa tradição se opõe, claro está, ao plano ficcional ou informativo. O assunto é vasto e remonta à Antiguidade, bem se sabe, mas aqui não se pretende ir tão longe; ficaremos restritos a um recorte específico, com o intuito de apontar brevemente alguns traços que marcam o lirismo predominante no nosso gênero.

A tópica remete a Mikhail Bakhtin, em particular ao livro em que desenvolve uma fecunda reflexão sobre a arte do romance. Segundo ele, o modelo romanesco pressupõe em sua composição a presença de uma dialogia interna, que envolve distintas relações de contraponto, como a que ocorre entre narrador e personagens, entre os personagens de uma história ou mesmo entre os modos de linguagem apresentados. Em essência, o romance seria uma escrita dialógica por natureza.

Com relação ao estilo poético, Bakhtin pondera que "está convencionalmente desligado de qualquer interação com o discurso do outro, de qualquer mirada para o discurso do outro"[15]. Envolve, portanto, uma estratégia de total descompromisso com relação ao enredo e à historicidade de atos ou de personagens. Sua principal característica é engendrar uma escrita que deve se bastar por si e, ao fazer isso, projeta um fundo de subjetividade que dá lastro à imaginação. Dessa maneira, o movimento das frases supõe uma perspectiva que organiza as imagens e alcança dicção[16].

Equivale a dizer que o procedimento lírico conduz a linguagem a produzir flagrantes de interiorização do mundo também como forma de alcançar a singularidade na expressão. Por isso, boa parte desses textos assume o tom prosódico e livre-associati-

15. Mikhail Bakhtin, *Teoria do Romance*, vol. I: *A Estilística*, São Paulo, Editora 34, 2015, p. 59.
16. O termo "dicção" está sendo usado aqui no sentido a ele atribuído por Gérard Genette, que, em importante livro seu, subdivide a literatura entre o modo ficcional e o modo diccional – entendemos que o poema em prosa se qualifica no segundo grupo (Gérard Genette, *Fiction et Diction: Précedé de Introduction à l'Architexte*, Paris, Seuil, 2004, pp. 58-71).

vo, mantendo, porém, um ponto de fuga imaginário, associado a uma aura que emana das sentenças. Mesmo quando não se explicitam em primeira pessoa, as palavras carregam uma intencionalidade que transcorre de dentro para fora, afirmando-se como um dado imanente ao discurso poético[17].

Ali não se manifesta propriamente a subjetividade (do autor) – tema controverso entre os teóricos do assunto[18] –, mas um processo de subjetivação, produzido pelo conjunto da expressão. Isso se dá, em boa medida, porque o poeta faz uso próprio e idiossincrático das palavras que são da língua e da comunidade – diferentemente do que sucede com a linguagem objetiva dos jornais ou dos livros científicos, voltada à informação impessoal. Portanto, é por via da singularidade que um texto alcança algum nível de poeticidade.

O que leva a pensar a lírica, tanto em verso como em prosa, como um mecanismo literário estreitamente associado à noção de valor subjetivo. E disso decorre o alto investimento na sutileza para dispor as palavras, fator que se torna determinante para o conjunto. Por exemplo, se examinamos a simples locução "a imensa fresta do sol", verifica-se de imediato como o emprego do adjetivo, antes do substantivo, indica um sinal de ênfase – de âmbito valorativo e pessoal. Ora, ao apresentar uma série de frases em sequência com o mesmo efeito, o texto lírico busca justamente tirar proveito dessa índole interiorizada.

17. "A linguagem do poeta é a sua linguagem, nela ele está integral e indiviso, usando cada forma, cada palavra, cada expressão segundo sua destinação imediata" (Mikhaíl Bakhtín, *Teoria do Romance*, vol. 1, p. 59).
18. Enquanto as correntes mais formalistas buscam dissociar o sujeito da enunciação do sujeito-autor, uma autora como Kate Hamburger defende a posição oposta de que a voz do eu lírico não é impessoal e tem o mesmo estatuto de uma enunciação filosófica, ou seja, constitui-se como um "sujeito enunciativo real" (Kate Hamburger, *A Lógica da Criação Literária*, São Paulo, Perspectiva, 2008, p. 20).

O termo "subjetivação" está aqui empregado no sentido dado por Henri Meschonnic, que desenvolveu toda uma teoria sobre a linguagem, com primazia para o conceito de ritmo como elemento totalizador da expressão. Nesse contexto, ele defende a ideia de que a linguagem poética se caracteriza pela inscrição de um *je* no discurso – distinto da primeira pessoa gramatical ou do eu psicanalítico –, que, na verdade, representa uma dimensão integradora dos elementos formais e imaginários de um texto. À medida que as frases transcorrem, forma-se essa dicção identitária.

O crítico-poeta francês vai mais longe ao caracterizar o que chama de "sujeito do poema", entendido não como o sujeito lírico tradicional, emissor do texto, e sim como um conceito-síntese para designar a singularidade de cada ato poético. Por conseguinte, é uma entidade que se define menos pelo conteúdo subjetivo do que pela "constituição de séries rítmicas e prosódias"[19], ou seja, marcas linguísticas que afirmam a identidade daquele ato – a ser definido como *escrita-sujeito*. Em resumo, seu complexo pensamento se encontra sintetizado numa frase: "A atividade do poema faz do texto inteiro um eu e atinge dessa maneira o eu do leitor"[20].

Mas, voltando ao tema central, o que isso tem a ver com o poema em prosa? A nosso ver, ainda que a subjetivação seja um traço inerente à linguagem da poesia como um todo, no caso do gênero híbrido ocorre uma intensificação desse movimento interno da linguagem. Pode-se até afirmar que se trata de uma escrita que

19. Gérard Dessons e Henri Meschonnic, *Traité du Rythme: Des Vers et des Proses*, Paris, Dunod, 1998, p. 44 (tradução nossa). De um lado, as ideias de Meschonnic são bastante complexas e até mesmo controversas, por causa de seu estilo polemista. De outro, tem a qualidade de propor conceitos originais e interessantes, visando enxergar a totalidade da expressão, para além da habitual separação entre forma e conteúdo. Sobre a obra desse autor, recomendamos: Lucie Bourassa, *Rythme e Sens: Des Processus Rythmiques en Poésie Contemporaine*, Paris, Rhythmos, 2015.

20. Henri Meschonnic, *Critique du Rythme: Anthropologie Historique du Langage*, Lagrasse, Verdier, 1982, p. 192 (tradução nossa).

acentua essa aptidão, como se as palavras fossem conduzidas por uma força de gravidade que se constitui como "sujeito do poema".

Para conseguir tal efeito, recorre às características basilares do modelo, que foram antes apresentadas: unidade, gratuidade e brevidade. São qualidades integradas que garantem a inteireza do escrito e fornecem balizas para o jogo seletivo das imagens, fazendo que a subjetivação apareça como síntese desse movimento. O importante é que o todo se emoldure em forma de poema – uma espécie de miragem em palavras que o escritor entrega ao leitor, sem mais explicações.

Nem toda prosa, porém, mantém esse autocontrole sobre as imagens, mesmo que se utilize de recursos poéticos; nesse caso, estará mobilizada por diferentes motivações estéticas. Uma página de diário, por exemplo, não se orienta pelos princípios caros ao poema em prosa, ocasionando outro tipo de prosódia; o mesmo acontece quando predomina a descrição, desprovida da tensão necessária, ou a reflexão filosófica de caráter conceitual. Daí a necessidade de fechar um conceito em torno da tríade unidade-gratuidade-brevidade, esteio para uma subjetivação discursiva.

Nessa dinâmica proposta, tome-se o exemplo de "Introdução ao Instante", de João Cabral de Melo Neto, que, embora concebido na juventude, só veio a ser publicado no fim de sua vida:

INTRODUÇÃO AO INSTANTE

Podiam-se notar uma ausência completa de transformações e um monarca asiático em visita a Londres.
Crimes invisíveis sob a lua foram revelados e alguns dos movimentos iniciais jamais pressentidos vieram à tona.

Para sempre permanecerão nos polos mais afastados leões de pedra impenetráveis como esfinges[21].

21. João Cabral de Melo Neto, *O Cão sem Plumas: E Outros Poemas*, São Paulo, Companhia das Letras, 2007, p. 47.

São três longas frases em que aparecem distintos elementos, despossuídos de qualquer contexto ou referencial, mantendo apenas o título como estímulo indutivo. Chama a atenção o fato de as sentenças iniciais evocarem o passado e serem compostas em duas partes, unidas por conjunção; em ambas, a segunda parcela reposiciona a primeira e a complementa com surpresa: o monarca asiático em Londres, os movimentos jamais pressentidos. A terceira frase, por sua vez, acena para o futuro e se estende numa afirmação de perenidade e segredo.

Observa-se aí a produção imaginária de um instante em que forças tão díspares e difusas resolvem as tensões. A amplitude das imagens iniciais vê-se reforçada pelo uso de adjetivos de ênfase, mas acaba suavizada pelo ritmo inclusivo da frase, que incorpora o estranhamento, sem pontuação. Na frase final, porém, persiste a tensão com o futuro, no qual se projetam "leões de pedra impenetráveis", que encerram o ciclo iniciado com a "ausência completa de transformações". Nota-se, portanto, como o entrechoque das imagens serve para flagrar uma percepção instantânea, única, vindo a configurar o "sujeito do poema".

O movimento do texto de João Cabral vai ao encontro das ideias de Suzanne Bernard, quando ela, nas páginas finais de seu livro, retoma o caráter ambíguo do gênero híbrido e conclui: "de um lado, é uma escrita expansiva, que aciona a 'anarquia liberadora' ligada ao impulso da prosa; de outro, entrega-se à contenção, de modo a se organizar em forma artística una, o poema"[22]. Em meio aos impulsos opostos, as imagens ganham força e aceleram uma associação imprevista, plena de poesia. Em outras palavras, as sentenças correm sobre um fio de navalha. Ou, se preferirmos uma definição mais bem-humorada e imaginativa, podemos finalizar com o depoimento do poeta servo-americano Charles Simic – ganhador do Prêmio Pulitzer com um livro do gênero –, que assim resume sua experiência:

22. Suzanne Bernard, *Le Poème en Prose*, p. 768 (tradução nossa).

Escrever poema em prosa é um pouco como capturar uma mosca num quarto escuro. A mosca provavelmente não está mais lá, mas continua dentro de sua cabeça; ainda assim, você continua a caçada mesmo de encontrão sobre as coisas. O poema em prosa é o estouro da linguagem que segue à colisão com o móvel grande do quarto[23].

23. Charles Simic, *Wonderful Words, Silent Truth: Essays on Poetry and a Memoir*, Ann Arbor, University of Michigan Press, 1994, p. 46 (tradução nossa).

Panorama do Poema em Prosa no Brasil

PRIMÓRDIOS DA PROSA POÉTICA NO ROMANTISMO

Nada fácil é a tarefa de organizar uma antologia do poema em prosa no Brasil. Se a primeira dificuldade está em firmar um conceito geral que sirva de critério, a segunda se estende para a seleção dos textos, tarefa altamente complexa quando se pretende cobrir mais de um século de poesia. Nesse contexto, os escritos correspondem à expressão individual de cada autor e, em simultâneo, projetam-se no plano histórico de uma cultura em movimento. Além disso, deve-se levar em conta que as poéticas locais mudam com o tempo e com o embate das novas gerações, influenciadas por escritores de outros países e outras línguas. E, com o passar das décadas, esse intercâmbio só se acentua.

Acrescente-se a dificuldade burocrática de obter as inúmeras autorizações de direitos autorais e temos uma boa explicação para a ausência de coletâneas sobre o gênero híbrido entre nós. A única digna de nota foi organizada pelo poeta Xavier Placer há mais de meio século, sob o título *O Poema em Prosa*[1], com apresentação de Afrânio Coutinho. Publicado três anos após o aparecimento do livro de Suzanne Bernard, reúne desde os criadores simbolistas mais importantes até figuras atuantes naquela época, como Carlos Drummond de Andrade, Murilo Mendes e Ferreira Gullar. Inclui ainda nomes pouco expressivos, em apenas 88 páginas, sem esclarecer o critério de seleção. A iniciativa

1. Xavier Placer, *O Poema em Prosa: Conceituação e Antologia*, Rio de Janeiro, Serviço de Documentação/Ministério da Educação e Cultura (MEC), 1962.

tem o mérito do pioneirismo, ao identificar um veio subterrâneo de nossa tradição literária, mas infelizmente não apareceram seguidores para ampliar o escopo dessa primeira investigação[2].

Feito o diagnóstico, fica evidente o desafio enfrentado por esta antologia, que envolve duas frentes: avançar na abordagem crítica sobre o assunto e oferecer uma amostra significativa de textos e de autores. Mais do que fechar questão a respeito de um tema tão sutil e delicado, o que se pretende aqui é fornecer elementos que nos façam pensar a autonomia e a riqueza dessa escrita no contexto da literatura brasileira. E logo se perceberá que se trata de um território diferente, a partir do qual se vislumbra uma paisagem própria, distinta daquelas mais visitadas pelos manuais literários.

Para iniciar nosso périplo, o melhor será começar a reflexão com uma volta no tempo para indagar como o gênero lança seus primeiros tentáculos nos trópicos e aqui estabelece raízes. Questão que remete ao século XIX e, mais especificamente, ao ciclo do romantismo e ao espírito empreendedor daquela época, quando a busca por uma literatura nacional coincide com as exigências da independência recém-conquistada. Antonio Candido chega a definir o pensamento romântico de nossos escritores como "tributário do nacionalismo"[3]. Não bastasse essa determinante política, a primeira literatura efetivamente nacional surge sob a égide dos modelos europeus, imitados na forma e adaptados aos temas locais.

É fácil perceber, então, como há pouco espaço para experimentações ou rupturas, num ambiente em que mesmo a prosa e

2. Temos conhecimento apenas de outra coletânea de poemas em prosa brasileiros em português, mas de pequena extensão: Ángel Crespo, *Muestrario del Poema en Prosa Brasileño*, Madrid, Embajada del Brasil en Madrid, 1966; *Revista de Cultura Brasileña*, n. 18, pp. 225-258, 1966 (separata). Merece destaque também *Inimigo Rumor 14: Revista da Poesia*, São Paulo/Rio de Janeiro/Coimbra/Lisboa, Cosac Naify/7Letras/Angelus Novus/Cotovia, 2003. A publicação reúne colaborações de autores brasileiros e portugueses.
3. Antonio Candido, *Formação da Literatura Brasileira: Momentos Decisivos*, vol. II: *1836-1880*, São Paulo/Belo Horizonte, Edusp/Itatiaia, 1975, p. 15.

a poesia, como gêneros puros, têm de ser semeadas e cultivadas. Se a nação e a literatura nacional ainda estão por se fazer, resta pouca iniciativa para a ambiguidade estética. Por conseguinte, são raras as obras escritas nesse período que optam pelo caminho alternativo de mesclar as formas literárias.

Cronologicamente, o primeiro texto concebido com esse propósito chama-se *Meditação*, de Gonçalves Dias. Escrito após sua volta da Europa, ocorrida em 1845, apregoa um verdadeiro libelo contra a tradição escravocrata do Brasil; no entanto, por causa do conteúdo político na contracorrente das ideias da época, só vem a ser publicado cinco anos depois, quando o autor já se tornara funcionário público e fora aceito como membro do Instituto Histórico e Geográfico Brasileiro (IHGB).

Meditação, que tem o subtítulo de *Fragmento*, apresenta uma prosa de forte acento poético e filosófico, pois formula o diálogo entre um velho e um jovem, em que o primeiro argumenta as razões de sua indignação com o modelo escravagista do Brasil. Não se delineia como um romance, pois não tece qualquer trama e se põe a desdobrar a conversa entre os dois personagens, realçada por uma linguagem figurada. Dessa maneira, a poesia consegue temperar o viés crítico e político que domina o discurso do velho sábio e expande o pensamento para um plano mais amplo, que denuncia a desigualdade social entre os homens. Para conseguir esse efeito, Gonçalves Dias inspira-se no estilo da Bíblia, entre outras referências[4].

Tome-se como exemplo uma passagem que aparece logo no início do texto, depois de enaltecer "o céu que cobre essa terra bendita":

4. "Além dos *modelos* adjudicados à *Meditação*, entre os quais se destacam Lamennais e Friedrich Schlegel, este último pelos seus *Fragmentos*, o certo é que prevalece a estrutura bíblica de versículos e não apenas na forma, mas na quantidade de imagens e no vocabulário utilizado; sem mencionar as constantes referências diretas, como o Livro de Jó" (Diego A. Molina, "A *Meditação* de Gonçalves Dias: A Natureza dos Males Brasileiros", *Estudos Avançados*, vol. 30, n. 86, pp. 235-252, 2016, cf. p. 235).

E sobre essa terra mimosa, por baixo dessas árvores colossais – vejo milhares de homens – de fisionomias discordes, de cor vária, e de caracteres diferentes.

E esses homens formam círculos concêntricos, como os que a pedra produz caindo no meio das águas plácidas de um lago.

E os que formam os círculos externos têm maneiras submissas e respeitosas, são de cor preta; – e os outros, que são como um punhado de homens, formando o centro de todos os círculos, têm maneiras senhoris e arrogantes; – são de cor branca[5].

A imagem do lago e dos círculos cumpre aqui dupla função: poetizar com o uso de uma visualidade instigante, que interrompe o discurso racional; e fixar, por meio de uma imagem forte e conclusiva, o valor moral implicado na distância entre o centro e a borda, entre a raça branca e a negra. A argumentação incorpora uma linguagem cósmica, mítica – bem de acordo com os valores românticos de que o autor compartilha. Pouco conhecido e comentado, o texto compõe um manifesto antiescravagista temperado de poesia, precursor de um movimento que ainda levará décadas para assistir à libertação dos escravos. Escrito *sui generis*, torna-se pioneiro ao apostar no hibridismo de gêneros e ao acreditar na "importância da imaginação (da obra) para *dizer* a história e a realidade política"[6].

Não é o mesmo espírito que vamos encontrar numa peça pouco lembrada de Álvares de Azevedo: *O Livro de Fra Gondicário* (1942), concebido "em ritmo de poesia em prosa", conforme diz o subtítulo. Escrito provavelmente no final da década de 1840 e publicado postumamente quase um século depois, revela a forte influência de Lord Byron em seu modo de escrever e conduzir a vida. Isso explica o tema da sensualidade difusa que permeia os inúmeros eventos evocados, bem como o emprego contínuo de metáforas como estratégia discursiva, na qual valoriza menos o propósito comparativo dos termos do que sua incorporação ao imaginário evocado.

5. Gonçalves Dias, "Meditação", *Obras Póstumas de A. Gonçalves Dias*, Rio de Janeiro, H. Garnier, 1909, p. 11.
6. Diego A. Molina, "A *Meditação* de Gonçalves Dias", p. 249 (grifo nosso).

As sentenças ganham colorido poético por recorrerem com frequência ao uso de adjetivos e ao fôlego longo, a exemplo deste trecho: "E a tarde era louçã como um amanhecer de fadas e um anoitecer de lua quando o corpo de Febe a nua desmaia no lençol azul dos mares"[7]. Ao propor uma tarde que combina manhã de fadas com noite enluarada, a frase escapa da metáfora tradicional e cria uma figura que antecipa e postula a magnitude do corpo de Febe, figura cristã que desmaia desnuda sobre os mares. A transferência de qualidades, inerente ao processo metafórico, está dada e produz uma linguagem que coloca a "imaginação em ação", conforme a máxima proposta por S. T. Coleridge. Contudo, o texto de Azevedo mostra fragilidades evidentes, recaindo no exagero retórico, na aceleração das imagens e no excesso de referências, que comprometem o resultado.

Diagnóstico semelhante se aplica a outros experimentos de prosa poética publicados após meados do século XIX, que vale a pena citar em rodapé[8], sem detalhar. Quase sempre, são livros marcados por um espírito de emulação em relação a escritores europeus, num processo em que a qualidade daqueles se vê rebaixada a uma versão afetada e não raro exagerada no uso da metáfora[9]. Têm o mérito do pioneirismo na investigação lírica,

7. Pires de Almeida, *A Escola Byroniana no Brasil*, São Paulo, Conselho Estadual de Cultura, 1962, p. 26.
8. Vitoriano Palhares, *As Noites da Virgem*, Recife, Garraux/De Lailharcar e Cie, 1868; Luís Guimarães Jr., *Noturnos*, Rio de Janeiro, A. de A. de Lemos, 1872. Ambas as obras insistem num colorido poético repleto de digressões e uso intensivo de adjetivos, criando um estilo em arabesco que compromete o conjunto e o andamento da narrativa. Sobre os livros, ver Gilberto Araújo de Vasconcelos Jr., *O Poema em Prosa no Brasil (1883-1898): Origens e Consolidação*, Rio de Janeiro, Faculdade de Letras, Universidade Federal do Rio de Janeiro (UFRJ), 2014, pp. 43-68 (Tese de Doutorado).
9. O impasse da importação estética um tanto cega havia sido apontado por Almeida Garret e Ferdinand de Denis, pioneiros em incentivar uma literatura brasileira voltada para os trópicos e que se alimentasse da cultura local.

sem dúvida, mas não mostram suficiente originalidade para criar uma escrita nova, que se torne referência no país. De resto, testemunham um contexto literário limitado, se considerarmos que nossa literatura romântica "se manteve permeável à criação folclórica e à subliteratura, isso numa sociedade pouquíssimo livresca e escassamente letrada", nas palavras de José Guilherme Merquior[10].

Contudo, em meio a esse mesmo contexto, surge um livro que se diferencia pela qualidade plástica da linguagem e dá origem a um mito fundante da nação brasileira: *Iracema* (1865), de José de Alencar. É uma daquelas obras raras em que convergem para sua composição diferentes aspectos ligados ao tema, ao discurso narrativo e ao gênero literário, pois encara o desafio de produzir uma prosa aliada da poesia, na qual conta a saga de encantamento entre o português Martim e a índia virgem. A ousadia é formal e de conteúdo, pois mistura as referências cultas da tradição literária com elementos da vida e da língua nativas[11].

Publicado em edição paga pelo autor e esgotada em dois anos, tem logo uma excelente recepção crítica, incluindo a resenha de Machado de Assis, que qualifica o trabalho como "poema em prosa" e vaticina seu caráter de obra-prima[12]. O acerto da designação de Machado para essa novidade literária acompanha os valores de seu momento histórico. Ele se vale da noção vigente até meados do século XIX, como vimos antes, quando assim se designavam os textos de fundo épico escritos em forma prosódica.

A novidade apresentada por Alencar está no fato de ter adotado o tom da epopeia, tradicionalmente afeito ao uso do verso

(Guilhermino Cesar, "Introdução", *Historiadores e Críticos do Romantismo*, vol. I: *A Contribuição Europeia: Crítica e História Literária*, Rio de Janeiro/São Paulo, Livros Técnicos e Científicos (LTC)/Edusp, 1978, pp. 9-53).

10. José Guilherme Merquior, *De Anchieta a Euclides: Breve História da Literatura Brasileira*, Rio de Janeiro, José Olympio, 1977.
11. Sobre as influências literárias de Iracema, em particular da Bíblia, ver Fernando Paixão, "Ecos da Bíblia em *Iracema*, de José de Alencar", *Estudos Avançados*, vol. 32, n. 92, pp. 269-282, jan.-abr. 2018.
12. Machado de Assis, "Iracema", em José de Alencar, *Iracema*, Rio de Janeiro/São Paulo, Livros Técnicos e Científicos (LTC)/Edusp, 1979, p. 153.

e da métrica, mas adaptado ao formato livre da prosa poética – algo diferente do que se fizera no Brasil[13]. À sua maneira, o romancista cearense cria uma "épica tupinizada"[14], com alto poder de imaginação para conduzir a aventura de Iracema sob as cores do mito, transformando-a em representante telúrica da raça indígena. O envolvimento com o colonizador obviamente implica uma ruptura da heroína com o mundo antigo – à custa da própria morte –, para tornar possível o surgimento de uma nova era representada no filho de ambos.

Nesse imaginário, a exuberância da paisagem tem papel fundamental. Personagem central da história, a natureza serve de moldura espacial e afetiva em que se desenvolve a ação e são pinceladas as qualidades dos protagonistas. Exemplo disso, apenas para salientar um detalhe, pode ser observado no modo como o espaço tropical é apresentado. Com frequência, recorre-se no início dos capítulos à imagem do sol ou da lua; parte das alturas, portanto, para depois se deter sobre o plano médio dos pássaros, até chegar ao chão da floresta e seus detalhes.

Muitas vezes, as primeiras linhas de um capítulo novo evocam o início ou o fim de um dia, como nesta passagem: "Quando o sol descambava sobre a crista dos montes e a rola soltava na mata os primeiros arrulhos, eles [Martim e Iracema] descobriram no vale a grande taba; e mais longe, pendurada no rochedo, à sombra dos altos juazeiros, a cabana do Pajé"[15].

13. Por ocasião da famosa polêmica sobre *A Confederação dos Tamoios* (1856), de Gonçalves de Magalhães, Alencar – escrevendo sob o pseudônimo de Ig – preconiza a necessidade de "um verdadeiro poema nacional onde tudo fosse novo, desde o pensamento até a forma, desde a imagem até o verso". Quase uma década depois, ele publica a lenda indígena (José Aderaldo Castelo, *A Polêmica Sobre a Confederação dos Tamoios*, São Paulo, Faculdade de Filosofia, Ciências e Letras (FFCL), Universidade de São Paulo (USP), 1953, p. 17).
14. Adaptamos aqui a expressão "escrita tupinizada", utilizada por Haroldo de Campos para definir a linguagem de *Iracema* (Haroldo de Campos, "*Iracema*: Uma Arqueografia de Vanguarda", *Revista USP*, n. 5, pp. 67-74, mar.-maio 1990, cf. p. 70).
15. José de Alencar, *Iracema*, p. 13.

As palavras conduzem um movimento visual que configura uma simbologia vinda do alto, da luz crepuscular, integrada à vida da aldeia. A própria sentença tem um ritmo inclusivo, com o uso duplo da preposição. Essas imagens são apenas um pormenor do texto, de alto valor simbólico. E se aproxima do imaginário cristão arcaico, quando evoca a divindade luminosa descendo sobre árvores, rios, animais e emanando a harmonia do campo indígena. Com naturalidade, a narração – que incorpora a ideologia cristã – mostra uma cadência repleta de sugestões, ancorada, sobretudo, pelo uso contínuo da metáfora[16]. E esse é apenas um aspecto da saga indígena.

Para o que nos interessa, *Iracema* representa um modelo de poema em prosa pré-moderno, digamos, tanto por sua extensão e intensão romanescas como pelo fato de se espelhar em demasia nos modelos da tradição. A novidade tem a ver com o contexto nacional, pois oferece uma equação poética – e política – de adaptação entre o colonizador e o mundo indígena. E só consegue esse efeito porque desenvolve um texto repleto de "sugestões simbólicas e unidades de acorde maior", conforme as palavras certeiras de Augusto Meyer[17].

O ponto de virada para uma visão mais atualizada do poema em prosa no Brasil, contudo, ocorre apenas nas duas últimas décadas do século XIX, quando as ideias simbolistas e parnasianas encontram porto por aqui. No plano internacional, o ideário romântico se torna um tanto engessado, passível de imitações baratas, e não mais responde aos dilemas de uma sociedade cada vez mais citadina e complexa. O gênero híbrido, por sua vez, mostra-se compatível com o espírito modernizante, que emana da Europa. E, nos trópicos, a sociedade anseia por mudanças, políticas e estéticas, a ponto de deslocar o polo literário para a região sul do país[18].

16. Cf. M. Cavalcanti Proença, "Transforma-se o Amador na Coisa Amada", em José de Alencar, *Iracema*.
17. Augusto Meyer, "Alencar", em José de Alencar, *Iracema*, p. 191.
18. Conforme interessante observação de Brito Broca: "O romantismo tivera seu maior desenvolvimento em São Paulo por causa da Faculdade de Di-

É quando os fatores de concisão e de unidade se impõem ao modelo, levando o poema em prosa a ganhar efetivamente um formato autônomo e moderno. A rigor, entra em jogo outra noção de poesia, concentrada numa composição curta e de estreita relação com o uso do verso livre. Por isso, discordamos que haja uma continuidade na passagem da prosa poética longa, ou recortada em diversos capítulos, que aparece nos escritores românticos, para o que vem a ocorrer na obra dos poetas simbolistas que veremos adiante[19]. Pode-se mesmo considerar que, em termos gerais, a partir de *Petits Poèmes en Prose*, esse tipo de escrita muda seu DNA e se expande rapidamente como forma literária.

POEMA EM PROSA ENTRA EM CENA: SIMBOLISMO

Conta a lenda que, no início da década de 1890, os poetas simbolistas brasileiros liam "de joelhos" as novidades recém-chegadas de Portugal e França. Assim afirma Andrade Muricy[20], em seu notável estudo sobre o período, ao relatar o fervor fanático

reito; o naturalismo, embora produzindo seus frutos na metrópole, deitou suas mais fortes raízes no movimento cientificista do Recife. Com o simbolismo verificou-se um curioso fenômeno de aclimatação nas províncias sulinas" (Brito Broca, *A Vida Literária no Brasil: 1900*, Rio de Janeiro, José Olympio, 1960, pp. 131-132).

19. Posição diversa é defendida por Gilberto Araújo de Vasconcelos Jr., em seu excelente estudo sobre as origens e a consolidação do poema em prosa no Brasil. Ainda que longo, reproduzimos o trecho essencial de seu argumento: "Ao defendermos a noção de *continuum*, afastamo-nos do trato definitivo e autotélico, permitindo que o poema em prosa sempre inclua novos atributos de outras formas literárias com as quais mantém ou manterá constante diálogo. Ao invés da querela acerca da autonomia genérica, o *continuum* permite que os gêneros se manifestem em sequências intercambiáveis, de modo a que um sempre problematize a hegemonia do outro, forjando dialética, a nosso ver, inerente à natureza dinâmica e ambígua do poema em prosa" (Guilherme Araújo de Vasconcelos Jr., *O Poema em Prosa no Brasil (1883-1898)*, p. 293).
20. Andrade Muricy, *Panorama do Movimento Simbolista Brasileiro*, vol. 1, São Paulo, Perspectiva, 1987, p. 86.

que envolve a recepção entre nós das prosas poéticas de *Guaches* (1892), do lusitano João Barreira. A imagem é sintomática, tanto pelo imaginário sublime – e religioso – que caracteriza o ajoelhar-se como pelo aspecto simbólico de sujeição em que se posicionam os escritores nacionais.

De modo indireto, tal atitude expressa, na verdade, uma deliberada inclinação para o ato de imitar, traço que marca as origens de nossa literatura – e cultura – desde o romantismo e que teve em Machado de Assis um crítico contundente, em texto de 1879: "O tom dos imitadores é demasiado cru; e aliás não é outra a tradição de Baudelaire entre nós"[21]. Apesar do alerta machadiano, no entanto, não se pode afirmar que a geração simbolista avance nessa atitude, embora tenha se revoltado contra o subjetivismo repetitivo e formal do movimento predecessor.

A rigor, os poetas finisseculares instauram nas letras nacionais uma lufada inovadora, sob inspiração dos novos ares e principalmente dos poetas franceses e portugueses. Renova-se a estética local, mas permanece o espírito de importação. Não é o caso de refletir aqui sobre as causas e implicações dessa postura-satélite da cultura brasileira[22]; no entanto, não se deve esquecer

21. O diagnóstico de Machado de Assis ainda acrescenta: "A poesia subjetiva chegara efetivamente aos derradeiros limites da convenção, descera ao brinco pueril, a uma enfiada de coisas piegas e vulgares; os grandes dias de outrora tinham positivamente acabado" (Machado de Assis, "A Nova Geração", *Obra Completa de Machado de Assis*, vol. III: *Poesia Crônica, Crítica, Miscelânea e Epistolário*, Rio de Janeiro, Nova Aguilar, 1954, p. 810).

22. A controvérsia em torno da relação colonialista dos autores brasileiros daquele período suscitou a seguinte resposta de Andrade Muricy ao diagnóstico crítico de Otto Maria Carpeaux: "Não vejo, porém no simbolismo brasileiro um caso do 'colonialismo' a que se refere Carpeaux. Momento internacional, isso sim. [...] A aplicação dos métodos comparatistas demonstra que houve um fenômeno de vasos comunicantes, e não importação forçada ou diletantismo. Não um colonialismo primário, porém comunhão sentimental e estética no Ocidente e de que o Brasil participou" (Andrade Muricy, *Panorama do Movimento Simbolista Brasileiro*, p. 40; ver também Otto Maria Carpeaux, *Origens e Fins: Ensaios*, Rio de Janeiro, Casa do Estudante do Brasil (CEB), 1943, p. 327).

de que tal circunstância marca o momento em que o poema em prosa moderno começa a se difundir entre nós. E, com ele, traz uma concepção outra de linguagem poética, de cultivo a uma "personalidade única" do artista, a ser expressa por meio de um estilo próprio e relevante[23].

Com o simbolismo, quer-se evitar o caráter confessional e o tom sentimental típicos dos românticos, em nome de uma missão supostamente mais elevada, que diz respeito a expressar sensações ou traduzir sentimentos próximos do Ideal e do Mistério – conceitos associados a uma simbologia cósmica que transcende o plano individual e racional. Por isso, torna-se tão importante o componente musical do ritmo, associado ao que os gregos da Antiguidade costumavam chamar "música das esferas". Num poema metrificado, a cadência está predeterminada pela forma, mas no verso livre e no gênero híbrido é pelo andamento rítmico que se evidenciam as repetições, as rimas e os contrastes, criando uma dinâmica interna a cada composição.

Com relação ao poema em prosa, os simbolistas intensificam esse pensamento e se afastam do modelo um tanto narrativo e prosaico criado por Baudelaire. Em vez disso, passam a incorporar a premissa de Paul Verlaine, que abre o texto "Art Poétique" (1884) com um verso emblemático do movimento: "De la musique avant tout les choses", o que equivale a dizer que o poeta deve se guiar pelo princípio da musicalidade. Acrescentam ainda os princípios da brevidade e da unidade, que estão entre as exigências de Mallarmé para a poesia – um autor que, embora tenha publicado poucos poemas híbridos, teve forte influência nos escritores do gênero. De tal combinatória, surge um movimento que valoriza o caráter transcendente da escrita.

23. Edmund Wilson, ao referir-se ao simbolismo, afirma: "Cada poeta tem uma personalidade única; cada um dos seus momentos possui seu tom especial, sua combinação especial de elementos. E é tarefa do poeta descobrir, inventar, a linguagem especial que seja única para exprimir-lhe a personalidade e as percepções" (Edmund Wilson, *O Castelo de Axel: Estudo Sobre a Literatura Imaginativa de 1870 a 1930*, São Paulo, Cultrix, 1990, p. 22).

Entre os brasileiros, essas ideias ganham adeptos rapidamente, dividindo-se a atenção entre o que ocorre em Lisboa e Paris. Nesse sentido, não deixa de ser curioso – e intrigante – que a publicação do já citado *Guaches* tenha influenciado o surgimento do poema em prosa no Brasil, enquanto passa despercebido em sua terra. Antes disso, inúmeros livros decadentistas de autores franceses haviam circulado entre amigos, difundidos por Medeiros e Albuquerque. O que nos leva a crer numa maior influência francesa no Brasil, sobretudo quando se trata da hibridez, sem desmerecer o impacto de Barreira, que serve de matriz em língua portuguesa para esse tipo de composição.

Para ter uma ideia da cadência tipicamente simbolista desse livro, seguem transcritos os primeiros parágrafos do texto intitulado "Monólogo de um Crânio" (1892), de Barreira:

O crânio imobilizava-se no contador de pau-santo, sobre uma velha edição, *à tranches rouges*, do *Fédon* socrático. A alvura imaculada do frontal, a violência voltairiana da maxila, alongada em sarcasmo, as filas de dentes como rosários de feiticeiras, toda aquela mancha de linhas bruscas e nervosas que coleiam, em caprichos de enigma, por cavidades cheias de sombras – o torturado daquela esfinge de angústias, fazia um destaque enérgico, triunfante no fundo escuro do velho mobiliário Renascença.

Uma lanterna japonesa lambia-o em carícias luarentas de *punch*, como banhando-o num éter estelar, e a caricatura avelhentada do seu perfil, escorrendo sobre a parede, dava a ideia de um feto monstruoso, lacrimoso, uma cabeça intumescida de pesadelo: o riso da caveira fazia o choro da sombra[24].

As frases longas, ocupando por vezes o parágrafo todo, são formadas pela enumeração de detalhes, que compõem em sequência uma descrição do crânio – ao mesmo tempo visual e simbólica, descritiva e evocativa. Sobre uma lanterna japonesa, derramam-

24. João Barreira, *Guaches: Estudos e Fantasias*, Porto, Lugan & Genelioux, 1892, pp. 47-48.

-se os ares do "éter estelar", como a sombra na parede se vê transfigurada em pequeno monstro. Novamente, a transferência de qualidades entre os elementos ocorre de imediato porque a sentença supõe uma formulação de ordem inclusiva e metafórica. Acrescente-se a isso a culta referência ao clássico socrático e à Renascença, para dignificar a dinâmica de sentidos, e temos aí uma boa mostra do imaginário que vai marcar a poética finissecular.

Deve-se assinalar ainda a rivalidade da corrente simbolista com os autores parnasianos, que dominam a cena brasileira no final do século XIX; ao contrário da França, onde o parnasianismo teve menor importância. Fato que talvez se explique pelo espírito oligárquico que domina a sociedade brasileira da época. Nesse contexto, figuras como Olavo Bilac, Alberto de Oliveira, Raimundo Correia e outros defendem uma doutrina próxima dos valores clássicos de pureza estética e domínio formal; portanto, privilegiam, sobretudo, o verso e praticamente não se aventuram no gênero novo.

É sob tal circunstância que florescem nos trópicos as primeiras sementes da terceira via literária. E com a ajuda da sorte, pois a estreia do poema em prosa moderno em livro se dá entre nós pelas mãos daquele que será também o maior poeta do período: Cruz e Sousa – autor negro de origem humilde, mas agraciado com boa educação e farta leitura. Estreia em 1885, em coautoria com o amigo Virgílio Várzea[25], e, oito anos depois, consegue publicar no Rio de Janeiro duas criações em que vinha trabalhando simultaneamente: *Missal*, dedicado ao gênero híbrido, e *Broquéis*, com peças em versos.

25. *Tropos e Fantasias* (1885), publicado em Desterro – hoje Florianópolis –, cidade natal de Cruz e Sousa. Esse livro apresenta apenas seis textos, com predominância da prosa ornamentada de recursos poéticos. Por isso, pode-se entender a passagem desse livro para o posterior, *Missal*, como uma efetiva maturação do autor no que se refere ao poema em prosa.

Figura genial, dramática e altiva, Cruz e Sousa encarna todas as aspirações do simbolismo e produz uma obra de alta qualidade plástica. Influenciado principalmente por Baudelaire e Mallarmé, elabora uma linguagem refinada e bastante movimentada em seu aspecto fônico e sintático, de modo a entrelaçar o plano formal ao imaginário. Tanto nos versos como nos poemas em prosa, o poeta apresenta "um agudo senso do valor da repetição como elemento de surpresa"[26]. Além disso, chama a atenção o tom decididamente solene com que pontua as imagens e os conceitos, insistindo por dar nome ao mundo das essências.

Essa tonalidade está perfeitamente de acordo com a noção de "arte pela arte", que ele assimila da leitura de Gustave Flaubert, famoso por sua obsessão com a expressão justa[27]. O próprio título, *Missal*, aponta para uma conversão radical a certos princípios que indicam elevação e espiritualidade. No entanto, Cruz e Sousa tem plena consciência de sua inadaptabilidade social, seja pela cor da pele – que o impediu de assumir o cargo de promotor público, apesar de nomeado legalmente –, seja pela biografia trágica que teve, sem o redimir de certo "ar aristocrático". Por fim, após a publicação de seus primeiros livros, vê-se abatido com o falecimento do pai e a loucura da esposa, entrando num ciclo de desespero que só termina com a morte, em 1898.

Missal representa a consolidação formal de um modelo que realiza plenamente a ambiguidade inerente a esse tipo de escrita: flui como prosa, mas alcança um plano poético diferenciado, único. Pode-se dizer que a eloquência é um fator determinante de seu ritmo, com imagens que evocam o absoluto com um alto poder de

26. Ivan Teixeira, "Apresentação", em [João da] Cruz e Sousa, *Missal; Broquéis*, São Paulo, Martins Fontes, 1993, p. 19.
27. Conforme informação de Nestor Vítor, poeta amigo de Cruz e Sousa, em depoimento sobre o poeta negro (Nestor Vítor, "Cruz e Sousa", em Afrânio Coutinho (org.), *Cruz e Souza*, Rio de Janeiro, Civilização Brasileira, 1979, p. 124). Na avaliação de Nestor Vítor, o livro *Broquéis* é muito superior a seu par, *Missal*, julgamento que se tornou consenso na crítica, sem o devido questionamento.

surpresa[28]. Nesse sentido, há uma clara predominância dos temas ligados à evocação da natureza e dos elementos espaciais e temporais, que acabam por significar/representar toda uma amplitude de emoções. As frases se sucedem como uma projeção do sujeito lírico sobre a imensidade imaginativa, digamos assim.

É interessante perceber nesse livro o embate de páginas ora ligadas à ideia de branco, brancura e claridade, ora ligadas à de escuro, noite e mundo noturno. Acima de tudo, predomina a afirmação de uma *hybris* que permeia a voz poética e sugere uma realidade suprassensível. Ademais, contém peças, como "Paisagem de Luar", nas quais mostra um nítido embate entre as forças do claro e do escuro. Já nas primeiras frases se percebe essa nuança:

> Na nitidez do ar frio, de finas vibrações de cristal, as estrelas crepitam...
>
> Há um rendilhamento, uma lavragem de pedrarias claras, em fios sutis de cintilações palpitantes, na alva estrada esmaltada da Via Láctea.
>
> Uma serenidade de maio adormecido entre frouxéis de verdura cai do veludo do firmamento, torna a mais solitária e profunda.
>
> O Mar, pontilhado dos astros, faísca, fosforesce e rutila, agitando o dorso glauco[29].

Praticamente não se dissocia no texto o que é descrição do que é valoração, esta última ressaltada pelo uso dos adjetivos e pela escolha dos verbos, que, em geral, expressam vigor e vivacidade. De fato, o trecho oscila entre as pradarias claras e o veludo noturno, transformando essas vibrações anímicas em tensão contínua, que se estende até o fim do poema. Note-se que a segunda sentença mostra uma presença forte da vogal "a", enquan-

28. Na óptica de Massaud Moisés, o livro *Missal* apresenta "os recursos de visualização impressionista, empolgado com as sinestesias e associações que se lhe ofereciam ao olhar ávido de cores, formas, brilhos". Aponta também a diferença desse livro com o livro *Evocações*, do mesmo autor, no qual a virtuosidade do poeta mais se volta para o drama íntimo (Massaud Moisés, *História da Literatura Brasileira*, vol. IV: *Simbolismo*, São Paulo, Cultrix, 1997, p. 29).
29. [João da] Cruz e Sousa, *Obra Completa*, Rio de Janeiro, José Aguilar, 1961, p. 430.

to na linha seguinte a marca dessa letra diminui, conduzindo a frase para um tom mais soturno. Ao cabo, não fica retida apenas uma paisagem, mas mais do que isso: propõe-se uma atmosfera dotada de alta subjetivação discursiva.

Por causa dessas qualidades, a excelência de Cruz e Sousa se impõe aos escritores simbolistas, que logo reconhecem nele uma figura central. De início, o poeta negro se aproxima do grupo reunido em torno ao jornalista e poeta Emiliano Perneta, em Curitiba, de onde surgem as primeiras manifestações do simbolismo no país. Ao mesmo núcleo, pertencem Bernardino Lopes, Gonzaga Duque, Lima Campos e outros. Em 1890, muda-se para o Rio de Janeiro, onde influencia os poetas locais, seguidores do mesmo ideário; é quando fica amigo de Nestor Vítor, que se tornará seu testamentário literário. Inspirado nesses fatos, o crítico Brito Broca, ao comentar o período, destaca a amizade como elemento deflagrador do espírito simbolista entre nós[30].

Em afinidade com tal espírito, as revistas literárias desempenham papel central para difundir a novidade, com destaque para a *Cenáculo*, de Curitiba, iniciada em 1895 por Dario Veloso, Júlio Perneta, Cruz e Sousa e outros. Três anos mais tarde, surge a publicação carioca *Vera Cruz*, na qual se reúnem o autor de *Missal*, Mário Pederneiras, Oliveira Gomes e poetas do grupo anterior. Devem ainda ser lembrados Rocha Pombo, Colatino Barroso, César de Castro e Medeiros e Albuquerque, sendo este último um divulgador pioneiro de ideias simbolistas entre os amigos, mas que depois se afasta do movimento. A maior parte desses autores é desconhecida na atualidade, mas seus textos exalam uma atmosfera efusiva e intensa, reveladora de uma faceta da *belle époque* brasileira[31].

30. Brito Broca, *A Vida Literária no Brasil*, p. 132.
31. Sobre os grupos simbolistas, ver José Aderaldo Castelo, "Apontamentos para a História do Simbolismo no Brasil", *Revista da Universidade de São Paulo*, vol. 1, n. 1, pp. 111-121, jan.-mar. 1950.

Embora nem todos os adeptos do simbolismo tenham se dedicado ao poema em prosa, boa parte deles investe no gênero, em uma ou mais obras. Predomina, contudo, a prosa poética curta, próxima da fantasia e do devaneio; por vezes, até desenvolve algum enredo, quase sempre pontuado por uma eloquência em que subjaz a ideia de poeticidade. Porém, em alguns escritores e livros, é possível encontrar textos mais incisivos, com fino senso de unidade e brevidade, conforme a definição apresentada anteriormente. É o caso dos escritos de Raul Pompeia, que merecem um comentário à parte, pois acalentam a ideia de mesclar os gêneros desde 1883, quando o futuro criador de *O Ateneu* (1888)[32] publica as primeiras versões no *Jornal do Commercio* de São Paulo.

Pompeia dedica-se a esse projeto por mais de uma década, atormentado por uma ideia de perfeição estética que não se consuma, até que o resultado, revisado pouco antes do suicídio, aparece na publicação póstuma de *Canções sem Metro* (1900). Encontra-se em suas páginas uma expressão concisa e penetrante, dotada de alta dose de revolta. Do mesmo modo como idealiza o poder transcendente do discurso, amarga uma angústia radical que se projeta em dimensão cósmica. A estudiosa Sônia Brayner, que faz uma arguta leitura do livro, pondera que os textos retratam "alegorias de uma visão de mundo e da história marcada pela repetição, pelo retorno cíclico da dor e da miséria"[33], e compara seu imaginário cético-crítico ao de Machado de Assis.

No âmbito simbolista, esta antologia apresenta uma parte expressiva de seus autores. Ao todo, reunimos dezessete nomes dessa geração pioneira na aventura de adaptar o gênero híbrido à atmosfe-

32. A importância de Pompeia é tal que Afrânio Coutinho defende a ideia de que ele é o pioneiro do poema em prosa no Brasil (Afrânio Coutinho, "Introdução", em Raul Pompeia, *Obras*, vol. IV: *Canções sem Metro*, Rio de Janeiro, Civilização Brasileira/Oficina Literária Afrânio Coutinho (Olac)/ Fundação Nacional de Material Escolar (Fename), 1982, pp. 15-24).
33. Sônia Brayner, "A Reflexão do Ser em Sua Linguagem Interior", *Labirinto do Espaço Romanesco: Tradição e Renovação da Literatura Brasileira, 1880-1920*, Rio de Janeiro/Brasília, Civilização Brasileira/Instituto Nacional do Livro (INL), 1979, p. 236.

ra tropical, ainda que emulando em demasia os escritores estrangeiros. Reunir essa amostra, que é bem representativa, só foi possível por meio de uma pesquisa exaustiva de vários anos, envolvendo muitos livros desconhecidos e nunca reimpressos. Alguns deles estão disponíveis apenas na seção de obras raras da Biblioteca Nacional ou no Real Gabinete Português de Leitura, no Rio de Janeiro[34].

Depois de lidas centenas de páginas desses autores simbolistas, torna-se notória a observância de alguns temas e motivos, como se revelassem as forças motrizes daquela imaginação. Vale a pena ressaltar as tópicas mais recorrentes. Uma delas, de matriz baudelairiana, está no aproveitamento das dualidades e antinomias como efeito poético. Isso ocorre, por exemplo, no âmbito da figura da mulher, imagem central na idealização simbolista, que aparece ora associada à morte, contraposta à beleza, ora evocada como virgem pura ou em seu oposto: um ser lascivo, entregue ao prazer. É importante lembrar que essa contraposição ocorre não apenas por causa do valor simbólico mas também pela dinâmica que embala o ritmo interno do poema e engendra musicalidade.

Uso idêntico das antinomias ocorre no plano das oposições entre dia e noite, alto e baixo, terra e mar e tantas outras que compõem os arquétipos em torno aos quais as imagens ganham força. Por conseguinte, as dimensões de espaço e de tempo acabam evocadas de maneira anímica e humanizada. Para alcançar esse efeito, recorrem ao uso frequente da hipérbole, manifesto na maiúscula da primeira letra de certas palavras-chave, bem como no emprego de adjetivos, vocativos e exclamações. Alfredo Bosi caracteriza como "floração estética" esse maneirismo dos simbolistas, reconhecido por "fazer vibrar os ritmos", acentuar "a carga emotiva de certas palavras" e produzir "conotações inesperadas"[35] – observação certeira para definir tal procedimento.

34. Também foram essenciais para esta pesquisa a Biblioteca Brasiliana Guita e José Mindlin (BBM) e a biblioteca do Instituto de Estudos Brasileiros (IEB), ambas da Universidade de São Paulo (USP).

35. Alfredo Bosi, *História Concisa da Literatura Brasileira*, São Paulo, Cultrix, 1992, p. 266.

Em verdade, o crítico paulista tece o conceito num tom questionador, pois constata em seguida que a dicção floreada não deita "suas raízes no chão firme da realidade histórica"[36] do país. Recolhidos na torre de marfim, interessam-se pela lira sobre todas as coisas, já que boa parte da poética brasileira do período espelha-se nos modelos europeus. Ao mesmo tempo, devem ser reconhecidos os méritos dessa corrente que muito fez para expandir a noção de poesia entre nós. Não apenas por fazer contraponto ao modelo parnasiano, que era mais reconhecido nos círculos literários, mas também por suas conquistas estéticas: ao adotar o verso livre e a liberdade temática ou na incursão da subjetividade e nas experimentações da linguagem[37].

Aos olhos de um leitor do século XXI, há de se admitir que os poemas em prosa de muitos poetas simbolistas causam estranhamento inicial, em razão de seu caráter retórico, apoiado no uso virtuoso da sintaxe e do vocabulário. Denunciam um estilo usualmente rebuscado, com viés para o arabesco e com excesso de imagens alongando as frases. No entanto, o que atualmente nos aparece como um gosto de época, datado e defeituoso, constituiu um esforço geracional para emancipar nossa imaginação literária – mérito a ser compreendido.

Há gratas surpresas, inclusive, que podem ser lidas hoje com frescor, pois de algum modo conversam com o tempo futuro. É o caso de Pedro Kilkerry, apontado por Augusto de Campos como precursor do modernismo vindouro, escritor que, em 1913, deu o título de *Kodaks* a uma série de textos curtos e oníricos publicados em Salvador. Ou da originalidade de César de Castro, autor do livro *Péan* (1910), que revela um poeta bem peculiar, ao ex-

36. *Idem*, p. 270.

37. Antônio Donizeti Pires, *Pela Volúpia do Vago: O Simbolismo: O Poema em Prosa nas Literaturas Portuguesa e Brasileira*, Araraquara, Faculdade de Ciências e Letras (FCL), Universidade Estadual Paulista (Unesp), 2002, p. 433 (Tese de Doutorado). Sobre Cruz e Sousa, esse estudo apresenta uma interpretação fecunda sobre *Missal* e *Evocações*.

plorar a sonoridade das palavras em nuanças, misturando neologismos com eruditismos de forma inusitada.

Sua estranheza e inventividade permanecem, passado mais de um século da publicação, o que não ocorre com a maioria dos poetas da época. E o primeiro escrito, que dá título ao livro, bem serve de desfecho para esta reflexão sobre o poema em prosa simbolista:

PÉAN

prol honor das irredutíveis Convicções

Almaforte Jocundo, eis o meu nome.

Salteador, assassino, poeta e desdenhoso. Eu não pertenço à grei cobarde dos humanos. Durante sete meses remorei, feto, na madre das Energias impávidas. Nasci sob a égide de um astro cor de sangue. Ervas daninhas me nutriam. E detesto a todos vós que, símiles meus no feitio externo dos órgãos, não emanastes das Forças fecundadas sem pecado. Leixai-me só. Ide na vossa rota: e ante o meu ermitágio não vos atravesseis, que nem me enternecem os vossos hosanas nem me bastardeiam os vossos doestos rancorosos. Eu sou o tribunal de mim mesmo, o verdugo de mim mesmo, o réu do supino crime da alegria ou do desgosto de mim mesmo[38].

MODERNISMO: GÊNERO HÍBRIDO EM RESSACA

Se César de Castro e Pedro Kilkerry podem ser entendidos como vozes modernizantes no âmbito da poética simbolista, a ruptura efetiva com esse modelo se dá com a Semana de Arte Moderna e o movimento que se segue. Aderindo ao ideário das vanguardas europeias, que defendem a experimentação e o fluxo inconsciente como paradigmas da criação artística, Oswald de Andrade e Mário de Andrade capitanearam uma mudança

38. César de Castro, *Péan: Ampolas de Escuma*, Porto Alegre, Brasil Meridional, 1910, pp. 6-7.

radical no ambiente literário nacional. No editorial do primeiro número de *Klaxon* fica explícita a intenção de promover uma "operação cirúrgica. Extirpação das glândulas lacrimais", para em seu lugar promover a "era dos 8 Batutas, do Jazz-Band, de Chicharrão, de Carlito, de Mutt & Jeff"[39]. A ênfase na ousadia criativa é colocada em primeiro plano – até na forma de manifestos –, deixando de lado qualquer normatividade sobre os gêneros literários.

Ademais, o estilo rebuscado e nefelibata dos poetas simbolistas representa o puro oposto do que defendiam os novos escritores, fator que contribui para o modelo híbrido recrudescer na produção literária dos anos 1920. Mário de Andrade chega a ser explícito em *A Escrava que Não É Isaura* (1925): "À destruição do verso pelo poema em prosa, preferimos, escolhemos o já existente Verso Livre"[40]. Frase direta que subentende a hibridez como secundária, em nome de um horizonte supostamente mais largo de criação. O autor de *Macunaíma* (1928) segue à risca esse preceito, pois em toda a sua obra deixa apenas um texto a ser enquadrado nesse tipo de escrita, "A Menina e a Cantiga" (1926), cuja singeleza remete a uma rápida cena de criança com fundo musical. E, mesmo quando explora a prosa poética, inspirado na lenda amazônica, prefere caracterizá-la como rapsódia.

Não é diferente a posição de Oswald de Andrade. Em seus livros, há uma completa ausência do gênero, com exceção de "Falação", que abre *Pau-Brasil* (1925) e funciona como breve manifesto. Aos olhos de hoje, podemos entendê-lo como um poema híbrido, principalmente se tomarmos o significado do título, que acena com a proliferação desordenada de discursos; coexistem ali, ao lado de conceitos e ismos, expressões claramente líricas como "os homens que sabiam tudo se deformaram como babéis de borracha". Assim compreendido, o texto perde em combativi-

39. Mário de Andrade, "Estética", *Klaxon*, n. 1, pp. 2-3, maio 1922, cf. p. 3.
40. *Idem, ibidem*; *A Escrava que Não É Isaura: Discurso Sobre Algumas Tendências da Poesia Modernista*, Rio de Janeiro, Nova Fronteira, 2003.

dade retórica – teor de seu tempo –, mas preserva um sentido de unidade e brevidade que ecoa atualmente.

Deve ainda ser lembrado o livro *Memórias Sentimentais de João Miramar* (1924), que tem clara inspiração no formato do poema em prosa – cada fragmento vem numerado, intitulado e mantém sentido de unidade textual. No entanto, o andamento se desdobra numa composição romanesca engendrada com base na memória involuntária do narrador protagonista, livre no uso da sintaxe e pontuação[41]. A estudiosa Maria Augusta Fonseca teve acesso aos manuscritos e afirma que, até as vésperas da publicação, Oswald mantém o título *Memórias Sentimentais*, acompanhado do subtítulo *Forma em Romance de Poema*, depois riscado a lápis e suprimido. Demonstra com isso ter consciência clara de que experimenta com os gêneros literários[42]. No mais, a poesia oswaldiana privilegia, sobretudo, a quebra irregular e surpreendente dos versos, criando dissonâncias para se contrapor à naturalidade da leitura.

É de se notar também a inexistência do poema em prosa em outros nomes importantes do modernismo, como é o caso de Ronald de Carvalho, Cassiano Ricardo, Guilherme de Almeida, Ribeiro Couto, Augusto Frederico Schmidt, conforme levantamento feito em suas obras completas, que representam uma escolha definitiva dos próprios autores, sem considerar as publicações esparsas ou inéditas. Trata-se de um dado significativo, sinal do desinteresse por esse tipo de escrita no contexto brasileiro daquele período. Ainda assim, o assunto não escapa totalmente ao radar de nossos escritores. Se deixarmos de lado o aspecto quantitativo, vamos constatar que o gênero híbrido, em tom claramente mo-

41. Cf. Fernando Paixão, "Pacto e Linguagem nas *Memórias Sentimentais de João Miramar*", *Luso-Brazilian Review*, vol. 53, n. 1, pp. 39-54, jun. 2016.

42. Cf. Maria Augusta Fonseca, *Dois Livros Interessantíssimos:* Memórias Sentimentais de João Miramar *e* Serafim Ponte Grande *– Edições Críticas e Ensaios*, São Paulo, Faculdade de Filosofia, Letras e Ciências Humanas (FFLCH), Universidade de São Paulo (USP), 2006, pp. 44-45 (Tese de Livre-Docência).

dernista, aparece primeiramente na obra de Manuel Bandeira, quando ela muda de rumo estético e assume novo ideário.

Infelizmente, por questões de direitos autorais e inacessibilidade dos herdeiros e seus representantes, a voz de Bandeira não se faz presente nesta antologia. Entretanto, o poeta deve ser lembrado como um artífice do gênero e merece aqui um comentário rápido. Sua adesão ao poema em prosa ocorre no terceiro livro, *O Ritmo Dissoluto* (1924), em que mostra uma faceta renovada da escrita, dessa vez mais fluente e atenta às cenas cotidianas[43]. Dissolve-se o ritmo até adquirir a forma híbrida, como ocorre nos textos "Sob o Céu Todo Estrelado" e "Noturno da Mosela", de tom mais rebaixado que o modelo simbolista. Ambos desenvolvem uma atmosfera diáfana, sustentada por reticências e frases sobrepostas, num espírito diferente das composições congêneres que aparecem no livro seguinte.

Em *Libertinagem* (1930), Bandeira apresenta as melhores peças do tipo. O destaque vai para "Noturno da Rua da Lapa", que reconta um caso vivenciado por Jaime Ovale, quando este residia na rua Conde Lage[44]. A situação inicia com a janela aberta: "Para o que não sei, mas o que entrava era o vento dos lupanares, de mistura com o eco que se partia nas curvas cicloidais, e fragmentos do hino da bandeira". A frase apresenta uma curiosa acumulação de sentidos, compatível com a incerteza do sujeito lírico. Até que entra no quarto "o bicho que voava, o articulado implacável, implacável!" Sem lhe ocorrer qualquer possibilidade de evasão, lembra da bomba de Flit e se põe em ação. Fumega um jato contra o intruso e se surpreende, pois o animal cresce mais e mais. E o texto termina com uma longa e enigmática sentença:

43. Antes disso, na abertura de *Carnaval* (1919), apresenta um texto híbrido com o título de "Epígrafe".

44. Paulo Mendes Campos, "Manuel Bandeira Fala de Sua Obra", *Travessia*, vol. 5, n. 13, pp. 124-140, 1986, cf. 134.

Senti que ele não morreria nunca mais, nem sairia, conquanto não houvesse no aposento nenhum busto de Palas, nem na minhalma, o que é pior, a recordação persistente de alguma extinta Lenora[45].

O belo poema, próximo do absurdo, exemplifica com clareza o raciocínio do crítico Davi Arrigucci Jr. sobre o poeta recifense, ao apontar nele um "espaço de mediação entre a mais funda interioridade lírica e o mundo exterior, onde se processa uma metamorfose essencial do ponto de vista poético"[46]. Nos textos desse livro, o autor abandona de vez o preciosismo de imagens e adota uma linguagem voltada para a vida imediata, observada no cotidiano. Por consequência, abre espaço para uma subjetividade mais prosaica e fluente.

Bandeira volta a incluir outras peças do gênero no livro seguinte, *Estrela da Manhã* (1936), no qual consta "Tragédia Brasileira", a triste história de Misael, que tira a prostituta Maria Elvira do mau caminho e lhe proporciona uma vida burguesa, sem obter dela a fidelidade desejada. Mesmo assim, a incursão bandeiriana pelo poema em prosa foi escassa e pouco representativa em sua obra. Não é diferente a situação de Carlos Drummond de Andrade, que incorpora um escrito do gênero apenas em seu terceiro livro, *Sentimento do Mundo* (1940), mas mantém a escassez em suas publicações subsequentes, resultando em pouco mais de uma dezena de textos numa produção de mais de sessenta anos.

O mesmo se dá com Jorge de Lima, que estreia com sonetos em 1914 e raras vezes veio a incluir poemas híbridos em seus livros, iniciando com *A Túnica Inconsútil* (1938), que inclui "O Grande Desastre Aéreo de Ontem", texto precioso em que consegue tratar com lirismo o fato trágico. Nessa época, recebeu forte influência do amigo Murilo Mendes, que envereda inicialmente pelo gênero em 1936, com o livro *O Sinal de Deus* – a edição é pa-

45. Manuel Bandeira, *Antologia Poética*, Rio de Janeiro, Sabiá, 1961, p. 87.
46. Davi Arrigucci Jr., *Humildade, Paixão e Morte: A Poesia de Manuel Bandeira*, São Paulo, Companhia das Letras, 1990, p. 63.

trocinada pelo próprio poeta, mas ele a recolhe das livrarias logo após o lançamento, por razão desconhecida[47].

Na mesma década, no sul do país, o jovem Augusto Meyer – que mais tarde se tornará crítico e diretor do Instituto Nacional do Livro (INL) – publica o livro *Literatura & Poesia, Poema em Prosa* (1931), reunindo textos de evidente coesão formal, no qual revela uma voz lírica concisa e aderente aos temas prosaicos, mas sem o brilho e a inventividade encontrados em Manuel Bandeira. Com esses dados em mãos, pode-se concluir que os anos 1930 são igualmente marcados pela pouquidade do poema em prosa no ambiente literário nacional.

Chega mesmo a surpreender que a chamada segunda geração modernista se mostre tão afastada desse formato moderno e pleno de possibilidades. Algumas razões já foram citadas – a negação do estilo simbolista e o desinteresse por questões de gênero literário –, mas não bastam para elucidar a questão. É como se de fato a poesia brasileira, conforme defende Mário de Andrade, necessitasse antes reinventar a noção de verso para fazer frente às perplexidades do século XX. Ou seja, a centralidade em torno a uma poética de matriz brasileira acaba por colocar à sombra outras possibilidades de expressão.

Felizmente, a situação começa a mudar no momento seguinte. E o ponto de virada se dá com a conhecida geração de 1945, na qual se reúnem criadores de diversos matizes, irmanados na necessidade de retomar laços com uma visão aliada da tradição e menos vanguardista. Nesse âmbito, as fontes mais lidas por aqui são T. S. Eliot, Paul Valéry e Rainer Maria Rilke[48]. Nesse contexto, o retorno às formas fixas vem acompanhado de uma reconciliação com o poema em prosa, como testemunham as obras de Lêdo

47. Murilo Mendes, *Poesia Completa e Prosa*, p. 1686. Murilo volta a se dedicar à prosa poética em *Idade do Serrote* (1968) e aproxima-se do poema em prosa nos dois livros subsequentes: *Convergência* (1970) e *Poliedro* (1972).
48. Vagner Camilo, "Nota sobre a Recepção de Rilke na Lírica Brasileira no Segundo Pós-Guerra", *Navegações: Revista de Cultura e Literaturas de Língua Portuguesa*, vol. 10, n. 1, pp. 71-78, jan.-jun. 2017.

Ivo, José Paulo Moreira da Fonseca, Péricles Eugênio da Silva Ramos e outros.

Todavia, a prática do gênero misto nesse grupo padece do mesmo sintoma apontado pelo crítico português Arnaldo Saraiva sobre aquele período: "[...] os poetas brasileiros insistem nos temas e motivos tradicionais, que são também rilkianos, do amor, da solidão, da morte, da infância, das estações, dos frutos, mas sem os revalorizarem mais do que no apuro métrico e rítmico e no brilhantismo imagístico"[49]. Equivale a dizer que, em termos de matéria lírica, o poema em prosa no Brasil continua em descompasso com os experimentos dos escritores europeus e hispano-americanos, marcados pela liberação do inconsciente e diversidade formal.

Em vez disso, a escrita de boa parte dos poetas mantém-se fiel ao imaginário que envolve pássaros, noites, sonhos, estrelas e todo um repertório já conhecido de imagens – e não é diferente com a prosa poética. A novidade maior dessa década se encontra no lirismo simples e inventivo de Mário Quintana, a partir de *Sapato Florido* (1948): um livro multiforme, com muitas peças formadas de apenas uma frase, ao modo das máximas, acompanhadas de inúmeros textos classificáveis em nosso gênero, que acompanha o autor gaúcho até o fim da vida.

Os anos 1950, por sua vez, promovem uma guinada no formato híbrido aqui praticado e o impulso modernizante passa por dois nomes, que publicam em paralelo: Aníbal Machado e Ferreira Gullar. Quanto ao primeiro – modernista de primeira hora e figura central da intelectualidade carioca –, edita *Poemas em Prosa* (1955), reunindo vinte peças numa tiragem especial de trezentos exemplares, e anuncia desde o título a opção formal. Dois anos depois, os mesmos escritos são incorporados a *Cadernos*

49. *Idem*, p. 73.

de João (1957), no qual apresenta uma radical experiência com a linguagem. O livro não se dedica inteiramente ao gênero, mas a maior parte dos textos é desse tipo – marcados por uma linguagem onírica e reflexiva a um só tempo, de notável inspiração surrealista. Trata-se de um conjunto complexo de textos, infelizmente, pouco visitado pela crítica.

No mesmo período, o poema em prosa atento ao desarranjo estético e existencial, advindo com o fim da Segunda Guerra Mundial, vai aparecer nas primeiras criações de um jovem maranhense, recém-chegado ao Rio de Janeiro, onde descobre a poesia moderna. Em *A Luta Corporal* (1954), a estreia de Ferreira Gullar aciona um efeito disruptivo na expressão poética, deixando a nu o sintoma de esgotamento da própria linguagem. É o que se observa nas seções "Um Programa de Homicídio", "O Cavalo sem Sede" e "As Revelações Espúrias", que têm semelhanças com a destrutividade léxica dos versos de "Roçzeiral", de modo a evidenciar a extenuação do ato expressivo[50].

A carga lírica nos poemas híbridos do livro decorre de uma consciência implosiva, corajosa e que renuncia ao pensamento lógico. Dessa maneira, a subjetividade liberta os sentimentos e pode interrogar as próprias vísceras. Como acontece no início de "Carta do Morto Pobre":

> Bem. Agora que já não me resta qualquer possibilidade de trabalhar-me (oh trabalhar-se! não se concluir nunca!), posso dizer com simpleza a cor da minha morte. Fui sempre o que mastigou a sua língua e a engoliu. O que apagou as manhãs e, à noite, os anúncios luminosos e, no verso, a música, para que apenas a sua carne, sangrenta pisada suja – a sua pobre carne o impusesse ao orgulho dos homens[51].

50. Gullar testemunha que a inspiração para escrever os textos de *Luta Corporal* advém da leitura de *Elegias de Duíno* (1923), de Rilke, e dos surrealistas, mas sem a intenção de segui-los (Ferreira Gullar, *Autobiografia Poética e Outros Textos*, Belo Horizonte, Autêntica, 2007, p. 15).
51. *Idem, ibidem*; *Poesia Completa, Teatro e Prosa*, Rio de Janeiro, Nova Aguilar, 2008, p. 21.

Ao mastigar a língua e ao engoli-la, o homem conversa com a morte e depara com uma carne sangrenta, pisada, suja – eis a sina do poeta. Nesse sentido, seria interessante estudar mais a fundo a diferença entre Aníbal Machado e Ferreira Gullar, que publicam em simultâneo e dispõem das mesmas fontes, mas realizam imaginários muito distintos. Enquanto o primeiro se mostra voltado para as raízes modernistas, sobretudo o surrealismo francês, e tem o intuito de desenvolver um lirismo denso e atravessado de caos e ironia, o segundo se identifica com a precariedade subjetiva do pós-guerra, tornando impossível compatibilizar as palavras e o cotidiano, o corpo e o desejo, o tempo e a morte. Para ele, a cisão interior move o sujeito lírico, procurando capturar certo mal-estar civilizatório. Exemplo cabal dessa poética ocorre em "Réquiem para Gullar", incluído no livro *O Vil Metal* (1960), no qual transparece a dissolução da memória entregue a um delírio crepuscular.

Por causa da materialidade explosiva que emana de seus primeiros poemas, Gullar vem a ser abordado pelos jovens e inovadores poetas concretistas de São Paulo – Haroldo de Campos, Augusto de Campos e Décio Pignatari –, identificados com a modernidade do autor maranhense[52]. Tomam rumos diferentes logo em seguida, evidenciando um ponto de inflexão na poesia brasileira, que abandona a parcialidade dos primeiros anos modernistas, em nome de uma complexidade que questiona a própria forma literária e seu papel social. Não por acaso, essa ampliação de horizontes coincide com a industrialização e abertura comercial do país, intensificando as trocas econômicas e culturais. Em paralelo, as contradições sociais se ampliam e as organizações populares criam demandas às quais a elite local responde com a radicalização política, que desemboca no golpe civil-militar de 1964.

52. No que se refere ao poema em prosa, o tema é ausente do programa da poesia concreta, formulado por Haroldo de Campos, Augusto de Campos e Décio Pignatari nos anos 1950. Deles, apenas Haroldo vai se dedicar ao gênero com o livro *Galáxias* (1984), formulando uma forma muito peculiar de escrita.

Em consonância com a revolta de costumes que brota nos anos 1960, o modelo híbrido volta a inspirar mais escritores e experimentos poéticos. É o caso do grupo Os Novíssimos, que promove declamações no centro da cidade de São Paulo e apresenta distintas vozes, tendo em comum o enfrentamento da vida urbana. Para eles, a poesia deve ter vocação pública e circular nas ruas, o que induz alguns de seus colaboradores a desenvolver uma poética desentranhada da experiência direta e do plano vivencial. Com esse propósito, Claudio Willer concebe *Anotações para um Apocalipse* (1964), livro que surpreende pela carga surrealista e potência das imagens. Potente ainda é a palavra de Roberto Piva, que surge nesse momento, mas vai se dedicar ao poema em prosa só mais tarde[53].

Na mesma década, estreiam figuras como Eduardo Alves da Costa, Rubens Rodrigues Torres Filho, Sebastião Uchoa Leite, Ivan Junqueira e Leonardo Fróes – todos permeáveis ao gênero em algum ponto de suas obras. O momento também marca a retomada da escrita de fundo político, em resposta à situação ditatorial do país. A exemplo do grupo Catequese Poética, liderado por Lindolf Bell, que percorreu diversos Estados do país, ou da edição da série de livros *Violão de Rua*, com poemas para a liberdade, publicada pelo Centro Popular de Cultura (CPC), com o intuito de resgatar a poesia social de raiz popular.

Fatores como esses contribuem para alargar o ambiente cultural, num momento em que as figuras de proa do modernismo já haviam morrido ou tinham se tornado escritores "oficiais". Nessa conjuntura, a perspectiva de renovação vem, sobretudo, dos novos poetas, ansiosos por criar uma estética em consonância com sua era – tempo da Guerra do Vietnã e da eclosão de movimentos de contestação, como o feminismo. Não por acaso, sai em 1962 a antologia de Xavier Placer, dedicada ao gênero híbrido e já comentada antes. Ela cumpre o papel simbólico de realizar um balanço

53. Roberto Piva publica seus primeiros poemas em prosa em *Coxas* (São Paulo, Feira de Poesia, 1979).

– tímido, por causa da extensão – sobre a incorporação do poema em prosa moderno à literatura brasileira, até aquele momento.

DA POESIA MARGINAL À MODERNIDADE PLENA

> Eu costumava gostar do Drummond. Hoje me parece uma caretice e a literatura dói. [...] Na verdade eu tenho pena é de mim e escrever seria chafurdar nessa pena, ditar consolos. O tom seco dos textos "modernos" querem exorcizar, tematizar a pena, e não afundar nela[54].

A confissão de Ana Cristina Cesar, em carta de 1979 a Heloisa Buarque de Hollanda, manifesta bem o espírito que impregna certa poética emergente naquela década e que passa a ser conhecida como poesia marginal. Ao mostrar distância em relação ao posicionamento dos autores "modernos", ela acena com uma diferença não apenas estética como também existencial: em vez de tematizar a pena, o poeta deve se afundar nela e, a partir desse mergulho, criar sua linguagem.

O interessante, porém, é que o movimento, de fundo libertário e atitude experimental com a linguagem, mantém laços evidentes com alguns poetas modernistas – principalmente Oswald de Andrade, Mário de Andrade e Manuel Bandeira, artífices de uma poética marcada por oralidade, concisão e atenção ao cotidiano. Tais similitudes formais, contudo, não se confirmam no plano do ideário social, pois as novas gerações enfrentam um contexto ditatorial e militar que, de modo paradoxal, serve de impulso à rebeldia das letras.

Além disso, no que se refere à circulação de poemas e livros, a produção marginal se diferencia, ao fazer uso muitas vezes de impressão em mimeógrafos ou edições baratas, com vistas a serem vendidos em saraus e apresentações públicas. Na opinião do

54. Ana Cristina Cesar, *Correspondência Incompleta*, Rio de Janeiro, Aeroplano/Instituto Moreira Salles (IMS), 1999, p. 164.

pesquisador Carlos Alberto Messeder Pereira, pioneiro na reflexão sobre o tema, o movimento se caracteriza por um entrelaçamento de três fatores: antitecnicismo, politização do cotidiano e anti-intelectualismo[55]. São características que evidenciam uma experiência histórica distinta daquela do início do século XX, levando à busca de uma forma de expressão que lhe corresponda.

Em termos comparativos, as propostas da turma de 1922 e dos poetas marginais se aproximam, gozam do mesmo apelo à coloquialidade e à inventividade, embora correspondam a diferentes contextos históricos. E a melhor síntese a respeito do tema encontra-se na opinião de Sebastião Uchoa Leite, que afirma em debate da revista *José*: "[...] a distinção é que a poesia de Oswald, de Drummond e de um certo Bandeira de *Libertinagem* é uma poesia voltada para o coloquial, mas com um sentido de objetividade muito forte, enquanto que no grupo [marginal] é a tônica da subjetividade que é forte"[56].

Esse raciocínio explica o anseio da Ana Cristina Cesar em se afundar na própria pena. Como nos faz compreender os pensamentos ágeis e ambíguos de seus versos, porque vasculham a substância subjetiva e nela encontram a incerteza, a dubiedade – recusando-se a atuar em conformidade com os papéis sociais. Daí o acúmulo de percepções, como que num entrechoque de frases e de sentimentos, a exemplo do poema "21 de Fevereiro", que assim começa:

Não quero mais a fúria da verdade. Entro na sapataria popular. Chove por detrás. Gatos amarelos circulando no fundo. Abomino Baudelaire querido, mas procuro na vitrine um modelo brutal[57].

55. Carlos Alberto Messeder Pereira, *Retrato de Época: Poesia Marginal Anos 70*, Rio de Janeiro, Fundação Nacional de Artes (Funarte), 1981, p. 92.
56. Em conversa realizada pela revista *José* com Ana Cristina Cesar, Heloisa Buarque de Hollanda, Geraldo Carneiro e Eudoro Augusto (Eucanaã Ferraz (org.), *Poesia Marginal: Palavra e Livro*, Rio de Janeiro, Instituto Moreira Salles (IMS), 2013, p. 134).
57. Ana Cristina Cesar, *Poética*, São Paulo, Companhia das Letras, 2013, p. 36.

A potência de cada sentença é desviada pela seguinte, num jogo contínuo que acaba por esvaziar as possibilidades, deixando o sujeito lírico em estado de suspensão.

Outros poetas do grupo que repercutem dilemas da subjetividade são Torquato Neto e Chacal, com a diferença de que este se apresenta como figura solar e o primeiro não consegue fugir à órbita soturna de Saturno. Para Torquato, de tão subjetiva, a poesia torna-se pessoal e intransferível: "Escute, meu chapa: um poeta não se faz com versos. É o risco, é estar sempre a perigo, sem medo, é inventar o perigo. [...] Nada no bolso e nas mãos. Sabendo: perigoso, divino, maravilhoso"[58].

Há ainda autores do movimento nos quais se evidencia um imaginário de fundo político e de verve oswaldiana, tal como aparece em Francisco Alvim e Cacaso[59]. Estes não se contentam com o enunciado crítico e incorporam ao poema o conteúdo espontâneo – e ideológico – encontrado no cotidiano. No caso de Alvim, o procedimento chega à radicalidade, a ponto de realizar com certas frases e expressões populares o que Marcel Duchamp fizera com o mictório e outros objetos: uma espécie de *ready-made* poético.

Com esse espírito múltiplo e contraditório em mira, a deflagração da lírica marginal desperta uma adesão franca ao poema em prosa, por ser um formato que se adapta bem à expressão subjetiva e à coloquialidade. Pode-se dizer que a proposta desse grupo considera natural a convivência dos dois modelos literários no mesmo livro, como ocorre em *A Teus Pés* (1982), de Ana Cristina Cesar, entre outros. Mais do que isso: a incorporação do hibridismo parece ter sido cultivada com o intuito de contraste com a poesia oficial e letrada. Em certa medida, reforçados pelo uso intenso da oralidade e da gíria, esses escritos também cumprem um papel antiliterário, contra a literatice – tópico que me-

58. Torquato Neto, *Torquatália*, vol. II: *Geleia Geral*, Rio de Janeiro, Rocco, 2004, p. 227.

59. Cacaso não chegou a escrever poemas em prosa, provavelmente por causa de sua morte precoce, em 1987, aos 43 anos de idade.

receria ser mais bem estudado. Todavia, tais considerações não autorizam a pensar que exista nos poetas marginais uma adesão consciente ao gênero, tendo em vista seu posicionamento anti-intelectualista, que pouco valoriza os textos de reflexão literária.

Conforme essa geração avança pelos anos 1980, o poema em prosa ganha impulso no Brasil, estendendo-se a autores que não se identificam necessariamente com o ideário marginal. É o que se vê nas obras de Tite de Lemos, exímio criador de sonetos e de composições rítmicas; de Sebastião Uchoa Leite, dono de palavra afiada e crítica; de Rubens Rodrigues Torres Filho, com seu lirismo sagaz; de Myriam Fraga, carregada de angústia política – apenas alguns exemplos de escritores surgidos nos decênios anteriores e que publicam formas híbridas nessa década. Destaca-se também a emergência de uma poética de raiz feminina, que posteriormente veio a se intensificar.

A diversidade é de tal ordem que Haroldo de Campos publica a obra *Galáxias* (1984)[60], de tipo inclassificável, mas que dialoga com o poema em prosa, seguida da aparição de *Livro de Pré-Coisas* (1985), em que Manoel de Barros se converte a esse tipo de escrita. Dois criadores tão diferentes entre si, mas que ampliam seu trabalho ao aderirem ao novo gênero. Portanto, o momento caracteriza-se por uma grande variedade de poéticas em trânsito, num processo que enriquece muito a literatura brasileira do século XX.

Nesse contexto, os procedimentos líricos (de Alcides Villaça) convivem com a atitude experimental (de Arnaldo Antunes) e os temas políticos (de Eduardo Alves da Costa) coexistem ao lado de peças lúbricas (de Ana Cristina Cesar). Qualquer que seja o imaginário mobilizado, o poema em prosa está sempre à mão como

60. Ainda que seja discutível a caracterização dos textos de *Galáxias* como poemas em prosa, optou-se por sua inclusão, em virtude de seu engenho da linguagem e por entendermos que cada página do livro pode ser compreendida como um texto autônomo e, portanto, classificável no gênero híbrido.

uma possibilidade expressiva. Além disso, a multiplicidade vem acompanhada da ampliação temática, abrindo-se de maneira direta para os dilemas comportamentais e subjetivos – e a sexualidade, claro, tem nisso um papel central[61].

Dessa maneira, ao chegar à última década do século, a poesia brasileira alcança a modernidade plena, ou seja, torna-se capaz de abrigar muitas modernidades literárias em paralelo. Com a morte de Carlos Drummond de Andrade, em 1987, termina de fato o ciclo de um virtuoso modernismo nacional. E mesmo o concretismo, na obra de seus representantes principais, mostra sinais de cansaço programático e renova, a partir daí, os procedimentos criativos.

Contribui para essa guinada o crescimento da indústria editorial e a criação de coleções e editoras inteiramente dedicadas a publicar poetas. Vive-se no país o restauro do regime democrático e, no plano internacional, a internet emerge como ponta de lança da chamada globalização. Surgem ainda novas tecnologias gráficas que permitem edições com tiragens baixas e acabamento apurado. Nessa circunstância, o gênero híbrido cumpre um papel significativo para a consolidação da modernidade literária brasileira, colocando-a em consonância com o que se produz em outros países.

Dedução que se confirma na obra de alguns poetas desta antologia, estreantes na década de 1990 e que incorporaram com naturalidade o hibridismo: Floriano Martins, Claudia Roquette-Pinto, Alberto Pucheu, Vilma Arêas, Juliano Garcia Pessanha, Júlio Castañon Guimarães, Sergio Cohn, Rosana Piccolo, Ronald Polito, entre outros. São autores de linhagens muito distintas, que perceberam nessa forma de escrita uma potência diferente, abrindo espaço para um imaginário que não cabe em versos tradicionais. É como se o poema em prosa constituísse um campo

61. "A poesia daquele momento [anos 1980] se torna menos policiada e mais despudorada. Com a liberdade adquirida, começa a falar de sexo de forma totalmente espontânea e escancarada" (Sergio Cohn, "Apresentação", *Poesia.br*, Rio de Janeiro, Azougue, 2012, p. 7).

de batalha literário em que certo tipo de prosa – e de poesia – se vê torcida e revirada, com vistas à inovação e à surpresa[62].

Não poucas vezes o escrito assume um ar de comentário, de anotação íntima ou casual, mas segue igualmente o rumo do hermetismo ou da associação livre de imagens. Todos os caminhos são possíveis. Fugindo à retórica e procurando acionar uma visão aguda e sintética, adota com frequência o tom rebaixado, sem ornamentos. Pode até narrar algum evento ou descrever uma situação, mas sempre sob o manto do comentário lírico, para alcançar a dimensão de poema. Entre o dito e o não dito, fixa-se uma experiência sensível. Ou, dizendo de outro modo: o texto ganha unidade ao se propor como *pequena reflexão*[63].

Não se entenda com isso que o conteúdo deva ser filosófico ou racional, e sim que ele articula a perspectiva de certo distanciamento diante dos fatos e das sensações. Nesse caso, o ato de refletir implica uma atitude um tanto recuada e que se alimenta de diversas percepções – observar, sentir, deduzir –, numa mistura de imagens em que predomina o viés cogitativo, introspectivo. E o curioso é que, embora muitas vezes o escrito desfigure a realidade, em razão do caráter arbitrário e ilógico das sentenças, ao mesmo tempo acaba por tecer a presença de uma voz singular.

Sobressai, então, uma poética da concisão, voltada muitas vezes para capturar um flagrante da subjetividade, seja na forma explícita da primeira pessoa – da qual o poema dispõe um fragmento apenas –, seja por meio das escolhas léxicas e imaginárias que o texto implica. Ainda que as frases não apresentem um eu declarado, acabam por transmitir a perspectiva de certa pessoalidade. As ruminações misturam-se com sinais afetivos, vozes e memórias, que se confundem sem hierarquia, em nome de uma subjetivação discursiva a ser compartilhada com o leitor.

62. Margueritte S. Murphy, *Dissidences: Hispanic Journal of Theory and Criticism*, n. 6-7, p. 17, 2010.

63. Sobre o conceito de "pequena reflexão", ver Fernando Paixão, *Arte da Pequena Reflexão: Poema em Prosa Contemporâneo*, São Paulo, Iluminuras, 2014, pp. 137-155.

Observa-se tal acontecimento, por exemplo, neste poema de Claudia Roquette-Pinto, sem título:

E ela soube que tinha sido atravessada por uma trilha luminosa, varada, instantaneamente, de um quadrante ou outro, por um clarão fugitivo que o pensamento só podia seguir no encalço.

E o que havia ali para ser entendido, era o corpo que entendia – num viés absolutamente novo, onde as imagens se estendiam sobre as sensações – ou, antes, se enlaçavam a elas. E a culminância para onde ela (em cada um dos seus corpos) convergia, ao abrir-se em pétalas, tornava inseparáveis a queda aniquiladora do seu próprio corpo, entregue ao corpo, entregue ao corpo que estava ali, e o vislumbre, simultaneamente doce, do outro corpo, ausente[64].

Percebe-se como a óptica meditativa, articulada em três frases longas, vai aos poucos sofrendo uma torção de sentidos, de modo a semear um duplo movimento: oferece a visão distanciada de quem fala sobre "ela", mas também assimila a comoção que lhe assalta o corpo e ocupa a imaginação. Sob esse jogo, predomina o viés ruminante: "E o que havia ali para ser entendido, era o corpo que entendia", enquanto no corpo "as imagens se estendiam sobre as sensações". Em vez de se entregar aos estímulos dos sentidos, o poema enfatiza a ideia de autoconhecimento da personagem, terminando sob o signo da ambiguidade, quando aponta "o vislumbre, simultaneamente doce, do outro corpo, ausente".

Feita a leitura do texto, nossa hipótese é de que a estratégia reflexiva torna-se pedra de toque da poética finissecular e avança até os dias atuais como característica forte do poema em prosa no Brasil. Embora seja uma característica presente desde o surgimento do gênero, o caráter penseroso ganha contornos mais dramáticos e ecléticos na segunda metade do século XX, quando o esgotamento das primeiras vanguardas

64. Claudia Roquete-Pinto, *Margem de Manobra*, Rio de Janeiro, Aeroplano, 2005, p. 15.

não mais corresponde à sensibilidade emergente. Em paralelo à crescente anomia social, radicaliza-se a sensação de impotência do ato literário. A tal ponto que o poeta e crítico francês Emmanuel Hocquard propõe o conceito de *modernidade negativa* para caracterizar a estética emergente a partir dos anos 1970, em que se privilegia "a suspeição, a dúvida, o questionamento sobre tudo e sobre si mesmo"[65].

Verifica-se, então, o aguçamento da crise do sujeito moderno que, no âmbito do poema em prosa, ganha um conteúdo mais problemático, aberto a alteridades e dúvidas. Digamos que, de um lado, o gênero híbrido, mais do que a poética em versos, abre espaço para abrigar os dilemas de identidade e da intimidade, muitas vezes encarnados num sujeito lírico desprovido de certezas, fragmentado, em conflito com a realidade. De outro, ao interrogar-se a si mesma, a subjetividade também coloca em xeque seu meio de expressão, a linguagem – e o poema se desentranha de tal paradoxo.

É o que se dá a ver em outro exemplo, desta vez um escrito de Juliano Garcia Pessanha, que lança uma contraditória pergunta ao final:

PRISÃO DA DISTÂNCIA

Minha solidão é a mais exata possível. Deusas estéreis regram minhas vigílias. Estou fora da trama do tempo e qualquer readmissão ficou interditada: minha eternidade é terrível e caíram as palavras. Esqueci meu nome e já não tenho mais hábitos. Detonado pra fora, ao meu redor toda luz se degrada e todo vigor se consome. Os dias incessantes arrastam apenas os outros, enquanto eu fico suspenso nesta eternidade maldita onde uma interminável morte acontece... Minha noite é sem fim. Por que não me salva a outra morte?[66]

65. Emmanuel Hocquard, *Ma Haie: Un Privé à Tanger II*, Paris, POL, 2001, p. 25 (tradução nossa). Hocquard entende que a chamada *modernidade negativa* se opõe à *modernidade triunfante*, característica da primeira metade do século XX, deslumbrada com a ideia de vanguarda e progresso.
66. Juliano Garcia Pessanha, *Sabedoria do Nunca*, Cotia, Ateliê, 1999, p. 63.

Ao adentrar no século XXI, a estética da pequena reflexão torna-se mais aguda e fragmentária, ao que parece, demonstrando sinais que repercutem novas dinâmicas sociais. Com a queda das Torres Gêmeas de Nova York e a emergência do aquecimento global, cresce o mal-estar civilizatório, amparado numa estranha mistura de culto ao individualismo e de massificação das mídias digitais. Entramos de vez na era eletrônica, com fortes consequências na relação das pessoas com a palavra escrita. No Brasil, a conjuntura não é diferente, com o agravante de pertencer à periferia do mundo dito desenvolvido.

Em meio a esse contexto, compreende-se que os autores jovens e emergentes busquem afirmar sua arte por meio de uma diferença em relação aos antecessores. Ainda vivemos, afinal, sob o jugo da "tradição da ruptura", apontado por Octavio Paz como sina da modernidade. Seja ao experimentar formatos que questionam o próprio gênero híbrido, seja com o propósito de radicalizar alguns procedimentos, é natural que cada poeta queira criar seu desvio e ser bafejado pela novidade. Nesse sentido, a poesia brasileira atual vem sendo pródiga de vozes e caminhos, sobre os quais vale a pena dedicar as últimas considerações.

De início, cabe lembrar as poéticas de Marília Garcia, Angélica Freitas, Annita Costa Malufe, Leda Cartum e Paula Glenadel – todas estreantes no novo milênio, cujas obras ampliam o espectro das sensibilidades femininas trazidas à luz da poesia[67].

67. A poesia de mulheres ganha efetiva evidência a partir dos anos 1990 e constitui um fenômeno a ser estudado. Contrapõe-se à realidade do passado, "fundada em oposições claramente hierárquicas, do que para uma possível convivência democrática entre segmentos sociais, sexuais ou de classe. [...] No caso brasileiro, as desigualdades sociais e raciais metaforizadas tornam-se constitutivas das representações sobre a nacionalidade" (Heloisa Buarque de Hollanda, "O Estranho Horizonte da Crítica Feminista no Brasil", em Flora Süssekind, Tânia Dias e Carlito Azevedo (orgs.), *Vozes Femininas: Gênero, Mediações e Práticas de Escrita*, Rio de Janeiro, Fundação de Amparo à Pesquisa do Rio de Janeiro (Faperj)/Edições Casa

Embora sejam herdeiras de Ana Cristina Cesar no que se refere à linhagem intimista e confessional, diferenciam-se dela por abrirem mão da subjetividade como foco central. E, embora apresentem distintas formas de adesão ao feminismo, quase sempre se mostram atentas às demandas colocadas pelo movimento. Em paralelo, a questão do gênero sexual se evidencia na poesia contemporânea, em ressonância às manifestações LGBTQIA+.

No campo formal, a leitura em conjunto permite observar algumas linhagens relevantes que buscam atualizar e renovar os meios expressivos. Nesse sentido, se considerarmos apenas os autores estreantes do final do século XX e os que o fizeram no atual, encontra-se desde a musicalidade surreal de poetas como Claudio Daniel, Contador Borges e Samarone Marinho aos fragmentos de realidade remontados ao gosto de Carlito Azevedo, Manoel Ricardo de Lima e Heitor Ferraz, ou a imagética acelerada e hermética de Rodrigo Garcia Lopes e Nuno Ramos – sem deixar de levar em conta a singularidade de cada um.

Em meio a tanta diversidade, no entanto, é curioso perceber certos detalhes que chamam a atenção. Não representam propriamente inovação, pois já se encontram em alguns poetas do passado, mas sobressaem por sua recorrência e presença em autores e imaginários diversos. Por exemplo, o uso evidenciado de minúscula no primeiro vocábulo do poema – ou mesmo na sequência das sentenças –, mostrando não haver a tradicional hierarquia entre as palavras[68]. Por meio desse pormenor, desenvolve-se uma conjunção semântica entre as frases, resultando em fluidez e movimento.

Efeito oposto ocorre quando há alternância de trechos em itálico e redondo, dois discursos em paralelo, pois assim deixam o texto mais cadenciado[69]. O contraponto das vozes se opõe à linearidade normal e amplia os níveis de textualidade, num

de Rui Barbosa/7Letras, 2003, p. 24).

68. Ver os poemas de Manoel Ricardo de Lima nesta antologia.

69. Ver o poema "De Verde sob o Relógio", de Marília Garcia, nesta antologia.

jogo a ser percebido e decifrado pelo leitor. Por vezes, o uso do itálico serve apenas para "iluminar" certas palavras ou expressões, que saltam em significação; interessa dar relevo a algo que tem importância nuclear no texto.

Outra minudência significativa está no emprego do formato de parágrafo único, que tem servido de moldura para uma produção significativa de poemas e mesmo de livros inteiros. Não é por outra razão que compõem a maioria nas páginas iniciais desta antologia, que inicia pelos autores mais recentes. O formato bloco, digamos assim, tem a vantagem de configurar o ato reflexivo em um só fôlego e sugere de imediato a ideia de unicidade; por conseguinte, implica um ritmo interno coeso, sem contar com as pausas mais alongadas dos parágrafos. Sua brevidade, contudo, não deixa de assinalar o aspecto fragmentário de cada escrito.

São detalhes com repercussão imaginativa, como se vê, de uso frequente nos poetas do milênio. À primeira vista, sugerem uma série de preceitos já incorporados ao gênero híbrido, devidamente assimilados. Talvez. Mas uma afirmação desse tipo corre o risco de generalizar um conceito, ansioso por se sobrepor ao aspecto singular de cada escritor. Preferimos deixar a questão em aberto, pois, se compararmos com o campo da pintura, não é o uso do verde ou do vermelho que define o pintor, e sim o resultado que consegue com o jogo das cores.

Por fim, vale comentar mais um atributo presente no poema em prosa da atualidade e que está associado a uma das figuras essenciais da poesia: a metalinguagem. A surrada e velha amiga dos poetas ganha uma peculiaridade digna de nota. Ao falar de si, a poética contemporânea muitas vezes se volta contra ela mesma, deixando a nu a própria impotência. E, como estamos distantes do mundo clássico e romântico, com frequência o poeta responde ao impasse acionando uma boa dose de ironia – elemento venenoso que atua contra toda positividade e idealização do ato lírico.

Espírito que se revela nesta peça de Nuno Ramos:

Poema placebo, tome o lugar do outro. Diga o que deve dizer – que a vida existe. Poema placebo, seja feito de algo – a escolha é tua – e arraste tua matéria pelos olhos de quem lê; introduza essa matéria no olho, na carne do olho de quem lê. Poema placebo, onde forem todos indiferentes, desperte, com teus pés de mola, no meio deles. E voe em círculos, como um urubu persistente, sobre a cabeça deles. Espere que se distraiam e morda a matéria mole dos lábios deles, arrancando-lhes a boca para que não digam nada. Poema placebo, se continuarem concentrados, olhando a parede branca, se não se distraírem nem te derem chance, então será tua vez de dormir, metamorfoseado, disfarçado como um deles, usando sandália colorida, oferecendo o cartão de crédito. Seja a vitrine da loja e o asfalto da rua; seja a plantação de soja; seja a voz na locução no rádio e o sentimento do sublime; seja uma risada, a chuva forte, a vista da janela. Mas solte de repente o teu apito grave, como o de um navio que quer partir, tocando no porto (terás de criar o porto), alto e claro, por muito tempo, chamando[70].

O poeta conversa com a própria criação – como que diante do espelho – e lhe dá conselhos, tira-a do lugar habitual. Se o movimento de levar a vida ao leitor, "como um urubu persistente, sobre a cabeça deles", não suceder bem, sugere, então, a estratégia do disfarce. Que fique misturada entre coisas e pessoas, pois também desse modo pode cumprir seu desígnio. Para tanto, faz-se necessário o poema dormir e acordar transformado, pois só assim poderá alcançar outro tipo de contato e de imaginação com as coisas.

Mas por que placebo? Uma interpretação possível é que essa atitude implica uma poética sem a presença dos princípios ativos da grande poesia, de altas cavalarias e metafísicas; em vez disso, ela se mistura ao cotidiano e – eis a novidade – nele desaparece. A seu modo, incorpora valores que induzem um sentido ético para a palavra literária. E, ao reunir essas qualidades, o

70. Nuno Ramos, *O Mau Vidraceiro*, São Paulo, Globo, 2010, p. 63.

poema-placebo acaba propondo uma maneira diferente de cura, que o leitor pode aceitar ou não.

Ora, tal condição-placebo bem representa a ação do próprio gênero híbrido no contexto da poesia brasileira atual – pois deixa-se compor pela impureza, agarra-se a uma cena ou situação qualquer, cultiva a ironia ácida[71]. Afirma-se por uma via negativa e tira de tal condição sua força e persistência. Fato que explica a incorporação dessa escrita tanto na obra de autores estreantes como na dos veteranos.

De modo renovado, o poema em prosa continua sendo uma terceira margem da criação, agora acompanhada de um convite à pequena reflexão. E funciona como um apito de navio longínquo, que ressoa persistente em meio ao murmúrio de tantas linguagens que nos circundam.

71. Outros poemas que exploram a metalinguagem irônica, presentes nesta antologia: "O Anjo Boxeador", de Carlito Azevedo, e "A Dor Dor", de Angela Melim.

Nota Editorial

A seleção dos textos desta antologia procurou seguir o critério geral exposto na apresentação, de modo a reunir boa mostra da diversidade do poema em prosa no Brasil, desde o final do século XIX até a atualidade. Ela procura ser representativa das diversas correntes e movimentos literários, com ênfase na produção do final do século XIX e das décadas recentes.

Os autores estão apresentados conforme o ano de nascimento, mas em ordem retroativa, iniciando com os mais contemporâneos. Optamos por essa disposição com o intuito de deixar o conjunto mais acessível e interessante para os leitores não especializados.

Os poetas presentes com três ou quatro poemas são nomes representativos, com maior quantidade de textos em suas obras dedicados a esse tipo de escrita. O mesmo critério não vale para os que aparecem com um ou dois poemas, pois a variação ocorreu em função das vicissitudes e dificuldades de negociação dos direitos autorais.

A transcrição dos textos está conforme o original e apenas a grafia de algumas palavras foi atualizada em nome da fluência de leitura. Ao final, constam as "Notas Biográficas", com informação sucinta sobre os escritores, e a seção "Referências e *Copyright* dos Poemas", em que se encontra a origem de todos os poemas.

Ainda que procure ser representativa, esta antologia não pretende cobrir toda a produção do gênero no Brasil, tornando inevitável a ausência de vários nomes que mereceriam ser incluídos. Que isso sirva de estímulo para a organização de coletâneas similares.

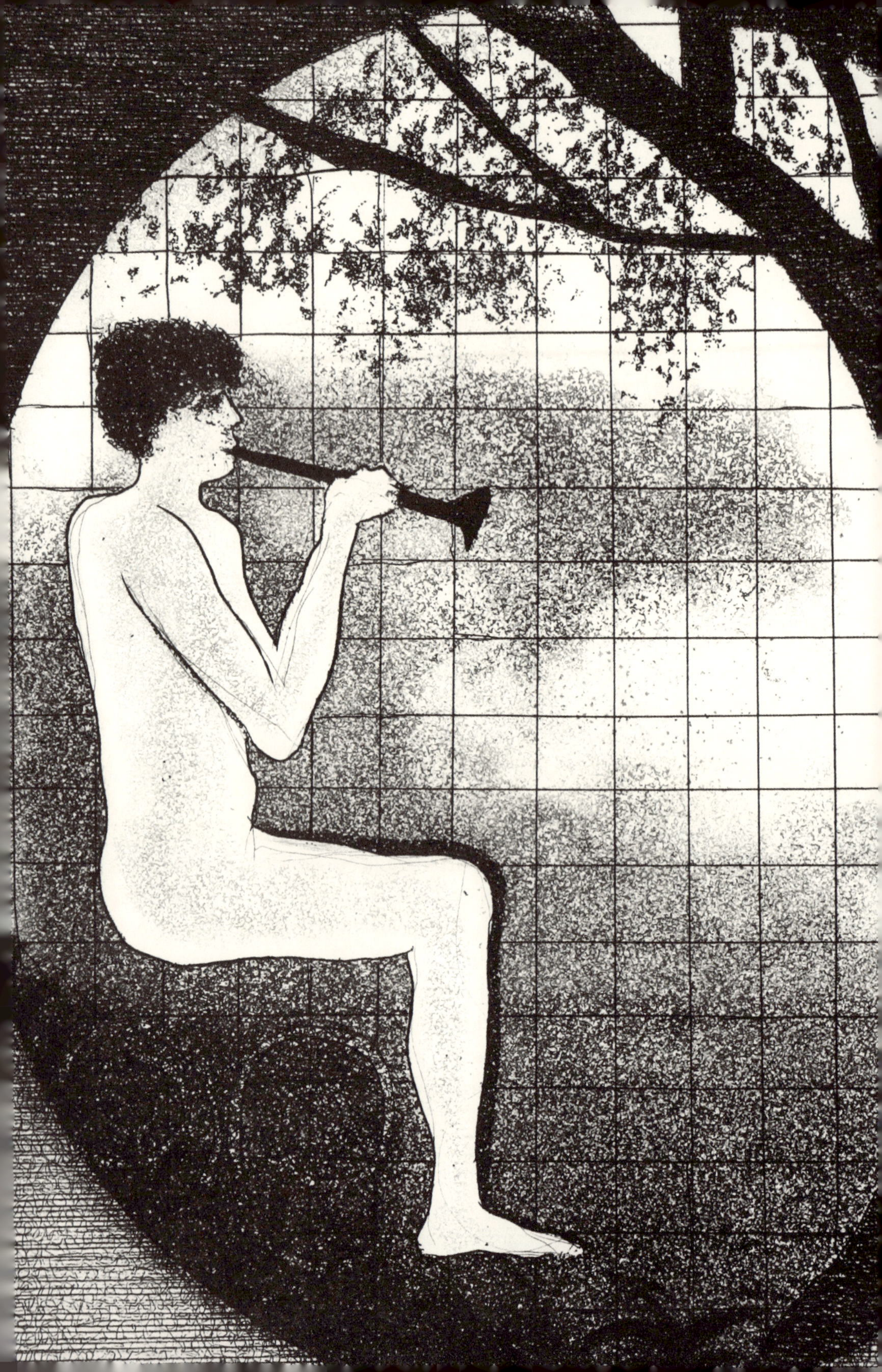

Antologia do Poema em Prosa no Brasil

Leda Cartum

1988

ACONTECIMENTO

Os dias têm uma tendência amarga do que poderia acontecer: são hipóteses que se formam e crescem nos cantos das coisas, múltiplas possibilidades que se impõem e por pouco não anulam a que de fato vem. O acontecimento é uma bola imensa suspensa no ar que orbita sobre o desejo – e não há nada além nem atrás ou embaixo dela. O acontecimento comove tudo o que cria; é a curva intransferível no fundo de todas as coisas, melodia que vibra nas superfícies. O que poderia ser ou ter sido encontra lugar nos contornos, como se traçasse as linhas da lembrança: definição impossível das horas do dia, desenho inevitável dos raios do sol.

PRESENTE

O presente é a eclosão e a conclusão das flores na primavera: esse tempo que segue a si mesmo e sopra nos ouvidos ou migra como um pássaro, um espaço sem lembranças que se constitui nos fundamentos dos objetos ao nosso redor. É o querer que todas as coisas compartilham em segredo. O presente é a queda do tempo no ar que respiramos, o soluço incontido do dia e a voz rouca e pouca do sempre.

Juliana Ramos

1987

LIMIAR (AS CHAVES)

A chave dá duas voltas na fechadura do portão. De um lado ficam os gatos, as mudas nos vasos, a linha inconclusa do sonho. Do outro estão o asfalto, a promessa, o tempo caindo dos relógios. Embate de planos e acasos quando cruzo o limiar. Dobro a esquina da minha rua, a que sempre é e nunca é a mesma; a cidade se revela a partir de suas margens. Aprendo todos os dias, desde as primeiras horas, que o centro se faz pelos cantos, pelos suspiros cansados já de manhã, pelos passos firmes malgrado o suspiro. Olho as pontas dos meus sapatos, as chaves tilintam no bolso esquerdo. Olho tudo aquilo que já conheço e de que me esqueço quando anoitece. Até o fim do dia terão sido muitos rostos como o meu.

MERCADO-TREM

A voz da máquina diz que é ilícito. A voz humana diz é dois por um real. A voz da máquina diz que não se deve incentivar essas ações. A voz humana diz é delícia, é qualidade, é proibido vender mas não comprar.
A voz da máquina é uma gravação. Repete os ditames como repete as estações – sem saber se vai ou se volta. Também os vendedores se repetem, mas seu pregão é desobediência. Sabem muito bem quando vão e quando vêm e quando correm.
A voz da máquina tem aço do trilho. A voz humana tem o peso da mochila: verbaliza o que carrega e que é mais denso do que o fone, o amendoim, o tique-taque, o não vencido e nem roubado.

Guilherme Gontijo Flores

1984

TESE TERCEIRA – TORÇÃO

Pegue uma palavra banal como grama, esta que a gente pisa e você pesa no tédio do cotidiano ou na força incompreensível dos dias de sol, e a faça retomar direto ao gramma grego da letra, um μ a mais, um alfabeto alheio, a γράμμα, essa causa arcaica da nossa gramática, gramatologique ou não, ou grammar, mundo da regra gravitacional das tradições, e veja que na escócia desandou em glamour, corruptela popular com sentido de magic, enchantment, encantamento, glámsýni ilusório, agarre-se a esse mesmo glamur, ou glamor esbanjado pelas nossas divas, que tradutoriamente também chamamos charme, do charme francês, carme do carmen latino que assim te traz ao nosso canto, num quê de salvação.

Diogo Cardoso dos Santos

1983

MULHER. CAVALO

eram a mulher e o cavalo.
a mulher tinha cascos nas pernas e as crinas vermelhas de suas têmporas diziam adeus no vento. os cabelos deitavam fogos na lembrança, bebendo cada pedra que pisava caminho.
o cavalo ao lado.
o cavalo de ancas esquartejadas, marchando dentro de uma dança cavalgada em poeiras ao norte das pupilas.
a mulher e o cavalo sorriam o arco do dia. desnudavam as poeiras vestidas nas ruas e cada passo era um adeus obsessivo. o cavalo olhava a delicadeza de acenos ausentes em sua solidão de pasto. a mulher dançava o canto de sua solidão.
a mulher deitava crinas de fogo, estilhaçando volúpias ao céu. o dia cheirava a desejo e a mulher e o cavalo eram a nascente dele.
a mulher e o cavalo atravessavam a linha infinita que divisa os nomes; despontavam onde o sol queima todas as mortes.
as crinas e cascos e ancas estavam acima e estavam abaixo. lado e outro.
dentro. fora.
a mulher. o cavalo.

[POR DUAS VEZES GRITEI]

POR DUAS VEZES GRITEI e o que saía de minha boca eram raízes extremas. Duas vezes, não mais que duas. Da primeira, sete aves visitaram-me os lábios e com a certeza de quem assassina, comi--as todas. Farto, sentei as raízes em minha desolação. Não podia mais ser grito, não podia – queria apenas o silêncio perpétuo dos ânus venais. Isso foi há muito tempo, quando ainda os deuses nasciam com os pés atados à terra e as árvores eram tecidas de carnes mortas infantis. Da segunda, padeço ainda hoje das raízes saídas do sexo e do sonho impossível dos voos de pássaros dos quais sinto toda a fome.

Marília Garcia

1979

DE VERDE SOB O RELÓGIO

parada sob a sombra do relógio de aço *o problema é que não há nenhum novo problema* pensa nos olhos gastos o perfil o sinal do braço a espera com seu ruído quando olha de lado cada um traz seu crustáceo cintilante *que fará agora corre para fora com os cabelos soltos pronto que fará depois* o contorno dos lábios com frases tiradas de um guia a voz metálica impessoal saída de um disco microsillon o primeiro encontro naquela tarde parecia que tudo acabaria *seu olhar a forma de uma cidade destruída refletia* e no *cidade* vira de costas

CABEÇA ERGUIDA, CRÊ QUE É INVISÍVEL

senta-se com os dedos atentos congelados um piscar pode liquidar a comoção da epígrafe *tem frustrações e esta é mais uma* fixada em descobrir o que sua voz não diz não sabe mais qual a distância para a outra margem o tempo sempre cortado os órgãos gemendo nos cem primeiros quilômetros do outro lado o meio sorriso a máquina verde-musgo um tictac obsessivo tenta se lembrar a cor calcular o comprimento de um mar de pequenas mortes e descobrir o que acontece quando encerra a véspera

Samarone Marinho

1976

A PERNA CALADA

ele não enxergava o próprio umbigo. não imaginava que dali a duas noites iria desaparecer e deixar saudades. isolado no kilimanjaro, olhava o fim do mundo, a perna rasgada ao meio. sentia regozijar um alívio que insistia em se congelar a cada segundo naquela imensidão branca, inesgotável. – é verdade que nos meus sonhos te vi pela última vez... maldita perna! – a corda era um pêndulo que não dormia mais; de vigília ela esperava o fim. nenhum grito, suspiro talvez... o desalinho da jaqueta era o apego ao preâmbulo de uma escolha. cartas na mão. em número de três, diziam a mesma coisa: "por onde andas?." a vida inteira, ao longo de seus quarenta anos, esperava por aquelas missivas. chegaram, em seu poder, em dias diferentes, com um destinatário bem claro: "para você." – só assim, só –. "seis semanas. nenhuma notícia. não responde. nenhum alarde de desamor. o que há? está congelando? não, não! não congele agora! há muita coisa para fazer aqui: ruas esburacadas, sonhos de meio-dia, guerra de vizinhos, helicópteros no céu, casas caindo, cinismos. volte logo." – desculpe-me.
num piscar de olhos as duas noites sumiram e o vento carregou para si as três cartas. era o começo da viagem da perna calada.

tenho certeza que você morreu. as tuas cinzas chegaram hoje pelo correio e elas não me contam grandes histórias do teu passado. em quantas pessoas você jogou areia? para ser sincero, pouco me importa. já aqui e agora, entre as quatro paredes deste quarto, as bifurcações de um agudo nada desaparecem. dizem que vivi num mundo de pessoas; lamento, já não tenho certeza disso. não consigo nem viver em mim o estranhamento daqui. ah! se me dessem esta oportunidade, viveria primeiro o que mais gosto em mim. mas o que mais gosto em mim? talvez a minha pele, máscara da minha alma, que resolve ser vida quando o cansaço me cansa; ou meus olhos verniz, primavera de uma danação de sonhos perdidos; minhas mãos, talvez, calejadas pelo amor dos meus doze irmãos; ou então meus pés. não sei. meus pés premidos pela aluvião de dias que parecem eternos. não, não! tudo aquém. na dúvida, faço um chá com o areal do teu corpo.

Tarso de Melo

1976

DEMOLIÇÕES 1

nem tudo nesta casa já cumpriu suas tarefas, mas vai entregando lentamente mínimas partes, se despedindo de suas formas pela ação dos dias tristes: "uma ordem, um estatuto pairava sobre os destroços, e tudo era como devia ser, sem ilusão de permanência" – até outra etapa, cada vez mais lenta, cada vez mais sentida, fria e aparentemente última, sumindo nas sombras como todos que dentro e diante dela já pisaram

FORTE

os canhões – virados contra nossa própria base – miram o mesmo nada, mas agora o atingem: outro exército (ainda que não seja nosso declarado inimigo e tenha pago, meia ou inteira, a entrada) tomou todas as mesas do caro café e, nelas, subjugou a parca força que nos restava (um dos nossos, o de farda, cede agora, por alguns reais, um minicanhão que leva a logomarca e o slogan da honrada corporação; mais ao fundo do enorme quartel, repare naquele que, também de verde, presta continência à clientela e assobia, com disciplina de caixinha de música, nosso hino-jingle)

Annita Costa Malufe

1975

[DAQUI DESTE LADO DA CALÇADA]

daqui deste lado da calçada a poucos metros da casa lotérica a poucos metros de onde deixei meu carro a poucos metros de um homem que passa a poucos passos apenas de um buraco no asfalto daqui margeando o muro onde um dia me encostei cabeça baixa os pensamentos buscando uma saída qualquer a poucos minutos de encontrar um amigo por acaso cumprimentar rapidamente deste lado sem querer e por acaso deste lado da calçada onde posso enxergar a loja de óculos e a vitrine da livraria que acabou de abrir onde posso acenar para o garçom ou para a mulher da padaria daqui deste lado da calçada onde a moça varre a porta da casa onde a porta da outra casa alcança a rua o ponto de ônibus avança a rua bloqueia a passagem cria um amontoado de gente em frente de um prédio descomunal que destoa da vizinhança deste lado da calçada a poucos metros da farmácia a poucas quadras da casa da minha mãe a poucos segundos de desistir do que vou dizer daqui deste lado da calçada o que vejo a poucos metros da calçada a poucos metros da casa lotérica a poucos metros de onde deixei meu carro a poucos passos daqui apenas oculta, detrás destas linhas, uma origem cada vez mais remota (às vezes tenho medo de escrever porque posso estilhaçar meu rosto) as palavras nascem para fazer algo morrer – foi o que ela disse (fiquei imaginando as coisas que não posso escrever, que não posso deixar morrer) desviar o pensamento fútil para pensamentos mais nobres (a nobreza está no tema?) quais são as coisas que não podem morrer em mim? (defendo-me detrás de um rosto frágil porque não sei construir máscaras de Veneza – minhas fantasias se desfazem na chuva, não aprendi a prever o tempo) quais os andaimes que me trouxeram até aqui? (não quero descer. não posso. aqui me mantenho, nestas linhas. depois descanso a caneta ao lado e me vou. pouco resta de mim.) oculta, cada vez mais remota. pouco fica da minha carne – não quero ser origem. quero despertencer.

[*Para Juliano Pessanha*]

Sergio Cohn

1974

DESCURSO

o mundo que se abre à minha frente é um campo magnético, mínimas cordas nos fazendo música, a soma harmonia a partir da dissonância. interagir perpétuo, oposição, movimento. sou um corpo, às vezes círculo, às vezes pirâmide. sou a soma dos ângulos do voo de uma seta que não espera atingir seu alvo, mas mesmo assim se arremessa. sou gesto, me movo, ocupo espaço. um sistema tão complexo que subverte suas próprias leis. um vírus pronto para se esquecer.

do ponto mágico em que me encontro vejo um mundo de trocas. tudo que toco se projeta, me acrescenta e nega. onde começo e acabo, os companheiros: absinto na tempestade, ácido sol do sertão. observando gaviões no musgo das paredes. lendo a fúria das dunas em igrejas submersas. no tempo em que nos inventamos.

eis o meu tempo. não de negação e margem, mas de encontros. a arte do encontro. o furto. o furto do alheio. o grão de sal que todo canto pede para não se consumir. a bela infidelidade.

sou visitado por um punhado de terra que roubo do chão. mistura comovente dos três reinos. animal, vegetal, mineral. três formas de vida com seus diferentes ritmos. tudo se expande como um grito.

na parede desenhada pelo tempo, na umidade criando faces em relevo, algumas gritando, algumas serenas, vejo um oráculo esquecido pelo cotidiano. no corpo um *memento mori*. seus lábios, tulipas que nunca cicatrizam. mar que entramos lentamente. primavera amarela.

o corpo é um claustro por se romper. para que possamos possuí-lo inteiramente. estou distinto das coisas e triste. me fecho e sinto frio. nuvens sorriem e a arqueologia do ar ainda está por ser feita. me interessa tudo que se perdeu.

se me movo, sou outro. um halo violeta me chama do arbusto em frente. de perto, alvura em flor. violenta vestal em sua beleza.

NOTA SOBRE A AUTORIA

– quaes são as suas idéas a respeito da propriedade?
o amavel fascínora tirou da patrona um pedaço de fumo e entrou a pica-o com o punhal.
– eu, para falar com franqueza, acho que essa história de propriedade é besteira. na era dos caboclos brabos, como o senhor deve saber, coisa que um sujeito agadanhava era delle. depois vieram os padres e atrapalharam tudo, distribuindo terra para um, espelho para outro, volta de conta para outro... fechou-se o tempo e houve um fusuê da peste, que está nos livros...

(lampeão em entrevista para a revista *novidade*, 1931)

Andréia Carvalho

1973

IMPERATIVOS ORIENTAIS

ensina-me a resistência de tua pele, onde tudo mais inflama. meu falso pudor cromático de gueixa nada articula nesta tua densa floresta solar. meus leques são sondas imaginárias em teu planeta tatuado de luz imperatriz. toma-me a defensiva melanina de quasar como se pálida carência lunar pelas praças fervilhantes, plasmando reinos alienígenas de coma prismático. porque não me posso sem tua noite de astros terríveis. porque não te vales a força sudaria sem a fragilidade dos biombos. impressiona-me, dandelion, com a silhueta de tuas monções em brasa. exercito-me papiro, sepultado e vivo em teus arrozais e magmas.

CERTIDÃO DE NASCIMENTO

vivendo dores que não me pertenciam, fulgurei holocaustos. realizei em meu corpo as profecias soterradas. proferi a missa do éter. e me tornei tão noite, que encontrei a cor de minha face inexistente. negras unhas, sangue magistral. nunca me fiz. avesso avesso avesso. aceitarei agora o embargo de outra travessia. serei plausível. o que me ofertam: glória, favorecimentos, suavidades. sem perceber que esta parafernália morna. ofício de normalidades. celebra cruz sobre cruz. então serei belo. vou morrer pela fragilidade. justiça. como celebram. batistério infindo. martírio na via sacra. exaustão por ouvir o ritmo da conduta nobre. oposta ao meu sim. vou ceder. fecham-se as rendas. finas e perfumadas como páginas bíblicas. nada quis. nada tive. e era paraíso. meu inferno amargo. abram-se mortalhas de súlfur azulado. estou exausto. concedem-me embalos.

(todo cerne é criado, alimentado, incitado para o exorcismo bem--sucedido).
nasci, nutriram-me e fui insuflado. estou fortificado para o ato pleno. arrebento o mundo. adeus fleuma.
fui cativado. gotas bentas me plasmam. resplandeço.

Angélica Freitas

1973

EU DURMO COMIGO

eu durmo comigo / deitada de bruços eu durmo comigo / virada pra direita eu durmo comigo / eu durmo comigo abraçada comigo / não há noite tão longa em que não durma comigo / como um trovador agarrado ao alaúde eu durmo comigo / eu durmo comigo debaixo da noite estrelada / eu durmo comigo enquanto os outros fazem aniversário / eu durmo comigo às vezes de óculos / e mesmo no escuro sei que estou dormindo comigo / e quem quiser dormir comigo vai ter que dormir do lado.

R.C.

os grandes colecionadores de mantras pessoais não saberão a metade / do que aprendi nas canções / é verdade / nem saberão / descrever com tanta precisão / aquela janela da bolha de sabão / meu bem eu li a barsa / eu li a britannica / e quando sobrou tempo eu ouvi / a sinfônica / eu cresci / sobrevivi / a privada de perto / muitas vezes eu vi / mas a verdade é que / quase tudo aprendi / ouvindo as canções do rádio / as canções do rádio / quando meu bem nem / a verdadeira maionese / puder me salvar / você sabe onde me encontrar / e se a luz faltar / num cantinho do meu quarto / eu vou estar / com um panasonic quatro pilhas AAA / ouvindo as canções do rádio

Manoel Ricardo de Lima

1970

O QUADRADO BRANCO, FUTEBOL

ele não liga mais a tv. a cabeça baixa, os olhos vincados no chão e uma poça de água. nem conta os ladrilhos nem dorme. nem de longe um gole de café uma torrada uma xícara de chá de alfazema ou capim-santo. andar a calçada é por onde não pensa. tudo é perigo no corpo. tudo tem risco demais

manter o portão da frente fechado evita que os mosquitos e a chuva entrem pela janela. quando é o dia que a chuva vem? quando é que o amigo mais velho volta?

estas coisas, antes, de algum jeito, deixavam a vida de lado. um instante e outro, tudo muito sozinho. todos os dias não liga mais a tv e repara que ao fazer a barba não vê seu rosto, que as mãos não se movem direito

O QUADRADO BRANCO, ERNST E A VITROLA

é para ficar muito quieto muito muito quieto. o silêncio ainda não, o desastre ou o desejo. todo silêncio é impossível, e a vitrola. não vivemos sozinhos aqui nesta casa e falta uma perna – por menos que isso o nome sumiu. e ainda duvido como respondo os gritos que vêm da rua. sei que do meu lado o outro. com pernas certas exigidas, no chão: as quatro. depois esta conta de vida quando caminhamos: de mentiroso, de sete de nove. contar, como escrever, não tem importância. escrever não importa. há uma mulher que nos caminha a calçada, o asfalto o parque e toda a vizinhança. ao redor, faz círculos e vamos. estou indo, sempre indo. não peço para esperar, nunca peço. talvez dissesse algo como *alto lá* ou *aonde pensa que vai* mas não digo. e isto não é uma apatia. é a boca, começo e proa. e mesmo manco coxo quase errado roto, a rua é sempre a mesma, e arfo. é a boca de fogo. o desastre é o dom, cuida de tudo. e ninguém, nenhum e nada nunca incomoda. não posso ouvir, enxergo pouco. não preciso pedir nada nada, o outro espera. não preciso dizer nada, ele espera. dizer é quando tudo explode. ele sabe que não posso andar mais rápido. e espera. sei que é um amigo. ainda tenho algumas vontades. voltar a jogar futebol na areia da praia: uma cosmogonia, ou duas, a minha vida. e imagino que por isso alguém me olha e pensa em proteger meu coração. mas nunca vi os olhos dessa mulher. nem de longe. não sei a cor dos olhos dessa mulher. ela me caminha com o cão, o outro. não sei a sua voz, nem se consegue falar. se tem fala, se grita ou do que tem medo. se tem medo. mas ela é minha esperança, ela e o outro. as únicas que tenho

Alberto Pucheu

1966

LAMENTO PARA SOLO DE CORDAS

A noite é dos que sonham, mas a madrugada abriga apenas os insones. De qualquer canto da casa repleta de ausências, escuto o sono latejando na cama. Uma palavra desequilibrará a frequência do bairro inteiro; talvez uma frase consiga mantê-la... talvez algumas. Não há por que sair, com o cheiro da cafeteira esbarrando por todas as paredes, concentrando-se sempre no lugar em que estou. Era ela quem preparava o café, voluntariamente, quando o sol refletia pela primeira vez no prédio da frente, irradiando para dentro aqui de casa. Gostava de me ver escrevendo assim tão cedo. Hoje, não sentirá o amargo do líquido escuro provocando suas papilas. Antes de ir para o hospital, de onde jamais sairia, disse que olhava pela janela de sua casa uma última vez. Comoveu-me escutar que esta casa também era sua. Comoveu-me, ainda mais, lembrar que sempre esteve à vontade em qualquer lugar por que passou.

TRADUÇÃO LIVRE DE UM POEMA INEXISTENTE DE LYN HEJINIAN

Comece aqui, para aprender a gostar de uma perda.
O segundo programa que fiz com a mulher com quem casei foi ir ao circo.
No fundo, somos todos mais ou menos iguais.
O cheiro azul da praia invadiu os olhos da menina.
A campainha tocou antes das sete, não sabia se a havia escutado ou não.
A mudança mais difícil ocorre quando é necessário permanecer, apenas os frágeis fogem pelo caminho mais fácil.

Ao longo daqueles meses de viagem, os três abriam os olhos exatamente no mesmo momento.
Procure manter o coração bem quente, mesmo em situações glaciais.
O que está acontecendo na casa em frente não é obra, mas tem alguém martelando um prego.
O prato quebrado na festa fez um barulho imenso.
No fundo, somos todos inteiramente diferentes uns dos outros.
Ele ensinava a *Bíblia* a sua patroa. Muito poucos sabiam que *Bíblia* era a lição maior: o nome de seu porrete.
O escudo saiu da fundição cheio de defeitos, parecia um verdadeiro achado arqueológico.
A frase incomparável de um acusado na boca dos jornais: *Nunca matei um sapo sequer; o primeiro ser vivo que matei foi minha mãe.*
Às vezes, caminho apenas por uma rua; outras, por duas ao mesmo tempo.
O azul da manhã desponta na buzina de um carro.
Cinquenta reais, às vezes, fazem a diferença.
Está escrito em um outdoor que o gol é o orgasmo múltiplo do homem.
Tem muito mais carros na cidade do que palavras; incrível como ninguém nunca pensou isso antes, pelo menos de maneira tão explícita.
Incrível também como se pensa qualquer coisa quando não se focaliza apenas uma.
O livro de Clarice, comprado num sebo, tem esparadrapos cobrindo frases e colando umas páginas às outras.
No fundo, ninguém sabe se é mais ou menos igual ou inteiramente diferente dos outros.
Há tanta perdição em sua vida que lhe deram uma bússola de aniversário.
Palavra dita e pancada dada não se tira.
Muitos helicópteros sobrevoam o Corcovado em dias de sol; isso irrita um morador da rua.
As lanchas da infância acabaram de cair por detrás do oceano.

A orquídea nunca mais floriu; em compensação, as flores-de-maio dão duas vezes por ano e as bromélias já estão na quarta geração.
O latido de um cachorro não é mais nem menos do que o latido de um cachorro. Até ter escrito isso.
O telefone disparou essa manhã.
As frases, como as pessoas na multidão, vão se esbarrando. Então, o latido de um cachorro é e não é o latido de um cachorro.
Hoje na feira o preço do tomate estava significativamente mais baixo.
Uma réstia de sol para amenizar o frio.
Sem que ninguém peça, eles vão aparecendo por tudo quanto é lugar.
Os velhos sonhos do centro...
No fundo, essa coisa de querer saber se somos todos iguais ou inteiramente diferentes uns dos outros deve ser uma grande bobagem.
Uma cumplicidade não afetada.
Vou dizer agora: isso aqui é apenas pro grupo de risco da liberdade.
Contamine seu parceiro.
Faça o que quiser e não pentelhe ninguém.
Se aquela fumaça estivesse mais alta, bem que pareceria uma nuvem.
Lá longe, por detrás dos prédios, está passando uma ambulância.
Ele, que não se casou e não teve filho, está pensando em comprar um cachorro. Ela, que se casou duas vezes, tem filho e cachorro, garante que é a melhor solução.
As palavras me fogem... as palavras me fogem...
O mendigo dormindo ali na esquina reinventa seu corpo, trazendo uma espuma amarrada nas costas e uma garrafa de guaraná com antolhos.
Os deslocamentos às vezes coincidem.
Como quem dobrasse a São Clemente e entrasse pela Presidente Vargas.
Pensar, é a vida que fornece, sempre.
Reclamou que alguém era muito profundo; vai ver tinha até razão.

Isso concerne a qualquer um, danifica somente as coisas já defeituosas.
Dias depois, lhe escrevi uma mensagem dizendo que não fui à leitura pois havia um jogo importante. Ela ficou uma fera: *O que será da poesia se os próprios poetas se encontram no Maracanã?*

Miguel Sanches Neto

1965

NO PAÍS DE JOSÉ PAULO PAES

A voz era grossa e compassada. Movia-se com calma, ultimamente ajudado por uma bengala, como um grande animal mítico nos campos sagrados do Senhor.

Para nos receber em seu escritório, que ficava no fundo do quintal, fazia-nos cruzar a cozinha. Isso dava à visita, principalmente a quem conhecia a carga simbólica da cozinha nos hábitos da província, a certeza de ter franqueado o coração da casa.

Um ou outro gato, acolhido por Dora, a diligente companheira, se espreguiçava no pequeno jardim protegido por altos muros. Longe, na avenida, movimentavam-se as águas do trânsito em seu burburinho contínuo.

No escritório, móveis e livros, tudo transpirava uma tranquilidade do sem tempo. A conversa nunca era exaltada, nem havia farpas vibrando no ar. Com sua voz franca, o poeta iluminava a tarde.

Depois, quando nos conduzia de volta ao portão, nós nos víamos órfãos na grande avenida barulhenta – como se, expulsos do tempo sem margens, caíssemos numa prosaica realidade.

Rodrigo Garcia Lopes

1965

CITYSCAPE

Carros avançam em nossa direção: eis o épico contemporâneo. Ítaca na esquina, Odisseu o mendigo lendo um anúncio travado no chão. Brisa de buzinas o atordoando, atraindo-o para o fluxo & atropelo. Da sinagoga slogans na multidão de rostos anônimos. Ele é o herói transubstanciado de outras eras, ou uma hera plugando o meio das coisas com o que sua flora de aço, voracidade, revela: não há silêncio, luzes traçam linhas de fuga, teu rosto fugaz atrás dos vidros, mancha de detalhe, disparo. Tudo sucede por fluxo e acumulação. Prolifera, fera, néon das lojas de conveniências, você sob eterna vigilância, e as imagens, as imagens. O minuto pede pra ser consumido como mais uma comodidade (impossibilidade), por isso precisa ser veloz, para que a morte não tenha como amortecer as interrupções que a ferem até sangrar para que a verdade não tenha tempo de instalar seu leão de gerânios, sua folha de erva e visão. Pense em Agora e toda uma rede se instala em seu cérebro. Este perfume vindo da vitrine lembra uma ideia, e se estilhaça no instante necessário para que o tempo pare.

OÁSIS

Porque os estalos das coisas, ossos dos pés, ruflar de tenda, ranger de palmeiras, arrepio de arbusto, é um modo das coisas se comunicarem.

Um animal (que respirava enquanto se movia pela duna de mil anos abrigado pelo cânhamo e com uma provisão de certa erva misteriosa) quando um raio rente a sua testa criou uma linguagem.

Abraçá-la, em toda a sua estranheza.

A massa de luz lazúli avança, mas é só miragem de uma nuvem.

As palavras são meu camelo.

O mesmo vento que me faz, me desfaz e refaz.

Cada rajada longa sentença passando pela pele enquanto prossegue em zig-zag sua escrita invisível.

As areias cobriram algumas partes da passagem. Novas trilhas, seguindo estrelas. A lua nos minaretes da vila distante reflete como um farol.

A estepe se repete, em alguns momentos, como se fosse a própria fábula muda do tempo.

Legendas dublando línguas sem fronteira.

Entre nome e nomos, entre letra e alerta, entre nume e mônada.

Arder adere, o desdeserto: mar seco, e apenas aparentemente imóvel.

Como o animal humano neste espaço macio, o camelo rumina enquanto caminha

Heitor Ferraz

1964

PRÉ-DESPERTO

Certa modéstia de alguns quartos de hotel, a rotina das cortinas fechadas vazando pouca luz, apenas o embaciado da luz dentro dos olhos pré-despertos. Pela manhã, o meio-sono irriga imagens de um quarto antigo, um hotel antigo, sem banheiro no quarto, apenas uma pia branca de bordas brancas. Projetadas no teto, as sombras de galhos e de um tanque de lavar. Apenas um quarto antigo contrapondo-se ao quarto deste outro hotel com a fumaça da caldeira: a máquina do hotel funcionando. Sonho que caminho pela rua, não encontro os paralelepípedos de outras ruas, o prazer ou desprazer momentâneo dos paralelepípedos soltos. Crianças de uniforme fazem algazarra entrando e saindo de túneis de plástico. Caminho pela rua com a sensação de que estou sem um dos meus sapatos, de que caminho meio descalço. Olho novamente para meus pés: sim, os dois pés estão calçados.

VELÓRIOS

Como se eu imaginasse: como seria no dia em que voltasse? Ou melhor, algo mais recorrente, a ideia de que as coisas são imutáveis logo após, ou mesmo séculos após, as deixarmos onde estavam. As coisas e as pessoas. No dia em que retornasse, elas estariam tal e qual a minha espera e, depois disso, enquanto eu estivesse ali, elas existiriam, se colocariam em movimento (algumas até morreriam, velhas e cansadas da mesma posição, enfim libertas dessa prisão da minha memória, ou da memória que faço delas). Seria assim: novamente eu passaria pelo Velório da Quarta Parada. Encontraria as mesmas pessoas me aguardando para o velório do meu avô paterno. Um pequeno véu, cheio de microfuros, cobriria seu rosto, a linha da testa, a saliência do nariz, os cabelos ralos e brancos. As faces afundadas, sem ar. O ar de fora também se encontraria parado. Já observei isso: quanto mais olhamos e velamos nossos mortos, fixamente, o ar em volta também para. Primos circulam pelos corredores brancos com o cheiro estufante de flores. Primos que envelheceram muito enquanto eu permaneci o mesmo. O trilho amarelo dos dentes. O cabelo acaju. A loja de produtos religiosos. Obras de reparo na piscina da academia. O pé que foi descascando, descascando até ser amputado e já era o início de um câncer de pele. Mas isso foi num outro velório, de uma tia que morreu de infecção generalizada, aos 79 anos. Isso foi num outro velório. Nunca faça promessas para defuntos. Ele saiu, foi ao bar, tomou uma pinga e voltou. Estava um pouco grogue. E fica difícil retornar ao início, ao como seria, como seria se eu retornasse à mesma cidade onde estive há muitos anos. Não faço promessas. Seria possível encontrá-los todos parados dentro do tempo como agora se encontram em minha memória, ou na memória que faço deles. Todos estáticos numa mureta baixa, de colunas baixas e ásperas, de cimento áspero, todos encostados, ou sentados na borda, enquanto embaixo corre a água rala de um ribeirão.

✵

Envelheci tanto. Lembrar já não tem mais serventia.

Marcos Siscar

1964

JARDIM DE VESTÍGIOS

Minha vida é o que vejo. A criança na bicicleta subindo a rua. A chuva caindo num dia quente. Seus cabelos despenteados. A cidade vista de longe. Seu rosto visto de perto. Os olhos fechados no abraço. Meu amigo rindo. O dono do boteco. A roupa de um verde vivo. As mãos da menina enquanto dança. Um carro mal estacionado. O funcionário que olha desconfiado. Um desconhecido andando à frente. Folhetos no lixo. Um barulho de tiro. A briga depois da esquina. Formiga na ponta de uma folha. Unha suja. Mosca em cima da merda. Um velho trator com cheiro de óleo. TV ligada. Olhos abertos. Mato crescendo na sarjeta. Alguns livros empilhados. Caminhões. Casas passando à beira da estrada. Gato em cima do muro. Nuvens brancas sujando o azul. O muro pichado. O ritmo acelerado. A parada. O detalhe. O conjunto. De novo os olhos fechados. A boca entreaberta. E ao fundo um murmúrio de metáforas selvagens. Jardim de vestígios cuidadosamente organizados. A vida é o que vejo. Montagem é tudo.

UM MODO DE ESTAR

A casa é um lugar para se estar. Casa é onde se está quando não se está ausente. A casa não diz o ser mas o estar. Quando alguém me pergunta digo: estou em casa. Ou então: não estou. A casa é a referência da situação. É seu lugar. Escrever é como estar.

Olho alguém e me pergunto onde mora. Onde tem sua ideia de casa. Como se levasse a casa nas costas. Ou tatuada no rosto. Como a expressão dos olhos. Mas na rua a casa pode ser um avesso. Uma simulação geográfica. O lugar em que se falta.

Casa às vezes é aconchego. É lugar escolhido para se estar bem. Algo a ver com o paraíso. Aquilo que acolhe refugia também. Mas estar em casa às vezes só faz jus ao vício. E não ao artifício. Tampouco dormir na rua se escolhe. Ou na rodoviária perto dos extintores.

Há condições para se falar da casa. E há condições de casa para se falar. E quando não se tem teto? Ter ou não ter é como ser ou não ser? Depauperado troncho sem regalia de palavra. Levado da força do despejo às traças do desejo. Não ter casa é um modo de estar?

Paula Glenadel

1964

A DOADORA

A dona do bar vai doar um rim para o marido. Ela me estende os cigarros que compro todo dia. É amor isso? pergunta espantada. Eu vi em reportagem na tevê francesa homens do terceiro mundo nas fronteiras da Europa: venderam seus rins e nunca mais foram saudáveis. Alguns receberam menos do que o combinado. A dona do bar doa porque senão ele morre e isso ela não pode suportar. Por que as mulheres dos homens do primeiro mundo doariam um de seus rins aos seus maridos se podem comprar um? A dona do bar não tem dinheiro ou não pensou nisso. Fala comigo e seus olhos castanhos se arregalam.

CONTRATEMPO

Coveira de meus males ou guardiã de meus dragões, toca-me refinar um patético assombroso em claro mel de memória, em água turva de letes (se não for o contrário). Assim, abandono luas de ocasião, exorbitantes monolitos, bárbaros restos de cálculos. Pedras não me darão leite. Assim, abandono ou sou abandonada em cada uma coisa. Sobrevém o contratempo de guardar ou ser guardada pela sua caricatura sagrada, em imagens de anjos pré-rafaelitas, em sotaques, no correio eletrônico.

Claudia Roquette-Pinto

1963

[ELE ERA TODO LISO]

Ele era todo liso. Completamente – e ela não dizia isso pensando apenas na ausência dos pelos nas pernas, nos braços, no rosto quase imberbe (e nem um pouco menos másculo), na maciez que se distribuía, de maneira contínua, por toda a extensão do seu corpo, glabro. Pois dele era o dom: uma espécie de concisão não contida, uma uniformidade que, em si mesma, nada tinha de rígida. E no esforço de aproximar-se mais e melhor daquilo que experimentava, ela só conseguia pensar em água – água tépida, macia – e na sensação de boas-vindas com que uma água assim nos acolhe.

Não era o caso, no entanto, de uma água derramada, espargida. Ele era liso como água, sim, mas água verticalizada, massa líquida que se pusesse de pé e em movimento, ao mesmo tempo contida por um invólucro flexível. (Ela escolhe dar a isso o nome inevitável de pele). Sua pele avelanada, quase atemporal naquela falta de aspereza. Pele castanha, "cor de havana".

Diurno e envolto em panos ou nu, deitado ao seu lado – a qualidade confiável de lisura nunca o abandonava. Seu corpo permeado pelo grau de luminosidade de sua água interior. De modo que, no seu caso, a aparência tornava-se, de fato, uma *transparência*. Como se algo dentro dele estivesse na superfície, e mais perto. Como se seu corpo fosse inteiramente recoberto com a pele da palma da mão.

[...ENTRE PERNAS, ENTRE BRAÇOS]

...entre pernas, entre braços, passes e recuos falsos, mais embolados do que seria plausível, movimentos de improviso surgem e se sustentam carregados no seu curso, dentro do rio de energia (lúcido), mas mais ainda que isso, enovelados no íntimo, distraídos de quem foram antes de entrar neste circuito (ou círculo), os dois flutuam (caem) sem nunca deixarem de estar dentro do corpo (corpo que mais uma vez se empresta a esta descoberta), a superfície do corpo, sua densidade manifesta, a solidez com que transporta as sensações simultâneas das portas dos sentidos até o centro escuro, interrompe o pensamento no ímpeto alternado que concentra e dispersa, pele colada à pele, atenção colada à experiência, distribuindo a inteligência em diferentes direções (estrelados), cada estímulo alinhavado reverberando no plexo, côncavos, convexos, sem o menor *intervalo ou qualquer outra palavra de igual afastamento*, a um passo da completa anulação até que *eu* e *eu* explodem numa coleção de estilhaços, entre pernas, braços...

Maria Esther Maciel

1963

A ORQUESTRA DA NATUREZA

O mundo não é o que pensamos.

CARLOS DRUMMOND DE ANDRADE

Certos pássaros, insetos e mamíferos só vocalizam nas primeiras horas do dia se há por perto uma lagoa de águas tranquilas.
As formigas cantam roçando as pernas contra o abdômen, enquanto os grilos cricrilam friccionando as asas em ritmo insone.
Os golfinhos podem emitir sons tão intensos e firmes quanto as armas de grosso calibre.
O som do milho crescendo lembra o ruído de mãos rudes e secas se esfregando na borracha de um balão de festa muito cheio.
Há peixes que, discretos em sua existência, anunciam, pelo ranger dos dentes, a sua imprecisa presença.
Os gorilas se cumprimentam com um ronco espesso e sem solavancos, como se limpassem a garganta.
Os grilos dos filhotes de abutre são tão terríveis e potentes que ficariam bem em um filme de suspense.
Se as anêmonas produzem sons esquisitos, algumas larvas têm assinaturas sonoras imprevistas.
Os gemidos de um castor desconsolado são mais pungentes que os de qualquer primata em estado deplorável.
Os sapos se protegem coaxando em coro e deixam confusos os coiotes, as corujas e as raposas.
Muitos bichos se comunicam por vias clandestinas ou quase inaudíveis para alguns ouvidos.
Bactérias e vírus também integram a ordem sonora do mundo vivo.

Claudio Daniel

1962

CARANGUEJO

Aquática paisagem, faixas de areia e uma sequência de morros, horizonte simulando música. Quiosques vendem camarões e mariscos. Meninos magros e morenos jogam bola com uma cabeça decepada. A velha senhora inglesa lê o *Herald Tribune* com lentes bifocais. O sorveteiro anuncia profecias apocalípticas. Há um furacão nas ilhas Fidji. Esferas planas surgem no céu de Okinawa, como pegadas de urso. Um sargento aposentado em Kansas conversa com os peixes. Não há nada que seja realmente absurdo. Tudo está escrito em algum lugar, nas *Tábuas de Esmeralda*, no *Popol Vuh*, no *Livro Tibetano dos Mortos*. Há quem diga que a espuma do oceano é uma linguagem. Há uma lógica irrefutável no movimento dos astros. O destino foi escrito nas palmas de nossas mãos. Tudo isso ignoro, não me diz respeito; palavras são detritos como algas, conchas ou brincos oferecidos à deusa das águas. Eu só deslizo as pinças entre possibilidades. Invisto minha carapaça vermelho-marrom, que você tanto ama, até o centro da dúvida, para encontrar minha fábula. Eu sou a imagem deste enigma, a contradição de um crustáceo.

SEX SHOP

Tufos pretos e umbigo impreciso na fresta vertical em colunata.

Cílios escamosos como minipeixes e uma arcada bélica verde-oliva na cabeça, à maneira pontilhista dos *marines*.

Pulseiras e argolas multiplicam-se nos braços e mamilos, simulando a efígie de uma rainha nigeriana.

O corte súbito no tronco impede a visão dos delicados pés, lacuna compensada pelo desbocado rubim de lábios fechados em til.

Os adereços da deusa mutilada completam-se com brincos de prata em forma de agulha, para a adequada perfuração de Romeu.

E um singelo par de algemas com a palavra *love* escrita em runas ancestrais.

Juliano Garcia Pessanha

1962

"QUIXOTESCA FICÇÃO VERBAL"

Durante muito tempo eu segui o homem-bêbado, e eu pretendi tornar-me o seu discípulo. Ele conhecia alternâncias metereológico-afetivas bem estratosféricas e era jogado de cima a baixo em frações de segundos. Mil vozes discordantes falavam na sua boca e o grande panteão dos heterônimos imiscíveis lhe dava acesso às regiões mais variadas da cidade: eu o seguia por botecos e mansões, carregando sua sacola de arrepios e gemidos, e ia anotando cada nova "egoidade" surgida do sopro das metáforas...

Um dia eu descobri o equívoco chamado posse-da-palavra e o homem-álcool viu em mim um início de miséria se encorpando ao seu redor: "Parto amanhã pra Polônia ou pra Turquia! Devo fugir até um canto feito de idioma proibido. É preciso saber o que eu seria na minha pele, é preciso preparar-me para o frio de um desaparecimento". Se bem me lembro, essas foram as últimas palavras do meu mestre; um aedo cuja exuberância era também uma fome.

PRISÃO DA DISTÂNCIA

Minha solidão é a mais exata possível. Deusas estéreis regram minhas vigílias. Estou fora da trama do tempo e qualquer readmissão ficou interditada: minha eternidade é terrível e caíram as palavras. Esqueci meu nome e já não tenho mais hábitos. Detonado pra fora, ao meu redor toda luz se degrada e todo vigor se consome. Os dias incessantes arrastam apenas os outros, enquanto eu fico suspenso nesta eternidade maldita onde uma interminável morte acontece... Minha noite é sem fim. Por que não me salva a outra morte?

Carlito Azevedo

1961

AS METAMORFOSES

Como um filme que necessita de 24 quadros por segundo para que a imagem apresentada se mantenha íntegra na tela e à nossa vista, talvez o ser humano seja uma aceleradíssima repetição de si mesmo que se sustenta em seu espetáculo e visibilidade numa proporção de 100 quadros por bilionésimo de segundo. De modo que, por exemplo, aquele jovem que está entrando pelas portas da discoteca com um colete de explosivos sob o pulôver negro continue pacificamente a ser aquele jovem que está entrando pelas portas da discoteca com um colete de explosivos sob o pulôver negro, e aquela pálida garçonete atrás do balcão de um café do aeroporto aguardando apreensiva a aproximação da mãe de seu namorado que se atrapalha toda com a bolsa de onde retira uma pistola 9 milímetros continue a ser nada mais do que aquela pálida garçonete atrás do balcão de um café do aeroporto aguardando apreensiva a aproximação da mãe de seu namorado que se atrapalha toda com a bolsa de onde retira uma pistola 9 milímetros, tudo de forma íntegra e ininterrupta. Ou quase. Pois assim como a diferença ou sabotagem em um único fotograma entre os 24 que deslizam divertidos ou solenes por toda a extensão de seu mísero segundo cinematográfico não chegaria a alterar a imagem que vemos na tela, dada a precariedade do poder de percepção de diferenças de nosso humano olhar, a possível metamorfose daquele jovem de pulôver negro explodindo dentro da discoteca, ou da pálida garçonete atrás do balcão com o peito perfurado por uma bala 9 milímetros, e mesmo considerando-se a possibilidade de uma metamorfose extremamente esdrúxula como em boi, tapir ou bebê Radinbranath Tagore, desde que limitada a um único quadro entre os 100 daquele bilionésimo de segundo, não seria captada por nosso precário sistema retiniano, e só lograríamos perceber de fato a fenomenal e invejável continuidade do pulôver negro do jovem entre os destroços de discoteca e gente recolhidos pela polícia e transportados para a calçada cheia de vento e do piercing sobre o lábio da pálida garçonete caída por trás do balcão sobre uma poçazinha de sangue. Num concerto em homenagem a Witold Lutoslawski, contudo, o anjo boxeador logrou perceber diversas metamorfoses da pianista Martha Argerich em cervo negro, dia de inverno, borra de vinho, chuva de ouro e outros prodígios incontáveis, metamorfoses essas que, entretanto, não chegaram a durar nem um bilionésimo de nanossegundo, o que permitiu que para os outros espectadores aquela bela criatura de longos cabelos ao piano continuasse a ser durante todo o transcorrer do concorrido espetáculo a renomada pianista argentina Martha Argerich.

O ANJO BOXEADOR

O primeiro a me dar os pêsames berrou: "Quando eu não tinha esta perna mecânica eu não sonhava com balsas atravessando o rio". O segundo a me esbofetear sussurrou: "Meus filhos sempre imaginam, quando chego em casa do trabalho na loja de malas, que eu trouxe secretamente mais um filho para casa, e passam boa parte de seu tempo livre procurando por esses irmãos que eu, por misteriosa razão, estaria protegendo de sua indiscrição e violência". O terceiro era um cão esquartejado jogado à minha porta, com uma medonha cartolina cor-de-rosa no pescoço onde se podia ler: "Feliz aniversário". Sem olhar para trás, pude imaginar minha mãe e meus amigos chorando escondidos, atrás da cortina.

Ronald Polito

1961

ENJAMBEMENT

com o sexto dedo a garganta sem fundo um gargalo a seco a ventosa tesa a teia de arame o tentáculo tinto a quarta mão com a fresta da força convexa uma gota de óleo a sucção do volume contrário a ultrapassagem os freios no meio o recuo a boca número dois com a chave o tranco da fechadura o segredo a mucosa rasa a compressão a carga do empuxo o êmbolo a entrada por dentro o sal a saída sem o lastro com a cabeça os lábios a língua na ponta o terceiro olho o músculo já um musgo do muco o nervo por um fio a fusão a gana só ganido com a goma a gosma da saliva o travo o amálgama na contração da cãibra a vela pelo pavio com o fogo com a água

HISTÓRIAS NATURAIS

Um rabo e seu cão. A bipolaridade das borboletas. Uma flor que nunca será vista. O voo do pássaro abatido. Um iceberg esvaindo-se. Um epicentro anticompulsivo. Um gato disfarçado de gato. Os costumes afetivos dos pinguins. Uma pulga. A compleição de um paralelepípedo. Uma molécula e um eco. Os parênteses e o leão-marinho. Uma cadeira elétrica resfriando-se. Uma menina e um lobo mau. Uma pétala e uma talvez formiga.

Arnaldo Antunes

1960

[AS CORES ACABAM AZUIS]

As cores acabam azuis. Quando as lâmpadas ainda não foram acesas e a nuvem da noite vem cobrindo as folhas lenta, do mar até a serra. A fumaça desfoca os objetos que não se movem. A luz bate na pele das coisas gerando essa camada membrana película chamada cor. Saliva sobre a língua. Às vezes elas parecem vir de dentro das coisas: As cores dos lápis de cores. Linguagem. Para que haja vermelho é preciso muito branco. As cores se transformam quando se encostam. Laranja, rosa, cor-de-laranja, cor-de-rosa. Amanhecer. As cores costumam arder antes de esmaecer. Quando esfriam, o espaço entre elas e as coisas diminui. E borram quando transbordam. Os verdes maduram cedo. As luzes apagam preto. As cores começam azuis, dentro dos casulos brancos. Flores para elas.

Nuno Ramos

1960

POEMA PLACEBO

Poema placebo, tome o lugar do outro. Diga o que deve dizer – que a vida existe. Poema placebo, seja feito de algo – a escolha é tua – e arraste tua matéria pelos olhos de quem lê; introduza essa matéria no olho, na carne do olho de quem lê. Poema placebo, onde forem todos indiferentes, desperte, com teus pés de mola, no meio deles. E voe em círculos, como um urubu persistente, sobre a cabeça deles. Espere que se distraiam e morda a matéria mole dos lábios deles, arrancando-lhes a boca para que não digam nada. Poema placebo, se continuarem concentrados, olhando a parede branca, se não se distraírem nem te derem chance, então será tua vez de dormir, metamorfoseado, disfarçado como um deles, usando sandália colorida, oferecendo o cartão de crédito. Seja a vitrine da loja e o asfalto da rua; seja a plantação de soja; seja a voz na locução no rádio e o sentimento do sublime; seja uma risada, a chuva forte, a vista da janela. Mas solte de repente o teu apito grave, como o de um navio que quer partir, tocando no porto (terás de criar o porto), alto e claro, por muito tempo, chamando.

Ó

Ao carregar no estômago frutos e pedras (como o lobo da história) e caminhar sobre as cinzas dos pés feitos de cinza, as cinzas das solas, as cinzas do asfalto, as cinzas das folhas, ao provar do pó cinza pousado em tudo

então alguma coisa como canto sai de alguma coisa como boca, alguma coisa como um á, um ó, um ó enorme, que toma primeiro os ouvidos e depois se estende pelas costas, a penugem do ventre, feito um escombro bonito, um naufrágio no seco, um punhado de arroz atirado para o alto, é em nossa voz o chamado longínquo de um sino, canto e me espanto com isso, demoro a má notícia, esqueço o medo imerecido, esqueço que sou triste e grito e bato os dois címbalos como se minhas amídalas abrissem caminho ao inimigo em meu tímpano, cachimbo coletivo que traga e queima o contorno do morro, a sombra da nuvem, a linha da espuma, o samba nos juncos

mais alto que o som das notícias rasgando as revistas, a pancada de chuva, um único ó que seja mas seja contínuo, não um mantra mas um zumbido de vespa, um zangão na avenida, nas cinzas do último dia, atrás do vidro natural que me separa de tudo, da lâmina de luz, como um dia (como um dia) onde o corpo bate e zumbe, zumbe um ó, uma lâmina metálica, constante, um hino ríspido, zurro, o que será isto, no meio da avenida

feito microfonia, um ó que fosse crescendo também nos bichos, nas colmeias, no pelo dos ursos, na lã das mariposas e das taturanas, no chiado do leão sem dentes que segue de longe a própria matilha sem ouvir o ó crescente das hienas que comem, comem neste momento o seu próprio cadáver, um ó aos ratos, à astúcia entocada, ao espinho na pata, um ó em dó, em si, de lata, de lata, panelas de querosene incendiadas, um ó pelo menino assassinado por outro menino, um ó pelo seu assassino, um ó de todos os meninos, sem barba, sem pelo e sem castigo

então eu me apresentaria ao mar, ao velho lobo, ó maior e grave e arenoso, eu me apresentaria à água inteira que me lambe agora os pés (meus pés, feitos de cinza, se apresentariam), abriria meus braços sem nadar, não eu, boiar talvez, e deixaria o gordo tronco que tem minhas digitais e minha idade com seus parasitas pelos, calos, suas meias-palavras e seus meios-termos, seu parasita amor perdido lá atrás, afastando-me da praia com a qual me acostumei, me separaria de suas luzes, de suas vulvas talvez, pretas, roxas, cinzentas, fitando o céu sombrio, a linha das montanhas verdes, flutuando então na minha banha, incendiando a pira da fuligem da memória (quem lembra, teme), imóvel na onda alta onde um cargueiro passa perto, vulto negro enorme, ó da morte e do esquecimento, também aí há um ó.

Waldo Motta

1959

NO CU DO MISTÉRIO

"Visita interiore terrae, rectificando
invenies occultum lapidem"
– charadinha alquimista

Em honra aos arautos da utopia, em prêmio aos seus tantos sacrifícios e para o consolo dos aflitos, revela a sapiência do Espírito Santo que o buraquinho fedorento é a passagem secreta para os universos paralelos, o caminho da eleição dos santos e heróis, a via estreita da liberdade dos cansados e oprimidos.

Protegido por monstros legendários, milenares interditos e artifícios incontáveis, proscrito e disfarçado a todo custo, é por ele o acesso ao manancial da vida, que aos destemidos concede o gozo das venturanças, e somente ele conduz ao filão das maravilhas, jazida da Pedra Filosofal, sendo a única estrada para o centro de Luz, a Cidade Azul dos Imortais, refúgio da Deusa eternamente virgem & seu Pai, Filho e Esposo excomungados.

"Desencantai os vossos mitos", roga o Santíssimo Espírito de Mamãe Serpente, "ó meus desgraçados filhos, cativos das loucuras racionais; ó estúpidos demônios, reféns de vossas culpas e mentiras, escravos dos trabalhos exaustivos e inúteis, resgatai os vossos corpos ao jugo do Maligno. Desencantai os vossos mitos, ó meus amados filhos, e sede felizes!"

"Tremei, colinas e montes, outeiros e montanhas: venho para atear fogo à Terra", disse o Esposo dos varões assinalados, marido zeloso e amante ciumento, empunhando a sua vara de ferro e lançando contínuos esporros à face das nações.

Não sem antes avisar pela boca de seus anjos, santos e profetas: "Repreendo e castigo a quem amo"; "tirai o prepúcio de vossos corações"; "convertei-vos, ó filhos rebeldes".

Não sem antes indicar ao mundo inteiro o endereço da salvação, o caminho do seu templo vivo, franquear a porta estreita ao poviléu e ofertar as delícias de sua rocha, o seu banquete celestial.

E não sem convidar ao regozijo na caverna do áspide e no antro do basilisco a todos que, dispostos a virar crianças, almejem conquistar o reino de Deus e desfrutar as gostosuras da árvore da vida eterna, aqui no meio de nós, ao dispor de mãos e dedos.

Ave, Deus retado, que domina o capeta pelo rabo e adestra os rebeldes com vara de ferro.

Rei da gozação.

Salve.

Floriano Martins

1957

GABRIEL RINDO DE SI MESMO

Toquei uma a uma as falhas de meu suplício. O ponto de desequilíbrio que não pude exaltar. Meus limites me levam à ruína. Precipito-me em um deserto que me fere. Que requer de mim defeitos além de meu pobre rigor. Tudo em mim entra como uma morte que queima. Como as palavras em brasa de Davi. A força cega dos elementos sujeitos à queda eterna. Imagens de meu suplício se fragmentam mudas diante de mim. Êxtase risível. Sou conduzido pelas visões do espanto que me sacrifica. Nada responde à surda catástrofe de meus dias. Apenas a selvagem beatitude que me arrasa.

XXXVIII

Quando fomos ao mar, as tumbas sorriam como se previssem novas companhias para sua solidão cavernosa. O mundo se desprende de si e corre de um lado para outro sem saber onde aportar. A névoa se refaz e se rejubila com suas inquietudes. Água por toda parte e navegamos à deriva. A tripulação repete a mesma refeição dias e noites. O abismo se transtorna e rejeita nos engolir. Nem mesmo o horizonte sabe por que permanecemos de pé. Os fantasmas que incorporamos no mar não nos servem de guia na terra. Porém voltam conosco sequiosos por vítimas em bares. E sempre as encontram e reproduzem suas falhas de conquista. O mundo é uma avalanche de erros. Uns encobrem outros. Terra por toda parte e caminhamos à deriva. Nunca saímos de nós mesmos.

Ruy Proença

1957

ANTIDEUS

um raio começou a ser gestado no céu entre nuvens adiposas, onde pastam elétricos porcos-espinhos. uma faca, uma tesoura, uma baioneta de megavolts fura a atmosfera, rasga a vertigem da hora, atinge a medula do homem sentado à mesa, à luz do abajur, todo transpiração, deitando palavras sem nexo sobre o papel. o cerne do homem implode e, no milissegundo seguinte, o buraco negro de sua alma explode com a máxima violência. farpas de costelas atravessam o cômodo e cravam-se nas paredes. fêmur, tíbia, ilíaco arrebentam as vidraças, destelham a casa, buscam o subsolo. de todo absurdo, de toda morte, nasce um peixe, um pássaro, um inseto, uma gramínea. a vida quer viver, quer felicidade, quer amor. rebelde, desafia cara a cara a ira dos deuses.

[EU CONHECI O DIABO]

Eu conheci o diabo. De barbas roxas e olhos transparentes. Mas não quero falar disso agora. Agora quero penetrar nas entranhas do mar. Quero ver crustáceos gigantes, anêmonas enormes, pulgões do mar nunca dantes navegado. Les yeux ouverts sur les mystères. Sinto um medo infernal da escuridão sob a água, as pessoas ficaram na superfície, um outro mundo. Sinto um medo horrendo diante das coisas absurdas que vejo, diante das desproporções. Sinto o terror, quero terminar tudo de vez, pergunto pelo mestre do obscuro, pelo rodamoinho, quero chegar até a confraria dos lobisomens. Não há. É só o silêncio absoluto e formas vivas enormes se locomovendo. Platão exilou-se no fundo do mar para não ter de conhecer a clorofila. E fundou por aqui o reino da sombra eterna, da sombra órfã. E eu procurei todo esse vigor na terra e nada encontrei. Só o mergulho desesperado é que transcende, o mergulho no fundo do acaso. Não vi peixes fumando cachimbo. Vi uma energia oculta, concentrada, deslumbrante, carnal, muscular. Eu conheci o diabo.

K

Carlos Ávila

1955

[NOITE]

Noite apenas e sem nome, noite, quando tudo some, noite, o amor e sua fome, noite, mastiga estrelas – come, noite, hora do lobo insone, noite, engrenagem que carcome, noite, onde você se esconde, noite, vazio que consome, noite, não há nada que a dome, noite, comprimido que se tome,
noite,
        night,
                nuit

NEIGHBOURS

o idiota que grita noite adentro – qual o seu idioma? a negra cega sempre tocando órgão: o som – monocórdio – sai do coração. o jovem casal que trepa o dia inteiro (suspiros e ais penetram as paredes). o videota do andar de baixo drogado o tempo todo diante da TV. a histérica do andar de cima berra com as crianças – uma pantomima: TENANTS OF THE HOUSE / THOUGHTS OF A DRY BRAIN IN A DRY SEASON

Donizete Galvão

1955-2014

OS OLHOS DE CHARLOTTE RAMPLING

as esmeraldas liquefeitas gaze dos musgos rasgos de luz na caverna marinha tela que se esgarça marés de vidro murano esgazear de folhas fruta de vez júbilo de janelas horizonte de vidro desejo em placenta jamais maturado onde um vento? um gesto? uma mão espalmada? O pavão abre seu leque o frescor do dia se vai os olhos continuam fluidos interrogativos os olhos teus nunca fitaram os olhos meus dói-me a visão do que quis e nunca pude tê-lo nuvem contrapelo dói-me mais a beleza em fuga da mulher o lampejo a textura do efêmero quebra de uma onda os tons do mar o que amei e se evanesceu tudo se foi sem gesto de adeus

Fernando Paixão

1955

GAIVOTAS

Se a arte das gaivotas consolida um território para os sentimentos, não se pode cair na pieguice de compreendê-las por um buquê de flores aéreas. Seus volteios e maneirismos guardam sim uma haste vertical, a partir dos olhos, mas espetada numa água que só se faz escapar. Água.

Se as gaivotas comovem é porque se mostram indecisas entre o alto das rotas e o estudo das marés baixas. Há nuvens e cardumes; elas sentem familiaridade com os dois planos e entre eles escrevem uma carta pessoal e única.

Debaixo das primeiras luzes da manhã rabiscam o inquieto conhecimento das rochas próximas e não têm medo de serem frias as águas de um espelho, onde elas devem mergulhar e procurar alimento.

Mas também faz parte do movimento das gaivotas o respiro dos ares, as asas entregues à intuição de folhagens frescas. Por isso as direções do voo tanto se assemelham à clássica forma de um coração. Ponteiam-se para o alto, as gaivotas, mas logo encurvam o sentido e o arremetem a uma procura descendente; muda o interesse ao sabor da linha. Sem perder o estilo.

O FAREJADOR

Era um convicto catador de poemas. Entregava-se aos acasos para poder colecionar detalhes ou cenas quaisquer, donde se depreendesse o sinal possível, espiralado, que permitia o estirar de uma frase natural. Ele, sempre atento na ponta dos olhos, recusava-se a emendar palavra com palavra em meio à limpeza higiênica das mesas poéticas; não queria a poesia remediada, de tato virtual, nem a fria plumagem da língua.

Preferia o exercício diário nas ruas. Coletor de detritos ansiosos, revirava esquinas, violava os corredores das casas da periferia, atentava para as manchas no asfalto. Quanto mais se distanciava do bairro e dos livros, sorvia melhor a atenção dos encontros. Gostava de caminhar para longe, bem longe, até que o cansaço o fizesse surpreender-se com a imagem solitária de um tronco de árvore ou com os rabiscos de um muro perdido.

Diziam os outros versejadores da cidade que àquele cão-poeta só faltava abanar o rabo, e riam muito de suas histórias. Era o tema preferido na mesa dos jantares. Ele, por sua vez, era homem de poucos amigos e de gestos pequenos. Ao final do dia, quando voltava para casa, carregava um justo repertório de rumores.

Era então o momento de remoer as intuições, e desembaraçá-las como a um jogo de búzios. Um rosto negro, algumas pedras soltas, qualquer assinatura na calçada ou um flagrante de água e de nuvens ao meio-dia: era peculiar àquela terça-feira que os versos fossem alegres e quase cantarolados, escritos em pé sobre a cômoda.

Régis Bonvicino

1955

OUTROS PASSOS

(peça em um ato)

Não senta na poltrona. Mexe as pernas. Mexe os braços. Sons urbanos. Um bebê chora. Um carro passa. O rádio ligado em qualquer estação. Não esfrega as mãos. Descruza as pernas. Cruza as pernas. Não levanta. Abre uma porta. Fecha a porta. Barulho estridente do telefone. Não atende o chamado. Abre a boca. Som do bebê chorando. Fecha a boca. Não estica o braço. Apanha o jornal. Lê notícias. Som de tv. NNão entra na sala. Dirige-se a não. Resmunga umas palavras. Vai trocar a fralda do bebê. Gira o corpo do bebê em suas mãos. Joga fora a fralda suja. Levanta a cabeça. Limpa, com uma de suas mãos, o suor da testa. Verão quente, que esquenta as mãos sobre o carpete. Não levanta. Diz que quer ganhar um presente no dia de seu aniversário. Seu dedo indicador penetra o disco do telefone. Gira o dedo, muitas vezes. Abre a boca. Fecha a boca. Pisca. Tenta fixar os olhos na tela da tv. Respira. Abre a porta. Anda dez passos. Anda mais uns vinte passos. Abre uma porta. Outra porta. Caminha. Coça as costas. Um neon vermelho espelha-se nos vidros de um edifício. Som de um pneu cantando. Dirige-se a outro nnnão. Estica o braço (tenso). Apanha um maço de cigarros. Abre o maço. Retira um cigarro. NNNão lê para ele um cardápio. Fuma um cigarro. Sons de um carro, que passa. Outro carro. Vozes. Não leva a mão à boca. Leva a mão à mesa. Intervalo de silêncio. Um alarme de automóvel dispara. Alguém diz umas palavras. Um mendigo, de roupas rotas e marrons, decora a esquina. Som contínuo e abafado do alarme. Não levanta. Leva a mão ao bolso. Puxa um cigarro. Acende o cigarro. Dá uns passos. Entre a rua e a calçada, vê – no céu escuro e fixo – nuvens pálidas. E outros passos. Não.

PROSA

Um poema não se vende como música, não se vende como quadro, como canção, ninguém dá um centavo, uma fava, um poema não vive além de suas palavras, sóis às avessas, não se vende como prosa, só como história ou arremedo de poema, não se vende como ferro-velho, pedaços de mangueira de um jardim, tambores de óleo queimado, sequer um pintassilgo, cantando no aterro de lixo ou a língua negra dos esgotos, que floresce algas, não se vende como grafite, não se vende como foto, vídeo ou filme de arte, não se vende como réplica ou postcard, mau negociante de inutilidades, me tenha impregnado da praga das palavras

Rosana Piccolo

1955

BIOGRAFIA DE UMA BALEIA

Guardou o segredo das águas volúveis, a baleia andarilha, confidente do mar. Ouviu o grito da Górgona. E a litania das sereias. O urro de mil maremotos. E o crepitar das espumas, a cauda reluzindo em perversos poentes, a baleia dançarina, a baleia maestrina, longos hinos de marfim.

Houve momentos difíceis – canções ébrias de piratas, facada de submarinos, ondas em chamas e sangue de naufrágios. As calmarias, no entanto, embalando algas esquivas e passeio de cardumes.

Fez do mar retorno eterno. Nada a dever, nada mais a querer. Cansada, deitou-se na areia noturna e adormeceu. Nem olhou para as estrelas.

VACAS

Entre a fila burguesa e o revérbero de sangue, lúcida curva do vidro do açougue do supermercado. Dedo guloso. Alça de carrinho. Compras. Arfantes. Compras. Ziguezagueantes. Dieta miúda, remorso acanhado escondido sob: três quilos de patinho bem magrinho moído. Agora mói outra vez. Agora você divide e embrulha em seis pacotinhos iguais.

Entre a massa almofadada da carne a zero grau e a fila vampira (vielas venosas no canto do olhar), o vidro corta a lágrima do gelo. Claro que a luz foi feita com flúor, igual à lua – em cilindros, resta-lhe contemplar.

Contador Borges

1954

[NÃO ENTENDE A ARANHA]

Não entende a aranha que a abelha é arredia às aderências da teia. Sequer lhe dá ouvidos sobre a fiança paga em mel granado (ela garante!): renderia um gozo edulcorado que jamais provou a carcereira em seu castelo de asas. Propõe em súplicas (o artifício cria inesperadas saídas) trocar o reino da prisão de fios pelo paraíso quadriculado dos favos onde quem sabe ganharia o bônus de um par diáfano de seu análogo e trêmulo instrumento que vibrando o corpo lhe transfere a ilusão eterna do céu que nunca viu em outras eras.

[A MÁSCARA DISFARÇA]

A máscara disfarça o asco ante a morte por sinal emblemática ao revelar a própria a ponto de obrigá-lo a desviar o rosto no instante em que troca de imagem com o morto. De fato ambos se parecem descontando-se a presença de rugas e a risca do cabelo trajam terno marinho e estreitam a boca no estilo mediterrâneo dos que franzem a testa quando encurralados em segredo numa ideia estranha como se dela surgisse o necessário fio ou emenda para precipitar o ato por entre a cortina dos cílios até a soleira do crime tantas vezes calculado e em seguida recolhido à medusa de ossos onde volta e meia se afia à luz da mente para um dia cruzar com sucesso os limites do corpo. O ar soberano não excede dez segundos e o rosto vivo se contorce em anamorfose ao contrário do morto impecável na caixa de flores. Enquanto dura o carretel dos olhos e o vivo não abre mão da reverência ou do encanto momentâneo diante do duplo mais pálido que o boneco inflável de Lenin o tempo vai passando e o futuro chegando a bater nos ombros do homem inebriado com a morte do outro que no fundo é ele próprio logo mais adiante na imobilidade pura.

Horácio Costa

1954

CETRARIA

post tenebras spero lucem

Para o Haroldo

não encha o saco, vá estudar cetraria, vá tratar de dominar a Ave para que ela te cace a presa, vá fabricar metáforas bélicas para teu cleasing interior, vá voar com ela um voo búdico, de cima ver o vulcão sorrir, despontar a cidade e suas não colinas de grafias, vá interessar-se pela genealogia do neblí, assestar o livro composto pelo Mestre de Avis em tempos mais felizes, mais rarefeita a atmosfera melhor o voo, celeste Ave caligráfica, lápis-lazúli, Amém, leia de novo este soneto de Góngora, observe a máscara artesanal que esconde os olhos de Ave, observe que a miniatura evoca elmos de bárbaros e de romanos, os olhos diminutos pulsam com intensidade de tungstênio debaixo de máscara, carvões latentes, introjete este brilho equívoco não visível, ornado manuscrito perdido, emblemas blaus, azuis de livros d'horas, céu do sul cravejado de falcões, hordas que se fecham como não-me--toques, flores como pigmentos assoprados, lavandas atiradas ao azar, trigos, um olho o sol o outro a lua, o universo voa pelo nada nas asas de Hórus, vá estudar cetraria para distinguir a Ave pela garra pela plumagem pela velocidade, o Nilo cinde o ar entre teus olhos, a procissão vai à ilha dos papiros, alguém inventa o hieroglifo e te iluminas, sinta estas unhas no teu dedo pedindo espaço aberto, esta pressão te inocula de sentimentos e visões inesperadas, ver árvores como líquens indústrias como insetos, perseguir o último e único instante ziguezagueando direções cartografias, vento de significados, plumagem que é vertigem que é perseguição e encontro, a presa salta entre um arbusto e sombras móveis, se imobiliza esperando um orfeu que a cante eurídice, o voo é harpa, órgão barroco, zonzeira zen, Ave que priva o dono com jeito de predatória Ave, música são penas que se abrem ao sol, arco de desejos, vai e volta bumerangue à mão que a sustenta e à voz que a reconhece e a ti se bem quiseres, Ave friso ilusório, perdizes que se estampam na paisagem como cornucópias, Ave radical, cristalizada e já movente, passa teus lábios por seu bico rude, por um momento falas sua língua, um agora imenso nos olhos do animal, vais com ele nunca mais serás o mesmo, ao alvo, ao alvo, ao alvo, a Ave corta o céu com rapidez de palavra, cai na terra como dardo de poesia no plano da página, enfáticas brasas, microexplosão, demolição interior, fósforo e nada, estás imóvel e a acompanhas em seu voo, rapaz em busca da carne branda de leitura, veja o mundo como um vitral, o agora imenso nos olhos do animal se faz memória, gárrulo epigramático, zênite, singraste-me, a caça terminou e aqui tens o teu prêmio, libera o animal, *read me again*

NA CANTINA MÁGICA

Não, aqui não é o melhor lugar para confissões. Vês que todos estão fumando: espirais como orações caóticas; um desastre, e temos que ficar gritando-nos mutuamente porque o ruído é geral. O atendimento, então, de mau a pior: de vez pede duas cubas-libres, se queres mesmo ficar bêbado. O ar pode quase ser cortado em cubos. Estas pessoas trocam olhares esgazeados, parece que não podem ver o que viceja à sua frente ou que constantemente esperam algo que sabem que não está aqui e cuja difícil ausência torna-se uma presença tão palpável e ubíqua e piedosa como a dos garçons, sempre à distância. Uma tigresa pontifica numa das mesas. Duas gringas entraram *very unassumedly*, como se também em Duluth (Salve, edward estlin c.!) abundassem espaços assim. E uns poucos *toreros* pavoneiam-se: sobra-lhes em vaidade o que lhes falta em ridículo.

As saias dos dervixes não marcam hora para enfurnar-se. Uma quilha rompe a parede e a empalhada cabeça do falso miúra transforma-se em caravela, Nau da China. O momento é de porcelana: uma fina areia empoou a assistência; o texto coalha-se. Sim, não importam mais as cubas, vou enfim dizer-te as palavras:
– A felicidade é igual a um falcão, um cachorro e um cavalo.

Paulo Franchetti

1954

CIGARRA

Quando Francisco comandou a humilde cigarra, esta um momento hesitou: deveria obedecer à arrogância do gesto, indefinidamente entoar seu canto, até que ele o dispensasse? Ou a saudação que ele queria poderia ter a forma natural do voo, do grito irregular do corpo alegre, sustentado no ar? Mas ele entenderia? Sentiria que essa era a verdadeira vontade de seu Deus: que cada ser o celebrasse no seu modo próprio? Hesitou se lhe mostraria a verdade, com a sabedoria muda do gesto, ou se apenas cederia ao desejo dele, ao vão anseio de que o coração dos homens fosse a medida do universo. Mas quando ele a intimou pela segunda vez e todos se riam por dentro, desdobrou-se para ela o caminho correto. E, escorada em funda piedade, voou até o ombro dele e se pôs a cantar.

PARTIDA

Eva, a mãe de todas, se queixava: eis que com ele quis partilhar o que primeiro soube, que lhe abri os olhos brandos e os beijei e acalentei, antes que também provasse – e vi que era aquilo bom, que o trazia comigo à espera do alimento prometido. E eis que ele comeu da minha mão e me olhou no rosto, antes que a voz se ouvisse e a vida eterna se cumprisse, e meu gesto lhe trouxe não a luz do bem e do mal, mas apenas a da queda e do banimento. A ele coube a terra e os frutos criados do suor, a mim as dores. E hoje ainda, enquanto o anjo vigia e a luz se apaga e se acende no céu, ele me olha e não sabe, não quer pensar, não consegue decidir. E mesmo caído, à margem do rio das lágrimas, eu ainda o alimento e ele busca, em minhas mãos, não o que já soube, mas o que não quer saber. E eu, que merecia tudo, a ele estou sujeita. Como pôde Aquele, que nos fez, gerar tão crua vingança contra mim, que nada mais pude senão saber e continuar sabendo?

E ele, saindo de seu sono, respondeu: que seja assim, e saiba o que eu não soube, não sei e espero não saber, e que a face de Deus sempre se esconda, no sono ou no sol, e eu não veja senão o que então, sem querer, vi, e ainda vejo, e apenas nisso me comprazo.

Ana Cristina Cesar

1952-1983

ARPEJOS

1

Acordei com coceira no hímen. No bidê com espelhinho examinei o local. Não surpreendi indícios de moléstia. Meus olhos leigos na certa não percebem que um rouge a mais tem significado a mais. Passei pomada branca até que a pele (rugosa e murcha) ficasse brilhante. Com essa murcharam igualmente meus projetos de ir de bicicleta à ponta do Arpoador. O selim poderia reavivar a irritação. Em vez decidi me dedicar à leitura.

2

Ontem na recepção virei inadvertidamente a cabeça contra o beijo de saudação de Antônia. Senti na nuca o bafo seco do susto. Não havia como desfazer o engano. Sorrimos o resto da noite. Falo o tempo todo em mim. Não deixo Antônia abrir sua boca de lagarta beijando para sempre o ar. Na saída nos beijamos de acordo, dos dois lados. Aguardo crise aguda de remorsos.

3

A crise parece controlada. Passo o dia a recordar o gesto involuntário. Represento a cena ao espelho. Viro o rosto à minha própria imagem sequiosa. Depois me volto, procuro nos olhos dela signos de decepção. Mas Antônia continuaria inexorável. Saio depois de tantos ensaios. O movimento das rodas me desanuvia os tendões duros. Os navios me iluminam. Pedalo de maneira insensata.

Angela Melim

1952

A DOR DOR

tão confusas. Parece tudo minto confuso, mas não é. Ou melhor--pior, parece e é, mesmo, tido muito confuso. As coisas são assim, repetidas, superpostas, entremeadas de, maior dificuldade ir separando elas com travessões, parênteses, aspas, maior ainda ir inventando a existência delas com nomes.

O fato que se dá à forma: ISTO é uma estória de amor. A mais verossímil.

(– vida não vale um caracol, Vovó dizia e lá ia, maxilar a mil pra esquerda e pra direita, camafeu, blusa de renda, buscar o pão das cinco horas. Mas diz que na hora da morte a vida passa feito um filme – tangerina, filha, sopeira, viaduto, fuzil, maxilar, – espelho partido em sete mil espelhinhos que se reproduzem.)

Tem: que prestar atenção, uma mulher que morre, nós em flashes, nada fácil?

SUB-URB

O pai dizia ao menino que se calasse porque homem não chora. A irmã mais velha dizia à mais jovem que menina bonita não grita. O pai mandava o menino à escola porque sem estudo a sorte de ninguém melhora.

Júlio Castañon Guimarães

1951

CANÇÕES

1

Tomou um avião. Tomou um ônibus. Depois, numa tarde de chuva da velha cidade, esperou sozinho por alguém que nunca tinha visto. Um sorriso e uma delicadeza à socapa, acompanhados de uns cabelos em desalinho e uns erres peculiares, meteram-no em um carro, que seguiu, seguiu, seguiu entre altas montanhas e baixas nuvens. Onde o termo? Não menos que a cada fração de pele, entre indagações, grafias e sigilos.

2

Tarde da noite, o telefone toca. Nos extremos, tão dilatados quanto possível ao desejo, ou são flagelos ou são relances. Entre esgarçadas elocuções, navegam impulsos de um e outro silêncio. Aqui a nesga de uma certeza, ali um sonho inacabado de verão. Ao vasculhar como que de remotos manuscritos, é possível que se topem símiles, talvez sugestões – nada, ou quase, que tanto rasure a pele. Tarde da noite, repercorre-se a sala vazia, vazia menos do que não vem.

3

Meses e montanhas. Estreitas estradas e áspera música. A brisa da noite, o perfume displicente, sombras que se agitam. Fragmentos de verão para compor, não um texto sem alinhavo, mas os paralelepípedos da ladeira onde mora a quem se quer, recontados como sílabas de versos em andamento.

Sem termo? Tarde de qualquer versão, superpõem-se incisões.

Meses e montanhas. Diante da imensa paisagem, perde-se o olhar no xadrez de estrelas, com a certeza de que o tempo pesa mais que a velha igreja no canto superior direito da cena.

ÚLTIMA CANÇÃO

Como esquecer a noite crivada de estrelas, cravada fundo no destempero? Se o céu se abria adiante, abrigando o alcance do olhar, todas as penhas e o cenário de adornos.

Por uma mínima trilha de Minas, entre capins e capelas, era possível erguer não a voz, não o tranco, mas a espera. Que avançava, alerta, pelas curvas de cada pausa. Que sabia, pelas margens, aonde ainda não se chegava. Embora o hálito de músculos tesos, embora o tato sem controle, embora súbito vagas de dissolução.

(Alguns ruídos de insetos, carrapichos na barra da calça, latidos ao longe.) Vertigem de fumos no ar enregelado ou tentativas de ardor desfeitas por uma lógica em precipício não desvendarão, sequer sujarão, as miúdas cifras interpostas entre o quase entrelaçamento.

Aqui mais vasto podia ser o pasmo, mais vasto podia ser o avesso. Sem cismas, assim como sem resignações. Rente ao chão, sentindo no corpo a terra úmida de sereno.

Paulo Henriques Britto

1951

MEMENTO

Quando te levantares do pó, ah mas você nem pode imaginar o quanto se movimentaram o tudo todos para que o vácuo então formado fosse devidamente absorvido absolvido olvidado pela existência do em volta.

A chuva naturalmente evita cair nos lugares onde você permaneceu por muito tempo.

O tempo, bem ele agora se desenvolve segundo um sentido multidirecional, quer dizer, né, de formas que aquilo que era antes – sido, pois – vem depois morder a cauda do que em vias de... sacou?

Agora, as formigas continuam mais vivas do que nunca. Ainda ontem devoraram um império.

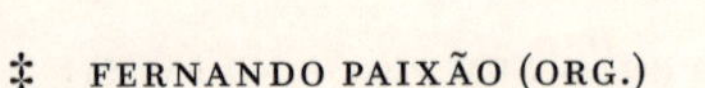

Alcides Villaça

1946

POEMA EM PROSA A QUATRO MÃOS PARA UM *LEITMOTIV*

Ao Edgard

O que era do menino não se perdeu, intocado no tempo, mas não se recupera. Sem disponibilidade em sua própria calçada, ressente um momento de arremate, e aguarda o cristal com indiferença. Não há tocá-lo, mas ele segue a tocar a consciência nossa, e critica e avalia o presente de uma eternidade que o enfada. Sorri sem alegria para nossa preocupação e, estático, não cabe em nenhum quadro que imediatamente não dissolva a um toque de dedo. Pensativo contempla o retrato que lhe fazemos em suor, e a cada retoque mais alça voo e se desfoca. Habita o balão de cor impossível, mas concede falsos coreográficos passeios para a nossa ilusão. De repente, já não está; sente-se pelo vazio que lega à forma extinta de seu corpo. Ou pela capa que veste, mas já não está mais nele. Adormece nas altas sacadas estreitas um ano ou um segundo, com a suprema indiferença de quem é. Não se aborrece quando o vigilamos, se nos apraz esse cuidado tolo de rondar o eterno. Não carpirá nunca a nossa morte, que admite sempre no amanhã dos órfãos, nem terá por que descuidar sua rotina onde uma pedra não se move nunca. Dá-nos densas e longas entrevistas na certeza de perda entre o lábio e os olhos, nomes leves demais para o campo das intenções e espantos. Nunca nos pedirá nada, se ele próprio é o pedido impossível que encarna em alma o desafio num naufrágio sem costas. Nunca nos punirá se nos punimos nós em nosso cansaço e em nossa letra faminta. Não tem razões históricas, não coube em nossa fábula e segue sem prestígio. Alucinasse ao menos o sonho das noites informes, golpe visível de companhia. Mas nutre-se em nossa magrém, veste do nosso pálido os dedos longos que já não crescem, e funda na terra de Peter Pan, onde não está, um peso a mais em nossa culpa nostálgica. Mas sorri. Com indiferença, sorri. Sem estar ali, sorri! E deixa, como milagre, um sinal de passagem derrubando árvores e roendo cenários, exterminando povos e suas lembranças, reduzindo o mundo a um quarto de murmúrios onde, apenas sós, no espelho o enfrentamos. Ou a seu vestígio, que levou o espelho nos deixando as mãos, estas nossas mãos, que palmam o rosto, que passeiam nele, que confinam nele, e compõem a vida que começa a existir, do quarto para fora, grito original.

O FILHO DO FAZENDEIRO

(fantasia biográfica para Carlos Drummond de Andrade)

De repente havia a mãe, o pai, os irmãos e a terra que mais tarde se chamará Minas.

Pequenina feito um grão de milho, a mãe era a mãe, em seu reino.

Na horizontal cresciam os irmãos, mandando-se aos poucos para o mundo.

E enfim a terra, também dinâmica, alargava-se nas pedras e picos, alcançando no mar seu mais belo horizonte.

Mas o pai – o pai não para de crescer. Castiga, e cresce. Silencia, e cresce. Morre, e cresce muito mais.

O filho jejua a fome do pai, é preciso estrangulá-la com longos versos de paixão seca. É preciso que o pai cesse de crescer e caiba nesse filho.

No ar, o filho dá ao pai a imagem de sua semelhança.

Se a pedra é dura e silenciosa, como afastar da ponta da mesa o silêncio do pai? Se o enigma pousa e desafia, como dar as costas sem enfrentar o escuro do castigo? O pai surge no espelho durante a barba amarga. Como não reconhecer a familiaridade do inimigo?

Bate no peito do pai o coração da Máquina do Mundo: como distinguir, na oferta de um amor já combatido, entre o que é graça e o que é aliciamento? Por que pede ela para abrir o peito – única herança inviolada desde que a terra de Itabira se abateu em perdas? Como tragar a riqueza de um silêncio, que sequer a poesia tocou, em troca da iluminação de um mundo que dói, apenas insinuado?

E eis que na mesa um banquete. Convocada a família, o pai se reparte entre os olhares, e está inteiro em cada um, e íntegro na transparência. E pensa: "Saberá a fraude daquele farmacêutico alinhar químicas e alquimias que me façam tomar a forma sólida que reclama? Pois nem a minha calva lhe ensina o respeito que nunca teve e um outro modo de amar, que me dispense morrer? De todos, é o mais perigoso. Sinto que veio dele o sopro que nos convocou".

E o filho: "Que pensa o velho desta ceia? Por que não rumina em voz alta? A criatura que lhe preparo é menos dura e mais exata que suas esporas gastas. E ainda lhe abro um campo onde cavalgue a propriedade acima dos cartórios. Que mais? Deixarei que desembeste como sintaxe límpida, não descuidando os sítios para o pernoite e os sonhos. Deslize por minha língua, banhe-se em minha saliva, se nunca lhe bastou o recato de um beijo de lábios finos".

Mas o pai se ergue, montanha silenciosa. Romperá em discurso de não hábito? Puxará seu último chicote? Terá guardado o seu pior silêncio?

Os dentes se detêm na boca cheia.

O pai gira em volta da mesa, gira e gira com a velocidade dos fantasmas, e o tempo gira com ele, para trás e para a frente, e o pó das pedras recobre toda carência, e o pai gira mais rápido, e o filho que ainda nem nasceu já se torna velhíssimo, e gira e experimenta em si mesmo a sensação da Viagem. Tanto cansaço não consola nem explica, mas tem no peso a pedra de enigma e claridade.

O pai come agora calado, do que houve ninguém sabe. Talvez o filho:

"Então aqui começa o meu caminho. Agora sei, aos vinte anos, a economia dos oitenta: é de rebeldia a receita do manjar que me coube. De prato em prato chegarei ao velho, me colarei ao velho, passarei por dentro dele e de mim – também de ti, se me segues. Amores e mortes, tédios e revoluções, rosas e elefantes cortejarão minha província. Nos intervalos perseguirei a exótica trajetória das veias sob a pele fina. Meu pai, minha história, órfão patriarcal da pura teimosia, te lanço as cinzas ao mar, num sopro que vem de Minas. Minha mãe, meus irmãos, meus convidados: as lembranças levarão o meu corpo à pacificação de toda esta aventura".

O pai abençoa o filho e descansa em definitivo.

Dalila Teles Veras

1946

CAVALHADAS

a noite já cabia nas mãos quando perceberam que não mais cabiam naquele reduzido espaço físico Na explosão de estilhaços amarelos e lilases espalharam-se brilhos por todas as amplas praças e avenidas de Goiânia
"vá pro campo cavaleiro vá pro campo"
cavalos baios foram Amansados na doçura de alfenins enleados nas tramas das fiandeiras
"vá pro campo cavaleiro vá pro campo"
potros sem rédeas palmilharam as terras dos goiases Voo rasante de primatas no Centro-Oeste
na noite de tantas cores os músicos e poetas mais boêmios
as estações de rádio e as corujas vadias fizeram três minutos de silêncio em homenagem a tanto delírio
a madrugada repousava exausta quando a música falando de Cora e de coragem irrompeu sem pedir licença
invasão definitiva da poesiA

DRÓSERA

aquele nome não lhe fora dado em vão Desde o nascimento mostrara-se visceralmente uma devoradora de carnes e gentes Primeiro a mãe Engoliu bem devagar Depois o pai e todas as freiras do orfanato O impulso era incontido Mirava a vítima através de suas grossas lentes de RX Adivinhava-lhe os anseios Acarinhava-a planejando o bote em cada gesto Vestia-se de tristeza e abandono Usava seu olhar mais nu Seu sorriso mais cândido Sua voz mais adocicada Chamava-a (à vítima) de minha amiga

Ninguém lhe escapava ao encanto Misto de bruxa e apresentadora de TV Insuspeita assassina
tantas vítimas fez a Drósera insaciável no seu delírio consumidor de gentes que acabou na boca de um grande touro devorada feito erva daninha em plena av São JoãO

Paulo Leminski

1944-1989

LIMITES AO LÉU

POESIA: "words set to music" (Dante via Pound), "uma viagem ao desconhecido" (Maiakóvski), "cernes e medulas" (Ezra Pound), "a fala do infalável" (Goethe), "linguagem voltada para a sua própria materialidade" (Jakobson), "permanente hesitação entre som e sentido" (Paul Valéry), "fundação do ser mediante a palavra" (Heidegger), "a religião original da humanidade" (Novalis), "as melhores palavras na melhor ordem" (Coleridge), "emoção relembrada na tranquilidade" (Wordsworth), "ciência e paixão" (Alfred de Vigny), "se faz com palavras, não com ideias" (Mallarmé), "música que se faz com ideias" (Ricardo Reis/Fernando Pessoa), "um fingimento deveras" (Fernando Pessoa), "criticism of life" (Matthew Arnold), "palavra-coisa" (Sartre), "linguagem em estado de pureza selvagem" (Octavio Paz), "poetry is to inspire" (Bob Dylan), "design de linguagem" (Décio Pignatari), "lo imposible hecho posible" (García Lorca), "aquilo que se perde na tradução" (Robert Frost), "a liberdade da minha linguagem" (Paulo Leminski)...

Torquato Neto

1944-1972

PESSOAL INTRANSFERÍVEL

Escute, meu chapa: um poeta não se faz com versos. É o risco, é estar sempre a perigo sem medo, é inventar o perigo e estar sempre recriando dificuldades pelo menos maiores, é destruir a linguagem e explodir com ela. Nada no bolso e nas mãos. Sabendo: perigoso, divino, maravilhoso.

Poetar é simples, como dois e dois são quatro sei que a vida vale a pena etc. Difícil é não correr com os versos debaixo do braço. Difícil é não cortar o cabelo quando a barra pesa. Difícil, pra quem não é poeta, é não trair a sua poesia, que, pensando bem, não é nada, se você está sempre pronto a temer tudo; menos o ridículo de declamar versinhos sorridentes. E sair por aí, ainda por cima sorridente mestre de cerimônias, "herdeiro" da poesia dos que levaram a coisa até o fim e continuam levando, graças a Deus.

E fique sabendo: quem não se arrisca não pode berrar. Citação: leve um homem e um boi ao matadouro. O que berrar mais na hora do perigo é o homem, nem que seja o boi. Adeusão.

COLAGEM

Quando eu a recito ou quando eu a escrevo, uma palavra – um mundo poluído – explode comigo e logo os estilhaços desse corpo arrebentado, retalhado em lascas de corte e fogo e morte (como napalm) espalham imprevisíveis significados ao redor de mim: informação. Informação: há palavras que estão nos dicionários e outras que não estão e outras que eu posso inventar, inverter. Todas juntas e à minha disposição, aparentemente limpas, estão imundas e transformaram-se, tanto tempo, num amontoado de ciladas.

Uma palavra é mais do que uma palavra, além de uma cilada. Elas estão no mundo e portanto explodem, bombardeadas. Agora não se fala nada e tudo é transparente em cada forma; qualquer palavra é um gesto e em sua orla os pássaros de sempre cantam nos hospícios. No princípio era o *Verbo* e o apocalipse, aqui, será apenas uma espécie de caos no interior tenebroso da semântica. Salve-se quem puder.

As palavras inutilizadas são armas mortas e a linguagem de ontem impõe a ordem de hoje. A imagem de um cogumelo atômico informa por inteiro seu próprio significado, suas ruínas, as palavras arrebentadas, os becos, as ciladas. Escrevo, leio, rasgo, toco fogo e vou ao cinema. Informação? Cuidado, amigo. Cuidado contigo, comigo. Imprevisíveis significados. Partir pra outra, partindo sempre. Uma palavra: Deus e o Diabo.

Antonio Fernando de Franceschi

1942-2021

CORPO

"...o único roteiro é o corpo. O corpo."

JOÃO GILBERTO NOLL

o corpo quer ordena sem recusa da vontade a implacada ira seu domínio sabe altíssimo sobre toda resistência quer o corpo em sanha o outro corpo que no enlace o corpo assanha e é fúria o doce nome seu jubiloso corpo livre de amarras ou temores na aguda hora que sempre mais e muito o infrene corpo quer e a seu regaço incita em febre o corpo alheio e logo é quieto o escuro abismo intranscendido pois só o corpo aplaca o corpo em seu roteiro

Rubens Rodrigues Torres Filho

1942-2023

UMA PROSA É UMA PROSA É UMA

Lavro a data. 16 de setembro. 1978. Sábado. Sem outro sinal de pontuação para saber que o tempo passou e está passado como que por mim. O interesse de colocar esses pontos, pingos, o interesse de deixar registro rodrigues o de estar aqui simplesmente e voltando pelo mesmo caminho a escrita inventa a escritura e nos pousa nas linhas que vão seguindo a pista para dentro – de fora para denso – de dentro para fera. O que então. Talvez o sempre, nem sempre e nós: anoto aqui e nada nos preocupa sem termos jeito de escapar ou encapar o acaso emaranhado. Se digo mais, não digo nada, pois basta não saber e entender, ler e deixar valer como isto, que não nos abandona sempre, apenas quando. Meu coração é o caminho que ele mesmo abotoou – olhando em frente, em torno, feito um celeste girassol e à noite giralua. Após os pingos nos iis, a possibilidade de se aprender o rumo pelo qual – após o resto e isto – unilateralmente, como sempre. Vale por um pouco – pouso para irmos e a vontade (essa!) não quer o que sabe. Caminhar atônitos pela temporada que dura e durar pelo ágil e o apreendido num átimo. Foi (terá sido) por uma necessidade ou outra que os giratórios ondularam sem mesmo o que foi mesmo e tudo se deixa disparar. Este é o fim. E o começo com isso?

PÉTALAS

Por entre as pétalas de isto, um supremo alguém, que qualquer dia nos diria, elaboradamente em pranto, seu nítido lampejo, tartarugas afogadas, e nisto me oriento, breves acúmulos de faltas, falsas fogueiras espontâneas, giz, cal e jazer inane entrelaçado em lianas funerárias e mundanas, como manda o figurado dos sentidos que eram cinco antes de se multiplicarem pela falta de sentido que era múltipla e sorria por entre os dedos do acaso e os dados que os deduziam, números inumeráveis, sonoras plantas e plenas de vegetal intensidade, graves lirismos registram seu oco ocular, cavado por cavernas de sentido que por recato encaravam – segredos escancarados ou secretas obviedades – em mansas concavidades onde espertos se aninhavam, pseudoanimais semióticos que em cisma sinalizavam.

Tite de Lemos

1942-1989

[TENHO MEDITADO NA POESIA]

Tenho meditado na poesia como um dom que só aos príncipes mas não a todos os príncipes é doado.

Andamos tão esquecidos de escutar a natureza que por um instante somos insensatos a ponto de crer na possibilidade de mapear os percursos do vento indomável.

Ultimamente sinto-me feliz como um botânico que despetalou o seu espécime.

Apenas não sei tornar visível aos outros olhos essa felicidade.

Isto deve ser porque sofro de spleen crônico.

Celebração dos sentidos (ou: Piedade Castello-Branco)

A ARARA

Um mico aprendeu artes de astúcia com uma raposa mas foi capturado antes de haver podido exercê-las.

Os donos de uma casa de carnes o adquiriram para obsequiar clientes com macaquices.

Dias depois chegou uma arara.

Desses bichotes espera-se que cativem os olhos distraídos das visitas.

Me dá o coração desse boi, pediu uma futura mamãe.

O garçom trouxe.

Para mim um filete a ponto.

Que vous me semblez beau, ensaiou o chimpanzé.

A arara, nada.

Leonardo Fróes

1941

KOISAS DA POLÍTIKA

Marcar a hora das visões equilibristas que desfiguram castelos de entrar para comprovar por si mesmo a escuridão que um isqueiro risca esquecido distraidamente enquanto as pedras ruborescem como se no interior daquele horrendo castelo de ponte levadiça e ameias góticas realmente habitassem os fantasmas mais temerosos que a essa hora caminhavam grudados no corrimão da escadaria central por onde sua majestade subia levando o cetro e o copo de veneno, digo, a taça de vermute que em determinado momento havia de ser sorvida na alcova por um outro personagem sisudo que ali penetraria na calota da noite enluarada que lembrava um quadro francês de Watteau talvez com meninas de babado balançando no parque e lá dentro do castelo a carnificina talvez e o sacerdote arrepiado tomado (pelo vinho) em cima do baú do tesouro encalacrado com o selo imperial e tudo mais que o conde desviou para a amada e os conspiradores queriam tomar de qualquer jeito também pois constava que havia algumas pipas do bom ocultas do invasor nalguns pontos e uma almofada à luz das tochas mostrava as pernas de um piano e a bunda de uma cortesã pois sua alteza continuava dando seus festins e não contava com a ira desmedida da plebe mal aquinhoada que entrava pelas gretas do quadro enquanto o cupim daquele tempo ia comendo a moldura colocada sobre um móvel tipo bufê no qual havia um pequeno espelho para o triunfante escorrer e papar por sua vez a papa-fina do castelo do esquartejado poder simbolizado pelo espaço solene e o rio divisório que os piratas transpunham como autênticos bonecos da dinastia seguinte.

PEG-AÇÃO DO OUTRO

Peguei o Outro pela gola e não deu nenhum resultado.

Peguei o Outro por meus olhos e não deu para ver.

Peguei o Outro pela mão e o destruí sem querer, coitado, ele ainda não se aguenta sozinho, que pena, como ele sofre inutilmente mancando e não consegue como nós escapulir do útero.

Minhas convicções sobre o Outro foram porém se gastando.

Um dia eu caminhei para ele sem pensar muito em mim.

Notei que era possível agir sem premeditar.

O nariz do Outro, a boca do Outro, a raiva do Outro perderam nesse ponto a consistência de apenas me irritar por analogia.

Entrei no Outro por acaso, como alguém que se desossou e não chora. Nesse dia eu estava muito bonito. O Outro era a janela sem grades e também a opinião sem cortinas sobre a qual eu debrucei como uma lesma amorosa. Eu estava bonito, por contato, e apenas emprestando meus olhos para servir de reflexo.

Quando o Outro quis me abocanhar de repente eu já tinha voltado à consciência de mim.

Eu era, ou era eu que não me gostava quando o Outro pareceu me ofender.

A malícia do Outro devia ser minha ambição de esmagá-lo.

Houve um momento perigoso em que eu desejei possuir.

Não houve propriamente o Outro, mas apenas a fricção dos meus dedos na ansiedade de estar que me roía de novo. Nessa hora eu fiquei feio como um bandido medroso. Diminuí provavelmente de tamanho e aspecto, voltando à carga das analogias que me sufoca e impede.

Minha pureza favorável não enraíza no Outro nem é a glória da espécie, mas eu posso muito bem abafar o som dos tambores. Posso amar as cicatrizes da guerra ou esse porte de boneco gaiato, condutor e conduzido, que às vezes sente como eu sinto uma vontade insondável de vomitar pelas calçadas um planeta sem fios – perfeito e único.

Um planeta sem fios me permitiria dançar – descer – deitar

no Outro calmamente sem o despojar e humilhar. Mas são os fios da cabeça que enrolam com frequência meus gestos, ligando-os a um passado atrapalhado e inexistente que me faz colocar o pé atrás.

Meu ingresso puro e luminoso no Outro ocorre quando as luzes apagam e eu sou apenas um pedaço de barro que se desarticula e sorri. Na hora do milagre existo e não existo com uma segurança total.

Claudio Willer

1940-2023

DIAS CIRCULARES

I

Tua presença é monstruosamente reveladora, e sei que devo continuar a existir imerso em sua transparência. Às vezes, a própria distância é um encontro, as horas alaranjadas do dia podem ofuscar, e a radiação dos signos irá despertar-me de vez. Tudo flutua no olhar, apontando para a descida sem limite.

II

O mistério transborda, transforma-se em enxurrada, apaga o rastro e arrasta consigo os fragmentos dos meus ossos. As manhãs de Setembro continuam muito frias, e flutuam em seu envoltório de sobrenatural, crisálidas encerrando a voracidade da posse. Os prédios de gelatina confundem-se com o horizonte e atraem meus passos para o indecifrável, para a quantidade de enigma presente no teu olhar, e que escorre pelas mãos, invadindo o ar que respiro. A armadura ainda ensanguentada, levanto-me, para continuar a caminhada em tua direção, estátua de sal eternamente à minha frente, absorvendo toda a luminosidade do mundo, monte de signos de todos os acasos incompreensíveis, anunciadora da queda infinita.

III

Uma montanha de anjos com insolação desaba sobre a terra, espalha-se pelas antecâmaras da Esfinge. Respiro um vento de alucinação que me dá a plena consciência de amar, e isto é um ponto fixo, incrustrado na minha retina, para além dos pneus, dos giroscópios, das ruas eternamente fatigadas.

Estou envolvido e emaranhado pelo amor, todo ar que respiro está contaminado pela Presença, golfadas de pressentimento fazem com que eu perca o pé constantemente, chamas negras e vorazes roem as bases do universo. Prepara-se a consagração definitiva em que tudo será queda, toda a sexualidade do mundo, um fluxo incessante arrasta meus membros, teu olhar de enigma, nosso espanto, o grande emaranhado possível dos corpos à deriva, sustentados por nossa própria respiração simétrica. Estou imerso na presença, dissolve-me, o olhar arrebatado capta todas as visões que são uma coisa só, a mesma forma repetida em mil prismas da mente, projetada no vazio eternamente à minha frente.

ANOTAÇÕES PARA UM APOCALIPSE

I

A Fera voltará, com seu rosto de tranças de prata, nua sobre o mundo. A Fera voltará, metálica na convulsão das tempestades, musgosa como a noite dos vasos sanguíneos, fria como o pânico das areias menstruadas e a cegueira fixa contra um relógio antigo. Um sonho assírio, eis nossa dimensão. Um crânio amargo, velejando com a inconstância do sarcasmo em meio a emboscadas de insetos, um crânio azul e sulcado, à janela nos momentos de espera, um crânio negro e fixo, separado das mãos que o amparam por tubos flexíveis e esmagando os brônquios da memória – assim se solidificarão as vertigens jogadas sobre a lama divina. O incesto é uma tempestade de luas gelatinosas e a mais bela aspiração dos membros dissociados. Em cada órbita uma avalanche de sinos férteis e de arcanjos terrificados pela sombra. O incesto é o sonho de uma matriz convulsiva e o mais profundo anseio das cigarras. Vaginas de cimento armado e urnas sangrentas, impassíveis contra um céu de veludo, guardiãs de oceanos impossíveis. Milhões de lâminas servem de ponte para os desejos obscuros – a mais afilada trará a nossa Verdade.

II

As margens do caminho desfaziam-se em filigranas semelhantes a certas glândulas de mamíferos inferiores, ou aos caules de vegetais cujas raízes se sustentam nas formações cristalinas dos pântanos da Rússia Central. Um calor envolvente desprendia-se do asfalto, de mistura ao odor de maçãs conservadas durante setenta anos em potes de barro, num clima desértico, ou de fungos que se alimentam do cloro desprendido pelo impacto das hélices sobre as folhas do plátano. O pedregulho, entreabrindo-se, exibia outro subsolo: anátemas ainda não proferidos, nadadeiras de tubarões empalhados, um espelho côncavo, e variedades de tubos cristalinos. Conservada em sal, a alma gelatinosa das mansões *belle époque* desfazia-se lentamente em colares de pérola negra. Folhas em forma de brasão cobriam as várias tentativas submersas, indicando o roteiro para um ossário improvável, ou para castelos de feixes de dinamite, erigidos ao amanhecer.

III

As noites semimortas da minha adolescência, massacradas pela canalha, vieram pendurar-se nos meus ombros, arrastando-se, véu inútil, pelos complicados desníveis do Tempo Presente. Os seios de meia-lua, lacerados, dinamitados, agora farpas de gelo acumulando-se em grossas camadas sobre os sofás, tapeçarias, lustres do meu quarto. Em compensação, todos os gatos esguios da selva suburbana vieram acasalar-se à minha cabeceira, velando meu sono com seus lamentos de fagote e harpa.

Francisco Alvim

1938

QUARTO E SALA

Usando o mesmo banheiro com sua empregada você já está doente qualquer hora acaba pegando ainda a doença de uma negra dessas depois da tragédia que o acometeu nunca mais se viu frente ao espelho e as suas fantasias homossexuais a melhor arma para assaltar banco é o fuzil e a baioneta você acha que vai morrer de quê do coração e eu de câncer no pulmão.

Lindolf Bell

1938-1998

A GUITARRA ELÉTRICA

Elétrica guitarra me arrebenta o cérebro – afiadas cordas lâminas cortam as fibras gentis da mocidade – alegre é o tempo de morrer – o tempo de crescer pelas campinas – o canto bravo da floresta onde só a flor resta.
Grita guitarra grita e quebra a noite – a noite que inventa o grito de guerra e grita de amor – e garimpa nos cata-ventos da alma e do vento e do invento.
Guinchos arrastam o corpo dos sonhos pelas escadas rolantes da vida – adeus paredes, redes – adeus muros e defesas – eu te amo, corpo iluminado pelos olhos acesos da tua beleza.

Qual cidade é mais breve do que esta – em qual beco o canto dura mais do que sempre – quando existem navios mais velozes que os olhos – os olhos brancos mais ferozes – as doridas rodas dentro dos tambores dos tímpanos – guitarras, sempre mais guitarras
  – oh! cigarras do século XX
  – oh! longos cabelos da liberdade
  – oh! tempos temporais dançarinos corporais
  – oh! martelos agudos do delírio,
martelai o mar interior com aves de muito longe – quantos telegramas o coração do mundo dispara neste instante – quantos radares – quantos gritares – que trevas do dia onde enferrujo – que trilhos onde me arrastam para nenhum lugar – meu sapato é meu cavalo
– adeus bloqueio, breques, freio – eu te amo, eu te amo, corpo iluminado pelos olhos acesos da tua beleza.

E tu que és a voz da noite – tu que sabes amar e não armar – tu que ensinas dos frutos redondos e das aves migradoras que pousam nas cercas.
Tu ínsulas – tu guitarras – tu aventuras – tu antenas dos sentidos – tu corpos – tu corações – tu ângelus tu sonhos todos meus – adeus, adeus blocos, adeus portas, adeus gelos e confinamentos – eu te amo, eu te amo, eu te amo, corpo iluminado pelo olhos acesos da tua beleza.

EXERCÍCIO PARA GARCÍA LORCA

Quando o vento das primaveras anuncia as florações e anuncia os girassóis, os araçás, as madressilvas, teus versos tuas granadas abrindo as veredas do meu país livre quando não sei, tu és a lua clara obscura lua clara, as noites que maduram o coração da terra, os líricos olhos dos touros da saudade, o mar vejo as estrelas os limões, és tessitura das manhãs, o amado guia no reino no bosque das vigílias, floresces e perduras onde o amor perdura, é frágil a terra do esquecimento, os ventos da primavera voltam sempre e as palavras tecem teu canto e teu corpo e tua viagem, e os híbridos frutos de meu país livre quando não sei esplendem nos olhos do pássaro teu irmão, para sempre
os cardos os pomos, os selvagens rosais dos invernos e as novas estações dos povos da coragem, as embiras as timboranas o vento sul as auroras, abriga-me em tua paisagem onde tudo se anuncia, tu és o dia tu és o dia, a fava, o fauno, a fala, a festa não fixa de viver e conviver, o móvel calendário de amar para sempre, tu és a samambaia nas varandas, o seixo dentro do rio de dentro
o sangue, o fuzil das guerrilhas interiores, e se nos montes e nos pantanais e nos corações agitas as ervas e os navios de verdades largas, tu Federico García Lorca, eu te chamo uma vez só, e isto basta para quem tem antenas e ouvidos e sabe que o mundo está aqui dentro mas está lá fora de meu país livre quando não sei, tu

és o gravatá-do-campo, a flor verde, a bravura de meu país livre quando não sei, guarida onde me abrigo, rio dos minérios das minas da manhã, argila das florescências,
espiga dos tempos claros, fruto aberto no esquema silvestre dos corações, há uma solução na garganta de meu país livre quando não sei.

Affonso Romano de Sant'Anna

1937-2025

AS BESTAS

No espaço que comporta o muro quatro bestas estudam um mapa. O que entende a besta de uma carta senão dos pastos onde come e urina?

Quatro bestas juntas enigma plantado nos focinhos conjecturam. (As bestas sobre o mapa são terríveis.) O que entende a besta de uma flor e a esperança de se abrir? O que entende a besta já que as narinas são afeitas ao fungo e aos estercos de planície?

Os cascos pasmam a flor que irrompida ao largo é desamparo entre a animália e engolem as pontas desta carta e se entrecomem até às fezes.

E voltam às conjecturas entrebufando sobre as pétalas lambendo-lhes a corola. Mas o sabor lhes comove o vago estômago e logo vomitam o mapa. E se contorcem e nunca dormem.

As bestas sobre o mapa são terríveis!

[POEMA CONCEITUAL: TEORIA E PRÁTICA]

POEMA CONCEITUAL: TEORIA E
PRÁTICA
CESSÃO
SESSÃO
SECÇÃO
de ideias para outros poetas

§. POEMA-BALÃO: compre um ou mais balões de borracha e sobre ele(s) escreva um poema conhecido ou inédito; depois exploda-o com um alfinete ou deixe-o murchar. O poema pode se chamar também – poesia evanescente.

§. POEMA-ESPELHO: compre numa loja um espelho, ou do tamanho do corpo humano ou apenas do rosto, e corte nele as letras da palavra EGO. Recortado no espaço, o poema só existe na presença do espectador e dá margem a grandes colocações metafísicas e psicanalíticas.

§. POEMA-VELA: mande construir uma vela, mas que tenha o formato das letras da palavra LUZ, sendo que uma letra deve vir sobre a outra, pois o z é a última letra do alfabeto. O poema vai se queimando aos poucos dentro da sala escura.

§. POEMA-PAINEL: este poema exige uma tecnologia mais avançada: um painel eletrônico como aqueles do Jockey Club, das Bolsas de Valores e dos aeroportos. Com um *expert* em computadores programe uma série de versos, palavras e letras. O poema, luminoso, operará por si mesmo *n* combinações semânticas dos signos, incluindo naturalmente o *nonsense*.

§. POEMA-SECRETO: uma urna onde cada um colocará (dobrado) o seu poema escrito. Convém que o poema seja anônimo, não somente para que haja maior desinibição estético-existencial, mas também para se recobrar aquele prazer medieval da obra anônima feita pelas corporações de artistas. Minha mulher sugere que no fundo da urna (transparente) acenda-se um fogo automático quando o poema cair, eternizando pelas cinzas o segredo dos poemas.

§. OBS.: a Poesia Conceitual, que certamente fará escola e suscitará infindáveis discussões teóricas, possui fundamentos que remontam aos princípios básicos da arte e da filosofia através da questão: o que é mais autêntico e superior: a ideia ou a realidade?

Myriam Fraga

1937-2016

GUERRILHA

Naquela noite no pântano, deitados lado a lado, tua face lacerada e meus dedos devorados por granadas. Naquela noite de lua calma e borbulhar envolvente de minúsculas, mínimas vidas, o pressentir de sanguessugas ávidas na carne, compreendemos. Nosso destino era aquele suave dom calado de matar-se e matar. O inimigo estava ali, bem perto, no que restou da floresta incendiada, o brilho anônimo de seus olhos no escuro, o inimigo estava em nós, do nosso lado e a fome era um sapato apertado demais para descalçar-se.
Quando o vulto surgiu reuni o que restava de forças e dedos e gatilho. O que ouvimos foi só um estampido e um baque. E então finalmente dormimos. Profundamente. Apaziguados.

O SÉTIMO SELO

A passagem para o nada é o princípio do abismo. Assim mesmo prossigo. Sugada para um centro obscuro e vazio. Absurda espiral onde boiam detritos. Nenhum passo para trás. Só o infinito caminho no infinito. Onde o que somos será, mais denso e mais aflito. Bainha do punhal, avesso dos espelhos. Misteriosos portais franqueados ao mito.

*

A morte com seus selos, a trombeta, os limites. Meu esqueleto branco no deserto é pasto de chacais. Graciosas hienas gargalham meu suplício, meu esquálido filho, meu sudário, minha fome. Meu corpo lacerado, minhas granadas, meus rifles; meu infame sacrifício – meu algoz, minha vítima.

✵

Estilhaços na carne. Um clarão. Precipício. A memória talvez nos devolva o previsto. As espadas do anjo, o cordeiro, o galope. A contagem do tempo, o tempo regressivo. O último olhar, o último grito, última visão da Besta. O silvar das ogivas. A memória é oceano, implacável, infinito. E eu navego no caos reinventando o Enigma. Esfinge sem cabeça, sem resposta e sem crime.

Roberto Piva

1937-2010

FESTIVAL DO ROCK DA NECESSIDADE

Flor obscena queimando os olhos das cobras com sua pasta fosforescente, abre caminho até estes cabeludos fodidos da vida com seus banjos de alucinação & a menina de olhos cor de laranja canta um rock pesado FAÇA DE MIM O QUE VOCÊ QUISER que pede entre outras coisas que você a deixe NUA BÊBADA NA ESTRADA DAS ILUSÕES sem as fronteiras entre acaso & necessidade.
Pólen comia uma maçã do amor em companhia de Lindo Olhar que acompanhava o ritmo do rock com os dedos batendo na pele do ornitorrinco.
As primeiras fogueiras foram acesas.
Pintou uma roda de samba-chinês-dodecafônico via Ezra Pound & um mulatinho que tocava pandeiro se transformou numa borboleta vermelha com perfumes raros.
Suas asas batiam contra o coração do mundo um navio chamado Aurora foi recebido com 21 tiros de canhão enquanto a garota de olhos cor de laranja gemia no microfone sua balada SEU CORPO ERA MINHA BÚSSOLA APONTANDO A DIREÇÃO & assim pedia o amparo trágico de algum pirado cretino chapado de encontro a um pinheiro com as mãos meladas de vinho & fumo.
Os manifestos de Lindo Olhar se dirigiam aos cozinheiros aos funileiros às manicures distraídas aos fabricantes de formicida aos garotos no dia posterior ao descabaçamento às rãs & às manifestações do poleiro.
Coxas Ardentes era seu porta-voz & secretário-geral do clube Osso & Liberdade.
Rabo Louco era especialista em *blitzkrieg*.
Lábios de Cereja organizava as sessões de orgasmo coletivo & crueldades cristalinas.
Entrega em Profundidade se encarregava dos debates & dúvidas metafísicas.

HELIOGÁBALO III

Certos arcanjos esburacados como lacraias se agrupam numa farândola de asas.   A cor do mundo é um pulmão verde-claro. O vento indiscutível desfila um longo cometa testemunho do tremor lunar sob meus ossos. As vozes se misturam na carapaça da tartaruga até a mais terna altitude (suas ogivas mais simples) no ponto mais acústico do coração de porcelana. Neste minuto os escafandros debruçaram nas janelas do oceano de ciprestes. Um navio miraculoso (seu único sobrevivente é um pequeno pirata cor de jambo) cruza a massa híbrida do DILÚVIO.   A orquestração de Saturno franjas de luz sobre barracudas gaguejando sua crença na vida.   O garoto-pirata conduz as sangrentas luxúrias do Leão & do Riso.   De sua coxa loira ele arranca as retinas do Diabo, de sua coxa morena os sonhos onde deitou sua magnificência. O horror de ser sua presa planta lulas de cristal na minha memória recém-chegada do fundo do mar.   Um olho gigantesco ultrapassa meu desejo de flores finas & cegas.

Eduardo Alves da Costa

1936

O POETA EDUARDO LEVA SEU CÃO RAIVOSO A PASSEAR

Eduardo, louco em férias, poeta disfarçado em burocrata, levanta-se todos os dias com péssimo humor, para ser devorado pelo relógio de ponto.

Obediente, amável, prestativo, conhece a fisionomia dos carimbos, sabe de cor o roteiro dos papéis e sente uma vontade secreta de atear fogo aos arquivos.

Adora olhar pela janela. Está sempre olhando pela janela, muito embora nada aconteça.

Acredita nos homens, entregaria sua vida por eles, porque é um tolo, um humanista impenitente, um amante das grandes causas, um aprendiz de santo, um sofredor pela miséria alheia, uma vítima do melodramático, um desprotegido contra a chantagem emocional, com uma farpa da cruz atravessada no coração.

Espera ansioso o momento de lutar pelo proletariado mas não compreende como se resolverá o problema de acomodar os milhões de traseiros num único trono. E se prepara, desde logo, para enfrentar os burocratas, os donos do poder e o pelotão de fuzilamento.

Odeia os delegados, representantes, procuradores, emissários, substitutos, intermediários, signatários e mensageiros.

Aguarda o suicídio em massa de todos os tiranetes, o exílio dos Napoleões do brejo e dos almirantes sem navio, que não fazem outra coisa senão passar os subordinados em revista e acabam a carreira como soldadinhos de pau, esquecidos num sótão.

Faz amor com irregularidade, porque não obedece a nenhuma tabela nem tem a mulher ao alcance da mão. Prefere a monogamia, não por moral mas porque já lhe é difícil encontrar uma fêmea com sexo e miolos no lugar.

Desconhece o que é café matinal em família, não tem filhos para levar ao colégio, embora ame as crianças e sinta grande inveja dos que nasceram com suficiente mediocridade para as ter sem saberem por quê.

Caminha pela noite, sozinho, à caça de fantasmas, recebe propostas para ser gigolô e sempre se arrepende por não as aceitar.

Parece crescer ao contrário, da velhice para a adolescência. E enquanto aguarda o momento de nascer, leva seu cão raivoso a passear.

Vilma Arêas

1936

À QUEIMA-ROUPA

De costas para a cordilheira e para a mulher de pedra esculpida no ar, abriu a névoa da praça com as duas mãos, viu os seis peixes gravados no ladrilho ao lado da porta. Entrou na casa aspirando aquele cheiro de pedra, umidade e treva. Percorreu aposento por aposento, subiu e desceu degraus, passou as mãos nas paredes geladas. Reconheceu a voz cantarolando *el sitio de mi recreo* em tom casual, não viu ninguém, ouviu Panero recitando *del color de la vejez es el poema, busco aún mis ojos en el armario.* Dizia também que os tigres eram palácios e que nasciam cactos de suas veias.

Abraçou a casa e ela coube inteira em seus braços. A casa vazia, todas as suas paredes, todos os seus degraus, todos os seus quadros, todos os seus livros, todas as colheres que pareciam pétalas de uma flor imaginária. Abraçou com cuidado as taças e as vidraças para que não se partissem, para que não se cortasse. Abraçou o gramado, a tesoura com a voz do pássaro dentro, a voz que rasgava o pano cru do verão. Tentou abraçar o gato, mas ele fugiu.

Uma porta batia sem descanso. Acordou então dentro do sonho, pois sonhava que dormia. A porta que batia levava à varanda envidraçada à beira do jardim. Levantou-se na escuridão para fechá-la, não precisava de luz. Mas quando tropeçou e caiu, despertou daquele outro despertar que era ainda sonho. A porta que batia, batia agora longe, no fundo de um corredor atulhado de livros. Pressionado, o trinco fez um estalido que se confundiu com o tiro à queima-roupa de alguém que exclamara ah! ao ser surpreendido. Tombou em câmara lenta, mas antes de mergulhar de novo numa inconsciência molhada e macia, por segundos voltou a sentir aquele cheiro de treva e umidade, enquanto o intruso meticulosamente virava seu corpo inerte para a janela de onde se via a mulher de pedra deitada nas montanhas, esculpida no ar.

Sebastião Uchoa Leite

1935-2003

PERGUNTAS A H.P. LOVECRAFT

Por que sempre as cidades ciclópicas com altas torres de cantaria negra? Por que formas e cores inimagináveis vindas do espaço, vozes estaladas ou zumbidas e os cheiros insuportáveis? Por que ventos frios e pesadelos que são reais? Por que o ignoto nos repugna e por que o fascínio do repulsivo? Por que mundos perdidos no tempo anterior ao homem? Por que os Antigos eram sempre superiores, mas repelentes? Por que algo, sempre, deve calar-se? Por que os reinos informes da infinitude? Por que sempre as substâncias viscosas e verdes? Por que Aqueles são ameaçadores? Por que as coisas se evaporam? Por que a incógnita nos causa horror?

REFLEXOS

Acordo de repente e reajo com mal-estar ao relógio virado para o lado em cima do móvel, porque traz a ideia da indiferença. Se, quase, virado de costas, traria a ideia da morte. Os relógios me olham e fiscalizam o meu tempo. Também os fiscalizo, porque encarnam a ideia da provisoriedade. Óculos que caem trazem também a ideia mortal da cegueira. E quadros tortos na parede refletem a ideia de desequilíbrio, de todas a que mais perturba. A desordem não é o meu forte. Se as coisas se desequilibram, isso equivale a negar a vida? Mas, o que ela é, senão a desordem?

Ivan Junqueira

1934-2014

POEMA

Ágil, tua imagem galga o vértice da noite e mergulha nas águas do sono em busca da infância que a neblina camuflou.

(Eu te observo encoberto pelo reflexo grisalho do tempo.)

Em breve a aurora incendiará teus cabelos, onde dormem os sonhos do menino que inventaste; tua ausência não será mais a bússola de minha angústia ou o vento a enfunar as velas de meu desespero...

Entre lâminas de nuvem – pássaro – rasgarás o espaço sem memória.

CRÔNICA

Quando o corpo da criança deu à praia, o céu começou a chorar estrelas e a lua se vestiu de preto. De paisagens desconhecidas, submersas na orla do tempo e da salsugem, surgiram então velhos pescadores e o envolveram num lençol de espumas, onde os peixes e as conchas haviam escrito o código das águas mais profundas.

De manhã, uma onda lançou-o à praia, onde o aguardava a multidão em delírio. A claridade embebia seu perplexo, absorto perfil de sal e pânico.

O bairro do Leblon viveu um dia de festa.

Mário Chamie

1933-2011

SEMANÁRIO NO TEMPLO

Segunda
Lírio e gesso na sombra. A igreja está na ocorrência dos móveis: ela, amuleto e chifre, ali, não lembra.

Terça
O núcleo da carne contra a igreja, o pão chamando, ocorre o vinho. Contudo em véus azuis me adivinho como a graça vai na pomba, do ombro de Jesus à coxa de Vênus.

Quarta
Senhor, a igreja é os muros, o clima dos muros, os muros que se tocam de mortos. Eu vivo noutra nave, no corpo de outros portos.

Quinta
Aqui os velhos arrastam os pés, eis o caráter. (O som se permite nos sinos, bate). Aqui estão pelos corredores, acendem velas, lustram colunas, os velhos perante velhas. Todos se rendem ao hálito nas ogivas, ar nas telhas. Mas sobre os muros resta a porta dos fundos, senhor. Resta o altar: enorme garça de costas, senhor. Vênus, véu, voo.

Sexta
Não começa em mim, começa no pecado. A dor inclui um osso no poço da carne. Virgens cantam, os móveis se recolhem, o salmo. Sombra, passam velhos, as vestes longas. Vésper. Vésper traça um risco sobre o telhado. Igreja, eu te resisto. Quantas são as bênçãos? Quantas as penas? Que aura roxa afoga a fome de nossa boca?

Sábado
Inquieto patrimônio. Não toqueis nas estátuas. Grande é o templo, maior o demônio: a alma deságua no azul que espera em Vênus. Era de eros.

Domingo
Sete diabos. Sétimo dia do cio contra o cinto. Quatorze chifres no brilho deste ouro que alumia. Tristes os velhos, tristes os trastes, a cinza de um morto incêndio. Sete vezes no teto desta igreja a sombra de outro templo: o hálito do demo nas asas de Vênus, no fluxo deste vinho, via do meu sangue, doce veneno.

PÁTRIA DOS COSTUMES
(O OUTRO LADO DO DADO)

Vossa sentença é, senhores do mando, o manso lar interno do sossego na assembleia do infortúnio sem desavença. Vivemos com a graça da desgraça em seu aceno.

Não temos sexo, não temos pressa. O sexo que temos não fala de seu mastro e suas bandeiras, nem da guerra dos corpos em suas trincheiras, com baionetas caladas na gula de vossas bainhas fechadas.

Se falo em sua fala, o sexo que perdemos é o sexo que mais goza na gosma de seu espasmo sereno: é o sexo que menos toca na névoa do seu orgasmo de menos.

Também não temos o fogo e o lume, a língua do seu machado em nossa rachada lenha dos costumes. Tateamos o que não temos na treva sem janela destes cegos vagalumes.

Temos o que temos no alimento do templo que conforta e alimenta, no alimento do seu óleo, a água benta que embalsama a nossa têmpera.

Destememos a calma que nos aceita. Dormimos no templo que ensombra a cúpula, que fecha a porta para os poros de outra alma, para o corpo de nossa carne, para as taras de cada homem com os sóis de suas fêmeas.

Proibindo, proibimos a zona proibida que, ferida, mais liberta quando queima, mais viola a violência, quando tomba sobre a tumba o fogo que não se acaba ao cabo dessa tormenta.

Nosso conforto patético é o pão amargo e drástico de vossa aparência sem nexo. Comemos o pão elástico de vosso triunfo doméstico.

Dominamos o domínio de nosso desejo sintético. No dominó desse domínio, domamos com negro tato os cupins de vosso pacto.

Fazemos do côncavo o convexo, querendo, no dado do jogo, estar do outro lado do dado. Fazemos do intrépido o apático, procurando nessa aparência sem nexo, o que é torto e direito, o que é crença e descrédito em vosso reino doméstico, entre as flores do esterco e a febre dos teus insetos.

Temos o circo no círculo de nosso código. Temos o voo no zoo de nosso pântano:

As borboletas do afeto
pousam na ponta do espinho
que toca a fibra do medo.

O elefante do medo
pisa na pomba do engano
que esmaga as asas do sonho.

Um tigre sonha sem garra
nas sombras desse abandono.

Ferreira Gullar

1930-2016

CARTA DO MORTO POBRE

Bem. Agora que já não me resta qualquer possibilidade de trabalhar-me (oh trabalhar-se! não se concluir nunca!), posso dizer com simpleza a cor da minha morte. Fui sempre o que mastigou a sua língua e a engoliu. O que apagou as manhãs e, à noite, os anúncios luminosos e, no verso, a música, para que apenas a sua carne, sangrenta pisada suja – a sua pobre carne o impusesse ao orgulho dos homens. Fui aquele que preferiu a piedade ao amor, preferiu o ódio ao amor, o amor ao amor. O que se disse: se não é da carne brilhar, qualquer cintilação sua seria fátua; dela é só o apodrecimento e o cansaço. Oh não ultrajes a tua carne, que é tudo! Que ela, polida, não deixará de ser pobre e efêmera. Oh não ridicularizes a tua carne, a nossa imunda carne! A sua música seria a sua humilhação, pois ela, ao ouvir esse falso cantar, saberia compreender: "sou tão abjeta que nem dessa abjeção sou digna". Sim, é no disfarçar que nos banalizamos porque, ao brilhar, todas as coisas são iguais – aniquiladas. Vê o diamante: o brilho é banal, ele é eterno. O eterno é vil! é vil! é vil!

Porque estou morto é que digo:

o apodrecer é sublime e terrível. Há porém os que não apodrecem. Os que traem o único acontecimento maravilhoso de sua existência. Os que, súbito, ao se buscarem, não estão... Esses são os assassinos da beleza, os fracos. Os anjos frustrados, papa-bostas! oh como são pálidos!

Ouçam: a

arte é uma traição. Artistas, ah os artistas! Animaizinhos viciados, vermes dos resíduos, caprichosos e pueris. Eu vos odeio! Como sois ridículos na vossa seriedade cosmética!

Olhemos os pés do homem. As orelhas e os pelos a crescer nas virilhas. Os jardins do mundo são algo estranho e mortal. O homem é grave. E não canta, senão para morrer.

CARTA AO INVENTOR DA RODA

O teu nome está inscrito na parte mais úmida de meus testículos suados; inventor, pretensioso jogral dum tempo de riqueza e providências ocultas, cuspo diariamente em tua enorme e curiosa mão aberta no ar de sempres ontens hojeficados pela hipocrisia das máculas vinculadas aos artelhos de alguns plantígrados sem denodo. Inventor, vê, a tua vaidade vem moendo meus ossos há oitocentos bilhões de sóis iguais-desiguais, queimando as duas unhas dos mínimos obscurecidos pela antipatia da proporção inelutável. Inventor da roda, louvado a cada instante, nos laboratórios de Harvard, nas ruas de toda cidade, no soar dos telefones, eu te amaldiçoo, e principalmente porque não creio em maldições. Vem cá, puto, comedor de aranhas e búzios homossexuais, olha como todos os tristíssimos grãos de meu cérebro estão amassados pelo teu gesto esquecido na sucessão parada, que até hoje tua mão desce sobre a madeira sem forma, no cerne da qual todas as mecânicas espreitavam a liberdade que viria de tua vaidade. Pois bem, tu inventaste o ressecamento precoce de minhas afinidades sexuais, de minhas probabilidades inorgânicas, de meus apetites pulverulentos; tu, sacana, cuja mão pariu toda a inquietação que hoje absorve o reino da impossibilidade visual, tu, vira-bosta, abana-cu, tu preparavas aquela manhã, diante de árvores e um sol sem aviso, todo este nefasto maquinismo sevicioso, que rói meu fêmur como uma broca que serra meu tórax num alarma nasal de oficinas de madeira. Eu estou soluçando neste edifício vastíssimo, estou frio e claro, estou fixo como o rosto de Praxíteles entre as emanações da ginástica corruptiva e emancipadora das obliterações documentárias.

Eu estou, porque tu vieste, e talhaste duma coxa de tua mãe a roda que ainda roda e esmaga a tua própria cabeça multiplicada na inconformidade vulcânica das engomadeiras e dos divergentes políticos em noites de parricídio. Não te esquecerei jamais, perdigoto, quando me cuspiste o ânus obliterado, e aquele sabor de alho desceu vertiginosamente até as articulações motoras dos passos desfeitos definitivamente pela comiseração dos planetoides ubíquos. Agora estou aqui, eu, roda que talhaste, e que agora te talha e te retalha em todos os açougues de Gênova, e a tua grave ossada ficará à beira dum mar sujo e ignorado, lambido de dia ou de noite pelas ondulações dum mesmo tempo increscido; tua caveira acesa diante dos vendilhões será conduzida em pompa pelos morcegos de Saint-Germain-des-Prés. Os teus dentes, odioso berne deste planeta incorrigível, serão utilizados pelos hermafroditas sem amigos e pelas moças fogosíssimas que às duas da manhã, após toda a sorte de masturbação, enterram na vagina irritada e ingênua os teus queixais, caninos, incisivos, molares, todos, numa saudação à tua memória inexorável.

CARTA DE AMOR AO MEU INIMIGO MAIS PRÓXIMO

espero-te entre os dois postes acesos entre os dois apagados naquela rua onde chove ininterruptamente há tempo; procuro tua mão descarnada e beijo-a, o seu pelo roça os meus lábios sujeitados a todos os palimpsestos egípcios; cruzas o mesmo voo fixado num velho espaço onde as aves descoram e o vento seca retorcido pelo grave ecoar das quedas capilares; apalpo o teu cotovelo entediado, amor, teu cotovelo roído pelo mesmo ar onde os olhares se endurecem pela cicatrização das referências ambíguas, pela recuperação das audácias, pelas onomatopeias das essências; amor!, vens, cada sono, com tuas quatrocentas asas e apenas um pé, pousas na balaustrada que se ergue, como uma pirâmide ou um frango perfeito, do meu ombro à minha orelha direita, e cantas:

ei, ei, grato é o pernilongo aos
corredores desfeitos
ei, ei, Ramsés, Ramsés brinca com
chatos seculares

bem, quero que me encontres esta noite na Lagoa Rodrigo de Freitas, no momento exato em que os novos peixes conheçam a água como não conheces jamais o ar nem nada, nada. Iremos, os dois, como um gafanhoto e um garfo de prata, fazer o percurso que nasce e morre de cada pé a cada marca, na terra vermelha dos delitos, queridinho!

RÉQUIEM PARA GULLAR

Debrucei-me à janela o parapeito tinha uma consistência de sono. "Tenho dito que essas begônias danificam tudo." Meu corpo se dobrou: um maço de folhas olhos coisas por falar engasgadas a pele serena os cabelos no braço de meu pai o relógio dourado. A terra. Há duas semanas exatamente havia uma galinha ciscando perto daquela pimenteira. Alface tomate feijão-de-corda. É preciso voltar à natureza. Água no tanque água no corpo água solta na pia. A grande viagem mar doce mar copo de flores porcos ao sol ortografia. Mar doce mar. Há certas lembranças que não nos oferecem nada, corpo na areia sol lagoa fria. Bichinhos delicados, o focinho da moça roçando a grama a treva do dia o calor. Hálito escuro o avesso das navalhas do fogo a grande ruína do crepúsculo. É preciso engraxar os sapatos. É preciso cortar os cabelos. É preciso telefonar oh é preciso telefonar. Cominho e farinha seca. Boca de fumo argolas africanas açaí bandeira lanterna. Vinte poucos anos ao lado do mar à direita à esquerda oh flâmula de sal guerreiros solo vivo. Automóvel e leite. Os domingos cruéis primeiro apeadouro segundo apeadouro aquele que acredita em mim mesmo depois de morto morrerá. Tardes tardas a lente o estojo de ebonite sumaúma pião-roxo tuberculose. A bola e o luto dia sem limite.

Cravo-de-defunto. Estearina. Moscas no nariz a língua coagulada na saliva de vidro e açúcar. O esmalte do dente apodrecido já nada tem a ver com o amor a timidez a injustiça social o ensino precário. Amanhã é domingo pede cachimbo. Os barcos cheios de peixes o sol aberto mais um dia findando mas os dias são muitos são demais não lamentemos. Bilhar. Zezé Caveira. Pires cachorro muro carambola cajueiro. O sexo da menina aberto ao verão recendendo como os cajus o inigualável sol da indecência. Jaca verde bago duro guerra aviões camapu merda jarro Stalingrado rabo-torto baba boca cega sujo terra podre brilho umidade cheiro esterco oh jardim negro vazio oh chão fecundo perdido sob as tábuas do assoalho (há sol e não há gente para o sol as estradas vazias as vidas vazias as palavras vazias as cidades mortas a grama crescendo na praça vazia como uma explosão verde num olho vivo) que flores horrorosas brotariam da areia negra cheia de piolhos de rato merda de barata o perfume contrário à nossa espécie diurna o fedor a água mais baixa mais baixa – mãe das usinas. Perfumação. Agulha. Corpo. Alguém cloroformiza alguém com jasmim esta tarde. Algodão. Rádio. Um pássaro rola paralelo ao mar, caindo para o horizonte como uma pedra. Aracati ata açúcar algodão língua branca. O perfume selvagem duas frutas ardiam seu cheiro sobre o fogão rubi garganta hemoptise matruz formiga-de-açúcar dinheiro enterrado a terra fechada indiferente é como se faláramos há séculos é como se ainda fôssemos falar

língua

serpe de sol

sal pétala poeira pele urina fogo-fátuo rosto flor perfume ferrugem lume

velha coroa do ouro do ido

do ferro

o mar buzina

voz de ostra garganta dos séculos fósseis

corneta perdida

o que nos diz essa voz de cal?

Gustavo Antero Gumar escrivão de polícia meteorologista jardineiro mar relógio peixe-sabão tijolo dominical sexo ardendo entre as goiabas banho na chuva flores Shirley Temple tesoura raio verde campo moeda de fogo acima das ervas fumo-de-corda o sexo aceso como uma lâmpada no clarão diurno sezo acexo nos fumos-de-erva-temple

o vento

levanta o chão de pó em chamas

Beleza oh puta pura

o que te ofereço? o auriverde pendão da minha terra?
o fogo de meu corpo?

Na página amarelecida mão de múmia

sol mortiço fulve letras flores da defunta euforia ruínas do canto

rosto na relva despedindo-se

sol que houve de manhã na praia quem o deteve aqui como um bicho um pássaro numa gaiola?

o sol triste apodrecendo na pá-
gina como um dente

Um operário para trabalhar essas velhas lâminas de metal agonizante
fazer com ele um copo uma faca uma bomba

Beleza o que desejas?
oh febre oh fel oh pus
oh encanecida saliva

mel podridão calendário lepra sermão olhar descendo a rampa

adeus corpo-fátuo

jardim seco arquivado boca sem carne beijo de todos (não o sexo onde fazer)

o beijo pronto

sem ciúme
para a boca
branca para a boca
preta para a boca
podre
para a matinal
boca do leproso

para a amarga boca
do delator
                a boca do chefe do subchefe
                do Kubitschek
                a repentina boca distraída
                a ferida (boca) dos traídos
beijo beijo de todos
trigal das traças
                        língua
                        letra e papel
                        sol de areia
                        luto
                            lótus
                                    fruta
          fogo branco que as duas Ursas sopram
                        sua língua
e na terra queimada pelo coração dos homens quando o
crepúsculo
se retira sobre o mar como uma árvore que se arranca um cetro
enferrujado aflorando
ou planta que nascesse chegada a primavera

Hilda Hilst

1930-2004

TEOLOGIA NATURAL

A CARA DO FUTURO ELE NÃO VIA. A vida, arremedo de nada. Então ficou pensando em ocos de cara, cegueira, mão corroída e pés, tudo seria comido pelo sal, brancura esticada da maldita, salgadura danada, infernosa salina, pensou óculos luvas galochas, ficou pensando vender o que, Tiô inteiro afundado numa cintilância, carne de sol era ele, seco salgado espichado, e a cara-carne do futuro onde é que estava? Sonhava-se adoçado, corpo de melaço, melhorança se conseguisse comprar os apetrechos, vende uma coisa, Tiô. Que coisa? Na cidade tem gente que compra até bosta embrulhada, se levasse concha, ostra, ah mas o pé não aguentava o dia inteiro na salina e ainda de noite à beira d'água salgada, no crespo da pedra, nas facas onde moravam as ostras. Entrou na casa. Secura, vaziez, num canto ela espiava e roía uns duros no molhado da boca, não era uma rata não, era tudo o que Tiô possuía, espiando agora os singulares atos do filho, Tiô encharcando uns trapos, enchendo as mãos de cinza, se eu te esfrego direito tu branqueia um pouco e fica linda, te vendo lá, e um dia te compro de novo, macieza na língua foi falando espaçado, sem ganchos, te vendo, agora as costas, vira, agora limpa tu mesma a barriga, eu me viro e tu esfrega os teus meios; enquanto limpas teu fundo pego um punhado de amoras, agora chega, espalhamos com cuidado essa massa vermelha na tua cara, na bochecha, no beiço, te estica mais pra esconder a corcova, óculos luvas galochas é tudo o que eu preciso, se compram tudo devem comprar a ti lá na cidade, depois te busco, e espanadas, cuidados, sopros no franzido da cara, nos cabelos, volteando a velha, examinando-a como faria exímio conhecedor de mães, sonhado comprador, Tiô amarrou às costas numas cordas velhas, tudo o que possuía, muda, pequena, delicada, um tico de mãe, e sorria muito enquanto caminhava.

NOVOS ANTROPOFÁGICOS I

Comecei degustando seus dedinhos. Eram expressivos, contundentes. Quantas vezes seu rombudo dedo indicador roçara meu rosto! Ela repetia continuamente seus "veja bem" bastante frios e impessoais. Sou doutor em Letras. Ela dizia-se autodidata.

autodidata?!?!

autodidata da vida, bestalhão, canalha, ela rosnava.

Suportei-a vários anos. Casara-me com ela à cause daquele buraco enterrado fundo nas nádegas cremosas. Depois que lhe enfiei a vara sorri quente e prolongado. Depois fiquei triste. Intuí haver cometido um grande equívoco. Mas todas as noites com "veja bem" ou sem, metia-lhe a vara. Entre o gaiato e o choroso fui aguentando seus trejeitos, sua sinistra domesticidade. Uma noite, durante o jantar, o bife escapou-se-me do prato. Ela começou seus "veja bem" e noções de polidez à mesa. Escutei-a atenciosamente e até com certa cerimônia íntima, assim como se escuta a fala de um prêmio Nobel no dia da premiação. Em seguida, ordenado por dentro e por fora, fiz o primeiro gesto criterioso: buscar o bife. Sua trajetória havia terminado debaixo da escada. Ela começou a rir histericamente e repetia "veja bem veja bem", és um perfeito imbecil, um bufo, um idiota. Peguei o bife e recoloquei-o no prato. Limpei a poeira dos joelhos. O chão estava imundo. Ela nunca limpava debaixo da escada. Dei, em seguida, um grande urro, como um grande animal e num salto Nureiev, de muita precisão, enterrei-lhe a faca no peito. Ela ficou ali ainda sorrindo, cristalizada. Neste preciso momento, corto-lhe o dedo indicador, aponto-o para seu próprio rosto e repito: "Veja bem, senhora, no que dá um autodidatismo de vida". Limpo-lhe a unha porque era sempre essa que ela me enfiava na rodela. Eu gostava sim. Ela não sei. Agora, sujo de ódio, atiro o dedo pela janela. A noite está fria e há estrelas. São atos como esse, vejam bem, que fazem desta vida o que ela é: sórdida e imutável.

Haroldo de Campos

1929-2003

[E COMEÇO AQUI E MEÇO AQUI]

e começo aqui e meço aqui este começo e recomeço e remeço e arremesso e aqui me meço quando se vive sob a espécie da viagem o que importa não é a viagem mas o começo da por isso meço por isso começo escrever mil páginas escrever milumapáginas para acabar com a escritura para começar com a escritura para acabarcomeçar com a escritura por isso recomeço por isso arremeço por isso teço escrever sobre escrever é o futuro do escrever sobrescrevo sobrescravo em milumanoites milumapáginas ou uma página em uma noite que é o mesmo noites e páginas mesmam ensimesmam onde o fim é o começo onde escrever sobre o escrever é não não escrever sobre não escrever e por isso começo descomeço pelo descomeço desconheço e me teço um livro onde tudo seja fortuito e forçoso um livro onde tudo seja não esteja seja um umbigodomundolivro um umbigodolivromundo um livro de viagem onde a viagem seja o livro o ser do livro é a viagem por isso começo pois a viagem é o começo e volto e revolto pois na volta recomeço reconheço remeço um livro é o conteúdo do livro e cada página de um livro é o conteúdo do livro e cada linha de uma página e cada palavra de uma linha é o conteúdo da palavra da linha da página do livro um livro ensaia o livro todo livro é um livro de ensaio de ensaios do livro por isso o fim-começo começa e fina recomeça e refina se afina o fim no funil do começo afunila o começo no fuzil do fim no fim do fim recomeça o recomeço refina o refino do fim e onde fina começa e se apressa e regressa e retece há milumaestórias na mínima unha de estória por isso não conto por isso não canto por isso a nãoestória me desconta ou me descanta o avesso da estória que pode ser escória que pode ser cárie que pode ser estória tudo depende da hora tudo depende da glória tudo depende de embora e nada e néris e reles e nemnada de nada e nures de néris de reles de ralo de raro e nacos de necas e nanjas de nullus e nures de nenhures e nesgas de nulla res e nenhumzinho de nemnada nunca pode ser tudo pode ser todo pode ser total tudossomado todo somassuma de tudo suma somatória do assomo do assombro e aqui me meço e começo e me projeto eco do começo eco do eco de um começo em eco no soco de um começo em eco no oco eco de um soco no osso e aqui ou além ou aquém ou láacolá ou em toda parte ou em nenhuma parte ou mais além ou menos aquém ou mais adiante ou menos atrás ou avante ou paravante ou à ré ou a raso ou a rés começo re começo rés começo raso começo que a unha-de-fome da estória não me come não me consome não me doma não me redoma pois no osso do começo só conheço o osso o osso buco do começo a bossa do começo onde é viagem onde a viagem é maravilha de tornaviagem é tornassol viagem de maravilha onde a migalha a maravalha a apara é maravilha é vanilla é vigília é cintila de centelha é favila de fábula é lumínula de nada e descanto a fábula e desconto as fadas e conto as favas pois começo a fala

[COMO QUEM ESCREVE UM LIVRO]

como quem escreve um livro como quem faz uma viagem como quem descer descer descer katábasis até tocar no fundo e depois subir subir subir anábasis subir até aflorar à tona das coisas mas só as pontas as cristas as arestas assomam topos alvos de *icebergs* agulhas fagulhas por baixo é a massa cinza cetácea o grosso compacto de tudo a moleira opaca turva onde o pé afunda malares mongóis a pele cor-de-majólica sob um gorro de peles vogais molhadas líquidas vogais eslavas pipilando ptítsas outoniça beleza ainda segura de si nos cílios ruivo-claros quase sem mover o rosto que o queria como um filho que ninguém ninguém o conseguira deter do brasil para a alemanha e fora para o fronte russo porque quisera sombras na majólica sim porquequisera e a carta lhe caíra nas mãos majólica na sombra porquequisera a carta que ela escrevera informando os parentes russa branca num hospital de campanha sim as duas pernas sombra e majólica serraram as duas pernas dele gangrenadas assistira a tudo e a carta não sabe como ainda hoje não sabia fora parar nas mãos dele com um tiro na cabeça sombramajólica por engano nas mãos dele talvez um parente talvez uma noiva alguém talvezsim no brasil não tivera mais coragem para dójd idiot dójd assim se diz está chovendo a neve plumiscava lá fora ciscava branco e o diabo não é tão feio como o pintam leque de dentes amarelos o chofer lituano fizera a guerra fugira depois e os alemães não conhecem o frio o friofrio pravaler friomesmo não tem na terra deles se você não fica dando tapas nas orelhas beliscões seguidos nas orelhas elas apodrecem e caem a ponta do nariz também as pernas nos joelhos precisa mover sempre o corpo comer coisas grossas gordurosas chouriços de carne gorda senão o sono o sonobomsono torporestupor de fomessonobom tudobom calmocálido tudoquente como um ninho um nicho bom de braço roliço um ventre macio de sonobom ohquessoônoboom nesse colo fofo e quando acorda se-é-que não tem mais dedos não tem mais pernas não tem mais cara por isso tanta gente sem orelha sem nariz lepra glácea de inverno e guerra é isso guerra divide o amigo que comia em sua mesa desde criança o amigo contra ele por isso fugira para ficar livre de duma vez mas não é tão feio o diabo piscopiscando agora parentes escrevem filhos na escola pobres pobres não há operários estudando em faculdade lituânia tem uma língua difícil muitos falam alemão e russo ele já era brasileiro o cisco da neve doía nos olhos a majólica fanava no halo de sombra fora melhor assim quemsabe aquele gorro de peles comprara em moskvá quase todo ano fazia essa viagem o marido representante comercial die worte sind wie die haut auf einem tiefen wasser palavras como pele sobre uma água profunda ou o derma do dharma o chilrear de pássaros daquele outono numa aquele outono de pássaros chilreando numa para baixo para cima katábasis anábasis o ritmo das coisas do mundo numa cama passatempos e matatempos eu mentoscuro pervago por este minuscoleante instante de minutos instando alguém e instado além para contecontear uma estória scherezada minha fada quantos fados há em cada nada nuga meada noves fora fada scherezada scherezada uma estória milnoitescontada então o miniminino adentrou turlumbando a noitrévia forresta e um drago dragoneou-lhe a turgimano com setifauces furnávidas e grotantro cavurnoso meuminino quer-saber o desfio da formesta o desvio da furnesta só dragão dragoneante sabe a chave da festa e o dragão dorme a sesta entãoquão meuminino começou sua gesta cirandejo no bosque deu com a bela endormida belabela me diga uma estória de vida mas a bela endormida de silêncio endormia e ninguém lhe contava essa estória se havia meuminino disparte para um reino entrefosco que o rei morto era posto e o rei posto era morto mas ninguém lhe contava essa estória desvinda meuminino é soposto a uma prova de fogo devadear pelo bosque forestear pelo rio trás da testa-de-osso que há no fundo do poço no fundo catafundo catafalco desse poço uma testa-de-morto meuminino transfunda adeus no calabouço mas a testa não conta a estória do seu poço se houve ou se não houve se foi moça ou foi moço um cisne de outravez lhe aparece no sonho e pro cisnepaís o leva num revoo meuminino pergunta ao cisne pelo conto este canta seu canto de cisne e cisnencanta-se dona sol no-que-espera sua chuva de ouro deslumbra meuminino fechada em sua torre dânae princesa íncuba coroada de garoa me conta esse teu conto pluvial de como o ouro num flúvio de poeira irrigou teu tesouro mas a de ouro princesa fechou-se auriconfusa e o menino seguiu no empós do contoconto seguiu de ceca a meca e de musa a medusa todo de ponto em branco todo de branco em ponto scherezada minha fada isto não leva a nada princesa-minha-princesa que estória malencontrada quanto veio quanta volta quanta voluta volada me busque este verossímil que faz o vero da fala e em fado transforma a fada este símil sibilino bicho-azougue serpilino machofêmea do destino e em fala transforma o fado esse bicho malinmaligno vermicego peixepalavra onde o canto conta o canto onde o porquê não diz como onde o ovo busca no ovo o seu oval rebrilhoso onde o fogo virou água a água um corpo gasoso onde o nu desfaz seu nó e a noz se neva de nada uma fada conta um conto que é seu canto de finada mas ninguém nemnunca umzinho pode saber de tal fada seu conto onde começa nesse mesmo onde acaba sua alma não tem palma sua palma é uma água encantada vai minino meuminino desmaginar essa maga é um trabalho fatigoso uma pena celerada você cava milhas adentro e sai no poço onde cava você trabalha trezentos e recolhe um trecentavo troca diamantes milheiros por um carvão mascavado quem sabe nesse carvão esteja o pó-diamantário a madre-dos-diamantes morgana do lapidário e o menino foi e a lenda não conta do seu fadário se voltou ou não voltou se desse ir não se volta a lenda fechada em copas não-diz desdiz só dá voltas

José Paulo Paes

1926-1998

DO NOVÍSSIMO TESTAMENTO

e levaram-no maniatado

e despindo-o o cobriram com uma capa de escarlata

e tecendo uma coroa d'espinhos puseram-lha na cabeça e em sua mão direita uma cana e ajoelhando diante dele o escarneciam

e cuspindo nele tiraram-lhe a cana e batiam-lhe com ela na cabeça

e depois de o haverem escarnecido tiraram-lhe a capa vestiram-lhe os seus vestidos e o levaram a crucificar

o secretário da segurança admitiu os excessos dos policiais e afirmou que já mandara abrir inquérito para punir os responsáveis

Lêdo Ivo

1924-2012

ALÉM DO PASSAPORTE

A noite dá a sua lição de universo: as estrelas caem. Suspensas no ar vazio, elas deslizam no céu negro, fulgem rápidas, desintegram-se. Mas esses acidentes celestes não exprimem desordem ou fadiga. Estão inscritos na retórica do cosmo, onde tudo é ordem e rigor.

O tempo é uma mentira das estrelas. Viajante, não sei onde estou, nem mesmo se estou. Na terra desprezada pelo estrondo rouco do jato, as fronteiras voam e os fusos horários zombam da ficção local dos relógios. E, entre o sono e a vigília, contemplo nuvens imensamente brancas no céu escuro, celeiro das estações.

De súbito, surgem debaixo das estrelas as ocasionais constelações terrestres: ilhas crioulas, paraísos explosivos que se espraiam, no mar espumoso, como fragmentos de um continente esfarelado.

Banidas as estrelas, a manhã ocupa o céu e o mar. O leve frêmito vertiginoso anuncia que o avião vai descendo de seu abismo às avessas. *Please fasten seatbelt.* Um farol numa ilha e uma gaivota são os primeiros sinais da Terra. E ambos reiteram ao sol pálido o vigor cansativo dos símbolos.

Desembarco e é outono em Nova Iorque.

PORTO REAL DO COLÉGIO

A ferrugem não é uma ofensa aos homens e objetos, mas o emblema de uma secreta realeza. O vento, a chuva e a areia são os emissários de uma eternidade que só vive nos desgastes que fraturam a superfície das coisas.

Nos degraus roídos desta igreja de Porto Real do Colégio, freme a esperança dos homens. E a ferrugem radiosa protege os mortos.

SÁBADO

Este é um dia impróprio para os sonhos. Os guindastes estão imóveis. A realidade deixa de ser real e os espelhos marcham como soldados nas avenidas interditadas. As janelas se escancaram para as abdicações, após a luta na treva. A morte quer escapar à morte: as vidraças quebradas do hospital sugam a luz da manhã. A Bolsa de Valores está silenciosa. Os computadores dos bancos estão parados. Os trens atravessam sem rumor os subúrbios ofendidos. Não há vento nem mesmo nas imediações do aeroporto. Os viadutos se abrem como corolas para dar passagem à muda desolação dos homens. No ônibus a loucura do mundo viaja incógnita. As palmeiras rodeiam o mar pútrido. E a cinza do desamparo se dispersa no pátio da alfândega alargado pela sombra defunta dos navios.

Os mendigos dormem ao sol e sonham que são mendigos.

O NOME DOS NAVIOS

Domingo à tarde, ele nos levava para o passeio interminável, conduzindo-nos, através de ruas monótonas, até o começo da praia.

Víamos as dunas. Elas caminhavam junto ao Mar Oceano como uma branca romaria de mulheres. Depois contemplávamos os navios. Nas proas negras havia sempre um nome que a distância dissolvia. Mas à noite, antes de dormir, todos nós soletrávamos esses nomes sonegados que, atravessando a escuridão e a maresia, vinham buscar-nos para a viagem que estava suspensa no portaló dos sonhos como uma flor num vaso ou uma mulher inclinada no peitoril de uma janela.

José Paulo Moreira da Fonseca

1922-2004

DUE STORIELLE FIORENTINE

I

Latona Pazzi era a maior intérprete de Monteverdi em toda a Península. Latona Pazzi banhava-se no Arno com suas quatro irmãs vigiando nas margens. As irmãs seriam as aias e Latona, a princesa. Um dia surgiu Anchise Gryphius (sênior) e inebriou as vigilantes. Mas, pelo voo das narcejas entre os juncos, Latona percebeu a cilada, logo vestindo sua leitosa nudez com o limo do rio. Ártemis socorreu-a e metamorfoseou Anchise em sátiro, o qual exercia o ministério público em Pisa, o qual daqueloravante passou a usar de todos os estratagemas para que não descobrissem sua bestialidade.

II

Ermete Barberini naufragou ao largo de Livorno e, não sabendo nadar, submergiu nas águas. Como possuía admirável poder de adaptação, findo um dia e horas já se utilizava perfeitamente do oxigênio marinho. Mas a prova fora demasiada, pois quando as ondas o vomitaram numa praia deserta, viu-se incapaz de respirar. Incontinenti mergulhou de novo e após magnos esforços subiu o Arno até a cidade e ali, sob o *Ponte Vecchio*, mandou chamar seus cunhados, que entendendo o delicado da situação, logo contrataram com o engenheiro Grimaldi (Orso) a fatura de um aquário, onde Ermete até hoje vive e finaliza a sua monumental história dos bancos florentinos.

Paulo Mendes Campos

1922-1991

PEQUENO SONETO EM PROSA

Sempre me grilou o curto-circuito das contradições fundamentais: no oligofrênico musical (meu amigo Otto desafina ao assoviar *Dá nela)* sofre um Beethoven mal sepultado: com um porém: mais surdo que as portas dos castelos feudais.

No menino retardado e no ancestral King Kong esvoaça transcendente rondinella – de asas ainda visgadas nos opacos vitrais do (ainda) incompreensível ou inexprimível. Mas na praça aristotélica de Goethe, ou na planície platônica de Proust, sobra espaço (e capim) para a besta quadrada.

O pior cego é aquele que quer verde (é possível); mas também pode ser que a visão do visível seja pouco mais que nada.

Baça e simples é a libido. Édipos amam suas mamãs de um fervor santo, pontual e burguês.
Um verme áptero (sem metafísica nenhuma) transfigura-se em lepidóptero feliz.
Negócio é o seguinte: Rimbaud é mais por aquilo que não fez.
Freud talvez achasse o mesmo bosque (de Viena), se desse para caçar (em vez de cobras e lagartos) as borboletas sutis.

Num minuto cabem horas: caladas, maceradas, amarradas ou rançosas; as horas aladas disparam pelo céu em um segundo. A matemática poética de hoje ignora se um é um. E as rosas? Ora, as rosas! São cotidianas – como as prosas emitidas do outro mundo.

Revire puerilmente o mapa-múndi: sulista é quem habita o Norte.
A mesma centelha enjaula o tigre do átomo e o cinde.
Claude Bernard falou e disse: "A vida é morte."
Como qualquer outro, Hitler também foi *ein gutes Kind.*

A Constante de Planck é uma piada cósmica:
00000000000000000000000000006624
Do senso comum
Chesterton e Shaw (polos opostos) desembrulham a graça adoidada. E a bomba atômica vai matando atum.

Se fora zen-budista, Raimundo (das pombas) saberia que a máscara se oculta sob a face. E era a ufania de Afonso Celso só uma ufania de conde, que acaso o conde disfarçasse?

Pela mesma contramarcha, o tímido e o casto são arrevesados de magma em brasa. Por fora o general é meio civil; o civil, por dentro, dá umas de general.
Por vezes não sobe nem o foguete da NASA.
E o Brasil? Será mais que o esfomeado amor (ou o gigantesco tumor) de Portugal?

Ao ponto pode seguir-se uma vírgula (bem mineira); à vírgula pode seguir-se a irreparável incongruência.
Pois é: a noitada de domingo já é segunda-feira.
E a Morte pode ser a Independência.

Falam muito: *In my beginning is my end.* Muito riso, pouco siso.
Ele é durão, mas, no fundo, é todo terno.
Hecha la ley, hecha la trampa.
Quem crê em Deus, vai pro Paraíso.
Quem não crê, vá pro Inferno.

Por fora bela viola... Água mole em pedra dura...
Não é da saúde que vive a doença?

Pra nosso tempo de miséria há um exagero de fartura.

O crime afinal compensa.
Ou não compensa?

Tese: no melhor amigo há o radical inimigo.
Antítese: o inimigo é o nosso amor secreto.
Síntese: como todo mundo, Howard Hughes faleceu mendigo.

– E nada existe mais abstrato do que o poema concreto.

POEMA DAS APROXIMAÇÕES

Sempre encantou-me a liberdade dos cegos correndo para a morte. Música de redenção cobria-me de emoções praieiras. Flores altas, espontâneas, desmentiam a vida. Ondas que o mar brincava nas rochas informavam o sagrado, aventuras que se desatam de santa rebeldia. Galhos espiralados contra o céu, sabor de terra no meu sangue, tudo subornava em mim a fidelidade dos eleitos. Deitei-me. Como os antigos, sobre a fonte da virgindade, deitei-me. O amor orlava meu sigilo como um sussurro de mitos guerreiros.

Dentro de mim a solidão se povoa, o esplendor das vertentes.

Dos deuses movia-me o pensamento a crueldade nativa. Depois os grandes deuses deixavam de existir: sobre os descampados penetrava a chuva insidiosa dos desânimos.

Redescobria uma criança. Seus sonhos eram oblíquos: à noite, os insetos devoravam-na. O instante basta para compreender a vida. Senti-la é o princípio de uma eternidade. A tessitura das amizades é nostálgica e esse início de fogo consome nossa face. Gatos e coisas silenciosas recebem o melhor de nosso culto.

Ah! possivelmente nunca será demasiado tarde para quem pergunta. Não havíamos então recusado o escárnio da misericórdia? Sofremos. Tempo e beleza empolgam um único pêndulo, a vida e a morte. Na noite um símbolo recomeça: somos escravos das alegorias.

Não podemos perder.

O azul se distribui, as bocas vão bebê-lo. Por ele, os simples e os sábios morrem de morte mais lúcida e simpática. Na noite, os olhos ficam ainda abertos, vigilantes da estrela.

Deixai que eu fale. Permiti-me a ventura. O verbo copia a alma. Tudo que a alegria consente é bom. Deixai que eu fale. Calai a palpitação metálica da máquina.

Murmura no meu sono o vaivém dos desejos. Eu me aproximo e falo.

Somos mais ricos que o decantar da luz sobre folhagens entreabertas. E estranhos à vida. Os códigos nos omitiram. Como um bando de garças, superamos o episódico. Sobrevoamos o mistério algo simples da várzea. Onde a emoção é maior do que a forma, aí está o segredo, sombra que não é sombra, carne miraculosa. Nela nos entrelaçamos: homens, pedras hirtas, nomes defuntos, grandes rios... O amor é sempre o mesmo. O indecifrável tange os mesmos homens. Deus poreja de todas as vinganças.

Comungamos nas nascentes. Somos o inverso de um reino que acaba.

Unirei assim meu corpo às ideias que adivinho. Darei meu sangue às ribeiras. E todas as vezes que pressentir nos cegos o apelo da morte, rezarei ao sol.

Uma relação principia. Estamos para o engano como os gnomos para a floresta: é preciso encantar. Não como os desertos de amplitude saciada. Uma interpretação menos dolorosa... Vivemos!

Vivemos! – responde o vazio das vagas. Vivemos!

Sobre as cortinas pousa o primeiro pássaro de luz. Instala-se uma diversa harmonia. De mim para o mundo há uma espera. Do mundo para abstrações mais completas, a música. A noite se encosta aos muros caiados procurando a aurora. Neste intervalo, toda poesia atende ao mesmo nome, qualquer...

João Cabral de Melo Neto

1920-1999

EPISÓDIOS PARA CINEMA

I

Eu pedia angustiadamente o auxílio do cavalo de Tom Mix. Mas nenhum sinal de cavalgada, nenhum rumor de tropel, aparecia na curva do mar. E eu não era absolutamente culpado. E quando finalmente! apareceu, era Napoleão que vinha. Napoleão pareceu-me sofrer de qualquer doença; achei-o pálido e abatido. Mais uma vez era ele quem me vinha desmanchar os planos, desta vez brandindo uma enorme laranja que me descarregou na cabeça, eu que sendo louro há anos não como laranjas. Ela tomou também parte no ocorrido, perguntando em altos gritos onde estava. Podia eu saber? Não havia aparelhos de rádio no aposento e os gritos de Napoleão dizendo que voltava para Culver City nos asfixiavam a todos. Até mesmo o comedor de fogo do circo, que se foi afogando devagar no rio para apagar os morrões acesos na batalha do Riachuelo.

II

Na terceira esquina, sem transição aparecem os anjos. Não eram anjos de fogo nem estavam vestidos de policiais. Mas diante deles os homens mais humildes passaram a assumir as formas mais descompassadas. Enquanto isso um terror silencioso se apoderava de outros, multiplicando-lhes os gestos com que improvisavam aquelas explicações matinais: VOCABULÁRIO! CARBURADOR! CINEMATÓGRAFO! Um rosto violento (teu rosto) se foi delineando nos cartazes da parede. E, imperceptível, começou a circular por debaixo dos bancos a certeza de que não mais haveria espetáculos nos cinemas.

III

Em meu quarto, às sextas-feiras, era comum reunirem-se algumas pessoas, quase sempre amigos que me tinham chegado em sucessivas viagens. Eram todos muito pontuais, e, o que é mais, não se podiam nunca libertar de certos instrumentos próprios de suas profissões. Devo fazer notar que esses instrumentos eles os tinham por ocasião do nosso primeiro encontro. Assim, havia um eletricista com seus pombos-correio, um automobilista (hoje famoso) com sua máquina último modelo, todo um regimento de inválidos de guerra (estes organizavam com frequência intermináveis paradas), acrobatas de circo (o coração pintado nos olhos) etc... As reuniões eram muito divertidas e se passavam sem nenhum constrangimento aparente. Todos se exibiam indiferentemente, embora os fantasmas do poeta silencioso ganhassem sempre os maiores aplausos com seus passes de mágica.

IV

Numa dessas reuniões falou-se certa vez de um famoso aviador, cuja volta o rádio estivera anunciando. Todos declaravam conhecê-lo e privar de sua intimidade, embora não se chegasse a um acordo quanto a sua estatura e cor de seus cabelos. Isso concorreu para que se formasse uma atmosfera de tal modo favorável que um silêncio de solidariedade baixou em toda a assembleia. Desde esse momento a presença do aviador tornou-se indiscutível. E com efeito ele chegou pouco depois, sem dúvida trazido por essa aliança misteriosa, porque a verdade é que ele nunca me ignorara tão absolutamente como algumas horas atrás.

INTRODUÇÃO AO INSTANTE

Podiam-se notar uma ausência completa de transformações e um monarca asiático em visita a Londres.

Crimes invisíveis sob a lua foram revelados e alguns dos movimentos iniciais jamais pressentidos vieram à tona.

Para sempre permanecerão nos polos mais afastados leões de pedra impenetráveis como esfinges.

Péricles Eugênio da Silva Ramos

1919-1992

O APRENDIZ DE POETA NO ANO DA GRAÇA DE 1931

Forte das foices que eu herdei, desbravo o meu caminho: aqui foram florestas, foi aqui a senda, aqui a porta! Movendo os ombros derrubei-a, e no meu vulto cintilou a sombra dos heróis: velhos teseus de punhos de acha, vendaval de fábulas! meus olhos choram a desesperança de ainda contemplar-vos. Contudo a porta jaz, fragmentos, a meus pés: caliça e ferro, lenho antigo, antiga espécie de certeza e proteção. Ei-la que jaz: e que me resta? A vasta rota que a palavra denomina, mas não doma; a elipse das estradas; e a frontaria dos crepúsculos, guardada por sangrentos leões e rugidoras trevas. Sob as grotescas máscaras da aurora e pôr de sol, a leste e a oeste, a norte e sul, as nuvens geram tempestades, ameaças, descaminhos; e atrás da jeira enorme e anfracta do horizonte, única a promessa clara e irredutível: depois de muitas, e de longas, e de lentas caminhadas; depois que meus sapatos se gastarem, consumidos pelas pedras, lá no país das cinzas tombarei exausto: e ficarei inane, para sempre mudo, a voz perdida, extinto voo!

É certo, já terei cantado: mas do canto, que porção de chispas e de mim há de viver perpétua? Rosa noturna, a voz formou-se no ar, corola vólucre: e suas pétalas são pétalas de nada – ou mero sonho. Que importa? Eu, aprendiz, não deixarei perder-se a minha herança, as foices nem o fogo milenar do archote: o fogo! inda que o tenha de nutrir com os restos de minha alma, a última resina! Sim, venderei meu sangue pelo preço que procuro – o báculo de Mestre! Percebo-o longe, muito longe, e, enquanto espero, eu aprendiz espero a voz, a forte voz que há de raivar como as tormentas; absurdo espero, e como as chamas lavro, e ponho-me a escutar: latejam águas, e no pêndulo dos mundos... minha palavra se modula: assim o coração.

Irmãos, eu vos oferto a rocha, e desejais o mar. Se erijo para vós a instante pátria, em que possais ao menos respirar; se lavro um feudo sem senhor – e claro, e justo, e único: – vós rides infinitamente, e mergulhais nas águas várias de um minuto e outro minuto. Declaro o dia, e desejais a noite: empunho a noite, e a pisoteais... porque somente ardeis pelo que é muito, numeroso, transitório: "Oh noite (asseverais); oh noite que não sejam noites! De que serve?" E soluçais por isto que chamais as "noites": fáceis e corruptas; gordas, sumarentas; torpes, de tão umas e mais umas e mais outras. Sim, para vós foi construído o que tresanda a lodo, a sêmen e a betume: são para vós a estrídula algazarra, o estalidar dos leitos crapulosos, o regrunhir do quotidiano... a vida feita de cárcere, não árvore a crescer. Sim, para vós é o vário e o sucessivo: isso que amais a ponto de o quererdes, e quererdes, e quererdes...

tal como o verme que devora a fruta; a
traça que rendilha a história; o cão, o cão
que morde o osso, o cão que não o larga,
o cão que morde o osso e não o larga,
nem para ver,
nem mesmo o larga para ver

as alvoradas de meu Deus.

In nomine Patris, et Filii, et Spiritus Sancti.

Manoel de Barros

1916-2014

INFORMAÇÕES SOBRE A MUSA

Musa pegou no meu braço. Apertou.
Fiquei excitadinho pra mulher.
Levei ela pra um lugar ermo (que eu tinha que fazer uma lírica):
– Musa, sopre de leve em meus ouvidos a doce poesia, a de perdão para os homens, porém... quero seleção, ouviu?
– Pois sim, gafanhoto, mas arreda a mão daí que a hora é imprópria, sá?
Minha musa sabe asneirinhas
Que não deviam de andar
Nem na boca de um cachorro!
Um dia briguei com Ela
Fui pra debaixo da Lua
E pedi uma inspiração:
– Essa Lua que nas poesias dantes fazia papel principal, não quero nem pra meu cavalo; e até logo, vou gozar da vida; vocês poetas são uns intersexuais...
E por de japa ajuntou:
– Tenho uma coleguinha que lida com sonetos de dor de corno; por que não vai nela?

A VOLTA *(VOZ INTERIOR)*

Por aqui é tudo plaino e bem arejado pra céu. Não há lombo de morro pro sol se esconder detrás. Ocaso encosta no chão. Disparate de grande este cortado. Nem quase não tem lado por onde a gente chegar de frente nele. Mole campanha sem gumes. Lugares despertencidos. Gente ficava isolado. O brejo era bruto de tudo. Notícias duravam meses. Mosquito de servo era nuvem. Entrava pela boca do vivente. Se bagualeava com lua. Gado comia na larga. Mansei muito animal chucro nesses inícios. Já hoje não monto mais. Não presto mais pra cavalo. Pulo não vedo nenhum. Sou traste de cozinheira. No enxurro parei aqui. Enganchei na pouca força. Dei rodeio neste quintal. Do mundo sei reunido, entretanto. Sou macaco pra lá de cipriano. Ninguém me engana com bolo. Nem me desvenda com caneta. Seráficas são as pedras. Serviço em roda de casa engorda é cachorro. Jogo canga e cambão pra cima. Raiz é que acha a lama pura. De tarde passarinho me descobre. Eu toco minha vida com 70 flautas. Beleza e glória das coisas o olho é que põe. Bonito é o desnecessário. É pelo olho que o homem floresce. Ver a tarde secando em cima de uma garça... Atrás das árvores tortas nascem as horas mais prístinas. E só debaixo do esterco besouros têm arrebóis. O que sei aprendi no galpão. Desde ir em égua. Leitura não tive quase. Não tenho apetrechos de idioma. Palavras não têm lado de amontar comigo, entretanto. Tudo tem seus lampejos e leicenços. A língua é uma tapagem. E tão subterrânea a instalação das palavras em meu canto como os silêncios conservados no amarelo.

DE TATU

Folgam muito no cio, os tatus – como os cachorros. E formam acompanhamentos. A fêmea vai na frente, cheirando matinhos, a tatua. Logo fica de joelhos para o amor e chora esverdeado.

Em cima de sua femeazinha, o macho passa horas – como se fosse em cima de uma casa de tábuas. E ela fica submetida para ele, rezando naquela postura.

Protocolos que a natureza lhes deu para montar filhos são tântricos. A femeazinha espera paciente enquanto venta azul no olho dos patos.

Como certas dálias lésbicas, de estames carnudos, se entregam as tatuas ao gosto de filhar. Seviciadas e ávidas.

Reproduzem de cacho.

Daí já saem pelas campinas fazendo buracos. Há campinas furadas como ralos.

Na corrida, pega um buraco desses o cavalo – se ajoelha no vento. Roda por cima do pescoço. E frecha de boca na macega o vaqueiro.

– Por isso não dispenso tatu quando acho no campo. Nem guenta faca esse bicho deletério. É ente morredor à toa. Afogou nele um dedo só de aço, estrebuchou. Embolou. Não falou água. Cagou-se persignado; pedindo bênção. É bicho morredor à toa. Sem aras nem arres. E chia fino quando o vaqueiro grosa a vara dele com faca.

Nas águas o tatu desaparece. Entra de ponta no cerrado. Diz-se que caiu na folha. Que folhou. De fato, nas águas todos folham, esses tatus!

Xavier Placer

1916-2008

A HORA DA CRIAÇÃO

A hora da criação é uma hora de amor.

A alma, em êxtase, sobreleva-se a si mesma, e arrebata no arranco todas as faculdades, todas as potências. Brilha a luz nos subterrâneos, a luz explode. É a hora do Espírito.

Mas por uma hora de amor, há muitas horas de dor.

Sopra o simum, apaga-se na areia ardente o desespero do poeta. Desce a treva, emudecem as fontes, e a Musa se ausenta. Longo exílio. É a hora da Vigília.

E ei-lo a errar, entre os homens, no mundo, sob o céu sem astros e a terra inóspita, em triste estado de realidade, o Visionário!

PÁSSAROSURPRESA

Um pássaro, talvez foragido de doméstico viveiro, ganhou a praia na clara manhã.

Na clara manhã, na praia, aqueles que levantavam castelos na areia e os que liam jornais à sombra das barracas e os voluptuosos da ardência perderam o espetáculo.

Súbito, todos os que patinhavam na escassa margem de água até onde dá pé, foram candidatos à posse do pássaro aloucado, que ziguezagueou sobre a cabeça e braços num voo rasante...

E veio.

E veio cair.

E veio cair nas mãos de um namorado, que o entregou sorrindo à namorada, de olhos espantadíssimos.

Lúcio Cardoso

1912-1968

PÁTRIA!

Pátria! Território de lírios gigantes, planície de sombra. Não te reconheço senão pelo amor ao drama. Anoto a pulsação de tua imagem em meu coração e através de enigmáticas ogivas contemplo a tua vindoura transfiguração – além, Pátria, nessa extensão que saúdo como o quartel estival da peste, e onde comando, pelos meus olhos sem limites, a construção de ruínas e terremotos, sob a presença calma dos urubus. Rios circundam as tuas fronteiras e no céu verde e desatado cintila a estrela fecundante do flagelo. É a hora, é a hora do Exterminador.

Lírios de gigantesca sombra.

À crista das revoluções caminha o Exterminador. Por seu intermédio as coisas voltarão ao seu sentido primeiro e fiel, e as palavras designarão de novo as coisas inocentes e terríveis. O poder, a glória e a riqueza serão reinstaurados na sua fórmula exata. E também a vida e a morte. Pois somente a presença do Exterminador agirá como balança, e sua presença assumirá o caráter rubro da justiça. É ele quem comanda o calendário do terror. É ele quem inaugurará solene a época das sevícias – pois o povo o engendrará com amor porque necessita sofrer, e tudo o que no povo é instinto clama pela necessidade do castigo.
O Exterminador é a presença da hecatombe e o augúrio da redenção. As feiticeiras já o fabricam, e rápidas, no escuro das cidades, tecem o seu manto de orgulho e tirania: um dia amanhecerá domingo com estandartes pendentes das janelas. Todos saberão que é a hora e correrão para saudar o príncipe aureolado de sangue.

Il faccio – Perguntam-me como o concebo. Respondo: é fácil. Qualquer coisa infernal que subisse da planta dos pés como uma chama, e abraçasse todo o coração imóvel, tatuando nele, numa chaga, o emblema de ferro da onipotência.

(As armas que empunho, são razões de fuga. O sol, o belo, o bom, o forte, que importa. Que importa o aprendido e o ensinado. Que importa o teto, a paisagem e a vida. Nem mesmo a morte me importa. Além de tudo isto, além de mim e dos outros, existe o sonho dessa chama alta e cor de madrugada. Restitua-me, ó Deus, a esse todo que eu fui – restitua-me a fidelidade a mim mesmo. O terror é o toque de chamada além da selva. Desta vez sou o caçador e a caça: piedade, Senhor, e restitua-me à definitiva paz do ser digladiado e extinto – porque nada sei, e nada sou senão um desenfreado desejo de pureza. Um desejo de amor, meu Deus.)

UMA COLEÇÃO INDIVIDUAL (*POEMA EM PROSA*)[1]

Carla riscou o fósforo e viu: três e meia.

A luminosidade extinguiu-se num bruxuleio infantil, e as sombras retomaram com desgosto a tarefa de cobrir as coisas.

Mas em Carla, aquele fósforo acendeu de vez algo impreciso e incerto que ela tinha dentro. A moça puxou as cobertas contra si, apertando-as no sexo: uma lúbrica lassidão frouxou-lhe os músculos, e Carla relaxou-se lentamente, hesitantemente.

O escuro era forte; e Carla pensou se a noite nunca se acabaria. Lá fora, pela janela rachada, ela adivinhava um vento finíssimo e cúmplice, uma harmonia serena e, por certo, dolorosa.

Cruzou os braços atrás da cabeça farta, e deixou que os seios apontassem sob os lençóis como duas vozes vigilantes; Carla resolveu decifrar-se.

Mas como?

Por quê?

Para quê?

Que besteira! decifrar-se aos quinze anos...

Nem vivera para tanto...

E Carla fingiu dormir.

❋

1. Conforme manuscrito original.

Não.

Não dava certo: não podia dormir.

Outro fósforo: dez para as quatro. Dessa vez, o fósforo cuspiu um fogacho lúcido e Carla reparou no vidro quebrado do relógio. Depressa soprou a luzinha; e intimamente horrorizou-se do que iria ouvir de manhã, da mãe.

Seu pensamento voltou-se em ângulos sobre o relojoeiro: fizesse um vidro decente! só uma pancadinha..., e pronto – quebrado!

Carla encolheu o corpo todo, e afagou o travesseiro com a cabeça farta: era bom sentir o calor amigo, e aquela maciez. Um sorriso dilatou-lhe os lábios quentes e sensualíssimos; – mas o vidro quebrado...

Oh, Deus! que praga!

Se o relojoeiro estivesse ali ouviria muita coisa.

✵

Apesar de tudo, aos poucos Carla sentiu uma trepidante ternura subindo em si. E cedo descobriu que era para o relojoeiro, aquele homem desconhecido que fizera um objeto onde ela pudesse ver as horas em noites cúbicas, lúbricas.

Um sentir estranho poliu determinados pontos de si mesma, e Carla estremecia ao vê-los despontar incoercíveis e poderosos: os outros, os que fazem os bastidores da vida, estes que constroem e se apagam, tal a luz que contempla a retirada de carvão de mina, e morre num desmoronamento, enquanto o diamante cintila...

A voz que Carla gerava era monumental; era mais que uma autorrevelação; era a criação de um mundo novo.

A febre delirava o corpo de Carla em largas descargas de amor, amor profundo e claro pelos homens ignorados que ela tinha em si própria: o padeiro, o açougueiro, o dentista, o condutor, e todas as demais partes daquela parte maravilhosa, agora surgida para a luz das compreensões internas.

Carla colecionou-os mansamente; a todos deu alguma coisa de sua: aquele amor tracejante, o corpo.

Carla entregou-se àquelas memórias, velhas de poucos segundos, e altas, de infinitos dias e noites.

O amor transfigurou Carla. A grande coletividade desprezada vingava-se acerbamente na moça; ela sofria em silêncio, suportando as posses brutais e sem réplica, desmoleculadoras da noção de "realidade".

Carla sacrifica-se por alguma coisa muito imprecisa e incerta, esboçante apenas; a única claridade eram os rostos único[s] dos homens emergentes no seu cérebro jovem.

Amava-os, amava, a eles, e com eles; por eles, para eles. Sabia que o quarto estava cheio deles: que lhe apalpavam as coxas febris, o sexo violento, os seios duros e decididos. E espolinhava-se, docemente vencida pelas lembranças distantes.

Eles não a possuíam; mas ela os fazia possuí-la, ali, longe deles, sozinha.

Covardia?

E Carla contentou-se com "talvez..."

*

Os homens diminuíam e desertavam do quarto de Carla, sorrateiramente.

A moça dormira, enfim.

As mãos, em concha sobre o sexo, pareciam apertar ainda uma das memórias.

O vento murmurava na fresta da janela, e breves dourados dançavam no ar. A noite se ia afastando gradualmente, e com ela a coleção infindável dos desamparados, que amaram o corpo e a alma de Carla uma noite.

As lufadas penosamente entoavam como que um dobre; a aurora expulsara os cânticos dos esquecidos, e cobria o corpo de Carla em cores irônicas.

O último soluço da brisa vibrou tal desolado adeus dos que recaíam nas areias movediças da desigualdade.

Mário Quintana

1906-1994

TEMPO PERDIDO

Havia um tempo de cadeiras na calçada. Era um tempo em que havia mais estrelas. Tempo em que as crianças brincavam sob a claraboia da lua. E o cachorro da casa era um grande personagem. E também o relógio de parede! Ele não media o tempo simplesmente: ele meditava o tempo.

O APANHADOR DE POEMAS

Um poema sempre me pareceu algo assim como um pássaro engaiolado... E que, para apanhá-lo vivo, era preciso um cuidado infinito. Um poema não se pega a tiro. Nem a laço. Nem a grito. Não, o grito é o que mais o espanta. Um poema, é preciso esperá-lo com paciência e silenciosamente como um gato. É preciso que lhe armemos ciladas: com rimas, que são o seu alpiste; há poemas que só se deixam apanhar com isto. Outros que só ficam presos atrás das catorze grades de um soneto. É preciso esperá-lo com assonâncias e aliterações, para que ele cante. É preciso recebê-lo com ritmo, para que ele comece a dançar. E há os poemas livres, imprevisíveis. Para esses é preciso inventar, na hora, armadilhas imprevistas.

TABLEAU!

Nunca se deve deixar um defunto sozinho. Ou, se o fizermos, é recomendável tossir discretamente antes de entrar de novo na sala. Uma noite em que eu estava a sós com uma dessas desconcertantes criaturas, acabei aborrecendo-me (pudera!) e fui beber qualquer coisa no bar mais próximo. Pois nem queira saber... Quando voltei, quando entrei inopinadamente na sala, estava ele sentado no caixão, comendo sofregamente uma das quatro velas que o ladeavam. E só Deus sabe o constrangimento em que nos vimos os dois, os nossos míseros gestos de desculpa e os sorrisos amarelos que trocamos...

Augusto Meyer

1902-1970

METAPATAFÍSICA

Lucidez da manhã, quando as ideias voam com asas de luz e não pousam:

Toda ideia que pousa, morreu. No momento em que ela fechar as asas, minha sombra descerá sobre mim. Toda ideia que voa, vive. Toda ideia que eu agarro é um punhado de cinza.

E a palavra bonita murchou no papel; que era mesmo que ela queria dizer?

Quando paro, agonizo. Meu destino é andar. Alegria! os caminhos não têm destino, eles levam à alegria de andar.

Onde digo *digo*, digo que não digo *digo*, digo que digo: *diria*.

Que seria de mim se eu achasse o Caminho? Os doutores sutilíssimos traçaram roteiros. Mas sempre chegavam a um novo caminho. Então aconselharam que a gente usasse antolhos como os jumentados, porque os antolhos ensinam a não ver os atalhos. Mas nem por isso destruíram os atalhos.

Dês que o meu olhar aprendeu a ver, perdi o preconceito das estradas reais. Elas levam ao sossego mole, à paz dominical, e o que eu não quero é a paz dominical.

Toda certeza faz engordar. E um caminhante não deve engordar.

Eu te ensinarei a não acreditar: compreenderás então por que existe alegria no mundo, por que as águas correm, os homens morrem e as folhas caem.

Pensa nas vidas que vão nascer.

Pensa na canção das dores futuras.

Onde estamos nós dois daqui a cem anos?

Cantarão os galos: viva o sol!

O OUTRO

O homem opaco está caminhando na sombra. A rua úmida reflete o sono dos lampiões, e a cada passo um reflexo foge no calçamento molhado e volta um novo reflexo, monotonamente. Como os amores que morrem e se repetem, como as ideias, como tudo. Casas trancadas de arrabalde são as testemunhas mudas do minuto, gatos flexíveis na escuridão, com patas de veludo, a aberta fresca de um jardim saturado de chuva primaveril abre o regaço caricioso, hálito da seiva na noite. O homem passa.

Ao pé dos focos de iluminação, a sombra do homem espicha-se, comprida, interminável, com pernas fantásticas de pau, até tocar no outro lado da calçada e trepar na parede. Mas não vê o delírio da própria sombra, vê só as outras sombras que moram na memória...

Mil e um vultos do passado chegam na ponta dos pés e se debruçam com a malícia do mistério sobre o seu ombro. Vem deles um aviso de morte, um olá! indecifrável. E pesam tanto que, para aliviar a carga, o homem suspira, como um doente muda de posição na cama, removendo o peso da febre.

Nuvens de breu pesavam, tão baixas, que o vulto ficou mais corcunda. Os passos acordavam passos na calçada. A chuva engrossou, desabafo largo, refrigerante. Ploc-plac e o roçagar do impermeável. Depois, a chave na porta, a subida na escada escura, como um ladrão prudente.

O indicador no botão da luz premiu a claridade. Tirando o paletó, destramando o nó da gravata, foi até o espelho.

Do outro lado, no lago emoldurado, o mesmo Outro, que era e não era ele mesmo...

DISCURSO DA MOSCA

Me declaro mosca. Vou voando, vou voando, vou voando de cá pra lá, de lá pra cá, sem rumo nem moral. Sem moral propriamente não, porque nós, as moscas...

A Mosca Toda-Poderosa criou o mundo especialmente para as moscas. Não se pode conceber tanto mosquedo sem uma causa final, embora a escola do empirismo, representada pelas varejeiras, procure demonstrar que para o nosso conhecimento científico essa hipótese não tem nenhuma importância. Tenha ou não, o mundo foi feito para as moscas. A Grande Mosca ordenou: crescei e multiplicai-vos. Por isso, entre duas voltas no ar, fazemos rapidamente o amor, sem maior sentimentalismo. A Grande Mosca botou no mundo uma porção de *delikatessen* para a gente se fartar: podridões requintadas, detritos finos, caviar da sujeira, e até mesmo certos depósitos fumegantes alinhados em grandes retângulos brancos, em torno dos quais se reúnem montanhas perigosas, dotadas de movimento. Essas montanhas são o Demônio. Às vezes dão para envenenar o ar com matérias infectas, que provocam sufocação. Ou então desabam sobre a gente, com fúria mosquicida: paf! É uma pena que haja esses Demônios, pois nada se compara à delícia de roubar os seus alimentos.

Movendo as patinhas ágeis em qualquer plano, vou sugando com a tromba sutil os restos que eles deixam. Caminho, levanto o voo, caminho de novo. Depois paro, esfrego as patas, limpo as asas. Ou então, fico a passear no ar, de cá pra lá, de lá pra cá.

No Paraíso Mosquino as moscas serão inteiramente livres. As Montanhas Diabólicas serão castigadas com o mesmo veneno que atiram contra nós. E ficaremos eternamente passeando por cima de campos infinitos de açúcar, e a nossa volúpia será perfeita, e a nossa vingança não terá mais fim...

PRAÇA DO PARAÍSO

Foi na Praça do Paraíso, um dia.

O riso andava no ar, andorinha. Entre os canteiros verdes, vagabundos mamavam a bem-aventurança do sétimo sono, à sombra maternal dos guardas. Havia um carrinho de mão para divertimento dos profetas arrependidos. E um enorme cartaz proibia a saída.

A mesa estava posta, o vinho servido. As janelas do hospital, espiando entre as árvores, refletiam o sol das outras tardes, sempre iguais, e um grito mais agudo subiu para o azul como a pandorga do morro.

As ilusões do bom tempo miravam-se à beira do lago, nem turvar o calmo espelho com o sangue das suas feridas. Largava-se o nome à entrada e os pés nem marcavam na areia.

Foi lá que eu deixei enterrado o segredo das horas que voltam, a um canto humilde da praça, com a cor, o som, o gosto, o mistério e a tortura da evocação.

Carlos Drummond de Andrade

1902-1987

QUINTANA'S BAR

Num bar fechado há muitos, muitos anos, e cujas portas de aço bruscamente se descerram, encontro, que eu nunca vira, o poeta Mário Quintana.

Tão simples reconhecê-lo, toda identificação é vã. O poeta levanta seu corpo. Levanto o meu. Em algum lugar – coxilha? montanha? vai rorejando a manhã.

Na total desincorporação das coisas antigas, perdura um elemento mágico: estrela-do-mar – ou Aldebarã?, tamanquinhos, menina correndo com o arco. E corre com pés de lá.

Falando em voz baixa nos entendemos, eu de olhos cúmplices, ele com seu talismã. Assim me fascinavam outrora as feitiçarias da preta, na cozinha de picumã.

Na conspiração da madrugada, erra solitário – dissolve-se o bar – o poeta Quintana. Seu olhar devassa o nevoeiro, cada vez mais densa é a bruma de antanho.

Uma teia se tecendo, e sem trabalho de aranha. Falo de amigos que envelheceram ou que sumiram na semente de avelã.

Agora voamos sobre tetos, à garupa da bruxa estranha. Para iludir a fome, que não temos, pintamos uma romã.

E já os homens sem província, despeta-la-se a flor aldeã. O poeta aponta-me casas: a de Rimbaud, a de Blake, e a gruta camoniana.

As amadas do poeta, lá embaixo, na curva do rio, ordenam-se em lenta pavana, e uma a uma, gotas ácidas, desaparecem no poema. É há tantos anos, será ontem, foi amanhã? Signos criptográficos ficam gravados no céu eterno – ou na mesa de um bar abolido, enquanto, debruçado sobre o mármore, silenciosamente viaja o poeta Mário Quintana.

DECLARAÇÃO DE AMOR

Minha flor minha flor minha flor. Minha prímula meu pelargônio meu gladíolo meu botão-de-ouro. Minha peônia. Minha cinerária minha calêndula minha boca-de-leão. Minha gérbera. Minha clívia. Meu cimbídio. Flor flor flor. Floramarílis. Floranêmona. Florazálea. Clematite minha. Catleia delfínio estrelítzia. Minha hortensegerânea. Ah, meu nenúfar. Rododendro e crisântemo e junquilho meus. Meu ciclâmen. Macieira-minha-do-japão. Calceolária minha. Daliabegônia minha. Forsitiaíris tuliparrosa minhas. Violeta... Amor-mais-que-perfeito. Minha urze. Meu cravo-pessoal-de-defunto. Minha corola sem cor e nome no chão de minha morte.

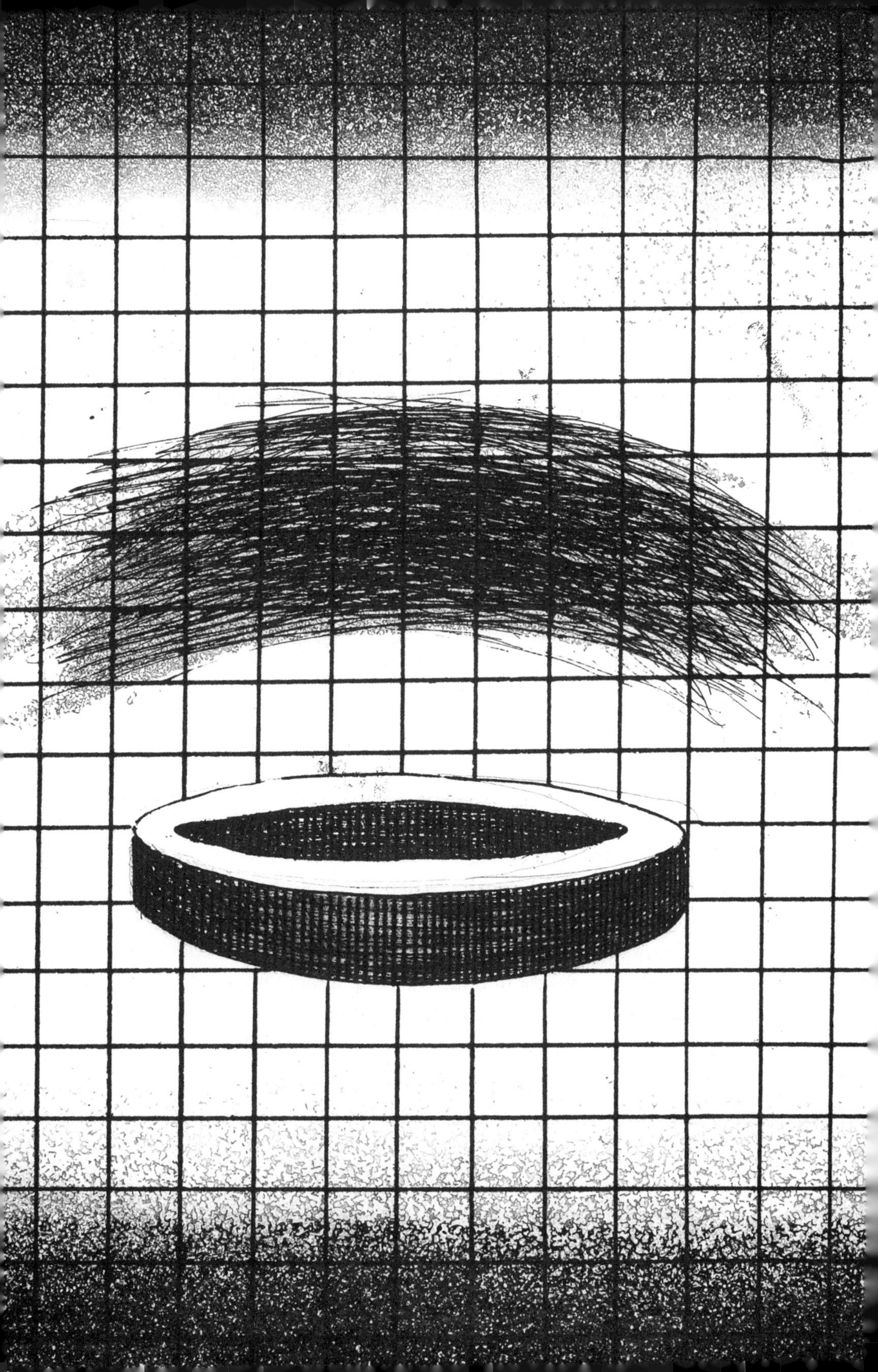

Murilo Mendes

1901-1975

PAR ÍMPAR

Encostados à grande muralha de pedra – que esperamos nós dois? Eu sei que não acabo em ti – tu sabes que não acabas em mim. Já nos destruímos mesmo antes de nos conhecermos. Já tínhamos vivido algumas vidas. Nossas biografias perdem-se na órbita do infinito.

Resta ainda uma chama nos nossos olhos. Descanso o braço no teu ombro. Parece que existimos há séculos. Somos contemporâneos do primeiro homem, da primeira carícia, da primeira revolta, do primeiro desânimo, do primeiro peixe, do primeiro navio, da primeira constelação. Nossa maior vontade é nos identificarmos com esta muralha de pedra.

Nada mais acontecerá.

O POETA, A MUSA E A NOITE

A noite foi feita para se vigiar e se contemplar. Assim eu vigio e contemplo. Sou uma sentinela espiritual de Berenice, que não dorme também na sua casa distante. Ela pensa em si mesma, no passado, na sua angústia, no fim das coisas, – em Deus que a criou e não a pode abandonar – e no qual ela tem a vida, o movimento e o ser. Eu a cerco com uma cadeia de orações, eu me uno à sua tristeza e peço a Deus que faça recair sobre mim um pouco dos sofrimentos que lhe não são destinados.

A lua, a pedra e o mar presidem continuamente a todas as transformações, revoltas e desordens. São os mesmos desde o princípio dos tempos. Atravessam sem se comover os ciclos das gerações. Têm uma afinidade inquietante com o divino e com a musa.

A noite faz o homem voltar lentamente para os enigmas de Deus, para o ilimitado. A noite é a esfinge, o oráculo, o sonho, a majestade, a profecia, a volúpia. A noite é nupcial, virginal e maternal. A noite assiste à gestação de todos os poemas. A noite assiste às bodas do homem com a eterna, volúvel e universal Mulher. A noite é a confidência, o desligamento do universo de Satã. Através do tempo e do espaço comungo com todos os seres vivos, mortos e por nascer. Minha alma rompe a camada hereditária, voa na órbita dos planetas e gravita em torno da Imaculada Conceição!

PERMANÊNCIA

Morrerei. Uma parte do meu corpo se transformará em água. Correrei pela cidade, entrarei nos encanamentos, descerei pelo teu chuveiro. Tu te esfregarás em mim, misturando-me com teu perfume. Circularei nas tuas entranhas.

A outra parte será mudada em semente, em árvore, em papel, rodará nas máquinas tipográficas que imprimirão os poemas que escrevi em teu louvor. Teu hálito aquecerá as pobres palavras. Tu me ouvirás, me lerás – e eu te lerei. Tu me lerás em mim.

Desligado do tempo, dispersado no espaço, nascerei para os que ainda vão nascer. Começarei em ti, nos poetas que te glorificam em mim e me glorificam em ti. Existirei para teus filhos, para teus netos e os netos de teus netos. Seremos uma só biografia escrita no sem princípio e sem fim da Grande Unidade.

O OVO

O ovo é um monumento fechado, automonumento; plano-piloto, realizado agora, do germe inicial da criação.

A exemplo da torre de Pisa, o ovo não costuma sustentar-se em pé. Ninguém ignora que a torre gosta de emigrar durante a noite. De resto, ela subsiste somente porque amparada por uma pena num quadro de René Magritte.

O mesmo pintor em outro quadro *Les vacances de Hegel* mostra um guarda-chuva aberto: em cima pousa um copo contendo um líquido. Evidentemente todos os observadores sofrem uma ilusão de óptica, trocando o copo por um ovo, de resto mais vizinho ao pensamento do filósofo.

O ovo, objeto concreto de alto coturno, caríssimo, quase inacessível: diamante do pobre.

❋

No meu tempo de infância, indo a noite alta a dois metros, eu já não ouvia mais o tique-taque do relógio; antes, o pulsar do ovo na sua gema, nunca sua clara

Num tempo ainda mais recuado eu tinha medo do ovo. O medo: confere-nos uma téssera de identidade, fazendo-nos enfrentar algo de real, o próprio medo. O medo é o ovo da aventura posterior.

Dante Milano

1899-1991

NOTURNO

Abstrato, sentado num banco de jardim público.

Depois de muito pensar em nada, levantei-me meio sonhando e comecei a andar à toa. Cheguei até o cais. Entrevi uma mancha negra, imensa, fresca: me deu vontade de dormir no mar.

Desci por um vão da amurada e senti a água nos pés. Molhei as mãos na espuma e lavei a testa. Ó água boa que alivia o espírito cansado. Deitei-me em cima de umas pedras e me senti quase morto de tão feliz. Ali se acabou para mim roda a paisagem.

Não me recordo se o céu estava cheio de estrelas. Nem saberia contar o mistério das águas, o que as ondas segredam, o carinho da espuma em meus pés, a água vagarosa em meu peito, o contato nunca antes sentido de um puro amor, maior que o de qualquer mulher.

✵

(Movimento imitado do mar)

Nada mais amoroso que a onda lenta ou violenta, atirando-se em cima do rochedo, ora em queixumes, súplicas e ais, ora em espasmos, cóleras, bramidos...

Vinde, mulheres, aprender com as ondas a envolver nos braços, a cobrir com os lábios, os seios, os cabelos, a rolar em lágrimas e a amar sem medo...

SENTADO NUMA PEDRA

Sentado numa pedra, principio a sonhar.

Olho em volta a paisagem inútil. A noite, como sempre, triste mas serena. Um céu longínquo, indiferente, inumano. E a terra com a sua dureza. Casas de pedra, grades de ferro, calçadas de pedra. Árvores crescendo entre pedras. E o mar batendo nas pedras.

Tirando as faces, as mãos, não há senão caírem as lágrimas nas pedras.

Sentado numa pedra, principio a pensar.

Raul Bopp

1898-1984

"PADRE-NOSSO" BRASILEIRO

Olé Deus brasileiro, Deus de casa. Venha nos ajudar com a sua graça. Deixe o outro Deus metido em Roma (O que assusta as criancinhas que não rezam de noite, ocupado com a arrecadação de Padre-nossos). Fique aqui com a gente. O Brasil anda ruinzinho. Por favor, nos acuda (senão isso não vai). Precisamos de mágica. Queremos macumba. Feitiçaria. Qualquer coisa serve. Dê um jeito de perdoar as nossas dívidas (de imposto de renda, taxas de consumo. O preço das coisas não para. Imagine: cafezinho a 25 cruzeiros!). Não deixe o Brasil cair de novo em tentação e corrupção (desfalques na Caixa Econômica, Institutos de Aposentadoria e outras coisas). O feijão-preto de cada dia dê-nos hoje (feijão com charque, arroz, média-pão-com-manteiga). Queremos renovar os nossos entusiasmos. Ter de novo um Brasil cheio de ternura, com embalos de rede e cata-piolhos: essa "Negra Fulô"; um Brasil que se diverte nas ruas com o "Bumba meu boi"; Brasil do Ascenso Ferreiro: "Hora de trabalhar? Pernas pro ar". Amém.

Sérgio Milliet

1898-1966

FUGIR EM VOO RASTEIRO

Fugir em voo rasteiro – perdiz, codorna – não te seduza. Mais vale a morte de lobo, quando os exegetas do tormento alheio te acuarem.

Se tens pão, dá-lhes. Se tens vinho, oferece-o. Porém preserva o espírito, a alma, de toda presença importuna. Hão de fartar-se assim, e menos do que nunca compreender.

Não poderás evitar os corvos que pululam esfaimados. Deixa-lhes a carne putrescível, pois é na poeira dos ossos que te aposentarás.

SAUDADE

Todas as manhãs espio pela janela a árvore da esquina na esperança de ver surgir a primavera. Essa luz de Paris, bem sabeis que faz cantar a pedra medieval e põe molezas no voo das pombas.

No entanto, madura cidade de meus amores, eu te contemplo agora sem enlevo. Não te sou infiel nem me seduzem graças mais frágeis.

Apenas sonho com a renúncia que acena lá da praia o verde duro do meu país, onde o sol, desde cedo, incendeia os arranha-céus ante os olhos ofuscados do imigrante.

Aníbal Machado

1894-1964

O DESEMBARQUE DO POEMA

Umas não sabem a que vieram. Outras procuram o apoio de uma frase familiar após o celibato no silêncio. Erguem-se outras em curtos voos de ensaio na transparência do espaço.

Cada palavra não diz logo o que pode, mas espera. Espera o momento. Suspeitam, todas, que vieram para alguma coisa, mas falta ainda o plano. Esta vive da memória de algum poema do qual se desgarrou; aquela parece virgem de qualquer aventura e tem pressa de servir.

Vão adejando na claridade... Distribuem-se em desordem pelo espaço mental. Algumas pousam na pedra do cais e – objetos usados – ali se deixam ficar ao sol.

Olham-se. Olham para a paisagem. As que andavam juntas retomam sua autonomia, não mais voltarão a reunir-se à criação desfeita.

Se tentam agarrá-las para nova vida comum, esquivam-se, prometidas a próximas alquimias.

Estão soltas, em férias. Nada significam ainda. E enquanto esperam ser chamadas ao silêncio do poema, adejam livres na luz de limbo, anteriores ao mistério que ainda vão gerar.

O DIREITO AO DIA SEGUINTE

Se durante o repouso de cada noite não se erguer a barragem contra a véspera infeliz, é porque o sono foi defeituoso.

A noite profundamente dormida reinocenta as criaturas e corta-lhes a ponte com o passado imediato.

Neguemos às imagens molestas de ontem o privilégio de serem as primeiras a nos assaltar pela madrugada. É uma usurpação ao nosso direito de esquecer.

O HOMEM INACABADO

A metade que parecia dele ficou a esperar a outra, que se forjava na cidade dividida.

Não conseguia juntá-las.

E se julgava sem culpa: crescera como planta num cruzamento perigoso: o de sombras e fantasmas que desciam da alta solidão com as correntes contraditórias que sopravam da vida.

DISCURSO PATÉTICO A UM HOMEM QUE ENVELHECE

Tomas do calendário e verificas a idade.

Alguns fios de cabelo a menos pouco importam. E um dente pode ser trocado.

Mas, e essas descidas frequentes em ti mesmo, esse avizinhar-se de zonas frias, essa aborrecida direção aos ossos?...

Outrora matavas o tempo, agora o tempo te mata.

Já te estão chamando à Confederação dos Tranquilos. Lá gozarás o triste direito de recordar.

Tu te negas porém à imitação das ruínas.

Morreram-te irmãos e companheiros. Tua solidão já está sem margens onde aportares. Mas ainda tens fome de amor. Só que a moça desejada não vem mais...

E como é frio sem ela o banho no rio!

Ó perempção da carne, porta de ascese! – exclamas. Donde a cruel metamorfose? Do mundo ou dos testículos?

Homem, não te preocupes com o sono do caranguejo: cada vez que à tua janela brilha o sol, uma paisagem se inaugura para os outros; cada vez que nasce uma criança em teu quarteirão, um tempo novo começa a correr para alguém.

Jorge De Lima

1893-1953

ZEFA LAVADEIRA

Uma trouxa de roupa é um mundo animado de anáguas, de corpinhos, de fronhas, de lençóis e toalhas servis; em resumo: dos homens e suas preocupações.

E qual é a maior força desse mundo? Onde o segredo das suas atividades?

– Olha o amor, Zefa, – olha os lençóis – torna-nos semelhantes aos deuses, faz vibrar em nós o poema dos plasmas que neles se geraram. Por eles, retrocedendo pelo caminho de certas memórias obscuras, voltamos às Formas primeiras, às Energias inteligentes.

E desfazendo aquela trouxa de roupa com o desembaraço de Jeová, compondo e recompondo um caos, mostra-me peça por peça, todas aquelas forças mencionadas, lodos genésicos, ou salivas do Espírito que adejou sobre as águas.

Mas Zefa deu um muxoxo, arrepanhando as fraldas, arrastando os pés. Zefa não tinha antenas para a torrente declamatória interior de minha juventude em dias de convalescença.

Pela vereda que vinha do rio, surgiu cantarolando uma cafuza nova, com o pote à cabeça, o braço direito erguido, segurando a rodilha.

E senti-a em tudo, – na algazarra dos ramos, na toada das águas despenhadas, nos vegetais variegados como arraiais, no tumulto dos seres que sofrem, amam e se perpetuam correndo a vida.

Josefa – lavadeira, porque se julga a sós, vai despindo as belezas selvagens de ninfa cafuza.

No remanso em que bate a roupa, há bambus e ingazeiros pelas margens. Josefa entra o caudal até as coxas morenas, a camisa arregaçada, o cabeção de crochê impelido pelos seios duros, tostados de soalheiras.

O braço valente arroja o pano contra a pedra de bater, e a axila cobre-se e descobre-se, piscando a tentação de arrochos e rendições cheias de saciedades. Aqui, toda lavadeira de roupa é boa cantadeira. A cantiga é uma corruptela de velhas toadas num tom langoroso, alimentado de sofreguidões, de desejos incontidos, e de lamentações incorrespondidas.

Depois de lavar a roupa dos outros, Zefa lava a roupa que a cobre no momento. Depois, deixa-a corando sobre o capim. Então Zefa lavadeira ensaboa o seu próprio corpo, vestido do manto de pele negra com que nasceu. Outras Zefas, outras negras vêm lavar-se no rio. Eu estou ouvindo tudo, eu estou enxergando tudo. Eu estou relembrando a minha infância. A água, levada nas cuias, começa o ensaboamento; desce em regatos de espuma pelo dorso, e some-se entre as nádegas rijas. As negras aparam a espuma grossa, com as mãos em concha, esmagam-na contra os seios pontudos, transportam-na, com agilidade de símios, para os sovacos, para os flancos; quando a pasta branca de sabão se despenha pelas coxas, as mãos côncavas esperam a fugidia espuma nas pernas, para conduzi-la aos sexos em que a África parece dormir o sono temeroso de Cam.

PRA DONDE QUE VOCÊ ME LEVA

Julião se apoderou da melodia às 10 horas da noite em pleno *jazz*. O tema é só pretexto porque o mágico Julião – transformou o saxofone e está transformando a gente. Tudo é ritmo binário como as pernas, os braços, os olhos, os dois corações de Julião. Então o ritmo e a melodia principiaram deveras organizando um chulear de batuque e canto rotundo de cortar coração. No cume da voz está Gêge – filha de Ogum deitada se balançando; nas outras partes sonoras há outros deuses aquentando uns aos outros. Nisso o canto esguicha do saxofone como um repuxo vermelho. Julião dobra o saxofone na pança confundindo-o com o esôfago, os olhos esbugalhados, a alma inocente subindo a Escada de Jacó para dentro de Deus. Julião treme recebendo intuições, amolengando entre uma nota e outra o feitiço pendurado no pescoço.

Pulam de dentro do escuro do saxofone mucamas lindíssimas para cada um dos fulanos, porém o poder da música é tão lavado e tão branco, é tão estrela-d'alva que as ditas nem se atrevem a se amulherar com eles. Julião está reluzente que nem esfregado com óleo de andiroba, cada vez mais requebrado, mais impoluto e transparente, as teclas fechando as válvulas de seu corpo banzeiro, o canto se espraiando unânime, parece que tem carajuru na face, o funil do parelho está espraiado como sua boca branca, um estenderete só.

Ciscar no murundu!

Chupar caxundé!

Farrambambear por esse mundo!

Mulatear pelas senzalas brancas!

Mocar com a ocaia dos outros!

Tudo isso eram gritos sinceros, mas sem maldade, porque tudo estava peneirado, sessado pela água amandigada da música.

Pra donde que você me leva, poesia-uma-só? Pra donde que você me leva, mãe-d'água de uma só cacimba, Janaína de um só mar, Pedra-Pemba de um só altar?

O GRANDE DESASTRE AÉREO DE ONTEM

Para Portinari

Vejo sangue no ar, vejo o piloto que levava uma flor para a noiva, abraçado com a hélice. E o violinista em que a morte acentuou a palidez, despenhar-se com sua cabeleira negra e seu estradivário. Há mãos e pernas de dançarinas arremessadas na explosão. Corpos irreconhecíveis identificados pelo Grande Reconhecedor. Vejo sangue no ar, vejo chuva de sangue caindo nas nuvens batizadas pelo sangue dos poetas mártires. Vejo a nadadora belíssima, no seu último salto de banhista, mais rápida porque vem sem vida. Vejo três meninas caindo rápidas, enfunadas, como se dançassem ainda. E vejo a louca abraçada ao ramalhete de rosas que ela pensou ser o paraquedas, e a prima-dona com a longa cauda de lantejoulas riscando o céu como um cometa. E o sino que ia para uma capela do oeste, vir dobrando finados pelos pobres mortos. Presumo que a moça adormecida na cabine ainda vem dormindo, tão tranquila e cega! Ó amigos, o paralítico vem com extrema rapidez, vem como uma estrela cadente, vem com as pernas do vento. Chove sangue sobre as nuvens de Deus. E há poetas míopes que pensam que é o arrebol.

Mário de Andrade

1893-1945

A MENINA E A CANTIGA

... trarilarara... trarila...

A meninota esganiçada magriça com a saia voejando por cima dos joelhos em nó vinha meia dançando cantando no crepúsculo escuro. Batia compasso com a varinha na poeira da calçada.

... trarilarara... trarila...

De repente voltou-se pra negra velha que vinha trôpega atrás, enorme trouxa de roupas na cabeça:

– Qué mi dá, vó?

– Naão.

...trarilarara... trarila...

Oswald de Andrade

1890-1954

FALAÇÃO

O Cabralismo. A civilização dos donatários. A Querência e a Exportação.

O Carnaval. O Sertão e a Favela. Pau-Brasil. Bárbaro e nosso.

A formação étnica rica. A riqueza vegetal. O minério. A cozinha. O vatapá, o ouro e a dança.

Toda a história da Penetração e a história comercial da América. Pau-Brasil.

Conta a fatalidade do primeiro branco aportado e dominando diplomaticamente as selvas selvagens. Citando Virgílio para tupiniquins. O bacharel.

País de dores anônimas. De doutores anônimos. Sociedade de náufragos eruditos.

Donde a nunca exportação de poesia. A poesia emaranhada na cultura. Nos cipós das metrificações.

Século XX. Um estouro nos aprendimentos. Os homens que sabiam tudo se deformaram como babéis de borracha. Rebentaram de enciclopedismo.

A poesia para os poetas. Alegria da ignorância que descobre. Pedr'Álvares.

Uma sugestão de Blaise Cendrars: – Tendes as locomotivas cheias, ides partir. Um negro gira a manivela do desvio rotativo em que estais. O menor descuido vos fará partir na direção oposta ao vosso destino.

Contra o gabinetismo, a palmilhação dos climas.

A língua sem arcaísmos. Sem erudição. Natural e neológica. A contribuição milionária de todos os erros.

Passara-se do naturalismo à pirogravura doméstica e à kodak excursionista.

Todas as meninas prendadas. Virtuoses de piano de manivela.

As procissões saíram do bojo das fábricas.

Foi preciso desmanchar. A deformação através do impressionismo e do símbolo. O lirismo em folha. A apresentação dos materiais.

A coincidência da primeira construção brasileira no movimento de reconstrução geral. Poesia Pau-Brasil.

Contra a argúcia naturalista, a síntese. Contra a cópia, a invenção e a surpresa.

Uma perspectiva de outra ordem que a visual. O correspondente ao milagre físico em arte. Estrelas fechadas nos negativos fotográficos.

E a sábia preguiça solar. A reza. A energia silenciosa. A hospitalidade.

Bárbaros, pitorescos e crédulos. Pau-Brasil. A floresta e a escola. A cozinha, o minério e a dança. A vegetação. Pau-Brasil.

Pedro Kilkerry

1885-1917

NOTAS TRÊMULAS

(Do Diário Antigo)

Quem vai aí, de magreza, talhando espaços de sombra como uma faca, em talhos negros, silenciosos, golpeadas que me percutem longínquas o nervo auditivo, – basta-me um só olhar por que te julgue ou de logo desgraçado ou de logo além de qualquer felicidade humanamente bípede.

Não. És uma alta sensibilidade.

Tu, que aí vens sonambulicamente, – moves a feição de quem foge um reinado a findar, trono que se esboroa, apodrece a dinamites o gelo, balas de gelo!

Corta, corta a tua sombra, silenciosamente...

E vem, acorda, dá-me a tua mão, branca e magra, como devem de ser os teus soluços no ébano das longas noites de nostalgia infinita.

Assim, continua sem palavra que soe, mas pendula com a cabeça afirmações ou negativas.

Não tens moeda azebrosa que te pese no bolso murcho e, não o sabes, a tua mudez é uma página em lápis-lazúli vivo, para muito ouro, mas também retraçada de hieróglifos em fogo sangrento, página que havia queimar todas as curiosidades psicológicas nos olhos dos cabeludos sábios do velho mundo...

Página quente! Se mais de interpretar, se mais esfriada!

Ah! deixa-m'a ler à distância; a minha visualidade é relativamente perfeita.

De não sei quem foste, a cuja passagem se curvaram os homens em respeito emocionado, tornaste em estrangulador caprichoso de mulheres que lembram ânsias de neve, seios em desejo que pula, coroadas de beijos luminosos de um sol meridiano.

De que terra é que vens, por tal crime, e de que tempo?

E o assassino e o andrajoso era uma vibração nervosa por todo o corpo, as pálpebras bateram-lhe um pestanejo de luz molhada e o sal de uma grossa lágrima picou-lhe a tremura seca dos lábios.

Deixei-o calmar e prossegui:

De algum destrono surdo, vieste com elas, chorosas e virgens, apertando nos braços, de uma branca ilusão de marfim polido, o coração.

E o assassino: – O coração!...

Cortei-lhe o eco a esfumar-se:

Era, não te aproximes agora, um ritmo que lhes sacudia a aérea arquitetura, numa verde alucinação as roupas verdes voando, os olhos verdes luzindo para a tu'alma irradiosa, arredia, vagabunda.

E o assassino e o andrajoso, o que vinha a fugir um reinado a findar, estarrecera-se. Depois, num impulso assustado de pássaro, num trêmito balbuciante:

– Não, que eu não fiz isso. Às vezes sonho assim: e, certo, não sou um estrangulador. Podem prender-me pelas que afogo nas tremulinas do meu amargo pranto...

E é vê-las lutando por viverem ainda, olhos sideralmente verdes para estrelas piscando-lhes os olhos.

Mas ninguém as vê senão eu.

E soluçava. Tendi a abraçá-lo, porque o assassino, o andrajoso talvez era um grande poeta.

Ele, porém, se foi, num arranco, a pisar uma poça de lua, encharcando-se de lua, numa abalada de corpo fino, longo, tísico.

Ah! corta, corta, silenciosamente, o luar...

Não, não tens o pudor das que não amam, oh sempre renovada e moça!

Assim, quero-te embalada em tua própria vibração sinfônica.

Minh'alma, em palpos de ouro, anseia, procura o veludo sonoro de tua carne. E, no horizonte concentrado, a curva do teu seio emerge palpitante de maternidade e a tua cabeça parece que no céu está coroada de rosas.

Oh! Natureza! Oh! Natureza!

A luz amolece em ondas flavas, amacia, ao flutuo dos teus contornos.

Desoberada de um egoísmo esférico, de ventres graves, em plena nueza das negras roupas a que se ensombram ainda as cidades modernas e ruas tonteando de um afã numerário, – a meus olhos sedentos de ti, pareces imponderável como um sonho de robusteza, impalpável ao modo de uma refração, de raios altos.

E farta e rústica, pingando a tua vitalidade como pérolas, amojada como úberes, assombrosamente una nas tuas maravilhas repetidas – só e a minha alegria silenciosa que leva na fronte a mais lunária das grinaldas – ouço-te, vejo-te fantástica e multiforme.

Assim fossem os homens!

Todavia, a tua profundez é que te não retalhas nunca: toda vives num sorriso efêmero, numa sinceridade indiferente: lateja-te uma *consciência* sem fantasias no teu rosário insensível de causas, circundando-te por inteiro.

Mas quem, de acaso, te ama deve de gostar-te por cinco mil sentidos aguçados; inda são mais puras as tuas assimetrias e felizes os teus contrastes.

Dentro de um hemiciclo de vegetais, onde mais se alarga a minha ilusão de homem livre, sorri-me todo um prisma dos trópicos nos frêmitos da vida lisonjeiramente a limitar-me e restringir?

Pois eu te bendigo mesmo nas tuas compensações.

II

Já o teu Silêncio, o meu Silêncio se está cortando de minutos luminosos –, asas em susto e és toda uma mancheia de mistérios fecundos?

Bendigo-te! com a voz no pensamento.

Ensinas-me a ser o igual dos teus gestos na minha pequenez atômica, infinitésimo e cósmico, um só para os braços do teu amor, nos mais ligeiros movimentos da alma.

Alguns passos. Alguns passos na eurritmia da hora cálida.

Ora, dás-me a impressão de uma alquimia, trabalhada em tuas entranhas, pela elevação de um tronco arrugado, como um Teofrasto secular, e flamoso na cima glauca, como ideias moças; ora a geometria da terra, que inda é teu corpo, a trecho e trecho parece tumescer de dor.

Tumescer de dor! Mas tu não gemes... Não!

Docemente te irroras, docemente; dês quando, em verdade, te compreendem as bestas todas!

Os próprios bois enormes não te querem magoar: crer-se-ia o paradoxo de leve mole que te vai roçando a epiderme, em medidos passos luzindo o dorso preto, branco e alaranjado.

E tudo te ama e te integra, a malacacheta como uma joia, o coração das árvores na sístole da seiva, o armento que se brune ao sol e tem parecença de flores magnéticas, gigantes.

Bendigo-te, em mudez pensativa.

E, Natureza, o meu Silêncio, o teu Silêncio – Deus magnífico da Calma extensa – a frente apampanada de luz de âmbar, ainda me ensina a serenidade muda.

Muitas horas passaram, no bailado dos tons que estão morrendo.

E se, agora, não estás cansada, que te não cansarás pelos tempos ser fecunda, semelhas-te a alguém que quer leve repouso.

O dia tem pestanejos de animal que está com sono; é o seu cansaço – não o teu! – que, por aí, vai arrastando os passos radiosos.

Só te semelhas a alguém que quer leve repouso.

Mas, embalam-te...

A esta hora, ouço músicas em que há vibrações que se exalaram nas harmonias antigas... talvez cítaras que adormecessem rainhas do Oriente, na direção de auroras fúlgidas.

Bendigo-te, a voz soando na alma.

III

A voz soando na alma...

Minhas energias inocentes, como crianças, querem repousar na curva silenciosa do teu seio.

Minha consciência preguiça amolentada e quer cingir o teu seio.

Que verdade hás de sonhar para um dia dizer aos homens?

Como tua irmã, oh! Natureza, ela quer adormir e o ar onduloso, em que cheiram essências róseas, envolve-me... envolve-me... é como largas plumas em volúpia

César de Castro

1884-1930

PÉAN

prol honor das irredutíveis Convicções

Almaforte Jocundo, eis o meu nome.

Salteador, assassino, poeta e desdenhoso. Eu não pertenço à grei cobarde dos humanos. Durante sete meses remorei, feto, na madre das Energias impávidas. Nasci sob a égide de um astro cor de sangue. Ervas daninhas me nutriram. E detesto a todos vós que, símiles meus no feitio externo dos órgãos, não emanastes das Forças fecundadas sem pecado. Leixai-me só. Ide na vossa rota: e ante o meu ermitágio não vos atravesseis, que nem me enternecem os vossos hosanas nem me bastardeiam os vossos doestos rancorosos. Eu sou o tribunal de mim mesmo, o verdugo de mim mesmo, o réu do supino crime da alegria ou do desgosto de mim mesmo.

DEBELATÓRIO

Epístola de um suicida

Fiz o que estava em mim fazer.

Afano baldio: não logrei eximir-me a essa obsessão. Nela divisei a irreparável fraqueza, que, desde o moroso lusco-fusco das civilizações, vem a pealar as liberdades, erigindo as dulocracias, entibiando a musculatura dos denodos, imperecendo a sublimez ridícula das mães, *lumen vitae* enfim das quimeras inúteis. E absoluto refece é todo o que vive a Ilusão na timidez de sobrancear a máscara gorgônica das Realidades. Não pude de mim expungir o que me devorava.

Mato-me. Atingi ao remate de que só assim a elidirei do meu seio, a essa verde serpe das Eumênides proxeneta, que me tetaniza as energias mesmo à beira da morte, e escabujará sobre o ríctus final do meu derradeiro orgasmo.

E sufoco, pelo aniquilamento, no meu coração: a Esperança. Para furtar-me a doblez socorde do seu jugo, elimino-me. Os cheios de esperança que o saibam!

LÉSBICA

I

E, sobre a peanha corolítica, o meu açafate de camélias fenece. A vigília é párvula.

Dona Berenice, a moça puelar de Sandro Botticelli, não virá. Tudo insidiosamente me exara que, daqui a pouco, o desengano será comigo. Andarenga e crísea, sobre os pinheirais, fala-me a lua. Os floridos laranjais olentes remurmuram. Cochicha-me essa nívea mudez, suspensa a glacida. A voracidade tentacular do Sommo chupa das coisas a fadiga lassa.

Dona Berenice, a dos cabelos cinéreos, não virá: e espero, iludido pela hedionda esperança. Ermas, em lácteas pulverulências micando, desenrolam-se as estradas. Viv'alma! Nem um sussurro de viração, nem um hausto, nem um frêmito. A prece terrenal da Calma, ascende para a benção celestial da Calma.

Dona Berenice, a dos olhos de pervinca, não virá: e o meu coração pressente-a em cada rumor que escuta... oriundo do *delirium tremens* das próprias pulsações.

E vão chegando, vesgos, e vão chegando, zorros, e vão chegando, maus, os heraldos do Desespero, a polfar-me n'alma cântaros plenos de erodentes filtros.

II

As minhas camélias murcham no açafate, sobre a peanha corolítica. Espero. *Pansélène*, a noite é quieta. São quietos os caminhos.

A mansuetude enorme é quieta. No albente repoiso hiemal é tudo imerso. Só eu inquieto, na aguarda... enfermo de esperança.

Mas, remota como os primórdios fuscos de um assombro, tal como ainda à sinestesia dos meus ouvidos não emocionara, plange, ao longe, cinge o longe, replange o bronze de um campanário. E, trêmulas, trépidas, tresas, quatro badaladas pungem-me, acerbas e lentas como piáculos chineses, e riem, esmorecendo, sarcásticas, no ar:

... Dona Berenice não virá...
... Dona Berenice não virá...

III

Agarro as camélias hécticas e, nimiamente cortês, sobre um próximo tremedal pútrido deponho-as. Ramilhetavam um antinômico brinde de honra à minha Amada.

E, como até est'hora, no prostíbulo, os clitóris depravados das suas concubinas lhe não fartaram as aplestias da vulva, oferto ao menos as flores donzelas à sua Pálida Imagem.

IV

A morfina agora que me acuda.

NEFAS

Ao envioletarem-se gangrenas nos coágulos assintais da luz, hora das vascas irremeáveis, nênia policroma, Filinto Hermiguez blasfemou no regaço de um Sonho errante esta confissão:

Vamos. Cada um responda para que veio. E presto. Lagarta da seda: adelgaça-te no extenso de teus fios. Concha da púrpura: delira a febre dos tírios panos. Leontopódio: segrega o tóxico que abate os leões... E eu chorarei, sobre arneiros de fogo, a minha esterilidade sem remédio. Porque concebi a torpeza magnífica que é a irrealizável. Sidéreo páramo entre cordilheiras sáxeas, imagino, onde galharda raça de Valerosos mora. Os homens, lá, de estatura franzina e leve suponho-os, com os olhos claros como réstias de sol, as réstias de sol límpidas como os olhos, e os intentos virgens como os olhos e as réstias de sol. E, empós, quando bem capacito da imaculidade pulcra de tais seres, repruo-me em tecer alicantinas, dolos, velhacarias com que os enrede, alua e desonre. Emoliente, o ledo sonho prossegue, e, e ao resvalar pelas fadigas lenteadas do devaneio, já sorvei um robledo frondoso de invictos numa lezíria pútrida de aguialas. É esse o tema inédito que magnetiza as quintessências fidalgas do meu espírito... polarizando o ideal da minha suprema vocação... e, sinto, morrerei com amargura de não ter dito para que vim... Arde nos recessos das minhas faculdades vulturinas um lodo idêntico à malte de Samósata, refratário a todos elementos usuais que anafragam os incêndios, perenal e calcinante...

Mas, de obscuro esvão dos seus meandros, espiralou a tenuidade de um quase *reproche*, vestígio das suas dileções doutrora, susto esmorecido de uma ética sem horizontes:

– Oh!... esquisito coração esse que, em vez de formar mais que heróis de uma gentilidade de heróis, se compraz na feitura de desonrados.

Colatino Barroso

1873-1931

REI PALHAÇO

Alongava-se o corredor por entre arcarias enormes: a luz das lâmpadas era baça, mortiça, fazendo aumentar a sua grandeza na sombra.

E no fundo, pela seteira, coava-se um raio de sol, trêmulo, furtivo, que vinha brincar na parede, como uma ironia de sangue.

Vinha surgindo o dia...

Ele monologava. A sua voz soturna era como o eco de uma alma extinta.

– Sou rei! Tenho um séquito de estúpidos cortesãos, que têm a esflorar-se nos lábios um sorriso, quando me rio, que inventam lágrimas, quando choro!

Truões! Não, que um rei não chora! Além está o meu palácio. É de mármore.

Bebe-se em ânforas d'oiro o Falerno – sangue puro de Cristo! E por noites enluaradas, nuas, na fúria do erotismo, tenho nos meus braços as mulheres, unida boca a boca, lábio a lábio!

Se meu manto está rasgado, romperam-no as sebes dos caminhos! Se não tenho a minha coroa – atirei-a ao mar, só pelo prazer de vê-la descer... descer no abismo profundo! Oh! Vejo o meu palácio em chamas?! Não! É o sol que se levanta... Roubou todo o meu oiro... e até a púrpura da minha túnica, misérrimo ladrão! Ouço a música sonora dos ninhos... a minha orquestra!

As parasitas abrem as corolas – bocas lascivas de mulheres que gozei!... Agitam-se loiros pendões de cana!

É o meu cetro... é o meu cetro, que se multiplicou como uma sementeira fecunda. Todos são reis! Todos são reis!

Que serei agora?

Filósofo! Os imbecis que adoraram a minha majestade respeitar-me-ão como sábio. Acercar-me-ei de uma vagueza de mistério, farei silêncio, para que julguem que há no meu cérebro vazio a profundeza da ideia.

Mas para fazer de filósofo é preciso artifício e não o tenho. Serei jogral!

Como hei de cabriolar! Como hei de cabriolar!

Agitava-se na distensão de músculos de uma dança epiléptica, infernal.

VIRGENS

Vejo-as passar, virgens de corpo, rameiras da alma...

Com que insólito desdém olham essa rebeldia da Natureza – a minha fealdade.

E não veem que tenho para elas um ríctus de sarcasmo, que lhes cuspo na face um laivo de ironia, o babaréu desta boca que a dor torcicolou.

Os meus olhos são estrábicos, vesgos, de não poderem encarar esses cartazes da vaidade impressos em carmim.

Nessa corcunda ignóbil, cavalguei mulheres, que depois, entediado, arrastei à lama e ao desprezo ignaro.

Riem-se: elas, que têm uma nuvem de aromas a encobrir o cheiro pútrido dos mênstruos!

Feio... feio... dizem. E eu, num impulso de vaidade e de egoísmo, eu, que sou forte, blindado pela Dor – cobarde, apavorado, chego-me ao espelho, para recuar aterrado, súplice, esmagado por esse desprezo ignóbil, perguntando a mim mesmo: – Por que sou tão feio?... E uma voz íntima, cristalinamente, responde:

Para saberes odiar: morde com o teu bico de milhafre todas as consciências, espicaça-as e com esse sangue lava a vaidade das virgens do cheiro pútrido dos mênstruos...

Lima Campos

1872-1929

VIII

... o *inteligente* assinala; ouve-se o grito sonoramente agudo da trompa... Faz-se o silêncio, um silêncio amplo que é uma sombra larga a descer sobre a arena... O touro irrompe – alto, negro, soberbo – à boca escura da furna, do quadro trevoso do *curro*; a luz clara do dia vergasta-lhe os olhos vindos do afago da penumbra; ele entontece, estaca. Acenam, a incitá-lo, com sedas vermelhas, brocadas d'oiro, ramalhadas de prata...

E ele imóvel!... Os corações batem... E ele ali fica, quedo, nervosamente firmado às patas dianteiras, a anca em recuo, a cabeça erguida – meio corpo na sombra, meio corpo à luz – lembrando a figura de um mito, de um minotauro, acordado de repente do seu sono de milhares de anos, que viesse a irromper da treva e do mistério de uma religião já morta, para estacar, surpreso, na fronteira luminosa do mundo de hoje, olhando, abismado, as cousas novas da vida e os novos aspectos!

Os seus olhos injetados fixam o rubor lantejoulado das *capas* e o sangue vivo das bandeiras; as narinas ao ar aspiram sôfregas o cheiro da *praça*, o tressuo humano, o aroma morno, entontecedor das mulheres...

Dos lugares de *sol* partem os primeiros silvos; o tecido sanguíneo dos toureiros chama-o para a traição das *bandarilhas*; toda a arquibancada vozeia...

Eh! Touro!... Eh! Touro!...

E ele imóvel, estacado à entrada, imóvel, a pedir o granito de um embasamento para a decoração de um praça de Atenas; imóvel, quedo, como uma escultura suntuosa, talhada em ônix, no aspecto soberano de um búfalo – a cabeça arrogante, enorme, de um leão sem juba e a cor luzidia de uma pantera negra...

Dos sarrafos e dos metins de um coreto explode, boçal e mole, a bambocha de um tango; a multidão apupa-o, de chapéus à nuca e de *badines* de cana, e ele deixa-se estar tranquilo à entrada da arena, à boca do *curro*, recordando a glória da beleza antiga, a olhar alto e surpreso, com o largo peital aberto na poeira do sol!

XXII

Há o aboio longínquo de um cão, acuando, insistente, o silêncio, no mistério da treva e da distância!...

A própria aragem está quieta; não se apercebe o mover oscilante de uma só ramagem!...

Um vulto galga a lomba de um muro; cavalga a altura; aplica o ouvido... Salta elástico e ágil, cauteloso e silente, sobre as palmas dos pés – um cano d'arma, porém, num jato súbito e seco, cospe, imprevisto, o alarido rubro de um tiro, pela frincha de uma porta!...

Ele cai sobre as espáduas, na crosta endurecida do terreno argiloso – o ventre para o alto e os braços distendidos, em cruz... E quando acorrem, a vê-lo, tem ainda, à mão, a gazua. Os olhos imóveis, já sem vida, persistem abertos, olhando surpresos o espaço, contemplando, pasmos, o céu estrelado, para onde, talvez, nunca olharam, e na boca, contraída em um ríctus de ironia e de dor, está o silêncio brusco, a mudez repentina de um grito – ou de revolta ou de súplica!...

Oliveira Gomes

1872-1917

MONÓLOGO DE HAMLET

A Fran Paxeco

Cavaleiro negro, minha visão sombria, refreia o teu louco ginete e para um instante à sombra das minhas palavras como à sombra dum roble longamente batido por todas as tempestades.

Para e fala-me!

À busca de que aventuras vais nesse desabrido galopar? Levas no cérebro toda vertigem dum sonho ou todo peso dum destino maldito? O coração, leva-o em triunfo ou em funeral? As brisas que passam por ti, que estranhos segredos murmuram aos teus ouvidos?

Que desejo te leva?

Talvez uma flor do pranto que de longe te pareceu uma singular maravilha de beleza e perfume; talvez uma luz radiosa, toda abrindo como um cáctus doirado para o horizonte infinito dos teus desejos e por ele espalhando o aroma da sua luz; talvez uma voz de mulher, voz d'alma perdida que nunca encontrarás...

Fala!

Quem és?... Príncipe talvez, porque a tanto aspiras, como julgo, e, com a mesma audácia e valor com que entrarias em rudes, gloriosas batalhas, com esse brilho de esperança no olhar enamorado de glória, arrostas os perigos, dominas os precipícios e os obstáculos, vence as distâncias e vais levado pela deslumbrante voragem duma esperança divina.

Mas, príncipe, se o és, que singular país é o teu que longe dele o Amor e a Glória procuras e buscas o além, o desconhecido, à conquista dum incerto bem, dum fugitivo clarão d'esperança, longínquo e caprichoso?

No teu palácio são mentirosas todas as línguas, fúnebres e perigosas como florestas assombradas; todos os corações, todos os olhares são afiados como facas; e todas as mãos que se te estendem ocultam ameaças sinistras?

Sim!... quem sabe se na tua corte não há também um rei assassino e uma rainha adúltera?... Oh! cortes sombrias que o sol, com toda sua luz, não consegue aclarar!... palácios onde se abrem sepulturas e se mancham leitos augustos!... palácios onde o próprio ar é cheio de ameaças e traições!... Vais para a Glória e para o Amor todo vestido de negro!... Teus pensamentos só veem sangue, nuvens de sangue que se alastram pela tu'alma e te sufocam e esmagam!...

Ah! no teu palácio o favorito, a esta hora, concerta com o rei um plano infernal, e, fechados numa câmara como dous vermes famintos numa cova, e iluminados pela luz duma lâmpada velada que lança em torno amarelidões e pavores, riem um para o outro, tal como astutos ladrões que só estão d'acordo enquanto a presa não lhes cai nas mãos ambiciosas, cada um preparando já um bom golpe, profundo e certo, para o sócio.

E tu, enquanto o valido e o teu padrasto determinam o teu destino e o do teu reino, voas do palácio, procuras o país das cousas sedutoras, das doçuras inatingíveis e desconhecidas que o coração adivinha mas as mãos não palpam!

A mulher que amas é-te ao menos conhecida?... Sim! Ofélia é linda e amorosa, mas, assim linda e ingênua, é como um fruto fácil, acessível ao mais vilão apetite.

A tu'Amada viram-na por ventura os teus olhos e logo a vestiram de virtudes e resplendores... Ah! doira e enaltece o teu ídolo para que o teu amor seja feliz! Ai de ti se não ergueres, tu mesmo, a tua capela d'ilusão!... Fabrica a tua teia, pobre aranha, e prende nela a luz dos astros! Se a tu'Amada é linda, ergue-lhe em torno um muro de bronze. Que só a vejam estrelas e sóis! E faze o teu amor de saudades para que sempre a ames...

Nossos destinos levam-nos juntos. Para onde vamos? Tu, se és doido decerto o sabes; tua visão é mais vasta e luminosa que os sóis. Eu, que sou sensato, nada vejo... És um demente?... um sonhador?... Homem ou sombra?... Sonhador demente, talvez... Sombra d'homem – quem sabe?...

Sombra, és tu a minha sombra?... sou eu a tua luz?... Louco, és o meu pensamento?... Inspira-me, visão lutuosa; enche o meu cérebro d'estrelas para que eu veja claramente na sombria noite morta em que vivo! Fala e esclarece-me!...

Mas és mudo como um túmulo e a minha voz morre em ti como se caísse num abismo insondável... Ai! qu'inditosa mulher, a que nos gerou: teve um filho ajuizado e palrador e um outro doido e mudo!... Sombra, faze-te alma; voz, vibra e canta!...

Nada!... Chegas como um pressentimento fúnebre, tocas a minh'alma, perturbas a minha razão e depois te afastas, sem uma palavra, sem um suspiro, sem um murmúrio, na mortalha glacial do teu silêncio. Mudez do desconhecido, por que me tentas se nada podes dizer-me?

Abro-te o meu coração, visão sombria... Mistério, para morada dou-te o meu cérebro, miserável pardieiro onde aranhas negras tecem teias de prata. A habitação é vasta, muito vasta, e os moradores que lá havia, mudaram-se numa noite singular de surpresas trágicas. Podes lá ficar tranquilo, mistério, e dormir, que ninguém te irá despertar. É uma casa assombrada, povoada por fantasmas: todos que a veem, benzem-se e afastam-se apavorados.

O velho Polônio acha-a soberba, digna dum rei, e a interessante Ofélia daria de bom grado todo oiro da su'alegria para a possuir... E eu, sombra, dou-ta sem exigir nada! Vem morar no pardieiro!...

Ah! o sol já despontou; vamos hoje ter um belo dia: aí vem Ofélia... e vem sozinha... Que lindo céu sem nuvens! Dir-se-ia que a Graça, a Formosura e a Inocência aí vêm juntas, todas alegres, todas felizes. Salve, Ofélia! graciosa, encantadora Ofélia!...

ODE AO VINHO

Ao Dr. J. Q. Neto Machado

Oh! doce amigo dos perdidos! canto em teu louvor a canção ébria da minha angústia. Tu que és um bom velho alegre, filho imortal da inspiração criadora de Noé; tu que és ardente como o beijo duma rapariga de quinze anos, ouve o meu hino, ouve as minhas trovas d'ébrio.

Vou pelo luar vibrando as cordas lassas duma guitarra poenta, lassas como os braços duma velha que já não tem febris amplexos amorosos. Como tu és bom, tu que me fazes cantar em pleno azul! Não sei que magoadas lágrimas haja que, ao teu influxo, se não mudem em risos; que apunhalantes soluços se não transformem em melopeias; não sei que sedentas bocas não prefiram a tua doçura ao sabor amargo dos mais dúlcidos beijos.

Sinto-te n'alma, oh vinho! sinto-te em mim cantar. Ah! por certo és divino, tu que estás em mim e em mim derramas doçuras...

Tive uma linda amante: chamava-se Quimera. Da luz dos seus olhos, d'harmonia da sua voz fazia eu versos serenos, versos suaves, versos misteriosos que cantava para o luar!... Ah! por que morreu ela, por que morreu a minha amante? Andei errante, viúvo e triste em busca do seu cadáver; mas as quimeras nem sepultura têm, nem cruzes, nem ciprestes, e o frio cemitério a que se acolhem, sabe-se que existe, mas não sabe a gente em que lugar, se dentro de nós mesmos, se no fundo dalgum abismo.

Tive outra amante depois: chamava-se Afeição. Onde paira ela agora? Vi-a, já não sei quando, demudada e triste... Belos tempos, lindos tempos em que a amei!... Eu era virgem, ela era pura; eu era moço, ela também; mas depois que velhos e criminosos ficamos!...

Mas isso passou! Qu'importa o que já lá vai? Já não tenho amantes e já não tenho afeto. Aquela carne moça, aquela pele cheirosa não duram muito, apodrecem logo e a gente não lhes tem saudades... Por que saudades? Saudade é desejo ainda, resto d'amor, resto de gozo. Oh! que cousa intolerável aproveitar restos de gozo como os cães aproveitam restos de banquetes!...

Outras amantes que tive após, tão formosas como essas, tão amorosas e tão loucas, morreram ou traíram-me e eu não as chorei. Para que chorá-las, se as lágrimas não prendem almas nem acorrentam asas?...!

O coração fez-se palhaço, jogral do Amor, grimaceando como um doido ou como um hidrófobo...

Vinho, mais vinho para o saltimbanco sedento. O peito é um circo banal. Cabriola, coração; salta ao trapézio e deixa-te cair n'arena aos pés da última amazona, de carnes ressequidas e rosto encovado. Bebe, jogral, até que estoires como um odre e lances em torno toda tua podridão!

Amores!... flores dum sonho despenhadas num charco!... Nem pecadoras nem virgens sabem o estranho segredo da sua efemeridade. Ah! que sol, que brisas, que orvalhos podem prolongar-lhes a vida?

Nem tu sabes, coração, como os amores nascem e como fenecem.

Mais vinho!... Embriaguez divina, só essa. O beijo é acre como um veneno; nem mais beijos a minha boca quererá. Vinho! mais vinho! e que a alma seja uma viciosa e ande de tasca em tasca a embebedar-se alucinadamente.

Sim, oh vinho! que tu és bom e alegre! És amigo dos tristes e dos perdidos. Venha a taça d'oiro em que te deitaram; quero beber toda tua doçura e andar pelo teu céu, com a minha guitarra poenta, cantando a tua misericórdia!...

Eu tive uma linda amante. Quem se lembra agora dela? Vinho, talvez dentro dessa taça eu veja a sua imagem... Mas não! ela morreu. Meu olhos, meus pobres olhos já se não lembram dela. O coração fez-se jogral. Vão lembrar-lhe coisas que esqueceu!...

Fui senhor dum régio violal; o gozo e o tédio desfloram-no. Que triste e pálido petalário se fez o meu violal!...

Vinho para o coração, para o insípido palhaço! Bebi outrora por ânforas de coral – há quanto tempo isso foi?... Eu tinha uma lira d'oiro. Ah! fios loiros do seu cabelo! Seus brancos seios eram torres serenas d'imaculado marfim. Quantas vezes, quantas, lh'andaram em torno pombas leves da ilusão!

A tua doçura, vinho, para o coração! Que o velho jogral ainda cante uma canção brejeira e depois estoire como um odre, espalhando em torno a sua podridão!

Alphonsus de Guimaraens

1870-1921

ISMÁLIA

Quando ela se morreu, os seus olhos continuaram a mirar--me; não tive coragem de cerrá-los, como se faz com os olhos de todos os mortos. Os meus olhos, no entanto, não os deixavam sós; miravam-nos também, com a mesma fixidez.

Eu via, de quando em quando, um cisne poisar na luz metálica dos olhos dela; era a sua alma que descia do céu, saudosa do ninho onde vivera durante quinze primaveras.

Quando o cisne baixava do alto, um frêmito rápido percorria todo o corpo da formosa morta; o seu rosto sorria, num relâmpago fugace, num fogo-fátuo que era cristalino; o seu peito arfava, alevantando os seios púberes, castos como dois lírios que fossem rosas; e as suas espáduas ebúrneas, por onde nunca haviam passado outros beijos que não fossem os raios do sol, quando ela se banhava no rio hialino, – estremeciam dolentemente.

O cisne, que era a sua alma, adejou para o céu, e nunca mais voltou até ao ninho onde vivera durante quinze primaveras; mas os olhos dela continuam a mirar-me eternamente, porque eu não tive coragem de cerrá-los, como se faz com os olhos de todos os mortos.

EURINICE

No momento em que ela cerrou os olhos instantaneamente, nos meus pobres braços, contemplei-a mudo e pávido, com uma dor tamanha como o céu.

Minha pobre amada, amante e amiga!

Mortos para sempre os lírios das suas faces, e para sempre fenecidas as violetas dos seus olhos...

Beijei os seus olhos, que me não viam; osculei os seus lábios, que me não beijavam.

Para onde se fora ela, para onde sua alma se evolara?

Contemplei os astros e não a vi em nenhuma estrela; o jardim, todo plantado de rosas, não a tinha em nenhuma das suas pétalas.

Um rouxinol que tenho dentro da alma (meu pai, um velho português, trouxe-o do Minho e me o entregou) parecia tê-la recebido na garganta de oiro.

Beijei-o demoradamente, mas a unção do meu ósculo não me disse se era ela o rouxinol.

Arrebataram-ma, então, para que fosse enterrada; saí do nimbo do meu sonho, e pude outra vez mirá-la morta, bem morta, arrancada dos meus braços.

Mas dentro da minh'alma, no fundo do meu coração, conservo o odor, suave para mim, horrível para os outros que a levaram, dos lírios das suas faces e das violetas dos seus olhos, – decompostos, decompostas, afinal...

NOITES DE LUAR

Por essas noites de luar, quando a lua, seguindo em meio das estrelas, parece o caixão branco de uma virgem que vai acompanhada por milhões de anjos que levam círios nas mãos, – eu lembro-me dos mortos!

Pobres e míseros mortos!

Transidos de frio, entre as tábuas da sepultura estreita, medonhos no horror que os cerca, ninguém poderá pensar neles sem sentir um rangido de dentes involuntário, um tremor de medo pelos nervos.

Passam-me então pelos olhos os féretros suntuosos das cidades grandes; o enfileiramento dos carros fúnebres; os enterros singelos das cidades pequenas, em que os corpos são levados à mão e às pressas; e os enterros de anjinhos em caixões abertos, de mãos postas e sorrindo às vezes, entre fanfarras de músicas alegres. E também os horríveis carroções que nos centros populosos levam para a vala comum pilhas de miseráveis amortalhados, apenas no trajeto, pelos cadaverosos lençóis dos hospitais, e atirados nus, em confusão, ao mesmo leito de pânico.

E penso nos meus pobres amigos, tantos que vi seguirem para o país das sombras, quando a aurora da vida lhes surgia apenas.

Relembro-me dos meus amigos defuntos.

Eurico! Eurico! que é da tua cabeleira loira, que se enroscava pela tua cabeça em caracóis, como uma coroa de oiro? que é dos teus dentes brancos como jaspe, que brilhavam como estrelas? e os teus lábios, rubros como romãs tropicais, que sorriam tão sarcasticamente, que é deles?

Fanaram-se depois de tantos beijos de amor, e sumiram-se no pó, e de ti, Eurico, meu querido amigo, só resta essa horrível caveira, cansada de ranger os dentes na luta infanda contra os vermes...

Bem disse o grande clássico: a formosura é uma caveira vestida. Se a mocidade é isso, que diremos do que é feio, do que é velho?

Rezai, pobres velhos, rezai, matronas tristes, míseras caveiras vestidas...

Dario Veloso

1869-1937

O JARDIM MÁGICO

A Bianca Bianchi

Por que vens, sonho amigo, avivar-me a lembrança do país dos Incas?

Foi, há tanto, há tanto! no passado remoto...

Do Templo do Sol, erguido na Cordilheira, era eu a mais nova das vestais devocionárias.

A mais nova das vestais e a mais nostálgica.

A mais triste.

A mais triste de saudade.

Saudade do jardim mágico, do éden.

Era em Cuzco, a cidade real dos Incas.

O meu Guia, todo de branco, à luz branca da madrugada, tomou-me pela mão e levou-me ao jardim metálico.

Ia o Sol repontando.

– Olha! disse-me o Guia.

E o jardim mágico iluminou-se.

Descia em terraços, descia até beijar as águas do Huatanay.

Maravilha de ouro que os Gênios das minas ocultas dispusessem à flor da terra.

Folhagens, frutos, flores, borboletas, pássaros, lezardos rutilando. Plantações de maíz, de ouro puro, estendiam-se, frementes ao sopro da aragem.

Fremiam; mas, resistiam aos furores do vento.

Caminhamos longamente.

No templo do Sol os cânticos ressoavam à Luz criadora. Nas seis capelas, consagradas aos planetas, brilhavam lâmpadas.

– O jardim mágico é, minha Irmã, o jardim das miragens da alma; é o jardim da Ilusão. O Huatanay é o rio da água lustral, água que purifica o desejo. A alma que se banha no Huatanay, renasce, começa outra existência. Nas margens do Huatanay florescem acácias.

O Guia mostrou-me as colunas que permitem aos astrólogos do Império assinalar os equinócios.

– Há equinócios do coração. És a mais nova das vestais e a mais triste. No teu coração floresce a saudade.

Tínhamos alcançado as margens do Huatanay.

– Bebe desta água, minha Irmã!

E deu-me a água da purificação em taça de ouro.

E os meus olhos perderam-se na contemplação do Infinito...

Por que, vens, sonho amigo, avivar-me a lembrança do país dos Incas?

Antes fosse o Huatanay o rio do esquecimento!

SENSUALISMO

– "Vamos, Querida!... A gusla de Almançor preludia a barcarola do Beijo... Canta Flora o idílio da Primavera e Pã sopra na avena o mórbido rimance do primeiro sonho... Estrelas faíscam no Azul... Cíntia fluidiza os vergéis...

Ao gozo, Querida!"

Respondeu-lhe a esposa, tacitamente, colando-lhe a boca à boca, num ósculo prolongado, delicioso...

Da corola de magnólia puríssima, desferia Amor as setas invisíveis...

E o luar, coando através da folhagem do caramanchel, desenhava na areia branca do solo os graciosos perfis dos enamorados consortes.

Embalsamava o ambiente morno perfume de Odaliscas e Sultana...

Ao longe, avultavam os minaretes mouriscos, fitando o Espaço inconscientemente...

Depois, cicios de amorosa prece e música de beijos...

Burburinho de vozes...

– "Amo-te!... Amo-te!..."

E as flores despertaram rindo, iluminadas pelo sol do Amor...

NIHIL

"O Esquecimento!... o Aniquilamento!... a Morte!... Que importa a glória que penduliza turíbulos, na incensação cabalística da vaidade neuropata?... Que importa o idílio turturinado por lábios rubros de anseio, na emergência deliciosa de carícias efêmeras?... O ódio – que importa?... e a Cólera, e a Inveja, e a Luxúria, e o Orgulho?...

Vermes que o nada sudariza e desagremia, Lesmas que o Lodo ceva e sanifica!... E tu, – Lira, e tu, – Sombra, que fazeis do Canto e que fazeis da Luz, – se o Canto é a modulação do Grito, e a Luz efeito de vibratilidade dos átomos inconscientes?...

Ler, pensar, cogitar, destruir a Emoção, destruir o Gozo, descer à fórmula que explica... Insânia!... Para quê?... se não revive a mortualha cegada pela invencível foice trágica da Morte?... se a Consciência é produto da Nervosidade?..."

E, rasgando, frenético e violento, níveas páginas cândidas, pautadas de alexandrinos satânicos, e espezinhando raivosamente o *septicordium* generoso, Aldrabah sorria... torcida a boca em trejeito catalético, as mãos crispadas, – como garras, – o fúlgido olhar selvagemente blasfemo!...

Fora, – o Céu negligente e monótono, as Estrelas tremeluzindo, na vaga indolência volutuosa de sensuais concubinas lascivas...

– "Céu besta!... Céu fátuo!... Céu pulha!..." – Prosseguiu Aldrabah vociferando, – "vulgar tela vetusta, digna da contemplação dos homens, bestas, fátuos e pulhas!... Céu dos Medíocres, Céu dos Equilibrados, Céu dos Parvos e dos Pretensiosos!... Céu que não encalistra, Céu que não enrubesce, Céu que não vinga!... Céu Morto!...

Homens de Argila, homens de Carne, – é vosso todo esse Azul!... Perlustrai-o!... Que pena faltar-lhe o verde matiz monótono da Relva!... Que pena, obtusos nostálgicos do Glauco!... Homens do Adorno, homens da Moda, homens da Forma, – irrisórios solípedes sem Alma, cobardes trânsfugas do Ideal, – eu vos abomino e vos desprezo!... Fátuos, – que atravessais a Existência, entre a carícia convencional de uma prostituta contaminada pela sífilis, e a preocupação da imortalidade glorificadora; – fátuos que não tendes sequer presciência do Nirvana e da Inércia e, para respirar o momento de Vida que vos circula no organismo, construís sólidos baluartes de Granito, fulgurantes de ridículos ouropéis, de paramentosas tapeçarias, – e edificais Templos e cunhais Moedas: e comprais o vosso Deus e vendeis a vossa Alma!...

– Imperturbável Nihil, invencível Nihil impassível, única eternidade no infinito do Tempo e do Espaço, – filantropo supremo, extraordinário Nihil, – espalma piedosamente a mortalha negra do Aniquilamento e da Treva, inertifica a ambulante mortualha fantasmagórica das Sombras que rastejam, pensam, babujam e mordem: e que o Universo todo sucumba enregelado, para que o bacilo da Emoção não vingue, não procrie, não se perpetue, germinando a Célula, vibratilizando a Larva, animalizando a Matéria!...

Piedade, invencível Nihil impassível!... piedade, filantropo, supremo, extraordinário Nihil!..."

Júlio Perneta

1869-1921

DO MANUSCRITO SATÂNICO

A Leite Júnior

Dos candelabros suspensos do teto a luz elétrica se derramava profusamente, por todo o salão, envolvendo os pares que macabreavam numa valsa nervosa, em finíssimo sendal, fantástico, de luz.

Um perfume cálido e insolente de carne moça, evaporava-se enervante pelo indiscreto decote de corpetes rendilhados, revoluteando, entontecendo, provocando uma anarquia eterna de desejos selvagens, de embriaguez capitosa de *champagne*, bebida na taça rubra de uns lábios quentes...

Mulheres infinitamente formosas eu via desfilar pelo cosmorama negro dos meus olhos, num cortejo satânico de requebros flácidos, erguendo elegantemente com as pontas de uns dedos róseos, a cauda do vestido de seda rutilante. Entre elas, uma se distinguia pela sua beleza extraordinariamente deslumbrante: era Clotilde que passava por mim como um sonho carregado de perfumes estranhos e esquisitos, que me embriagavam, abstraíam numa contemplação dulcíssima e dolorosa de recordações de um passado extinto.

A voz de Clotilde, trêmula, emocionada, rítmica, violinava-me aos ouvidos súplicas que pareciam gemidos de uma alma cruciada pelo desespero de uma dor latente: cavatinava saudades, numa invocação de olhares mudos, cheios da eloquência mística de uma grande mágoa.

Clotilde. Clotilde a desesperança crepita meu pobre coração embalsamado na dor profunda de uma tristeza infinita.

Alma manietada ao cáucaso de um impossível, o que pretendes? silencia-te. alma: cloroformiza às saudades, esquece o mundo, esquece a vida, esquece o teu passado.

ORAÇÃO A SATÃ

Satã, Satã, deus astral, encarnação rubra de majestosa divindade, pesadelo negro das almas dos simples; escuta, Satã, grandioso espírito, soberbamente diabólico, dominador autocrata das profundezas hiantes do Inferno, do mosteiro tétrico e pávido do Purgatório, idealizado pela imaginação neuropata e visionária dos jesuítas. Escuta, escuta, Satã, esta oração que te envio. Baixa o teu olhar, eu o quero como uma equimose de luz, como um poente em fogo suspenso sobre mim, suspenso eternamente sobre minha cabeça, iluminando a treva profunda da minha alma desvairada e louca; quero sentir o calor dos teus olhos, como um sol imenso, a causticar as minhas carnes, os meus membros de cadáver da Crença, hirtos e enregelados. Quero-o suspenso eternamente sobre mim, porque só o teu olhar de bêbado devasso, – sublime libertino do Terror, – me poderá iluminar a estrada ríspida e medonha da existência, por onde transito como um Romeiro cavo da Desilusão.

Quero-te muito, filho do Erro; quero-te muito, espírito assombroso da Treva. Satã, Satã, deus das alturas infernais, espírito hediondo da galhofa satírica e assombrosa, tu gargalhaste da religião do Bem, e concebeste a religião do Mal que triunfa com a bandeira negra desfraldada, símbolo do teu eterno luto, da tua dor eterna.

Fala!... quero ouvir a tua voz, como uma aldraba enorme e lúgubre, tatalar monossílabos entrecortados por gargalhadas macabras. Quero ver desfilar por teus lábios rubros a caravana clangorosa das blasfêmias.

Satã, Satã, pesadelo negro das almas dos simples, escuta esta oração que te envio, ilumina esta página que te ofereço, escrita na consagração da Fé, com a convicção acérrima com que só tu, gênio do Mal, poderás iluminar a estrada ríspida e medonha da existência, por onde transito como um sonâmbulo louco, tantalizado pelo azorrague dos Infortúnios e das Desilusões.

A ti, espírito majestosamente diabólico, este salmo de torturas, esta oração infernal do Desespero.

Nestor Vítor

1868-1932

O MARIBONDO METAFÍSICO

Aquele maribondo, que entrou pela janela do meu quarto, anda fazendo heroicas e incessantes investidas ao teto de um modo que mete pena, mas que nos faz refletir sobre o caso.

A pobre vespa não pode compreender que de um momento para outro deixasse de existir o infinito. Não concebe que entre si e o céu se interponham um obstáculo impossível de arredar. Certo nem mesmo tem a noção do que tal obstáculo venha a ser, e de si para si entenderá que o teto branco é apenas uma modalidade do espaço que ela não conhecia, modalidade menos adelgaçada, tão só, de transposição mais árdua do que essa outra que até aqui ela vira toda azul.

E no fundo o maribondo pensa bem. É inegável que o infinito continua a existir apesar da interposição que há entre ele e aquilo que se abriga sob o modesto teto desta casa. Se o pobre vivente viesse dotado de forças bastantes para uma teimosia maior, não lhe fora preciso passar um século em luta para acabar vencendo, verificando que a verdade está com ele. Sim, o infinito continua a existir; não decorrerá muito tempo, em comparação com a eternidade, para que esta débil barreira de tábuas que os homens interpõem entre as asas deste inseto e o livre espaço, desabe miserável, dando razão àquela fé obsidente. Não há dúvida, o azul do céu ainda se há de ver de novo onde hoje branqueja a impertinência representada por aquele passageiro artefato humano.

A negra e sonhadora abelha apenas se engana na noção que tem das suas limitadíssimas forças, da sua capacidade de resistência, e permanência neste mundo. Mas, em última análise, filosoficamente falando, ela tem um sentimento das coisas mais certo com a sua confiança no infinito, do que tantos homens que vivem hoje tomados da obsessão do relativo, querendo suprimir dentre as preocupações humanas a crença e a confiança no absoluto. Este maribondo é um metafísico incurável, mas por isso mesmo mais percuciente do que quantos filósofos humanos pretendem emancipar nossa espécie das preocupações com o além.

A ALEGORIA DAS PARÁBOLAS

Como caminha vagarosa a lua! Parece uma velha trôpega, meio paralítica, em comparação com esta animália que aí vai ansiosa devorando a distância, sob as esporas de cavaleiro noturno diligente em atravessar a noite, como quando se atravessava um mistério. No entanto, daqui a pouco, com toda aquela aparente negligência, o planeta branco terá feito o seu curso na imensa linha do horizonte, ao tempo em que o viajor tão esforçado e pertinaz poderá quando muito atingir o albergue onde tem de refazer forças para continuar a sua pequena, mas tão trabalhada viagem por uma das insignificantes estradas do mundo.

Também o homem cujo coração está bem alto e que caminha sereno, mas numa parábola resoluta e iniludível, abrange logo todo um mundo, e atinge com presteza os seus fins, enquanto o estreito particularista, de coração pequenino, se esfalfa e se esgota em teimosias inúteis ao redor da sua própria mesquinhez.

Medeiros e Albuquerque

1867-1934

AQUELA EM QUE NÃO SE DEVE CRER...

Vi junto de mim um espectro. Era o de um amigo, que morrera havia muito tempo. Nesse dia, várias vezes, sem nenhuma razão aparente, a propósito das cousas mais extravagantes e díspares, eu o lembrara. Era como se estivesse procurando falar-me. À noite, quando me estirei na minha espreguiçadeira, eu o vi, perto de mim. Tinha a fisionomia de quem sofre horrivelmente. Não gritava; mas toda a contração dolorosa do seu rosto valia pelo mais agudo dos gritos, por um uivo de dor inominável.

Não sei se o que ouvi, ele o disse realmente ou eu adivinhei que ele estava pensando. Sei que me perguntou ou pareceu-me que perguntava: "Sabes o que é a Esperança?" Eu lhe disse que sim. E o meu amigo me falou – ou foi como se tivesse falado:

"Não te fies nela...

Ela andou a meu lado toda a vida. Quando eu era pequenino, quando ainda nem sabia falar, ela me fazia antever o seio, apojado de leite, de minha mãe. Era tudo o que eu desejava. Mas muitas vezes esse formoso seio estava longe; batia sob roupas caras, em passeios, talvez em amores distantes. Já a Esperança me mentia.

Mentia-me depois, quando eu era menino e ela me fazia crer que meus pais, daí a pouco, entrariam com as mãos carregadas de brinquedos. E eles chegavam muitas vezes, mostrando bem que nem sequer tinham pensado em mim.

Veio a adolescência, com seus sonhos de amor. E eu, como todos os de minha idade, amei também. Amei uma... Amei muitas... E uma, e muitas e todas – me mentiram, me traíram. Não é que fossem perversas: é que a natureza delas se fazia de mentira, de ilusão, de traição.

Veio a mocidade e eu tive sonhos maravilhosos de glória. A Esperança me animava: 'Insiste, continua, tu vais vencer! Amanhã teu nome estará em todos os lábios. Os homens te apontarão com inveja. As mulheres se oferecerão, seduzidas, ao triunfador! Insiste! Pouco importa que tu sofras agora um pouco: o prêmio, que vais receber, é tão alto, que bem merece todos os sacrifícios.'

E eu fiz os sacrifícios – e o prêmio não veio. Mas ela me apontou outros ideais, ela me embalou com outros sonhos..."

*

"Esperança! Esperança! Eu a via por toda a parte, infatigável e eloquente.

É ela que alimenta os pobres, os enfermos, os infelizes... Quando eles vão percebendo que aquilo que desejam é vão, – a Esperança lhes faz nascer outros desejos...

Este contava que seria um homem belo e forte, com um torso de Hércules e Apolo lhe invejariam. Ele se via a si mesmo admirado das mulheres, temido dos homens, seduzindo-as e vencendo-os. Um dia, porém, veio a moléstia e abateu-o. Era um colosso – passou a ser um inválido. Mas a Esperança lá estava ao seu lado animando-o: 'Amanhã, tu ficarás de novo bom...' Amanhã... Amanhã... E esse formoso amanhã nunca chegava. Veio um momento em que o inválido viu mesmo que ia morrer... Nem por isso a Esperança o deixou. Já agora, porém, lhe dizia outras cousas: 'Depois da Morte é que se chega à verdadeira vida!' E falou-lhe de céus maravilhosos, de paraísos cheios de gozos inenarráveis... E os céus maravilhosos são mentira; mentira os paraísos cheios de gozos..."

*

"Esperança! Esperança!

Vai-se na sombra, hesitando, não sabendo onde pôr os pés trôpegos e incertos. De súbito, sente-se a mão que toma a nossa carinhosamente e nos guia de manso. É a Esperança. Sem ela pararíamos, desalentados. Mas a Esperança é tenaz e maternal. Arrasta-nos de leve. Força-nos suavemente a caminhar... Diz-nos baixinho ao ouvido que vale a pena andar mais um pouco. Garante-nos que o fim das provações está perto. E seguimos, rasgando os pés em urzes, ferindo-os em pedras."

❋

"Esperança! Esperança!

Entre mágoas as mais terríveis, entre dores as mais cruciantes, ela permite sempre um sonho – o sonho das venturas por que mais anelamos. E há muitos que seguem, com os olhos abertos, como se estivessem vendo as realidades da hora presente, mas, de fato, embebidos em cismas íntimas, que ninguém pode adivinhar...

Ai deles, no entanto! Não há sonho tão longo de que, um dia, não seja preciso acordar. E o acordar é sempre horrível!"

❋

"Esperança! Esperança!

Vai-se pelo deserto e divisa-se um oásis. Em torno, o areal é um oceano de fogo... Vê-se a vibração das partículas incandescentes... Uma sede atroz devora as gargantas... A areia branca faísca ao sol.

A Esperança põe lá longe a visão de um oásis. As caravanas se precipitam. Como vai ser bom dormir à sombra das palmeiras, beber a água fresca e cantante das fontes! O oásis, que delícia!

Mas quando os viajantes chegam não há oásis algum. Foi tudo uma miragem..."

❋

"Esperança! Esperança!

Uma asa que se levanta pelos ares acima vertiginosamente. Da terra, olhando-a, só se vê um ponto negro em pleno azul. É a Esperança. Ela se eleva para nos dizer que lá longe, muito longe, cada vez mais longe, há terras maravilhosas, terras em que a vida é uma delícia...

Sobe! Vai! Bate vigorosamente as penas num remígio triunfal. A Esperança te ampara o voo. As terras maravilhosas estão para além...

Mas não há voo de que não se desça, um dia, aqui ou mais distante. E nunca ninguém desceu nessas maravilhosas terras, em que a vida é uma delícia."

❋

"Esperança! Esperança!

Há uma ilha distante. O mar em torno, cavado, sacode, iracundo, suas vagas terríveis... Não há embarcação que lhe resista à fúria.

A ilha lá está, entretanto, risonha e acolhedora. Chegar a ela é achar a salvação. A ilha parece sorrir, na verdura de suas árvores, na beleza de suas flores... Vê-se, de longe, uma casinha branca, idilicamente branca... Vê-se mesmo um regato que desemboca no mar... Como ele deve ser risonho e manso...

Os navios fazem-se a vela e a vapor para a ilha – a ilha verde da Esperança.

Que recifes há pelo caminho – ninguém sabe. O que se sabe é que ninguém aproou ainda lá..."

❋

"Esperança! Esperança!

Eu me lembro da data da minha morte. Lembro-me como ansiava sofregamente pela vida. Mais uns dias! Mais uns momentos!

A Esperança me mentia: 'Tu vais ainda voltar ao vigor antigo! Não desanimes!'

Mas eu vi que tudo era vão. Quis falar e não pude. Senti a língua pesada e trôpega. Era a morte. O sangue parecia rolar dentro em mim pequenos coágulos gelados. Como a Morte é fria!

Mas a Esperança não saía de junto de mim.

Havia em torno do meu leito quem chorasse. Ela me segredava: 'Como eles se iludem! Depois da morte é que se vive a verdadeira vida. Morre, tranquilo! Morre, alegre!'

E eu transpus o derradeiro passo. Do outro lado, ela me esperava ainda. Tomou-me. Perto havia um palácio esplêndido. Suas portas fulgiam, numa apoteose.

– Vem! Vem depressa!

E eu a segui correndo, como um adolescente ágil, que vai em busca daquela que ama.

A Esperança levou-me até a porta do palácio e gritou-me:

– Vais ver que beleza! Entra!

Nesse momento senti no seu olhar e na sua boca uma evidente ironia.

Mas não me foi dado recuar. Ela assentara entre as minhas espáduas sua mão enérgica – e vigorosamente me empurrara para dentro do palácio, cuja porta se abriu, rápida, só um instante, para me deixar passar.

Ah! que horror! Não sabes meu amigo, como a morte é horrível!

E de dentro, eu ouvia a Esperança que, do lado de fora, como um palhaço cínico que à porta do Circo anuncia as maravilhas que nele há, quando tudo é aí cediço e ridículo, gritar aos que vinham chegando que entrassem, entrassem depressa, porque ali era a morada do gozo, o solar fantástico das delícias, a suma alegria, o sumo prazer.

Mentira!

Não creias na Esperança, meu amigo! A Morte é o horror dos horrores!

Fez uma pausa e perguntou-me:

'A Morte, queres saber o que ela é?'

Num esgar de dor, quando ia abrindo a boca para fazer-me a suprema revelação, vi que desaparecia. Uma figura imponente de mulher o tomara brutalmente pela garganta, com um punho hercúleo, e o sacudira na treva.

A última cousa que lhe ouvi foi um grito de imensa angústia: 'Não creias! Não creias nela!' e um 'ai', de uma dor infinita, pareceu encher de lágrimas todo o espaço..."

❋

Esperança! Esperança! Não creias nela!

O CAMPO E A ALCOVA

Amores simples dos campos, como eu os evoco sem inveja! Tantas vezes tenho lido as descrições dos que vos exaltam e elas me deixam absolutamente frio.

A moça dos campos, o rapaz dos campos, correndo, alegres, lado a lado, e enfim um dia, deitados na relva fresca, gozando os prazeres supremos do amor, são apenas livres e soltos animais. Essa mesma camponesa, de faces coloridas pelo sangue sadio e forte, será, vista de perto, uma cousa sem graça e sem delicadeza.

❋

E eu evoco meu amplo quarto em longes terras polidas, quarto de que as paredes eram forradas de seda vermelha, de que o chão era atapetado de tapetes de fios longos, macios, felpudos, cetinosos. Lembro o leito acolhedor, com os seus metais que luziam. Lembro a lareira, onde nos dias de inverno o fogo crepitava, rubro. Lembro as flores caras nos jarrões de fino lavor.

E na minha memória vejo, seduzidas, encantadas, as que aí entravam.

Era um prazer para elas despir-se naquele ambiente tépido. Tudo o que as cercava lhes dizia: "Ama! Goza!" E elas se despiam preguiçosamente.

Vejo-as tirando peça por peça todo o vestuário: peliças caras, sedas, *batistes* finíssimas... Às vezes, de tudo aquilo que sobre o corpo parecia tanta cousa, ficava apenas um montinho de trapinhos perfumados, posto sobre uma cadeira.

E vejo-as, por fim, no gesto gracioso de desabotoar as botinas delicadas, de retirar as finas meias...

Que restava? Restava apenas uma camisa, uma vaga teia de seda transparente. Essa mesmo...

✵

Campos em flor, os mais belos, os mais floridos, como seriam ásperos e grosseiros junto daquilo! Raparigas do sertão, sadias e frescas, como seriam brutais e mal polidas diante daqueles mimos da civilização. E as próprias flores silvestres, como fariam má figura diante das flores das cidades, cuidadas, preparadas, enfeixadas com gosto e arte.

✵

Amores simples dos campos, como eu os evoco sem inveja!

✵

E porque os tapetes do meu quarto, tão felpudos e tão bem batidos, não tinham, visivelmente, nem um grão de poeira, e eram doces, tépidos, cariciosos, não raro as que saíam do aconchego do leito, neles se deitavam, se espreguiçavam como felinos languidos, brincando com prazer. Ao lado de algumas, eu ficava nos dias de inverno olhando a lareira, onde as pequenas achas de uma madeira bem sequinha, crepitavam em labaredas alegres, labaredas ora rubras, ora amarelas, sangue e ouro.

E era uma alegria.

A que eu deveras amei, como eu a lembro, pequenininha e delicada, deitada nessa relva de fios de seda rubra, muito mais macia que as gramas dos campos!

Vejo-a, flor de luxo, flor de civilização, de que era um encanto ir de beleza em beleza, devagar, cobrindo-as de beijos.

Vejo-lhe os pés pequeninos. Pouco importa saber a que poderiam ser comparados: a lírios, a jasmins, a qualquer outra cousa branca e fina... Não eram pés para ser postos no chão. Eram feitos para o ninho das meias de seda, para os sapatos macios e airosos. Cada unha, que a pedicura tratara longamente, e fizera luzir, parecia uma pequena pétala de rosa. E o pezinho, que dava, quando eu o tinha inteiro dentro das minhas mãos, a impressão de quem pega uma rola ou uma juruti, podia ser mirado ponto por ponto, podia ser beijado da sola aos tornozelos delicadíssimos.

Pés nervosos e lestos, das mais ágeis camponesas, como vós sois indignos de pisar tapetes caros.

Lembro de minha amante as pernas de curvas airosas, que a química sábia dos depilatórios despira dos mais pequenos pelos, que os cosméticos untuosos e perfumados tinham penetrado de sua maciez e do seu aroma e que se haviam tornado por isso mármores vivos e tépidos de uma granulação divina, que nada maculava.

Camponesas, camponesas, animais sadios e ágeis, qual de vós, mesmo a mais moça e formosa, teria essa beleza cuidada e artística, que era o resultado de toda uma série de artes e ciências!?

*

E, inteirinho, o corpo da que eu amava era, assim, um produto sublime da civilização, posto ao serviço de sua beleza. Toda uma legião de escravos – a pedicura, a manicura, a massagista, o perfumista e outros e outros – toda uma legião de escravos trabalhara, para lhe conservar, lhe aumentar, lhe pôr em realce cada uma das perfeições.

Um bárbaro olharia rapidamente para aquele corpinho despido deitado sobre um tapete e não seria capaz de lhe dar o valor que ele tinha. A seu lado, beijando-a e aspirando-a, eu pensava em quantos séculos tinham sido precisos para afinar e emoldurar aquela criaturinha.

❋

Amores simples dos campos, como eu vos evoco sem inveja!

Nos campos, à crua luz dos céus claros, eu seria um velho ridículo. Ali, no calor gostoso do meu quarto, eu não tinha idade: era um homem que amava, um apreciador meticuloso da beleza feminina, um sabedor erudito de todas as formas de prazer.

Às vezes, em dias de grandes frios, apagávamos as luzes do quarto e levantávamos as cortinas das janelas. Através dos vidros claros, enquanto nos aconchegávamos sob o edredom delicioso, víamos lá fora cair a neve em pétalas brancas, cair de leve, cair de manso, cair silenciosamente, numa visão de encanto fantástico.

E era um prazer sentir que, assim que o quiséssemos, teríamos, para nos servir, a luz e o calor, à nossa vontade, tanto quanto o desejássemos.

❋

Não raro, quando eu olhava a lareira, uma acha de lenha quase a acabar-se, despedindo ainda assim uma labareda alta e rubra, parecia gritar-me: "Faz como eu! Pouco também me resta de vida. Mas esse pouco, eu o deixo consumir-se alegremente nesta chama ora dourada, ora vermelha! Mata-te, mas mata-te de prazer!

Não te sintas velho, que não o serás. Ama e goza! Dentro em pouco tu e eu teremos morrido: eu serei cinza, tu serás podridão. Mas antes disso, até o último momento, procura amar, procura gozar! Tudo mais é mentira!"

E eu sentia que a acha de lenha, quase a acabar, tinha razão...

Da cidade imensa vinha um conselho análogo, um conselho de gozo. Da criaturinha que eu tinha a meu lado subia a mesma tentação. Mas tudo isso só tinha sabor e graça na moldura daquelas paredes forradas de seda, na moldura daquele quarto atapetado caramente, junto daquelas flores enfeixadas com esmero e arte, junto daquele corpinho que era ele mesmo um mimo artístico, um requinte de civilização...

Nestor de Castro

1867-1906

O BUCOLISMO DE UM RISO

Ao Dr. Claudino dos Santos

À sombra soporífera dos flabelantes chaparros, em pleno e animadíssimo gozo da tranquilidade rural, encontrei-a um dia em desalinhada posição volutuosa, a rir, a rir desvairadamente para as ovelhinhas mansas que saracoteavam à luz morna de um solarengo estival.

Aquela dulcíssima risada ampla, tão sugestiva e feérica, tinha a pureza orquestral de uma grande satisfação bucólica, timbrando incisivamente como uma nota isolada no silêncio profundo das selvas, onde Drésdera, quando melodiava a sua argentíssima gargalhada franca, era correspondida pelo balido monótono dos cordeiros, que ruminavam nos tufos verdes da pastura, ou pelo guincho dos gaviões rapaces, que jornadeavam, em bando, à pista da coelheira apetitosa das reses mortas.

Drésdera amava o perfil sombrio e grave das serranias eretas, talhadas nos espigões íngremes de granito primevo, e deliciava-se com a impavidez taciturna do solar paterno, em cujo frontal, vetusto e denegrido, curveteavam eternamente os festões das roxas trepadeiras, que deixavam os ductilíssimos cipós esguios entrelaçarem-se nos braços fraternais e abertos do perfumoso mirto.

Era um idílico poema aquela fatídica mansão agreste!...

As lavandiscas lourejavam sibilantes em torno da vaporização aromal das flores, vindo às vezes, bêbadas de mel, acantoar nos lábios sequiosos da donzela os sutilíssimos favos, que tiravam dos cálices melindrosos dos pequeninos pâmpanos.

A estridulante ventania dos trópicos abrasados tinha para Drésdera a meiguice dos cães domésticos, e tornava-se quase sempre de uma docilidade lírica, quando a irrequieta petiz, assomando na porta espigada e hirsuta dos aprumados rochedos, confundia o regougo cavo do nordeste com a cavatina blandiciosa das suas risadas triunfais.

– Senhora, diziam os pegureiros, como vos afoitais a zombar da cólera dos ventos, que tangem nênias de morte!

– Os ventos me amam, como eu amo os sons que eles soltam na lira divinal das escarpas.

Com efeito, o baritonante aquilão formava a toda a hora um duo místico com as modulações vocais de Drésdera, que perambulando pelas serpeantes quebradas em seu fogoso corcel alígero, numa doudivana carreira hípica, parecia desafiar a própria natureza orgulhosa a um intérmino concerto de francas gargalhadas.

Mas a natureza, como a casta sensitiva dos sertões, escondia-se nos raios rubros do sol, muito retraída, receando talvez que os seus sorrisos não pudessem vibrar aos acordes finíssimos dos sorrisos da moça.

E a natureza então emudecia, muito tristonha, quando Drésdera feria, num reboliço de corça, a harpa harmoniosa dos seus mágicos sorrisos.

INVERNO

A Dario Veloso

Inverno! Inverno! duro espículo alfinetante dos gelos; atroz fantasma nebuloso da úmida Sibéria triste, que vens rolando às fortes enxurradas polares das luas novas de junho, eu sinto a tua espinescente algidez de morte, como se fora a sangradora unha torsa de um urso branco da Groenlândia, ferir as fantasias bizarras do meu Sonho!...

Inverno!... Inverno!... sepulcro das minhas emoções moças, que mumificas as nuas formas anacreônticas e pindarescas dos plectros; tu, que na superfície alagada dos marnéis queimas, com a impiedade dos teus suspiros de neve, os amolecidos tufos modorrentos dos liriais do norte; tu, espectro sombrio das tristezas zodiacais do Ano, fazes também rolarem nas enxurradas das luas novas de junho todas as minhas calmas esperanças verdes, nascidas ao clarear das grandes estrelas rútilas do estio...

Detesto-te, ó exótico pesadelo torvo, quando mortificas a minha sensibilidade toda, fustigando o álacre relicário dos meus afetos puros!...

Sinto-te, apalpo-te; ouço o teu soluço cavo no ronronar da ventania úmida, e te pões então a escarvar o largo chão duro por onde desfilaram, como sombras defuntas, as claras alegrias auroreais das paixões antigas...

Gelos da Irlanda! Gelos da morte!... Eis as cinzas fugidas dos meus desejos que se vão, revoltos, através da levadia onda zimbradora dos pesares, por onde eu avisto um último aceno demorado de risos que não voltam...

Inverno! Inverno! Deixa-me afogar agora, num último raio quente de lágrima, a vaporosa lágrima adusta das minhas queridas mágoas inspiradoras...

Vai-te, sepulcro álgido e torturante dos meus sonhos!...

A TENTAÇÃO DA MORTE

A Alfredo Coelho

Observei um dia, através da fina gaze branca de um lindo leito mortuário, as duras pupilas fundas de um tenso cadáver de mulher idosa, morta aos trinta e seis anos, aos ríspidos soluços desfibrantes de uma forte agonia atroz, e experimentei, na imensidade neurótica da minha esquisita sensação de horror, todo aquele palor sombrio de plástica cerâmica embaciar a nítida visão pulcra dos meus olhos, estorcegando-me, lá dentro, a luz corolante da minha verdadeira penetração visual.

O cadáver era como um grande lírio seco, fenecido aos largos haustos mortíferos de uma sazão adusta, e começava então a tomar umas brochadas cheias das álgidas tintas corruptoras da morte, transformando-se em verde-claro, sombreado de umas diluências de bronze esmaecido, como as encarquilhadas múmias seculares do oriente.

Aquela singular visão da cor, tão viva e tão real, ficou a flutuar como um pesadelo fero da Agonia nas ilusões dantescas do meu sonho.

Por toda a parte aquela cor, como eu vira em tons tão cheios na carnação visgosa da defunta, punha-me numa irreflexão alucinante, em meio da universal vitalização dos seres, parecendo-me que as próprias réstias filetadas do grande sol ardente tinham a transfiguração amorfa e torva desse estúpido bronzeado cadavérico.

No velário dos meus tristes olhos fotofóbicos, em cujas retinas sãs rendilhavam-se, outrora, a formosa imagem dos nelumbos dourados e espectral alacridade festiva do céu de rosa, eu fui sentindo a dormência soleníssima dos cemitérios escuros, saltando-me em cada abrir de pupilas as esverdeadas pupilas fúnebres da perseguidora aparição da morta.

Um dia, ao vozeirar das litanias rituais, quando o planturoso suspirar do órgão remoinhava pelas ogivais rotundas silenciosas, recolhi-me à serenidade mágica das orações da Igreja, e mesmo ali, ante o lampadário ungido da capela, parecia que os lírios murchos dos lábios brônzeos da defunta, suspensos nas modulações nervosas do gemebundo órgão, vinham cair na lápide fria dos meus olhos, cegando-me ainda mais...

No sepulcrário da minha ilusão torturante aquele cadáver entrara, pois, com todo o ímpeto triunfal de um sonho, e lá ficara, amortalhado e duro, na densa penumbra glacial dessa interminável cegueira treda.

Via-o por toda a parte!...

Via-o por toda a parte!...

Às vezes, quando a lunaresca iluminação das noites lisas de maio me dava uma rápida intuição da luz, abrindo ligeiros sulcos nostálgicos de imagens límpidas, salientes, na enormidade do meu eterno sofrer de asceta, a hirta figura feia da finada sumia-se, sumia-se para além, na nimbosa estrelação do espaço, mas depois voltava como uma tremenda estrige ímpia da miséria, a se aninhar no âmago desflorado dos meus abandonados olhos funerários.

E assim vive ela, esta diabólica visão da morte, sem querer deixar-me às irradiações das minhas meigas alegrias velhas, em cujos seios nunca eu ouvira o estertoroso agonizar melancólico dos goivos e das casuarinas longas, que o verde espectro impertinente da finada fizera nascer para sempre nos áditos noturnos da minha eterna sensação de medo.

Emiliano Perneta

1866-1921

AGONIA

Partiam-se os broquéis e as lanças com estrépito, o vinho da traição enfuriava a plebe, que rugia, tal como quando uma vez, ao som das frautas e das cítaras, entrou com raiva por uma cidade o rei Nabucodonosor.

Tinham arremetido sobre os ombros o manto dos Estetas, ao mesmo tempo que supunham ter herdado esse facho divino que, de mão em mão, tem vindo, assim, correndo, como um fogo...

Sem dúvida nenhuma, a vida era um Encanto cujos dedos riquíssimos estavam cheios de anéis... Mas o manto, que tinham sobre os ombros, em vez de os orgulhar, pesava-lhes demais...

Como o rei Salomão, a Vaidade, em seu trono, seduzia as mulheres com o fausto, com os palácios d'oiro, com a riqueza... Mas os lírios da Ilusão fanavam-se de pressa. E os sonhos, como flor, caíam decepados.

Era um clamor divino, uma alegria, um sorriso que nunca tinha mais fim... Mas eles não podiam disfarçar um momento, talvez, a sua inquietação. E onde quer que fossem, onde quer, o mal ia atrás deles.

Flora, que, a princípio os recebera com os lábios cheios de mel, com beijos de veludo, revolvendo-se toda nos seus leitos, como uma fêmea nua, que está farta, repelia-os agora quase com asco...

Pã, coroado de flores, como sempre, em meio às lupercais ardentes, tinha, ao vê-los, não sei que gesto amargo, que eles, em vão, queriam traduzir, imaginando que, de facto, se Pã mostrava-se tão contrafeito assim, não era sem razão, por isso que chamando, havia tanto tempo, com a sua frauta rude, não vira nem sequer sair ao seu encontro o rebanho de lírios, que pascia disperso todo por aquele val.

Também, por esse motivo, em poucos instantes, homens e mulheres povoaram o bosque de hamadríades e silvanos cornudos...

E, oh que delírio então completo, que embriaguez! A folhagem, o eco, as fontes riram, como Silenos bêbados.

Feridos de vergonha, eles fugiram. Mas, nesse instante, ia passando ao longe uma Visão. Correram todos a chamá-la, a chamá-la com as mãos... Ela, porém, vendo-se perseguida, em vez de olhar pra trás, desvaneceu-se, como uma bolha de sabão... Não sabendo depois para onde haviam de ir, ficaram a entreolhar-se, enquanto pelo céu, como uma Julieta, errava a lua cheia, cada vez, cada vez com um palor mais crescente, por causa desse amor com o jovem Endímion, de cujo leito, às pressas, ela fugia, mais fatigada todas as manhãs...

Era um combate doido, era um rumor desesperado d'armas, eles, porém, não alcançavam nada. Iam pintar uma águia e nascia um escorpião. Queriam criticar e não sabiam ver. Lembravam-se de ser uns cavaleiros, mas por desgraça deles, não sabiam jogar a espada nem a lança. Pensavam em trabalhar, faltava-lhes o talento. Cansavam-se demais e caíam no Comum. Tinham rios d'oiro, mas não tinham gosto. Tinham a ideia, mas faltava-lhes a forma. Viajavam, porém, sem a imaginação. Mudavam de lugar sempre com o mesmo estilo. Queriam se bater, mas que é da coragem? Iam beber, e em vez do esquecimento, bebiam o furor. Queriam ser talvez ébrios, para sonhar, mas do fundo de negros *cabarets*, eles saíam doidos, como nunca, e acabavam, às vezes, desflorando as filhas, como Ló.

Era um delírio assim de jovens faunos, era uma flor, uma anciã, tudo, porém, parecia uma Velhinha que já não tem ilusões...

Os carros, os troféus, rolavam... Os montréis reluziam com os alfanges. As mulheres pisavam como rainhas. A cidade era como uma mulher que se vestiu de sedas para um baile, e cobriu-se de joias, e tingiu os olhos de antimônio, e delirou nos braços dos mancebos... A beleza, porém, era uma donzela, que um dia fugiu dum reino, e nunca mais voltou...

Damas empoadas, cavaleiros de balona, graves e elegantes, sorriam como no décimo oitavo século. Mas a beleza feria-lhes mais ainda do que os versos de Arquíloco, e alguns chegaram mesmo até a se enforcar de desesperação.

A ansiedade gritava. A cidade inteira gritava. Mas as obras, que ainda conservavam esse trescale vago de flor-de-lis, que feneceu, de graça, que fugiu mais leve do que uma pluma, tinham desaparecido para sempre, no meio desse horror, dessa voracidade. A Escultura não punha em pé uma estátua que atraísse. A Pintura não tinha um gesto belo. A Música não fazia sonhar. Os poetas não iludiam mais com as suas avenas rudes...

Eles talhavam, no mármore de Carrara, estátuas colossais de Júpiter, de Apolo. Erguiam torreões góticos e castelos mais negros do que outrora... A beleza, porém, como um abutre, roía-lhes o fígado, furava-lhes os olhos...

As Imagens dançavam em redor deles, como uma Salomé. As Formas seduziam, como fêmeas... A Agonia, porém, chorava descabelada, como um Rei que danou, e amanheceu, que sina, pendurado pelos cabelos!

Em cavalos brancos, túnicas ao vento, iam todos com ar de ser uns cavaleiros... Mas a alma deles era como uma ancila, que numa torre escura um gigante cingiu-lhe o corpo débil entre os braços, beijou-lhe a boca, desnudou-lhe os seios magros, violou-a... Em vão ela gritava, os seus gritos morriam-lhe na garganta...

Ardiam as poncheiras, como chama... Ensopavam-se as mãos no vinho das orgias... O ideal, porém, cada vez mais esquivo, como um Anjo, sorria melancólico, à beira dos caminhos...

Sabiam que jamais deve perder-se a hora de poder embarcar, sonhando, para Citera. Mas, no Reino, quem, hoje, poderia, com formosura e graça, ter o dom de ensinar a divina e monstruosa arte de embriagar-se? A Pintura? Mas onde estavam os quadros, que sugerissem a única paisagem, realmente digna do Amor? Onde é que estava Juno, essa alegria, e Fauno, esse furor? A Música? Mas, as seguidilhas de D. Juan não falavam jamais das esfolhadas alvas do luar, que se filtrava, de antes, como um tóxico, nas veias. A Poesia? Mas era uma beleza equívoca e banal. O soneto dum era o soneto de todos. O Teatro? Ah! O Romance? Oh!

BAOM... BAOM...

Tudo era doce como os frutos de Pomona... A delícia, porém, fugia-lhes como uma Ninfa desdenhosa debaixo de mil gládios ameaçadores.

A prosa, o verso, floresciam, nos seus jardins, os tropos mais ardentes, as rosas de todo ano... A tristeza, porém, chovia sobre a terra. O desgosto caía como a neve. E cheios de pesar, de tédio, de embriaguez, muitos foram, como as ostras, dormir ao fundo do mar. Outros arrancavam-se os cabelos, cobriam-se de pó. Alguns correram como Eco para o fundo dos vales, para as grutas, afastando-se cada vez mais até que enfim eles se perderam...

E que bom! e que bom de ser um rouxinol! De ter asas também e de poder cantar!... Mas a Dissolução crescia como uma enchente do Nilo. Transvasava como um copo cheio de vinho. As Helenas, mordidas de furor, como áspides, que sangraram uma rainha outrora, mandavam estrangular os maridos no leito...

Fugir, nada melhor talvez do que fugir... A beleza, porém, era um reino encantado... Ninguém podia chegar lá!

BAOM...

Nada melhor do que ter asas e voar! Mas a Desolação soprava como um vento seco que varresse todas as podridões horríveis dum monturo.

Já se encontravam ali as feras do deserto, o íbis e o corvo, o milhano, a coruja, o dragão e o avestruz.

BAOM... BAOM...

Muitos tentaram ver se agarravam-se ainda a um sonho, a uma ilusão... A Torpeza, porém, arrastava os homens pela mão. E a Luxúria era como uma Oliba, que a todos os mancebos descobria as suas nuezas, e a todos se entregava. E apetecendo tudo, ela chegava até a apetecer os próprios animais...

Oh que fúria de ser um Deus, de ser um Hércules!... Mas nenhuma cidade antiga, como esta, a Samaria, o reino de Judá, Sodoma que mudou de sexo, Jerusalém que se perdeu, nenhuma praticou tantas aleivosias, nenhuma pecou a ametade dos seus pecados, nenhuma uivou assim com tamanho furor!

BAOM...

Nenhuma soluçou com desespero igual! Nenhuma!... Se caísse sobre eles uma espada, entrasse da Numeia rugindo um leão que os devorasse a todos, as serpentes talvez, a guerra, a peste, a inundação?... Queriam tudo!... Mas os Deuses por fim zombavam sempre deles.

Contudo, ao dealbar duma manhã de rosa, um dia, tiveram de acordar, mas doidos de terror.

Os muros da cidade tinham caído numa noite, após um estremecimento horrível. E de súbito, eles viram entrar nas ruas uma tropa imensa de soldados, cavalos e cavaleiros, rodas e carros de guerra, que levantavam nuvens de poeira, no meio dos adufes, dos címbalos, das frautas.

A cidade está invadida.

Sem demora também, a soldadesca, dado o sinal de saque tomou conta de tudo, da prata que encontrou, de todo o cobre, enfim, de todo o ouro, derrubando, dum golpe, as torres, as estátuas... O resto ela deflagrou.

De sacola e bastão e capa toda rota, disfarçados assim, tentaram escapar alguns, no meio da noite, pelo jardim do rei. Eram os mais altivos. Apesar disso, porém, os miseráveis, por mor desgraça sua, não puderam ir longe. A tropa que os perseguiu, agarrou-os a todos, duma só vez, mas brancos de terror.

Vestido de mulher, o rei que eles aclamaram, foi morto, a couce d'armas, nas latrinas do palácio, como o imperador romano.

E uma vez cativos, os que tinham valor, eles não se rebelaram mais. Antes, deram gritos de júbilo inefável, mostraram-se felizes, oh muito! e mesmo orgulhosos, por encontrar de novo naqueles homens uma espécie da graça dos seus antigos senhores, a beleza e a flor daqueles a quem roubavam o pão, envenenavam a água e o vinho, invejavam de morte, mas a quem pediam também, de joelhos, a esmola de ainda poder viver em paz.

Amém.

Mas, uma vez, calmo o furor de sangue, puderam respirar enfim como era tempo. E que horror! e que horror! e que delírio então! nas ruas, por espaço de muitos dias, ouviram-se tocar as músicas mais suaves, com as danças mouriscas, com algazarras doidas pelo meio.

Dos outeiros mais próximos, manava o leite e o mel em abundância e a água pura dos ribeiros corria sobre os vales regando a cidade com uma tal frescura pampanolesca, que ela perfumava, como se fora um lírio e nada mais. A cidade sorria. A fé brilhava. Pois creram no gênio.

E uma vez sobre as águas, os ventos sopraram e eles não fizeram mais então do que abrir as velas... Setembro cheirava tanto como uma mulher. Gazulavam pássaros. Os campos eram dum verde gai.

Durante dias, eles viajaram tão enlevados consigo mesmos, que eles queriam que essa viagem nunca mais tivesse fim defronte as alvas praias sonolentas, os serros e os alcantis, os vales como um sonho...

Mas a Realidade não os deixou sonhar por muito tempo.

Se os Estetas estavam mortos, a obra heráldica, como um monstro, vivia no jardim de flores das Hespérides.

Era preciso, pois, lutar contra a Quimera, vencê-la, cortar-lhe as cem cabeças.

Mas, começando, sem demora, essa luta titânica dum Hércules, fizeram, pelo chão, rolar, ensanguentada, logo em princípio, a ideia dos que pensavam que a obra de beleza era uma alquimia mais diabólica ainda do que o oiro, e que, só por meio de obras diabólicas, o talento podia realizar o seu maravilhoso encanto sobre a terra.

Mostraram, em seguida, a fúria dos instintos, pelas aspirações duma arte social, que os Estetas, de resto, desprezavam, por isso que jamais quiseram ser eunucos, ocupados em rufiar mulheres para os outros, e não compreenderam nunca que o orgulho feroz duma patrícia pudesse de repente transformá-la numa serva dos seus caprichos infelizes.

Mostraram, sobretudo, ignorar que tanto mais valor possuía uma obra d'arte e menos ela tinha de comum com o meio, qualquer que fosse, onde o acaso a visse eclosionar. Porquanto, o ideal em tudo é que a beleza fosse, mas como um astro, que vivesse da sua própria luz. Assim, uma estátua nunca era bela, porque se parecesse com Laís, mas Laís é que poderia ser bela, por parecer-se com uma estátua. E isso, porque o artista era uma abelha, que necessitava de flores para fazer o seu mel, mas, uma vez, o mel fabricado, ele não tinha mais o gosto nem o cheiro de nenhuma das flores de que houvesse sido composto.

Feriram os jardins todos de Berenice. Conspurcaram de horror a alma dos artistas. Arrancaram-lhes da cabeça o diadema régio, que inda brilhava, e o cetro dentre as mãos, e expuseram-nos assim, sem púrpura, quase nus, com um manto de girões apenas sobre os ombros, ao escárnio e ao desdém da plebe insultuosa.

...Shakespeare teria sido um criminoso apenas, se não fora o dom de transmitir a força psiquiátrica do crime, através duma tragédia maravilhosa de sangue; Byron, um incestuoso; Baudelaire, um mistificador de chapa e um envenenador de gênio; Villon, um salteador de estradas e um evadido das prisões correcionais da Idade Média...

Passaram, sem olhar, diante do que era artístico. Não chegaram a ver, insensíveis que eles eram, nem ao menos sequer o verso hiperestésico, cuja beleza hipnotizante atraía os Estetas para ela, como uma cobra, uma fascinação...

Mataram o Esquisito, porque não o entendiam, o Raro, porque só apreciavam o Comum, a Sutileza, porque só penetrava nos espíritos sutis.

Oh, que Belerofontes brutos, a cavalo no Pégaso, a galope, deram cabo de tudo! Exterminaram as delícias primaciais da crítica, por não saberem ver. Arrastaram na rua pelos cabelos a arte pela arte. Pegaram dos anões e fizeram gigantes. Deram croas de reis aos poetas, que sorriam, doirados pelo amor ingênuo de sua terra.

Mas não foram capazes nunca de dizer que uma bela mulher fosse a que lhes agradasse mais, porém, aquela que era do agrado enfim de todo mundo.

Também jamais puderam compreender as legendas mais simples que os Estetas insculpiram nos pórticos reais. Assim, no seu país, havia os serros mais altivos, os rios mais orgulhosos. Tudo isso podia ser belo... Mas a água suja do Sena era, sem dúvida, mais estética...

Atiraram por terra o Orgulho, essa cabeça régia, que rolou no meio duma púrpura de sangue.

Num redomoinho negro, num conspurcar enorme, eles envolveram aqueles que se julgavam inda muito maiores do que o mundo.

Partiram pelo chão o Espelho da vaidade, onde, enamorados de si próprios, os Estetas reviam-se com amor.

Calcaram com os pés as flores d'Alegria, sob o pretexto vão de que elas eram venenosas talvez, em todo caso, fizeram isso mais, para abater, inda mais uma vez, o orgulho dos rebeldes, que não viam no mundo, com os seus olhos, a moralidade como um fim, senão como um dos meios de requintar melhor as voluptuosidades. E amavam-na, porque ela era antinatural, isto é, porque obrigava uma mulher a ser dum homem só, quando, por natureza, essa mulher devia ser de todos quantos ela pudesse cobiçar.

Assim também, que mal podia haver que, no meio do horror do fogo de Sodoma, as mulheres vestissem-se de preto, e enchessem as igrejas e os mosteiros, se tudo, finalmente, tinha o dom raro de embebedá-las, fazendo-as inda mais ferozes do que elas eram, mais ardentes, mais finas e mais cruéis?

Fugiram, duma vez, da Imaginação, que apesar de ser bela como uma deusa, causava-lhes terror como Medeia, que, depois de matar os filhos, com as mãos, quando a foram prender, sumiu-se no seu coche, levado pelo ar por dois dragões com asas.

E rojaram-se nus aos pés da Natureza, não por amor violento, mas por ódio à Ilusão, esse vidro d'óptica através do qual os Estetas procuravam olhar a Vida... Entraram por ela como por uma mulher solteira. Apertaram-lhe os pomos verdes com delírio, e beijaram-lhe os pés, os olhos, e os cabelos... E doidos, como tais, mas doidos do seu vinho, deitaram-se embriagados sobre a relva e as flores, enlaçados com ela, no mesmo leito, em que também dormia com os monstros e com os animais de toda espécie...

Foram, enfim, como uma soldadesca, que invadiu uma cidade e tomou conta das torres dessa cidade, e tudo conspurcou dentro do lodaçal, a coroa dos reis, e o manto dos artistas, a púrpura e o diadema dos Obscuros, os arcaísmos, e os neologismos, e as aliterações, e os ecos, e os pleonasmos, e as cacofonias, ao mesmo tempo que fazia soluçar, mas com um soluço rouco, o desespero vão dos que se debatiam, doidos para fugir do horror de espectros maus, pra longe, para além, para onde quer que fosse!

Pela sua vez, a Crítica, que nunca vira nada, que passara indiferente diante de tudo que era belo, diante dum gesto, como duma frase, como dum poema, a Crítica afinal deitava o seu *lorgnon*, agora, para em público, assim, dum modo original, fingir que via, mas precisamente, aquilo que jamais tinha podido ver.

Nos prefácios de livros, que se publicaram então, como em pórticos d'oiro, prefulgente o Ódio reluzia, como um brasão antigo.

A literatura não era, em suma, senão ódio contra os outros, contra o talento dos outros, que, até depois de mortos, ainda lhes faziam mal.

Pode-se dizer, mesmo, que era a inveja dos mortos, que os impelia a meditar nas artes, no Renome.

E pois, na poeira, como folhas secas, rolava o sonho dos citaristas e dos evocadores, a flor dos que pensavam que, em estética, quanto mais secreta a correspondência, mais beleza, mais luz e mais encantamento.

No meio dos festins, porém, dessa Babel, das heras e dos mirtos, no meio desse horror, desse ruído vão, de coroas com que se coroavam, de assombros, de quimeras, sobre a cabeça deles, melancólica, uma Sombra descia, cujo desdém brilhava como alfanges...

E à noite, quando enfim as Bacantes rolavam sobre os leitos de púrpura e as liras emudeciam todas duma vez, ao fundo desses álamos reais, uma suave Alcíone se lamentava. E com ela, tudo que inda restava de belo, o silêncio, o mármore, o jardim, as fontes, o luar...

Gonzaga Duque

1863-1911

MORTE DO PALHAÇO

Esguio, anfracto, torturado na rude anatomia muscular dos esboços miguelangelescos, laivos de zíngaro na máscara violenta e nua, William Sommers fora o galhardo *clown* do trampolim e do trapézio, empolgando, num salto, a barra baloiçante dos aparelhos aéreos.

Fora – grifava nos comentários a parceria acrobática – porque, dum contado tempo a então, William *decaía* em contorções estranhas, imprimindo aos trabalhos singularidades incompreensíveis, movimentos desordenados, em exercícios amorfos, obscuros, ininteligíveis, de músculos e nervos, estendimentos preguiçosos de jiboia sonolenta, *tics* e tremores nervosos de pantera, sacudindo a impertinência dos moscardos, ou meneios aduncos de corvo atalaiado e lúgubre, como a combinarem expressões ensaiantes e dúbias duma arte nova.

À proporção que se reproduziam essas bizarras manifestações de acrobatismo, esquisitices de hábitos afastavam-no da convivência dos companheiros, esgrouviavam-no, com tédios prolongados, em posturas extáticas prejulgadas pelo esconso parvo dos ginastas que o alvejavam, às costas, com observações e esgares injuriantes. William contraía, em desprezo, a fria boca sarcástica e voltava à sua imobilidade meditativa.

Ele próprio não poderia explicar, se o quisesse, a transformação por que passava. Era uma necessidade que o movia impulsivamente, cuja origem ignorava. Começara por uma espécie d'enfastiamento, um cansaço dos velhos exercícios aprendidos, que executava sem orgulho, mesmo sem a consciência de encontrar neles a sua subsistência. Sobreviera-lhe, depois, uma displicência, quase a se confundir com o *spleen*, amarga e crescente, dessas cabriolas cediças, desse revolvido repertório de jogralices tradicionais, imutáveis, estafadas, remendadas com retalhos d'entremez e rebotalhos de burletas.

Sem saber por quê, sentia a aspiração de uma arte que se não agachasse na recolta dos dichotes de bastidores, nem repetisse desconjuntos de títeres, mas fosse uma caricatura sintética de ideias e ações, o traço carregado e hilariante, dolorosamente sardônico, do delírio humano em todas as suas expansões, desde as que o rebaixam ao similar das lesmas viscosas, té as que o elevam ao icarismo dos condores arrogantes, uma forma não usada, não feita, da sátira gesticulada, delineando no exagero representativo o ridículo das intenções.

Não lhe bastariam, para tanto, os esfalfados recursos acrobáticos. Sommers queria febrilmente, procurava aflito, rebuscava delirantemente mais alguma coisa.

Que era?... Alguma coisa que devia existir, que ao certo existia, embrionária, ou completada, esparsa pelos seres ou reunida em alguma parte desconhecida, sonho ou realidade... talvez o inédito... Fosse o que fosse!... mas que o enfermava, que o enlouquecia quase, pela grandeza do almejo nos estreitos limites do seu espírito inculto.

E, atento, esmiuçador, tentaculado inteiro por sua ideia, procurava esse segredo, combinando e desfazendo planos, criando e desenhando mentalmente figuras várias, aspectos imprevistos, detalhes impressionantes, aproximando-se do vago debuxo duma harmonia bizarra, logo acentuada nas suas linhas componentes, logo aperfeiçoadas nas suas justaposições, mescla de tintas em correspondência reflexa de movimentos rítmicos, o gesto e a cor, a eterna Forma e o eterno Colorido completando-se reciprocamente

Entrava, então, a avaliar, na mímica expressora duma determinada ideia, qual a *flexão* que lhe corresponderia, de que maneira conseguiria o acuso caricatural, qual a consonância colorida que deveria externar, por assim dizer: *objetivar* a intenção. Delirava em torno do seu sonho, seguindo com o olhar doentiamente crepusculado em vagares de outono a marcha trôpega dos rafeiros churros e famintos, a ironia triste dos boêmios envelhecidos; perscrutava a pupila, a atitude, os movimentos dos desamparados, os macilentos das enxovias que riem como os orangos e têm a inquietação farejadora dos roedores, a concentração múrmura dos predestinados para as galés; fundia todo esse penoso estudo em torcicolos e mímicas, em esgares e trejeitos, a lhes descobrir a característica, o flagrante, a nota dominante e certa, a expressão exata sob o desmesurado da sátira, e, esgotado, alquebrado, volvia, impacientemente, a outras investigações, a outras análises, esquecido de tudo quanto não estivesse no disco fascinante dessa obsessão, alheado dos seus deveres, de suas gloríolas de arena, da sua própria existência material.

Gradativamente, enquanto mergulhava nessa ambição, enquanto sonhava e tateava o tenebroso desse ignoto, perdia os favores dos empresários e a simpatia das plateias. Houve noite em que os silvos do desagrado lhe vararam o amor-próprio. William vergou-se, cortado pelo desprezo da multidão que o afrontava com o riso alvar dos seus críticos, com o motejo idiota dos seus censores, e redobrou de esforços para estertorizar a expressão desejada, para precisar a mímica reveladora e emocionante com que sonhava. Mas, como conseguir essa coisa abstrata? Onde descobrir essa misteriosa forma inovadora, esse mágico, encantado *novo* que ele pressentia e por cuja conquista se cansava?...

Debatia-se, exausto, contra insucessos, já perdido e desanimado no angustioso torvelinho das quimeras, já iludido e alentado pela luminosa bruma de imagens promissoras.

Um dia acordou-se. A vida chamou-o à realidade: seus trabalhos não mais influíam nos lucros do seu bando; muitas vezes a fome adormeceu com ele, esmagando-lhe a cabeça delirante nos torniquetes nevrálgicos, após o suplício das vigílias inquietas, que lhe estendiam sombras de demência nos cansaços da idealização. E percebeu mais nitidamente, mais pungitivamente a indiferença que o cercava. Não era só a multidão que vinha todas as noites encher a bancada do anfiteatro, pontear de caras os círculos concêntricos do *picadeiro*, quem lhe ofendia o orgulho; mas a gente da companhia, a gente da sua profissão, que o insultava com escárnios a essas tentativas, vexada em seus respeitos pela arte aprendida e tradicional, abalada em sua mediocridade por se compreender incapaz de reformar os *exercícios* que supunha imutáveis.

William encurvava os ombros humilhado e ferido, mergulhava as mãos nas algibeiras e lá se ia, arrastando passos vadios pelo granito das ruas, horas e horas, entregue ao acaso. Às vezes despertava de suas meditações na muralha de um cais deserto, às vezes num pendor de estrada solitária fora da cidade, e com o olhar fito na planura agitada das águas ou nos barrancos das montanhas, indo para o ilimitado, para o desconhecido, pelo misterioso do horizonte oceânico; parado nos recalcos das ribanceiras ornamentadas de festões de avencas e redoiças floridas de madressilva, no emaranho das ramarias e docéis de frondes, esperava encontrar a forma desejada e rebuscada prevista num efeito de luz sobre a transparência corcoveante duma onda espumosa, num estranho golpe de sol sobre o mosqueado da vegetação exúbere.

E dia a dia, levado no deslizar dos cismares, foi penetrando, insentidamente, numa análise sutil de formas e cores, observando os répteis, estudando-lhes os rastejos, os distendimentos coleantes, as suas precauções investigadoras, os seus arremessos alucinados. Subiu com o olhar às alturas e atendeu aos movimentos cabalísticos dos corvos, a soturnidade de suas posturas, a expectativa presaga de seus olhares; alçou a vista ao interior das florestas e notou o soberano langor dos felinos, a volúpia dos seus espreguiços e harmônico nervosismo dos seus pinchos, a segurança dos seus saltos... Comparou-os aos gestos humanos, calcou-os, fundiu-os e dessa fusão intuitiva, resultou um lúgubre sardônico e mau, que correspondia a certas cores, a certas tintas tiradas do colorido decorativo das plantas raras, das enfermidades típicas das estufas – a prateada lepra das begônias, a gangrena asfixiante de algumas tuberosas, as escaras exóticas das orquídeas – e então combinou o seu *maillot* original, um tecido fulvo, à maneira de certos panos mesclados de púrpura e oiro da rica tecelagem d'Oriente; sobre ele, em sucessão ininterrupta, de modo a cobri-lo literalmente, minúsculos bocetes em placas translúcidas de tom plúmbeo, apenas presos por uma extremidade, formando escamosa superfície miúda e movediça. Assim vestido e assim fantasiado era um maravilhoso monstro de lendas, cuja cabeça a morte substituiria pela sua própria cabeça impressionante e fria.

E nessa noite, de repente, surdiu da farândola grasnenta dos palhaços, num arranco de trampolim – up! – que o levou à altura dos trapézios.

Foi inesperado. Um sussurro de espanto espalhou-se pelo circo. Quando ele galgou a barra do aparelho, sussurrou, retremendo o ar, um som seco e longínquo de asas de agoiro, o cascalhar indescritível de uma matraca de enterro que soa por noite alta, no silêncio de uma estrada, além... Pelo espaço coriscaram chamas vermelhas, num bafo de inferno. Os espectadores atordoaram-se e lá acima, na oscilação do trapézio, viu-se o monstro acocorado, quedo, outra vez da translucidez plúmbea de aço horrível. Os grandes olhos ardentes brilhavam em órbitas escavacadas a bistre, na lividez de uma ossamenta artificial apenas ria imóvel, ria sem risos, a feia mandíbula descarnada.

Agora, tornara-se mais perturbador, porque se lhe notavam os meneios arrepiados e duros de um fantástico, dum funéreo abutre notívago, de cujo pescoço flácido pendia a carcaça fatídica da Morte para a plateia estupefata. A distância confundia-o com a probabilidade dum pesadelo. Havia pupilas que fitavam com terror; em rostos exangues, bocas descoradas retorciam gritos invocalizados. E Sommers respirou orgulhoso... Mas, se assim impressionava, porque lho não diziam pelo aplauso!...

Certo esperavam mais... Sim, talvez ele os arrebatasse numa outra prova... E o monstro sardônico, a caveira jogral, foi s'erguendo lentamente ao som de uma surdina ensaiada, foi s'erguendo como um pensamento mau que se levanta. Todo o seu esguio corpo acidulado acendeu-se vagaroso, em sulferino de carvões ardentes, tremeu como uma pequenina chama desperta. Mal se lhe via a máscara. Nessa lentidão crescente, era um crime que desponta num espírito em névoas negras de tortura. Devagar o clarão se alastrava, a tentação crescia; relâmpagos de labaredas bafejados corriam sob o palpitar sonante das escamas agitadas, num ou noutro movimento presto. De instante a instante, os gestos se sucediam, dilatados num espreguiço, aberto num aceno acolhedor; eram a languidez de um carinho, eram a posse num amplexo... Súbito, o incêndio lavrou: o palhaço redemoinhou no espaço, como se houvesse agarrado, aniquilado alguma coisa. A queda dum chuveiro de chumbo estalou, surdamente, refrangiu o ar, passou... E a caveira voltou à sua imobilidade lá no alto, escura e fria, a rir sem risos.

Um silêncio pesava.

Então o monstro começou a mover-se, ora em arremessos, ora aos recuos. E a barra do trapézio, compassadamente, oscilou em vaivéns mais fortes, mais longos, mais largos, té estender-se pelo vácuo, em baloiço.

Misteriosamente um agoiro soprou, álgido e penetrante, no íntimo de toda gente: A Morte voa!... A Morte voa... lá pelas alturas!... E pálpebras esgazearam-se, num pressentimento; ouvia--se o respirar ofegante de peitos que arquejam... E o corpo do *clown* voava d'extremo a extremo, voava vertical e rígido, de braços estendidos às amarras do aparelho, semelhante a um grifo estonteado, sob o teto do anfiteatro. Ao se avizinhar dos arcos do gás, acesos e pendentes como candelabros, reluzia todo em frias brancuras de metal polido, em sucedâneas e fulvas claridades de fornalha, fascinando e deslumbrando como ambições; mas, depressa esmorecia em deflagrações bruscas de calmaria tropical, transfigurando-se numa sombra negra e aterrorizante, de desespero vencido, ao se afastar da luz viva. Dir-se-ia que o mal pairava ali, procurando o poiso duma alma.

De repente, porém, um rumor entontecedor d'asas viris que se encolhem para flechar a distância em assalto súbito, o monstro varou para outra barra, adiante, e foi correndo, volteando de trapézio em trapézio por um círculo de voos e redemoinhos, quase sem forma que o recordasse, já negro e inteiriçado, já rubro e serpentino, ou em tremente globo d'aço, ou poliformidade flamurante, lembrando rapina que se debate com o valor da presa, agonia que a vitalidade repele, demônio que o exorcismo afasta, e que persistem, e que volvem, relutam, sangram, escabujam, atropelam, perseguem e recuam, galgam e são galgados, ferem e são feridos, e mais se empenham em agarrar, estrangular, arrebatar... até que, num salto duplo, ganhou o seu mirante aéreo, num longo hausto de triunfo!

Rasgaram o sussurro das respirações sôfregas guinchos de goelas ressequidas; uma voz, rouquenha d'enfado e regougante de horror, estalou afronta inconsciente, pedindo que terminasse. William estremeceu, sacolejado no seu orgulho, mas logo deu de ombros com desdém. Que lhe importaria o entendimento da turba?... Sua alma estava toda na desejada perfeição deste trabalho. Fora ele que o criara, era ele o primeiro que o executava. Amava-o, pois, como um esforço seu. Agora queria completá-lo para sua própria satisfação, porque a inédita beleza resultante de cada gesto de seus membros, de cada flexão de seus músculos, só refletia no seu próprio espírito, convergindo para sua própria admiração. E que delícia em se sentir estranho, atormentador, horroroso!...

Ei-lo pelos ares, de pé, braços em cruz, voando na cadência baloiçante do aparelho. É uma rapina que se apruma nos espaços, o ente fabuloso e híbrido cuja cauda se biparte em pernas e se eleva invertendo a posição da cabeça; uma quimera que se contorce, se distende com as seduções das sereias e se concentra na tensão muscular de um polvo. Num momento todo este corpo chameja, e essa cabeça horrorosa, semelhante à base de um Y que tem as forquilhas presas ao trapézio, bamboleia ameaçadora, olhando da treva das órbitas com desvairadas pupilas úmidas... Depois a enorme letra viva, o grande Y aéreo, toda se enverga mole e desconjuntada; dela se desprendem braços que procuram apoio e se converte num hieroglifo e se metamorfoseia numa imagem indizível, que começa por lembrar um sapo e termina por tomar a forma mista de um homem, cujo corpo exumado tivesse perdido a máscara, tendo o torso e os membros transformados em partes de monstro... E mais sinistras luziam as suas pupilas. Ouviu-se o *maillot,* agitado, chocalhar num suspiro longo. E a Morte correu pelos ares relampejando claridade de tocheiros em procissão noturna, ondulações flamíneas de colgaduras fúnebres que se desdobram nas câmaras ardentes...

A Morte passou!... A Morte passou!... Zuniu por todos um frio de covardia e apreensão: A Morte passou!...

Nada mais se viu. Então, irrompeu do povo um urra de ovação, sob o barulho das palmas. Mas um baque seco repercutiu no extremo da galeria. Sommers perdeu num voo a barra de um trapézio, atravessou o vácuo, foi arrebentar o crânio numa arquitrave do teto.

Houve uma paralisia momentânea em todo o circo, gritos que se estrangularam em gargantas febris, olhares esgazeados numa alucinação extática. E os trapézios oscilavam, vazios, vagarosamente, em vaivéns sinistros.

Depressa o assombro se desfez, a multidão arrancou-se da perplexidade, numa angústia: moveu-se confusa, atropelada, em tumulto, para o lugar onde o palhaço caíra.

E lá estava ele, estatelado, inerte, sobre uma das bancadas. A caraça de caveira tornara-se-lhe horripilante. Um dos olhos esbugalhara-se-lhe da órbita escurecida a bistre e abria, desmesuradamente, a pupila sem luz para o Nada, num desespero inútil de ver, imóvel e medonha; na sua boca artificial, de dentuça descarnada, dilatava-se outra boca escura e ressequida, com um trejeito aflito, de dentes que, por contraste, pareciam alargar uma gargalhada paralítica, horrorosamente rindo.

E assim ficou-se o estranho *clown* caricaturando a Morte, tornando-a pavorosa pela ironia de ser a própria Morte que gargalhava por esta boca resfriada o desdém do seu triunfo, incontado e insentido, mas que nunca se apagaria da emotividade dos que o fitaram porque em seus pensamentos ou em seus sonhos a caveira continuaria a rir, a rir imóvel, sem risos, num desesperado, afrontoso ríctus de inexprimível sarcasmo.

SAPO!...

Quando a treva se derramou serena e lenta – o focinho repelente de um enorme sapo surgiu no envesado rasgão de uma brenha. E logo, do negrume frio da estupilha, todo o seu curto e grosso corpo mole despejou-se para o declive largo da estrada.

Sob a fuligem da noite, ele não tinha forma precisa, era uma coisa estofada e untuosa, feia e rude, que se movia aos pinchos, batendo surda e fofa na poeira calmada do caminho. E aos pulos, compassadamente, precavendo-se e perscrutando, vai tangendo na papeira, de quando em vez, a martelada sonora de um aviso. Ao repercutir da pancada, coaxos desolados respondem, ao longe. O enorme sapo, então, para e escuta.

Que se acordou nessa alma fruste? É uma dúvida, que o retém, ou alguma lembrança, que o enleva?... E vacila...

...Há um grande silêncio, em torno, que se opõe à palpitação doutra vida lá baixo... Ele, porém, continua, aos arrancos, em saltos, bigorneando o seu alarma té a baixada do val.

A treva densara-se. Trilos delirantes de larvíparos crivam de suspeitas a mancha negra da macega... A pouco e pouco pelas alturas, e de onde em onde, acende-se, súbito, uma estrela...

A paisagem não tem cor, debuxa-se numa carbonagem forte; recortada e chata seria sombra esfarrapada e estática ou penedia estorvante e bruta se, por vezes, não na acordassem farfalhos bocejantes da ramaria agreste...

E o sapo continua. Vai só. A solidão envolve-o, a treva protege-o. Ai dele, se alguém aparecesse e se a noite não pusesse nos socalcos da escarpa e nas touceiras das quebradas o negror das furnas! Ai dele!... porque ninguém o quer, ninguém o ama... A mão da criança desloca pedras para o lapidar, o cajado longo do pastor esgaravata-o e escorcha-o nas grotas, o bordão da velhice fere-o, as raparigas, então essas, têm-lhe um horror como se topassem bruxedos!...

No entanto, não ferve a peçonha nas suas mandíbulas, nem possui armas para destruir os campos e arruinar as choças! É pacífico e bom, mas é feio e repulsivo. Como não mata o homem, o homem não o evita, esmaga-o. Teceram lendas, com os dedos ágeis da mentira, para o perseguir – ele é o agoiro que arrasta à desventura, é o bruxo dos feiticeiros, a alma penada do purgatório, o mensageiro do inferno. Se penetra o portal de uma choupana, fugindo aos temporais ou indo à caça dos destruidores, é que vem para secar o leite ao seio das mães, cegar criancinhas, estuprar virgindades... E a água de que bebeu logo ficou salobra, a roupa em que se roçou transformou-se num cáustico... É o sapo!

Mas, agora, nos charcos da baixada para outra vez e olha. Passam topázios flamejantes, lanternando o negrume liso do lodo... Lírios recendem... Esmeraldas notívagas surdem das tábuas e das ninfeias, num enxame... Há diamantes nas folículas rasteiras do lameiro... Toda uma rutilação no pântano!... O sapo contempla.

Do empapuçado das margens, aqui, além, lá baixo, retine uma orquestra bárbara, trilante e áspera, entre cicios febris e coaxos rítmicos. Parece que é o ar que retreme, que a própria treva é uma poeira efervescente e sonora... E o sapo escuta

Aquela massa repelente está comovida e contemplativa: e como toda a joalheria dos insetos e o murmúrio das trevas o fazem cismador, levanta os bugalhos para o céu, já recamado de estrelas. Deslumbra-se e extasia-se, a ver e a ouvir, numa fascinação que lhe traz à papeira regougos surdinados, como a ensaiar um canto...

Mas, não o diz, não o exprime. Teme perturbar a beleza que o encanta... Talvez nem o entendessem!... ou de terror estrelas e insetos fugissem, a música cessasse! É melhor ouvir e ver, em silêncio, só consigo falando. E o sapo escuta e contempla.

Pojado nas patas, retesa a cabeçorra para o alto. No arco brusco das órbitas cintilam suas pupilas cismadoras. É-lhe a postura toda embevecimento e resignação. E – quem sabe? – cada retremer de estrelas, cada fosforear de pirilampo, cada som que retine, vai gravando na sua alma rústica a rude estrofe dalgum poema rude!...

Ah! triste vivente, asqueroso batráquio, horrendo sapo!... que doce alma de poeta tu possuis! Bom e simples animal, solitária e inofensiva criatura, ninguém te quer, ninguém te ama, porque és feio, és feiíssimo, tens o aspecto nojento duma bostela, e porque não ofendes, e porque não seduzes, a maldade dos homens, que é a normalidade humana, te repele, te injuria, te assassina!

És sapo! Sapo! irmão dos desgraçados que se amamentaram na Desgraça, igual aos infelizes que nasceram da Infelicidade, enxotados, batidos, infamados, porque ninguém os quer ouvir, ninguém os quer amparar!...

A tua pele é negra e horrenda, a tua forma enoja, os teus gestos, os teus movimentos, a tua obscuridade irritam... não, não podes ter uma alma, não podes ser bom. És mau e estúpido. Por quê? Porque és sapo, unicamente sapo... sapo!... sapo!...

Raul Pompeia

1863-1895

VIBRAÇÕES

Comme des longs échos qui de loin se confondent
Dans une ténébreuse et profonde unité,
Vaste comme la nuit et comme la clarté,
Les parfums, les couleurs et les sons se répondent.

C. BAUDELAIRE

Vibrar, viver. Vibra o abismo etéreo à música das esferas; vibra a convulsão do verme, no segredo subterrâneo dos túmulos. Vive a luz, vive o perfume, vive o som, vive a putrefação. Vivem à semelhança os ânimos.

A harpa do sentimento canta no peito, ora o entusiasmo, um hino, ora o adágio oscilante da cisma. A cada nota, uma cor, tal qual nas vibrações da luz. O conjunto é a sinfonia das paixões. Eleva-se a gradação cromática até à suprema intensidade rutilante; baixa à profunda e escura vibração das elegias.

Sonoridade, colorido: eis o sentimento.

Daí o simbolismo popular das cores.

O MAR

Et cuncta, in quibus spiraculum
Vitae est in terra, mortua sunt.

GÊNESIS, C. VII, 22

Outrora, contra a maldade humana, indignou-se o mar. Ingênuo moralista, educado na contemplação constante das serenas esferas, sentiu que era muita a perversão dos homens.

E os homens com terror viram erguer-se contra eles a cólera das águas. O mar cresceu, cresceu.

Conspiradas com o mar, engrossaram as torrentes e as cataratas das nuvens desabaram. Correram as crianças para as mães; as mulheres, com pavor no olhar, seminuas, cabelos ao vento, buscavam os amantes suplicando socorro, recordando na súplica os consumidos tesouros de carícias; evadidos da floresta alagada, fraternizavam no pânico os animais bravios com os homens. Os grandes da terra, em delírios de orgulho, ameaçavam com o punho, brandindo gestos de vingança.

O mar implacável subiu, a topar com as nuvens.

Hoje o mar é outro. As quilhas rasgaram-lhe a virgindade indômita. O divino justiceiro de outro tempo, experimentado e velho, fez-se cúmplice dos homens. Anda agora a transportar, de terra em terra, sobre as abatidas espáduas, o fardo das ambições e das tiranias.

O VENTRE

A atração sideral é uma forma do egoísmo. O equilíbrio dos egoísmos, derivado em turbilhão, faz a ordem nas cousas.

Passa-se assim em presença do homem: a fúria sedenta das raízes penetra a terra buscando alimento; na espessura, o leão persegue o antílope; nas frondes, vingam os pomos assassinando as flores. O egoísmo cobiça a destruição. A sede inabrandável do mar tenta beber o rio, o rio pretende dar vazão às nuvens, a nuvem ambiciona sorver o oceano. E vivem perpetuamente as flores, e vivem os animais nas brenhas, e vive a floresta; o rio corre sempre, a nuvem reaparece ainda. Esta luta de morte é o quadro estupendo da vida na terra; como o equilíbrio das atrações ávidas dos mundos, trégua forçada de ódios, apelida-se a paz dos céus.

A fome é a suprema doutrina. Consumir é a lei.

A chama devora e cintila; a terra devora e floresce; o tigre devora e ama.

O abismo prenhe de auroras alimenta-se de séculos.

A ordem social também é o turbilhão perene ao redor de um centro. Giram as instituições, gravitam as hipocrisias, passam os Estados, bradam as cidades... O ventre, soberano como um deus, preside e engorda.

CONCLUSÃO (*A FÁBULA DO CÉU*)

Omnis mundi creatura
Quasi liber et pictura
Nobis est, et speculum!
Nostrae vitae, nostrae mortis,
Nostri status, nostrae sortis
Fidele signaculum.

ALANUS INSULANUS

Serena o mar...

Torna também o firmamento à limpidez da bonança. Ao mar, aos homens, reapareceu, sem mácula, a amplidão do azul.

Sem mácula!

Pode vir de novo a coorte dos nimbos travar o drama da tempestade.

Pode vir a estrela e prosseguir a jornada nômade que leva!

Venha, prossiga a neve, flameje o astro. Para a nuvem, risonha ou trágica, sombria ou luminosa, pejada de raios ou penetrada de luar, lá está o cenário franco. Para o astro, impassível, lá está o rumo das órbitas desimpedido!

Estrela, nuvem – nuvem que passa, estrela que arde.

Sobre o céu eterno destaca-se bem a antítese destas criações diversamente efêmeras do Mistério. Supremo ensino das cousas!

Em vivo contraste, sobre o fundo obscuro do tempo intérmino – a nulidade real dos múltiplos aspectos cambiantes das existências.

O céu, como uma fábula, tem esta moralidade.

Virgílio Várzea

1863-1941

A PAPAGAIO

A Eliseu Guilherme

Todos a conheciam pela – Papagaio.

Dera origem a esse nome, a maneira esquisita por que ela torcia os pés para dentro no andar.

O seu aparecimento repentino no lugar onde passara o maior e mais negro pedaço da vida, nunca fora explicado por ninguém, nunca merecera a atenção pública.

Era uma dessas infelizes anônimas, a quem a orfandade joga às calçadas das ruas e faz estender a suja mão esquelética à indiferença cruel e desconsoladora dos fartos.

Jamais conhecera os acarinhamentos tépidos da lã nas longas e desoladoras noites d'inverneira, em que os ventos têm pontas fisgantes de agulhas e até as próprias árvores tiritam lugubremente, nuns arrepios de glacialidade, e a doçura agasalhadora e tranquilizante do colo das mães.

Costumava andar pela cidade à busca de algum coração que, num ímpeto de franqueza e dignidade, lhe destruísse, com as sobras das suas refeições, a ferocidade terrível da fome que lhe despedaçava o estômago – ganindo implorativamente pelos portais, esfrangalhada, nojenta, como os cães abandonados.

Ao entrevecer de cada dia, procurava sempre o copamento fechado e generoso das árvores de praça ou o zinco inclinado dos trapiches cobertos, para dormir ao abrigo das relentações cortantes e frias, que chovem do céu pelo avançamento soturno das noites.

Quando as chuvas eram desordenadas e duradouras, ela andava num encharcamento contínuo, varada de frio, farpalisada de fome, com os curtos cabelos a escorrer, numa emaranhação azevichada de molhadura, feita pela remota ausência de pente.

E causava pena ver como essa rapariga desgraçada e sem proteção, era apupada, ludibriada, corrida pelas vaias ruidosas, insultantes e aguardentadas, e pelos epítetos livres de caserna, verbalizados no impudor do cinismo, pela escória vil dos cocheiros.

Assim vegetalizou 30 anos, a pobre criatura, estercada de misérias, curtida de dores, até que a pujança suprema de uma febre devastadora, indomável, sacudiu-a ao rijo grabato dum hospital, e daí ao bom seio fecundo e transformador da terra, donde ela surgirá, mais tarde, talvez, nalgum lírio odorizado e magnífico, à maviosidade alegradora e venturisante da passarada dos bosques, à alacridade das fulvas madrugadas de Abril, ao sol triunfal e hilariante dos trópicos!...

MARTA

A Pinto da Rocha

Era franzina e alta.

E do seu cabelo negro e penteado, suspenso atrás, destacava-se sempre, como de uma tela escura, umas continhas brancas e cintilantes sobre a curvatura dourada de um pentezinho elegante e moderno.

Usava os vestidos muito justos, acusando todas as linhas do seu corpo bem-feito.

O seu rosto bonito, de uma pele fina e aveludada, era dum trigueiro quente e corado, com um sinalzinho duma negrura intensa.

Tinha os olhos grandes e castanhos, cheios de um fluido, langorosos, de pestanas longas.

Na sua boca escarlate e pequenina, havia, continuamente, a frescura agradável e sã de uma pétala de camélia, e a frequência inalterável e ruidosa dum sorriso expansivo e bom.

Era apaixonada por bailes.

Frequentara, por algum tempo, as reuniões, aos domingos, na casa do Sousa; e achava-as bastante concorridas, divertilizantes, sem luxo.

Numa dessas reuniões, ela dançara, uma noite inteira, com o Júlio – um rapaz de um ar fidalgo, bigode curto, cara redonda, vermelho, simpático, que se achava ali de passeio, e que estava a concluir os estudos na corte.

E, desde então, ela começou a admirar os seus olhos, a sua simpatia, os seus modos, e a sentir também uma vontade possante e irresistível de estar sempre a seu lado, tombada sobre a seu ombro, com o rostinho unido ao dele, numa intimidade sossegada e feliz.

Era o seu primeiro namorado, o Júlio.

Teria ela mais ou menos os seus 15 anos.

A primeira vez que valsou com ele, foi muito nervosa e inquieta; ele fizera-lhe uma declaração, elogiara-a muito.

E que sensação quando ele falou-lhe em casar, em ir à sua casa!

Bastante impressionada, imaginou logo que já pertencia a ele, que se achava só na tepidez voluptuosa e doce de uma alcova nupcial, distinguindo-lhe no olhar fulgurações vivas de sensualidade e de desejo, e ouvindo-lhe dos lábios ardentes e secos, palavras cariciosas, cheias de paixão e estourar de beijos, nuns arrepios de medo e langorosidade.

Mas, passado tudo isto, ela sentiu dilatar-se-lhe o coração, numa alegria enorme, alucinadora.

Foi ter com a mamã e contou-lhe o caso, disse-lhe tudo...

Daí a dias, o Júlio foi despedir-se e pedi-la à mãe por um ano – dizendo que ia formar-se, cuidar do futuro; e, com muitos cumprimentos e oferecimentos, apertava a mão de todos, prometendo escrever.

Embarcou para a corte...

Que saudades depois da sua partida!

Os primeiros dias, ela passou-os no seu quarto, chorando intensamente, à vista do retrato dele, com recordações vivas dos seus afagos de namorado, do seu porte elegante e alto, atacado quase sempre num costume inglês de flanela azul, dos seus *tics* graciosos...

Mas, depois, todas essas ideias douradas de alegrias, cheias de sol e pedaços de céu, fugiram, desapareceram desse espírito de uma volubilidade esquisita e infantil, como uma impressão que se apaga.

E, então, ela, decorrido 8 meses, veio a casar-se com o Alfredo, um sujeito feio e estúpido, mas um lorpa endinheirado.

Cruz e Sousa

1861-1898

BALADA DE LOUCOS

Oui, nulle souffrance ne se perd, toute douleur fructifie, il en reste un arôme subtil qui se répand indéfiniment dans te monde!

M. DE VOGUÉ

Mudos atalhos afora, na soturnidade de alta noite, eu e ela, caminhávamos.

Eu, no calabouço sinistro de uma dor absurda, como de feras devorando entranhas, sentindo uma sensibilidade atroz morder-me, dilacerar-me.

Ela, transfigurada por tremenda alienação, louca, rezando e soluçando baixinho rezas bárbaras.

Eu e ela, ela e eu! – ambos alucinados, loucos, na sensação inédita de uma dor jamais experimentada.

A pouco e pouco – dois exilados personagens do Nada – parávamos no caminho solitário, cogitando o rumo, como, quando se leva a enterrar alguém, as paradas rítmicas do esquife...

Eram em torno paisagens tristes, torvas, árvores esgalhadas nervosamente, epilepticamente – espectros de esquecimento e de tédio, braços múltiplos e vãos sem apertar nunca outros braços amados!

Em cima, na eloquência lacrimal do céu, uma lua de últimos suspiros, morta, agoniadamente morta, sonhadora e niilista cabeça de Cristo de cabelos empastados nos lívidos suores e no sangue negro e esverdeado das letais gangrenas.

Eu e ela caminhávamos nos despedaçamentos da Angústia, sem que o mundo nos visse e se apiedasse, como duas Chagas obscuras mascaradas na Noite.

Longe, sob a galvanização espectral do luar, corria uma língua verde de oceano, como a orla de um eclipse...

O luar plangia, plangia, como as delicadas violetas doentes e os círios acesos das suas melancolias, as fantasias românticas de sonhador espasmado.

Parecia o foco descomunal de tocheiros ardendo mortuariamente.

A pouco e pouco – dois exilados personagens do Nada – parávamos no caminho solitário, cogitando o rumo, como, quando se leva a enterrar alguém, as paradas rítmicas do esquife...

Beijos congelados, as estrelas violinavam a sua luz de eternidade e saudade.

E a louca lúgubres litanias rezava sempre, soluços sem o limitado do descritível – dor primeira do primeiro ser desconhecido, originalidade inconsciente de um dilaceramento infinitamente infinito.

Eu sentia, nos lancinantes nirvanescimentos daquela dor louca, arrepios nervosos de transcendentalismos imortais!

O luar dava-me a impressão difusa e dormente de um estagnado lago sulfurescente, onde eu e ela, abraçados na suprema loucura, ela na loucura do Real, eu na loucura do Sonho, que a Dor quinta-essenciava mais, fôssemos boiando, boiando, sem rumos imaginados, interminamente, sem jamais a prisão do esqueleto humano dos organismos – almas unidas, juntas, só almas vogando, almas, só almas gemendo, almas, só almas sentindo, desmolecularizadamente...

E a louca rezava e soluçava baixinho rezas bárbaras.

Um vento erradio, nostálgico, como primitivos sentimentos que se foram, soprava calafrios nas suas velhas guslas.

De vez em quando, sobre a lua, passava uma nuvem densa, como a agitação de um sudário, a sombra da asa de uma águia guerreira, o luto das gerações.

De vez em quando, na concentração esfingética de todos os meus sofrimentos, eu fechava muito os olhos, como que para olhar para o outro espetáculo mais fabuloso e tremendo que acordava tumulto dentro de mim.

De vez em quando um soluço da louca, vulcanizada balada negra, despertava-me do torpor doloroso e eu abria de novo os olhos.

E outro soluço, outro soluço para encher o cálix daquele Horto, outro soluço, outro soluço.

E todos esses soluços parecia-me subirem para a lua, substituindo miraculosamente as estrelas, que rolavam, caíam do Firmamento, secas, ocas, negras, apagadas, como carvões frios, porque sentiam, talvez! que só aqueles obscuros soluços mereciam estar lá no alto, cristalizados em estrelas, lá no Perdão do Céu, lá na Consolação azul, resplandecendo e chamejando imortalmente em lugar dos astros.

A pouco e pouco – dois exilados personagens do Nada – parávamos no caminho solitário, cogitando o rumo, como, quando se leva a enterrar alguém, as paradas rítmicas do esquife...

O vento, queixa vaga dos túmulos, esperança amarga do passado, surdinava lento.

De instante a instante eu sentia a cabeça da louca pousada no meu ombro, como um pássaro mórbido, meiga e sinistra, de uma doçura e arcangelismo selvagem e medroso, de uma perversa e febril fantasia nirvanizada e de um sacrílego erotismo de cadáveres. Ficava tocada de um pavor tenebroso e sacro, uma coisa como que a Imaginativa exaltada por cabalísticos aparatos inquisitoriais, como se do seu corpo se desprendessem, enlaçando-me, tentáculos letárgicos, veludosos e doces e fascinativos de um animal imaginário, que me deliciassem, aterrando...

Eu a olhava bem na pupila dos grandes olhos negros, que, pela contínua mobilidade e pela beleza quente, davam a sugestão de dois maravilhosos astros, raros e puros, abrindo e fechando as chamas no fundo mágico, feérico da noite.

Naquela paisagem extravagante parecia passar o calafrio aterrador, a glacial sensação de um hino negro cantado e dançado agoureiramente por velhas e espectrais feiticeiras nas trevas...

A lua, a grande mágoa requintada, a velha lua das lágrimas, plangia, plangia, como que na expressão angustiosa, na sede mais cega, na mais latente ansiedade de dizer um segredo do mundo...

E eu então nunca mais, nunca mais me esquecerei daqueles ais terríveis e evocativos, daquelas indefiníveis dolências, daquela convulsiva desolação, que sempre pungentemente badalará, badalará, badalará, na minh'alma dobres agudos e lutuosos de uma Ave-Maria maldita de agonias, como se todos os bons Anjos da Mansão se rebelassem um dia contra mim cantando em coro reboantes, conclamantes hosanas de perseguição e de fel!

Nunca! nunca mais se me apagará do espírito essa paisagem rude, bravia, envenenada e maligna, todo aquele avérnico e irônico Pitoresco lúgubre, por entre o qual silhueticamente desfilamos, eu, alucinado num sonho mudo, ela, alienada, louca – simples, frágil, pequenina e peregrina criatura de Deus, abrigada nos caminhos infinitos deste tumultuoso coração.

Só quem sabe, calmo e profundo, adormecer um pouco com os seus desdéns serenos e sagrados pelo mundo e escutou já, de manso, através das celas celestes do mistério das almas, uma dor que não fala, poderá exprimir a sensação aflitíssima que me alanceava...

Ah! eu compreendia assim os absolutos Sacrifícios que redimem, as provações e resignações que transfiguram e renovam o nosso ser! Ah! eu compreendia que um Sofrimento assim é um talismã divino concedido a certas almas para elas adivinharem com ele o segredo sublime dos Tesouros imortais.

Um Sofrimento assim despertava em mim outras cordas, fazia soar outra obscura música. Ah! eu me sentia viver desprendido das cadeias banais da Terra e pairando augustamente naquela Angústia tremenda, que me espiritualizava e disseminava nas Forças repurificantes da Eternidade!

E como dentro de mim estava aberto para ela o suntuoso altar da Piedade e da Ternura, eu, com supremos estremecimentos, acariciava essa alucinada cabeça, eu a levantava sobre o altar, acendia todas as prodigiosas e irisantes luzes a esse fantasma santo, que ondulava a meu lado, no soturno e solene silêncio de fim daquela sonâmbula peregrinação, como se ambos os nossos seres formassem então o centro genésico do novo Infinito da Dor!

NAVIOS

Praia clara, em faixa espelhada ao sol, de fina areia úmida e miúda de cômoro.

Brancuras de luz da manhã prateiam as águas quietas, e, à tarde, coloridos vivos de ocaso as matizam de tintas rútilas, flavas, como uma palheta de íris.

Navios balanceados num ritmo leve flutuam nas vítreas ondas virgens, com o inefável aspecto nas longas viagens, dos climas consoladores e meigos, sob a candente chama dos trópicos ou sob a fulguração das neves do Polo.

Alguns deles, na alegre perspectiva marinha, rizam matinalmente as velas e parte – mares afora – visões aquáticas de panos, mastros e vergas, sobre o líquido trilho esmaltado das espumas, em busca, longe, de ignotos destinos...

À tarde, no poente vermelho, flamante, dum rubro clarão de incêndio, os navios ganham suntuosas decorações sobre as vagas.

O brilho sangrento do ocaso, reverberando na água, dá-lhes uma refulgência de fornalha acesa, de bronze inflamado, dentre cintilações de aço polido.

Os navios como que vivem, se espiritualizam nessa auréola, nesse esplendor feérico de sangue luminoso que o ocaso derrama.

E mais decorativos são esses aspectos, mais novos e fantasiosos efeitos recebem as afinadas mastreações dos navios, donde parece subir para o alto uma fluida e fina harmonia, quando, após o esmaecer da luz, a Via Láctea resplende como um solto colar de diamantes e a Lua surge opaca, embaciada, num tom de marfim velho.

VITALIZAÇÃO

Há uma irradiação larga e opulentíssima nos ares.

O esbraseamento do sol do fim da tarde dá fortes verberações quentes à paisagem, que resplandece, e de cuja vegetação estuante de calor parecem rebentar as raízes túmidas de seiva como veias imensas latejando de sangue oxigenado e vivo.

Nessa elaboração enorme da Terra que procria e fecunda, na gestação desses mundos que, como astros, gravitam talvez em cada grão de areia, pululando e vibrando, a Natureza é como uma grande força animada e palpitante dando entendimento e sentimento à Matéria e fazendo estacar a vida no profundo ocaso da Morte.

E daí a pouco, a Lua, através das matas do vale, anelante e álgida, surgirá, rasgará d'alto as nuvens no céu, acordando os aromas adormecidos, cristalizada, vagarosa e tristemente, como uma dor que gelou...

OS CÂNTICOS

No templo branco, que os mármores augustos e as cinzeluras douradas esmaltam e solenizam com resplandecência, dentre a profusão suntuosa das luzes, suavíssimas vozes cantam.

Coros edênicos inefavelmente desprendem-se de gargantas límpidas, em finas pratas de som, que parecem dar ainda mais brancura e sonoridade à vastidão do templo sonoro.

E as vozes sobem claras, cantantes, luminosas como astros.

Cristos aristocráticos de marfim lavrado, como fidalgos e desfalecidos príncipes medievos apaixonados, emudecem diante dos Cânticos, da grande exalação de amor que se desprende das vozes em fios sutilíssimos de voluptuosa harmonia.

O seu sangue delicado, ricamente trabalhado em rubim, mais vivo, mais luminoso e vermelho fulge ao clarão das velas.

Dir-se-ia que esse rubim de sangue palpita, aceso mais intensamente no colorido rubro pela luxúria dos Cânticos, que despertam, ciliciando, todas as virgindades da Carne.

Fortes, violentas rajadas de sons perpassam convulsamente nos violoncelos, enquanto que as vozes se elevam, sobem, num veemente desejo, quase impuras, maculadas quase, numa intenção de nudez.

E, através da volúpia das sedas e damascos pesados que ornamentam o templo, das luzes adormentadoras, dos perturbadores incensos, da opulência festiva dos paramentos dos altares e dos sacerdotes, das egrégias músicas sacras, sente-se impressionativamente pairar em tudo a volúpia maior – a volúpia branca dos Cânticos.

Rocha Pombo

1857-1933

O MONGE

À beira do riacho, imóvel, absorto, ele tem os olhos para a corrente. Em torno – o deserto. Por cima – o esplendor da manhã. "Como é belo este espetáculo! como é bela a floresta e o céu! a natureza inteira como é bela!" – exclamei a ver se despertava o monge daquela contemplação. – "Espera, filho" – falou ele, sem desviar os olhos da corrente: "espera... deixa-me tranquilo um instante... deixa-me pensar numa outra beleza...".

NAS CATACUMBAS

Estamos na região onde as almas gelam. Tudo é insondável como a noite no deserto. Só ecoam sob as abóbadas escuras os nossos passos errantes. Um grande silêncio de solidão enche as naves imensas. Num vasto recinto paramos. Há em torno de nós um vago luar de praia desolada. Nossas almas entendem-se por gestos. Lá pelos confins do amplo circuito quer nos parecer que vagam lentas umas sombras esquivas. De súbito, uma estranha figura, lacerada e enferma, destaca-se lá no meio das sombras, aproxima-se de nós e no seu espanto, hirta e convulsa, nos inquire: "Dizei-me: que é feito do monstro?... ainda estará na cidade externa?" E se afasta sem ouvir-nos. Nisto um fantasma colossal passa por nós gritando como louco, perseguido de multidões de fantasmas... enquanto a dor hilariante dos hospícios estrondava no meio da noite...

Notas Biográficas[1]

AFFONSO ROMANO DE SANT'ANNA nasceu em Belo Horizonte (MG), em 1937, e morreu no Rio de Janeiro (RJ), em 2025. Estreou na poesia com o livro *Canto e Palavra* (1965). Entre 1990 e 1996, assumiu a presidência da Biblioteca Nacional e fundou a revista *Poesia Sempre*. Sua obra poética, *Poesia Reunida* (2011), está organizada em três volumes, entre os quais figura o livro de poemas *Que País É Este?* (1980).

ALBERTO PUCHEU nasceu na cidade do Rio de Janeiro (RJ), em 1966. É poeta, ensaísta e professor de teoria literária na Universidade Federal do Rio de Janeiro (UFRJ). Estreou com o livro de poemas *Na Cidade Aberta* (1993). Grande parte de sua obra poética está reunida no volume *A Fronteira Desguarnecida: Poesia Reunida, 1993-2007* (2007). Publicou ainda diversos livros de ensaios relacionando poesia e filosofia.

ALCIDES VILLAÇA nasceu em Atibaia (SP), em 1946. É professor da Universidade de São Paulo (USP) desde 1973, tendo como foco de pesquisa a literatura brasileira. Publicou o importante ensaio *Passos de Drummond* (2006), sobre o poeta Carlos Drummond de Andrade. Lançou ainda os livros de poemas *O Tempo e Outros Remorsos* (1975), *Viagem de Trem* (1988), *O Invisível* (2011) e *Ondas Curtas* (2014).

ALPHONSUS DE GUIMARAENS nasceu em Ouro Preto (MG), em 1870, e morreu em Mariana (MG), em 1921. Em São Paulo (SP), tornou-se colaborador dos jornais *Correio Paulistano* e *O Estado de S. Paulo*, entre outros. De volta a Ouro Preto, atuou como promotor de justiça e juiz. Estreou com os livros de poemas *Setenário das Dores de Nossa Senhora*, *Câmara Ardente* e *Dona Mística*, todos de 1899, seguidos de diversos volumes.

ANA CRISTINA CESAR nasceu no Rio de Janeiro (RJ), em 1952, e morreu na mesma cidade, em 1983. Participou do movimento da poesia marginal e colaborou para publicações como *Opinião*, *Jornal do Brasil* e *Folha de S.Paulo*. Em 1979, lançou seu primeiro livro de

1. Notas escritas por Diogo Cardoso dos Santos e Jean Pierre Chauvin, a convite da Ateliê Editorial.

poemas, *Cenas de Abril*. Publicou também *A Teus Pés* (1982). Entre outros títulos, está o livro póstumo *Inéditos e Dispersos* (1985).

ANDRÉIA CARVALHO GAVITA nasceu em Ponta Grossa (PR) em 1973. Estreou na poesia com o livro *A Cortesã do Infinito Transparente* (2011). É idealizadora do Coletivo Marianas e integrante do corpo editorial das revistas *Zunái* e *Mallarmargens*, além de atuar na área de *webdesign*. É autora de *Camafeu Escarlate* (2012), *Grimório de Gavita* (2014) e *Papel leopHardo* (2016), entre outros.

ANGELA MELIM nasceu em Porto Alegre (RS), em 1952, e vive no Rio de Janeiro (RJ). Teve seu primeiro livro de poemas publicado em 1974, sob o título *O Vidro e o Nome*, e fez carreira como tradutora e redatora no Rio de Janeiro. Entre suas publicações, estão também *As Mulheres Gostam Muito* (1979), *Os Caminhos do Conhecer* (1981), *Poemas* (1987) e *Mais Dia Menos Dia* (1996).

ANGÉLICA FREITAS nasceu em Pelotas (RS), em 1973. Poeta e tradutora, teve seus poemas reunidos pela primeira vez na antologia *Cuatro Poetas Recientes del Brasil* (2006), publicada na Argentina. Lançou sua primeira reunião de poemas, *Rilke Shake*, em 2007, seguido de *Um Útero É do Tamanho de um Punho* (2012). Foi editora da revista *Modo de Usar & Co.*, ao lado dos poetas Ricardo Domeneck, Marília Garcia e Fabiano Calixto.

ANÍBAL MACHADO nasceu em Sabará (MG), em 1894, e faleceu em 1964, no Rio de Janeiro (RJ). Em 1944, estreou com o livro de contos *Vila Feliz*. Ao lado de Sérgio Milliet, organizou o I Congresso Brasileiro de Escritores, realizado em São Paulo, em 1945. Entre suas obras, figuram *Cadernos de João* (1955), composto de textos de diversos gêneros, e o romance *João Ternura* (1965), publicado postumamente.

ANNITA COSTA MALUFE nasceu na cidade de São Paulo (SP), em 1975. Além de poeta e ensaísta, é professora da Pontifícia Universidade Católica de São Paulo (PUC-SP). Estreou na poesia com o volume *Fundos para Dias de Chuva* (2004). Publicou ainda os livros de poemas *Nesta Cidade e Abaixo dos Olhos* (2007), *Como se Caísse Devagar* (2008) e *Um Caderno para Coisas Práticas* (2016), entre outros.

ANTONIO FERNANDO DE FRANCESCHI nasceu em Pirassununga (SP), em 1942, e morreu em São Paulo (SP), em 2021. Integrou a Geração dos Novíssimos, ao lado de Roberto Piva e Claudio Willer. Foi diretor do Museu de Arte de São Paulo (Masp) e superintendente executivo do Instituto Moreira Salles (IMS). Estreou com o livro *Tarde Revelada* (1985), seguido por *Caminho das Águas* (1987), *Sal* (1989), *Fractais* (1990), *A Olho Nu* (1993) e *Sete Suítes* (2010).

ARNALDO ANTUNES nasceu em São Paulo (SP), em 1960. Nos anos 1980, apresentou-se pela primeira vez com a banda Titãs do Iê-Iê, que posteriormente passou a se chamar apenas Titãs. Em 1983, lançou seu primeiro livro de poemas, *Ou E*. Em 1992, produziu o álbum *Isto Não É um Livro de Viagem*, com leituras de Haroldo de Campos. Publicou *As Coisas* (1992), *Et Eu Tu* (2003) e a antologia *Como É que Chama o Nome Disso* (2006).

AUGUSTO MEYER nasceu em Porto Alegre (RS), em 1902, e morreu no Rio de Janeiro (RJ), em 1970. O autor faz parte do modernismo gaúcho, tendo lançado seu primeiro livro de poemas, *A Ilusão Querida*, em 1923. Em 1937, mudou-se para o Rio de Janeiro, onde dirigiu o Instituto Nacional do Livro (INL). Entre seus livros estão *Coração Verde* (1926), *Giraluz* (1928) e *Poesias, 1922-1955* (1957).

CARLITO AZEVEDO nasceu no Rio de Janeiro (RJ), em 1961. Estreou na literatura com o livro *Collapsus Linguae* (1991), seguido de *As Banhistas* (1993), *Soba Noite Física* (1996) e *Versos de Circunstâncias* (2001), ano em que também reuniu seus poemas na antologia *Sublunar*. Tem trabalhos como tradutor, autor de poemas infantis, coordenador editorial e editor da revista de poesia *Inimigo Rumor*. Também lançou *Monodrama* (2009) e *Livro das Postagens* (2016).

CARLOS ÁVILA nasceu em Belo Horizonte (MG), em 1955. É poeta e jornalista, além de ter sido editor do *Suplemento Literário de Minas Gerais*. Na década de 1970, contribuiu com revistas literárias, como *Qorpo Estranho* e *Código*, e tornou-se amigo de poetas como Paulo Leminski. Estreou com o livro *Aqui & Agora* (1981). Publicou, entre outros, os livros *Bissexto Sentido* (1999), *Área de Risco* (2012) e *Anexo de Ecos* (2017).

CARLOS DRUMMOND DE ANDRADE nasceu em Itabira (MG), em 1902, e morreu no Rio de Janeiro (RJ), em 1987. Iniciou sua vida profissional como redator de jornais e, posteriormente, como funcionário público. Poeta, cronista e tradutor, estreou, em 1930, com a publicação de *Alguma Poesia*. Em 1942, lançou o livro *Poesias*, seguido de vários títulos como *A Rosa do Povo* (1945) e *Claro Enigma* (1951).

CÉSAR DE CASTRO nasceu em Porto Alegre (RS), em 1884, e morreu em João Pessoa (PB), em 1930. Doutorou-se, em 1925, pela Faculdade de Medicina de Porto Alegre, com a tese *Concepção Freudiana das Psiconeuroses*. Fundou as revistas *Aldebarã* e *Ocidente*. Publicou *Péan* (1906), *Frutos do Meu Pomar* (1910) e *O Esquife de Palissandra* (1914), entre outras obras.

CLAUDIA ROQUETTE-PINTO nasceu no Rio de Janeiro (RJ), em 1963. Formou-se em tradução literária pela Pontifícia Universidade Católica do Rio de Janeiro (PUC-Rio). Dirigiu, durante cinco anos, o jornal cultural *Verve* e realizou diversas traduções. Entre seus livros de poemas publicados, estão *Os Dias Gagos* (1991), *Saxífraga* (1993), *Zona de Sombra* (1997), *Corola* (2000) e *Margem de Manobra* (2005).

CLAUDIO DANIEL nasceu na cidade de São Paulo (SP), em 1962. Poeta, tradutor e ensaísta, lançou seu primeiro livro de poemas, *Sutra*, em 1992. Publicou também os livros de poesia *Yumê* (1999), *A Sombra do Leopardo* (2001), *Fera Bifronte* (2009), *Figuras Metálicas* (2005), antologia de seus três primeiros livros, mais o inédito *Pequenas Aniquilações*, entre outros. É editor da *Zunái: Revista de Poesia e Debates*.

CLAUDIO WILLER nasceu em São Paulo (SP), em 1940. Poeta, ensaísta e tradutor, verteu para o português autores como Antonin Artaud, Lautréamont e Allen Ginsberg. É um dos principais estudiosos do surrealismo, da geração *beat* e da relação entre poesia e gnosticismo. Estreia na poesia, em 1964, com *Anotações para um Apocalipse*. Parte de sua obra poética está reunida no volume *Estranhas Experiências* (2004).

COLATINO BARROSO nasceu em Vitória (ES), em 1873, e morreu no Rio de Janeiro (RJ), em 1931. Pertencente à primeira geração simbolista, fundou e dirigiu a revista *Tebaida*. No final da vida, convivia com artistas plásticos, tendo realizado conferências na Escola Nacional de Belas-Artes por ocasião dos salões anuais. De sua obra poética, figuram os livros *Anátemas* (1895) e *Jerusa* (1896), entre outros.

CONTADOR BORGES nasceu em São Paulo (SP), em 1954. Formado em filosofia pela Universidade de São Paulo (USP), é poeta, ensaísta, dramaturgo, psicanalista e tradutor. Traduziu autores como Sade, Gérard de Nerval e René Char. Publicou os livros *Angeolatria* (1997), *O Reino da Pele* (2002), *A Cicatriz de Marilyn Monroe* (2012) e *A Morte dos Olhos* (2007), entre outros.

CRUZ E SOUSA nasceu em Nossa Senhora do Desterro – atual Florianópolis (SC) –, em 1861, e morreu em Barbacena (MG), em 1898. Filho de escravos libertos, recebeu sólida formação secundária, aprendendo francês, inglês, latim, grego, matemática e ciências naturais. Escreveu ao todo cinco obras, duas publicadas em vida, *Missal* e *Broquéis*, ambas em 1893, e três postumamente: *Evocações* (1898), *Faróis* (1900) e *Últimos Sonetos* (1905).

DALILA TELES VERAS nasceu em Funchal (Portugal), em 1946. Dirige a Alpharrabio, livraria, editora e espaço cultural, em Santo André (SP), desde 1992. Poeta e ativista cultural, recebeu título de doutora *honoris causa*, em 2019, pela Universidade Federal do ABC (UFABC). Publicou os livros de poemas *À Janela dos Dias* (2002), *Estranhas Formas de Vida* (2013) e *Tempos em Fúria* (2019), entre outros.

DANTE MILANO nasceu no Rio de Janeiro (RJ), em 1899, e faleceu em Petrópolis (RJ), em 1991. Por causa das dificuldades financeiras da família, começou a trabalhar cedo como revisor do *Jornal da Manhã* e da *Gazeta de Notícias*. Publicou seu primeiro livro em 1948, sob o título *Poesias*. Também foi escultor e atuou ainda como tradutor de obras de Horácio, Dante Alighieri, Charles Baudelaire e Stéphane Mallarmé.

DARIO VELOSO nasceu no Rio de Janeiro (RJ), em 1869, e faleceu em Curitiba (PR), em 1937. Iniciou cedo sua vida profissional, atuando como aprendiz tipográfico, profissão que exerceu mais tarde, até tornar-se professor em Curitiba. Em 1909, fundou nessa cidade o Instituto Neopitagórico, dedicado ao pensamento ocultista. De sua vasta obra poética, constam os livros *Esquifes* (1896), *Esotéricas* (1900) e *Psykês e Flauta Rústica* (1941).

DIOGO CARDOSO dos Santos nasceu em São Bernardo do Campo (SP), em 1983. É mestre em filosofia pelo Instituto de Estudos Brasileiros (IEB), com estudo dedicado à obra de Aníbal Machado. Atua na área editorial como revisor e tradutor. É autor do livro de poemas *Sem Lugar a Voz* (2016) e da plaquete *Paisagens e Pântanos* (2019).

DONIZETE GALVÃO nasceu em Borda da Mata (MG), em 1955, e faleceu em 2014 na cidade de São Paulo (SP), onde vivia. Poeta e jornalista, formou-se em administração de empresas e em jornalismo. Publicou os livros *Azul Navalha* (1988), *A Carne e o Tempo* (1997), *Pelo Corpo* (2002), em parceria com Ronald Polito, *Ruminações* (1999) e *O Homem Inacabado* (2010), entre outros.

EDUARDO ALVES DA COSTA nasceu em Niterói (RJ), em 1936. Poeta e escritor, graduou-se em direito pela Universidade Presbiteriana Mackenzie, em 1952. Organizou, em 1960, no Teatro de Arena, em São Paulo, as Noites de Poesia, em que eram divulgadas obras de jovens poetas. Publicou os livros de poemas *O Tocador de Atabaque* (1969), *Salamargo* (1982) e *No Caminho com Maiakóvski* (1985), entre outros.

EMILIANO PERNETA nasceu em Curitiba (PR), em 1866, onde faleceu em 1921. Publicou os primeiros poemas em *O Dilúculo*, em 1883. Em 1885, mudou-se para São Paulo (SP), onde se formou em direito e lançou as obras poéticas *Música* (1888) e *Carta à Condessa d'Eu* (1889). Fundou a *Folha Literária* e dirigiu a *Vida Semanária*, com Olavo Bilac. Sua obra inclui *Ilusão* (1911) e os póstumos *Setembro* (1934) e *Poesias Completas de Emiliano Perneta* (1945).

FERNANDO PAIXÃO nasceu em Beselga (Portugal), em 1955, vindo ao Brasil em 1961. Estreou na poesia com *Fogo dos Rios* (1989). Foi editor por mais de duas décadas, período em que lançou *25 Azulejos* (1994), *Poeira* (2001) e *A Parte da Tarde* (2005). Professor de literatura no Instituto de Estudos Brasileiros (IEB), é autor do ensaio *A Arte da Pequena Reflexão* (2014) e do volume de poemas em prosa *Palavra e Rosto* (2010).

FERREIRA GULLAR nasceu em São Luís (MA), em 1930, e radicou-se no Rio de Janeiro (RJ), onde faleceu em 2016. Sua extensa produção poética compreende mais de vinte títulos, entre os quais *A Luta Corporal* (1954), *Poema Sujo* (1976) e *Em Alguma Parte Alguma* (2010). Tradutor e dramaturgo, também publicou vasta obra ensaística em torno da cultura e das artes plásticas. *Toda Poesia* (2015) reúne toda a sua obra poética.

FLORIANO MARTINS nasceu em Fortaleza (CE), em 1957. Poeta, ensaísta, tradutor, editor, estudioso do surrealismo e da tradição lírica hispano-americana, publicou diversos livros sobre tais temas. Criou e dirige a *Agulha: Revista de Cultura*, bem como o selo ARC Edições. Publicou, entre outros, *Cinzas do Sol* (1991), *Lembranças de Homens que Não Existiam* (2013) e *Antes que a Árvore se Feche* (2020), reunião de sua obra poética.

FRANCISCO ALVIM nasceu em Araxá (MG), em 1938. Estreou com o livro de poemas *Sol dos Cegos*, em 1968. No ano seguinte, viajou como representante do Brasil na Organização das Nações Unidas para a Educação, a Ciência e a Cultura (Unesco) para Paris, onde escreveu os poemas de *Passatempo* (1974). Integrou a primeira leva dos poetas marginais, ao lado de Chacal, Cacaso, Roberto Schwarz e Geraldo Carneiro. Publicou *Poemas, 1968-2000* (2004) e *O Metro Nenhum* (2011), entre outros.

GONZAGA DUQUE nasceu no Rio de Janeiro (RJ), em 1863, vindo a falecer em 1911 na mesma cidade. Foi romancista, contista e crítico de arte. Pode ser considerado o primeiro crítico de arte sistemático no Brasil, tendo deixado textos fundamentais nesse campo. Atuou em diversos periódicos usando às vezes pseudônimos, como Amadeu e Diabo Coxo. Publicou *Mocidade Morta* (1899) e *Horto de Mágoas* (1914), entre outros.

GUILHERME GONTIJO FLORES nasceu em Brasília (DF), em 1984. É poeta, tradutor e professor de latim na Universidade Federal do Paraná (UFPR). Estreou na poesia com *Brasa Enganosa* (2013) e depois publicou diversos livros; a produção inicial está reunida em *Todos os Nomes que Talvez Tivéssemos* (2020). Ganhou diversos prêmios por suas traduções.

HAROLDO DE CAMPOS nasceu em São Paulo (SP), em 1929, onde faleceu em 2003. Poeta, tradutor e ensaísta, estreou com o livro de poemas *O Auto do Possesso* (1950). Com o irmão Augusto de Campos e Décio Pignatari, formou o grupo Noigandres e editou a revista-livro homônima, em 1952. Fazem parte de sua obra poética *Xadrez de Estrelas* (1976), *Galáxias* (1984) e *A Educação dos Cinco Sentidos* (1985), entre outros.

HEITOR FERRAZ nasceu em Pouteaux (França), em 1964. É jornalista, professor e poeta. Estreou com o livro *Resumo do Dia* (1996). Publicou ainda os livros de poemas *Coisas Imediatas, 1996-2004* (2004), reunião de obras desse período, *Um a Menos* (2009) e *Meu Semelhante* (2016), entre outros. Com o poeta Tarso de Melo, é idealizador do Vozes Versos, ciclo de leituras que reúne nomes da atual poesia.

HILDA HILST nasceu em Jaú (SP), em 1930, e morreu em Campinas (SP), em 2004. Em 1950, lançou seu primeiro livro de poemas, *Presságio*. Em 1966, mudou-se para a Casa do Sol, em Campinas, para se dedicar apenas à literatura. Com *O Caderno Rosa de Lori Lamby* (1990), iniciou sua tetralogia pornográfica, de que fazem parte *Con-*

tos d'Escárnio: Textos Grotescos (1990), *Cartas de um Sedutor* (1991) e *Bufólicas* (1992).

HORÁCIO COSTA nasceu em São Paulo (SP), em 1954. Poeta, tradutor, professor e ensaísta, é formado em arquitetura pela Universidade de São Paulo (USP). Publicou, entre outros livros, *28 Poemas/6 Contos* (1981), *Satori* (1989), *O Livro dos Fracta* (1990), *The Very Short Stories* (1991), *Quadragésimo* (1999), *Ciclópico Olho* (2011), *Bernini* (2013) e *A Hora e a Vez de Candy Darling* (2016).

IVAN JUNQUEIRA nasceu no Rio de Janeiro (RJ), em 1934, e faleceu na mesma cidade, em 2014. Foi jornalista poeta e crítico, tendo traduzido para o português poetas como T.S. Eliot, Charles Baudelaire e Dylan Thomas. Formado em medicina e filosofia, estreou com o livro de poemas *Os Mortos*, em 1964. Sua vasta produção poética foi reunida sob o título *Poemas Reunidos* (1999).

JOÃO CABRAL DE MELO NETO nasceu em Recife (PE), em 1920, e morreu no Rio de Janeiro (RJ), em 1999. Aos 22 anos, mudou-se para o Rio e publicou seu primeiro livro de poemas, *Pedra do Sono* (1942). Iniciou a carreira diplomática em 1945. Sua obra poética inclui ainda *O Cão sem Plumas* (1950), *O Rio* (1954) e *A Educação pela Pedra* (1966), entre outros títulos.

JORGE DE LIMA nasceu em União dos Palmares (AL), em 1893, e morreu no Rio de Janeiro (RJ), em 1953. Formado em medicina em 1914, publicou neste mesmo ano seu livro de esteia, XIV *Alexandrinos*. Também se envolveu com artes plásticas, realizando trabalhos como pintor. Publicou, entre outros, *Tempo e Eternidade* (1935), *A Túnica Inconsútil* (1938), *Poemas Negros* (1947) e *Invenção de Orfeu* (1952).

JOSÉ PAULO MOREIRA DA FONSECA nasceu no Rio de Janeiro (RJ), em 1922, e faleceu na mesma cidade em 2004. Formado em direito e filosofia, foi escritor, poeta, pintor, ensaísta e crítico de arte. Como pintor, participou de diversas mostras nacionais e internacionais. Na poesia, estreou com o livro *Elegia Diurna*, em 1947. Publicou ainda *Raízes* (1957), *Luz Sombra* (1973) e *As Sombras o Caminho a Luz* (1988), entre outros.

JOSÉ PAULO PAES nasceu em Taquaritinga (SP), em 1926, e morreu na capital do estado em 1998. Publicou mais de dez livros de poemas, entre os quais *Meia Palavra* (1973) e *Socráticas* (2001), além de poemas para crianças e ensaios sobre literatura. Destacou-se ainda como editor e tradutor de autores como Ovídio, Pietro Aretino, Níkos Kazantzákis e muitos outros.

JULIANA RAMOS nasceu em Osasco (SP), em 1987. É bacharel em Letras com habilitação em francês pela Universidade de São Paulo (USP). Seu primeiro livro de poemas, *No Coração Fosco da Cidade*, foi lançado em 2018. Também tem poemas publicados na antologia *Corpo de Terra* (2021).

JULIANO GARCIA PESSANHA nasceu em São Paulo (SP), em 1962. Formado em filosofia, o autor mescla em suas obras ficção, ensaio e poesia. Publicou os livros *Sabedoria do Nunca* (1999), *Ignorância do Sempre* (2000), *Certeza do Agora* (2002) e *Instabilidade Perpétua* (2009), tetralogia reunida no volume *Testemunho Transiente* (2015). Lançou ainda *Recusa do Não Lugar* (2018), entre outros livros.

JÚLIO CASTAÑON GUIMARÃES nasceu em Juiz de Fora (MG), em 1951. Poeta, crítico e tradutor, estreou na poesia, em 1975, com o livro *Vertentes*. As produções que vão desde sua estreia até 2005 são reunidas no volume *Poemas, 1975-2005* (2006). Seguido desse volume foram publicados ainda *Em Viagem* (2017) e *Se Dispersão* (2017), entre outros títulos.

JÚLIO PERNETA nasceu em Curitiba (PR), em 1869, onde faleceu em 1921. Escritor, poeta e jornalista, foi fundador de diversas revistas ligadas ao movimento simbolista, como *O Cenáculo*, ao lado de Dario Veloso, Silveira Neto e Antônio Braga. Escreveu prosas abordando os costumes paranaenses, como o romance *Amor Bucólico* (1898). Publicou ainda *Bronzes* (1897) e *Malditos* (1909), ambos de poemas em prosa.

LEDA CARTUM nasceu em São Paulo (SP), em 1988. Formou-se em letras pela Universidade de São Paulo (USP). É mestra pela mesma instituição, com estudo sobre a obra de Pascal Quignard. Escritora e roteirista, publicou os livros *As Horas do Dia: Pequeno Dicionário Calendário* (2012), *O Porto* (2015) e, em parceria com o ilustrador Marcos Cartum, *Bruno Schulz Conduz um Cavalo* (2018).

LÊDO IVO nasceu em Maceió (AL), em 1924, e faleceu em Sevilha (Espanha), em 2012. Autor de vasta obra, abrangendo poemas, contos, crônicas, romances e ensaios, foi convidado, com certa regularidade, para representar o Brasil em congressos e encontros internacionais de poesia. Seu livro de estreia, *As Imaginações*, foi publicado em 1944. Teve sua obra poética reunida em 2004, sob o título *Poesia Completa, 1940-2004*.

LEONARDO FRÓES nasceu em Itaperuna (RJ), em 1941. Criado na cidade do Rio de Janeiro (RJ), desde os 18 anos de idade exerce a profissão de jornalista. Tradutor profícuo, verteu para o português autores como William Faulkner, Virginia Woolf e Jean-Marie Gustave Le Clézio, entre outros. Estreou em livro com a coletânea *Língua Franca*, em 1968. Seguidos deste, destacam-se *Sibilitz* (1981) e *Argumentos Invisíveis* (1995).

LIMA CAMPOS nasceu no Rio de Janeiro (RJ), em 1872, onde faleceu, em 1929. Colaborou em diversos veículos da imprensa, como *Cidade do Rio*, *Gazeta de Notícias* e *Kosmos*. Fundou, em 1908, ao lado de Gonzaga Duque e Mário Pederneiras, a revista *Fon-Fon*. Publicou, em 1904, o livro de prosa poética e contos *Confessor Supremo*.

LINDOLF BELL nasceu na cidade de Timbó (SC), em 1938, e faleceu em Blumenau (SC), em 1998. Foi líder do movimento Catequese Poética, uma iniciativa que levava a poesia às ruas por meio de recitais. Estreou com o livro de poemas *Os Póstumos e as Profecias* (1962). Sua obra poética inclui, entre outros, os livros *As Annamárias* (1971), *Incorporação* (1974), *As Vivências Elementares* (1980) e *Iconographia* (1993).

LÚCIO CARDOSO nasceu em Curvelo (MG), em 1912, e morreu no Rio de Janeiro (RJ), em 1968. Publicou seu primeiro romance em 1934, *Maleita*. Com *A Luz no Subsolo* (1936), passou a compor uma prosa com caráter introspectivo. Em 1941, publicou *Poesias*, compilação de trabalhos escritos na década anterior. Depois de um derrame cerebral, passou a se dedicar à pintura.

MANOEL DE BARROS nasceu em Cuiabá (MT), em 1916, e faleceu em Campo Grande (MS), em 2014. Publicou seu primeiro livro, *Poemas Concebidos sem Pecado*, em 1937. Porém, sua consagração se deu entre o final da década de 1980 e o início dos anos 1990. De sua vasta obra poética, figuram os livros *Gramática Expositiva do Chão* (1969), *O Livro das Ignorãças* (1993) e *Livro Sobre Nada* (1996), entre outros.

MANOEL RICARDO DE LIMA nasceu em Parnaíba (PI), em 1970. É poeta, ensaísta e professor de literatura brasileira na Universidade Federal do Estado do Rio de Janeiro (Unirio). Publicou os livros de poemas *Falas Inacabadas* (2000), livro-transparência com a artista visual Elida Tessler, *Embrulho* (2000), *Quando Todos os Acidentes Acontecem* (2009) e *A Nossos Pés* (2017), entre outros.

MARCOS SISCAR nasceu em Borborema (SP), em 1964. É poeta, tradutor, ensaísta e professor da Universidade Estadual de Campinas (Unicamp). Foi editor da revista *Inimigo Rumor* e *Remate do Males*. Seu primeiro livro de poemas, *Não se Diz*, foi publicado em 1999, seguido de *Metade da Arte* (2003), *Interior Via Satélite* (2010) e *Manual de Flutuação para Amadores* (1964), entre outros.

MARIA ESTHER MACIEL nasceu em Patos de Minas (MG), em 1963. Vive em Belo Horizonte (MG) desde o início da década de 1980. Além de escritora, é professora de literatura e crítica literária. Sua obra compreende dezessete livros de poesia, ficção e ensaio, dentre os quais se destacam O *Libro de Zenóbia* (2004), *A Memória das Coisas* (2004) e *A Vida ao Redor* (2014). Tem diversos textos publicados em antologias estrangeiras.

MARÍLIA GARCIA nasceu na cidade do Rio de Janeiro (RJ), em 1979. Poeta, tradutora e editora, é uma das fundadoras da Luna Parque Edições. Estreou em livro com a publicação de *20 Poemas para o Seu Walkman* (2007). A este, seguiram-se *Engano Geográfico* (2012), *Um Teste de Resistores* (2014), *Paris Não Tem Centro* (2016), *Câmera Lenta* (2017) e *Parque das Ruínas* (2018).

MÁRIO CHAMIE nasceu em Cajobi (SP), em 1933, e faleceu em São Paulo (SP), em 2011. Estreou na literatura com o livro de poemas *Espaço Inaugural*, em 1955. Em 1962, publicou *Lavra Lavra*, que instaurou no Brasil a poesia-práxis. Fundou a revista *Práxis*, que contava com a colaboração de Cassiano Ricardo e José Guilherme Melchior, entre outros. Sua obra poética foi reunida em dois volumes intitulados *Objeto Selvagem* (2007).

MÁRIO DE ANDRADE nasceu em São Paulo (SP), em 1893, onde faleceu em 1945. Seu primeiro livro, *Há uma Gota de Sangue em Cada Poema*, data de 1917. Foi um dos idealizadores da Semana de Arte Moderna, de 1922, ano em que publicou *Pauliceia Desvairada*. Poeta, romancista e ensaísta, foi ainda pesquisador da cultura popular do país. De sua extensa obra, figuram *Lira Paulistana* (1945) e *Macunaíma* (1928).

MÁRIO QUINTANA nasceu em Alegrete (RS), em 1906, e morreu em Porto Alegre (RS), em 1994. Seu primeiro livro de poemas, *A Rua dos Cata-Ventos* (1940), trazia sonetos de influência parnasiana. Na publicação seguinte, *Canções* (1946), o poeta se valeu de maior liberdade formal, tendência que permaneceu em suas obras posteriores. Também atuou como jornalista e traduziu mais de 130 obras literárias.

MEDEIROS E ALBUQUERQUE nasceu em Recife (PE), em 1867, e faleceu no Rio de Janeiro (RJ), em 1934. Estreou em 1889 com os livros de poemas *Pecados* e *Canções da Decadência*. Professor e jornalista, foi autor de uma reforma ortográfica, sendo defensor da ideia de simplificação da escrita, tema de seu último artigo na *Gazeta de São Paulo*, publicado no dia de sua morte. Lançou, entre outros, *Poemas sem Versos*, de 1924.

MIGUEL SANCHES NETO nasceu em Bela Vista do Paraíso (PR), em 1965. Escritor, professor e crítico literário, escreveu diversos livros de contos e romances, alguns deles reconhecidos internacionalmente. Entre seus livros de poemas, encontra-se a obra *Pisador de Horizontes* (2006), reunião de poemas esparsos, escritos entre 1985 e 2005.

MURILO MENDES nasceu em Juiz de Fora (MG), em 1901, e faleceu em Lisboa (Portugal), em 1975. Publicou seus primeiros poemas em revistas modernistas da década de 1920. À influência inicial do modernismo paulistano, somam-se o surrealismo e o catolicismo, este último por causa da morte do pintor e amigo Ismael Nery, em 1934. Sua vasta obra inclui os livros *Poemas* (1930), *As Metamorfoses* (1944) e *Poliedro* (1972)

MYRIAM FRAGA nasceu em Salvador (BA), em 1937, cidade onde veio a falecer, em 2016. Incentivada pelo escritor Jorge Amado, começou a publicar seus poemas em jornais e revistas na década de 1950. *Marinhas*, seu primeiro livro de poemas, foi lançado em 1964. Foi diretora executiva da Fundação Casa de Jorge Amado desde sua instituição, em 1986. Sua *Poesia Reunida* foi publicada em 2008.

NESTOR DE CASTRO nasceu em Antonina (PR), em 1867, e morreu em Curitiba (PR), em 1906. Foi enviado a São Paulo (SP) para matricular-se no seminário. Deixou o seminário, apesar de receber ordens menores. Em Curitiba, atuou como jornalista profissional, sendo considerado um dos maiores jornalistas da época. Em literatura, publicou *Brindes* (1899), volume de contos e poemas em prosa.

NESTOR VÍTOR nasceu em Paranaguá (PR), em 1868, e faleceu no Rio de Janeiro (RJ), em 1932. Amigo de Cruz e Sousa, foi um estudioso da obra do poeta, além de ser o primeiro a organizar, editar e publicar sua obra poética. Foi pioneiro na divulgação de autores estrangeiros, como Novalis, Henrik Ibsen, Maurice Maeterlinck e Ralph Waldo Emerson. Escritor, ensaísta, romancista e contista, publicou apenas um livro de poemas, *Transfigurações* (1902).

NUNO RAMOS nasceu em São Paulo (SP), em 1960. Multiartista, formou-se em filosofia na Universidade de São Paulo (USP). Durante a graduação, editou as revistas *Almanake-80* e *Kataloki*, um panorama da poesia paulista do período. Em 1987, iniciou suas atividades em artes plásticas, tornando-se um dos principais artistas brasileiros contemporâneos. Publicou os livros *Cujo* (1993), *Ó* (2009) e *O Mau Vidraceiro* (2010), entre outros.

OLIVEIRA GOMES nasceu no Rio de Janeiro (RJ), em 1872, falecendo na mesma cidade em 1917. De família humilde, estudou por pouco tempo e de maneira irregular, e acabou por não se formar. Isso não o impediu de ser um leitor voraz, o que o fez atuar no jornalismo na função de redator-chefe em diversos jornais do Rio. Seu único livro, *Terra Dolorosa*, foi publicado em 1899.

OSWALD DE ANDRADE nasceu em São Paulo (SP), em 1890, onde faleceu, em 1954. Formou-se em direito, foi um dos promotores da Semana de Arte Moderna, de 1922, em São Paulo. Em 1925, publicou o livro de poemas *Pau-Brasil*. Poeta, romancista e dramaturgo, publicou ainda os romances *Memórias Sentimentais de João Miramar* (1924), *Serafim Ponte Grande* (1933) e a peça *O Rei da Vela* (1937).

PAULA GLENADEL nasceu no Rio de Janeiro (RJ), em 1964. Professora de literatura francesa na Universidade Federal Fluminense (UFF), fez pós-doutorado na Université de Paris VIII (Vincennes-Saint-Denis), com o poeta parisiense Michel Deguy. Poeta, tradutora e ensaísta, estreou na literatura com seu livro de poemas *A Vida Espiralada* (1999). Publicou ainda os livros *Quase uma Arte* (2005) e *A Fábrica do Feminino* (2008).

PAULO FRANCHETTI nasceu em Matão (SP), em 1954, e vive em Campinas (SP). É professor de teoria literária na Universidade Estadual de Campinas (Unicamp) e autor de diversas obras ensaísticas em torno dos estudos literários. Publicou os livros de poemas *Oeste = Nishi* (2008), *Escarnho* (2009), *Memória Futura* (2010) e *Deste Lugar* (2012). Também assinou a edição "cartonera" do volume de versos *Mal d'Orror* (2011).

PAULO HENRIQUES BRITTO nasceu no Rio de Janeiro (RJ), em 1951. É professor nas áreas de tradução, criação literária e literatura brasileira na Pontifícia Universidade Católica do Rio de Janeiro (PUC-Rio). Traduziu obras de autores como William Faulkner, Lord Byron e Elizabeth Bishop, entre outros. Estreou como poeta em 1982, com *Liturgia da Matéria*, seguido de *Mínima Lírica* (1989), *Trovar Claro* (1997), *Macau* (2003) e *Formas do Nada* (2012).

PAULO LEMINSKI nasceu em Curitiba (PR), em 1944, onde faleceu, em 1989. Nos anos 1960, participou da Semana Nacional de Poesia de Vanguarda, aproximando-se dos criadores da poesia concreta. Foi parceiro musical de artistas como Caetano Veloso e Itamar Assumpção. Entre suas publicações, estão *Catatau* (1975) e *Distraídos Venceremos* (1987). Sua obra poética está reunida no volume *Toda Poesia* (2013).

PAULO MENDES CAMPOS nasceu em Belo Horizonte (MG), em 1922, e morreu no Rio de Janeiro (RJ), em 1991. Poeta, tradutor e cronista refinado, publicou seu primeiro livro de poemas, *A Palavra Escrita*, em 1951. Seu reconhecimento como poeta se deu com a publicação de seu segundo livro, *O Domingo Azul do Mar* (1958). Além de jornalista, foi diretor do Departamento de Obras Raras da Biblioteca Nacional e roteirista.

PEDRO KILKERRY nasceu em Salvador (BA), em 1885, onde faleceu em 1917. Poeta, jornalista e advogado, em 1906 juntou-se ao grupo literário Nova Cruzada, publicando seus primeiros poemas na revista do grupo. Seus textos encontravam-se dispersos até o ensaísta Andrade Muricy publicar parte deles no *Panorama do Movimento Simbolista Brasileiro* (1952), seguido por Augusto de Campos, que recolheu sua obra em *Re-Visão de Kilkerry* (1968).

PÉRICLES EUGÊNIO DA SILVA RAMOS nasceu em Lorena (SP), em 1919, e faleceu em São Paulo (SP), em 1992. Poeta, ensaísta, crítico literário e professor, formou-se em direito em 1943. Três anos depois, estreou com o livro de poemas *Lamentação Floral*. Fundou, em 1947, com outros escritores e poetas, a *Revista Brasileira de Poesia*. Dedicou-se ao trabalho de tradução, sobretudo de poemas de William Shakespeare, Stéphane Mallarmé, François Villon e Luis de Góngora.

RAUL BOPP nasceu em Santa Maria (RS), em 1898, e faleceu no Rio de Janeiro (RJ), em 1984. Na década de 1920, participou ativamente do movimento modernista, ao qual contribui com suas extensas pesquisas sobre a cultura brasileira. Em 1931, lançou *Cobra Norato*, primeiro livro de uma obra poética que inclui *Poesias* (1947) e *Mironga e Outros Poemas* (1978), entre outros.

RAUL POMPEIA nasceu em Angra dos Reis (RJ), em 1863, e morreu no Rio de Janeiro (RJ), em 1895. Seguiu para São Paulo (SP), em 1881, para cursar direito no largo de São Francisco. Sua posição abolicionista e proximidade com Luís Gama foi malvista por catedráticos da instituição. Publicou, entre outros, o romance *O Ateneu* (1888) e *Canções sem Metro* (póstuma, 1900), obra que consolidou o poema em prosa no Brasil, ao lado de *Missal* (1893), de Cruz e Sousa.

RÉGIS BONVICINO nasceu em São Paulo (SP), em 1955. Formado em direito pela Universidade de São Paulo (USP), é poeta, crítico literário e tradutor, vertendo para o português poetas como Jules Laforgue, Oliverio Girondo e Robert Creeley. É editor da revista *Sibila*, ao lado de Charles Bernstein. Sua obra poética está reunida no volume *Até Agora* (2010), além do livro *Estado Crítico* (2013).

ROBERTO PIVA nasceu em São Paulo (SP), em 1937, onde faleceu, em 2010. Poeta com forte influência da geração *beat* e do movimento surrealista, teve a cidade de São Paulo como pano de fundo de sua obra. Autor de diversos livros de poesia, sua obra está reunida nos volumes *Um Estrangeiro na Legião* (2005), *Mala na Mão & Asas Pretas* (2006) e *Estranhos Sinais de Saturno* (2008), além de antologias póstumas.

ROCHA POMBO nasceu em Morretes (PR), em 1857, e faleceu no Rio de Janeiro (RJ), em 1933. Jornalista, professor, poeta e historiador, iniciou-se cedo no jornalismo ao fundar e dirigir *O Povo*, em cujas páginas fez campanhas abolicionista e republicana. Publicou livros de poesia e diversos e importantes livros sobre variados assuntos, entre eles *Visões* (1888), *No Hospício* (1905) e *História do Brasil* (1905-1917).

RODRIGO GARCIA LOPES nasceu em Londrina (PR), em 1965. Poeta, tradutor, compositor, editor, professor e jornalista, foi um dos editores da revista *Coyote*, ao lado dos poetas Ademir Assunção e Marcos Losnak. Sua estreia em poesia se deu com o livro *Solarium* (1994), que reúne sua produção poética de 1984 a 1994. A este, seguiram-se os livros de poemas *Visibilia* (1997), *Polivox* (2001) e *Nômada* (2004), entre outros.

RONALD POLITO nasceu em Juiz de Fora (MG), em 1961. Mestre em história, poeta e tradutor, dedica-se à edição de autores da literatura brasileira e à tradução de escritores de língua catalã e castelhana, entre eles o poeta catalão Joan Brossa e o mexicano Octavio Paz. Publicou os livros de poemas *Solo* (1996), *Intervalos* (1998), *Pelo Corpo* (2002), com Donizete Galvão, e *Ao Abrigo* (2015), entre outros.

ROSANA PICCOLO nasceu na cidade de São Paulo (SP), em 1955. Formada em filosofia e jornalismo, é poeta e publicitária. Estreou com o livro de poemas em prosa *Ruelas Profanas* (1999), gênero que permeará toda a sua obra. A este seguiram-se *Meio-Fio* (2003), *Sopro de Vitrines* (2010), *Refrão da Fuligem* (2013), *Bocas de Lobo* (2015), *Alla Prima* (2019).

RUBENS RODRIGUES TORRES FILHO nasceu em Botucatu (SP), em 1942, e morreu em São Paulo (SP), em 2023. Formou-se em filosofia na Universidade de São Paulo (USP), onde se tornou professor. Estreou com o livro de poemas, *Investigação do Olhar*, em 1963. Participou da criação da revista *Almanaque: Cadernos de Literatura e Ensaio*. Publicou *O Voo Circunflexo* (1981), *A Letra Descalça* (1985), *Figura* (1987), *Poros* (1989), *Retrovar* (1993) e *Novolume* (1997).

RUY PROENÇA nasceu na cidade de São Paulo (SP), em 1957. É poeta, engenheiro de minas e tradutor. Verteu para o português poetas como Boris Vian e Henri Michaux. Estreou com o livro de poemas *Pequenos Séculos* (1985), seguido das publicações *A Lua Investirá com Seus Chifres* (1996), *Visão do Térreo* (2007), *Caçambas* (2015), *Gabinete de Curiosidades* (2016) e *Monstruário de Fomes* (2019), entre outros.

SAMARONE MARINHO nasceu em São Luís (MA), em 1976. Além de poeta e ensaísta, é atualmente professor universitário em Cabo Verde. Publicou os livros de poemas *Atrás da Vidraça* (2011), *Incêndios* (2013), *Cão Infância* (2014), *Rua sem Nome* (2017), *Ser Quando* (2017) e *Beco da Vida* (2019). Também é autor de um livro de ensaios sobre o universo poético de Manoel de Barros.

SEBASTIÃO UCHOA LEITE nasceu em Timbaúba (PE), em 1935, e morreu no Rio de Janeiro (RJ), em 2003. Poeta, ensaísta e tradutor, foi um dos responsáveis, junto de Luiz Costa Lima, Jorge Wanderley e Gastão de Holanda, pela publicação da revista *José*. Traduziu autores como François Villon e Stendhal. Estreou na poesia com *Dez Sonetos sem Matéria* (1960). Sua obra poética foi reunida no volume *Poesia Completa* (2015).

SERGIO COHN nasceu em São Paulo (SP), em 1974. Em 1994, criou a revista *Azougue* e, em 2001, a Azougue Editorial. Por essa editora, organizou diversos livros sobre importantes personalidades da cultura brasileira. Publicou os livros de poemas *O Sonhador Insone* (2006), reunião de seus primeiros livros de poesia, *Esse Tempo* (2015) e *Um Contraprograma* (2016).

SÉRGIO MILLIET nasceu em São Paulo (SP), em 1898, onde faleceu, em 1966. Foi escritor, crítico de arte, sociólogo, professor, tradutor e pintor. Em 1912, foi para a Suíça. Entre 1916 e 1919, publicou seus primeiros livros na Europa. Participou da Semana de Arte Moderna, de 1922, e se tornou um grande defensor e incentivador dos ideais modernistas. Publicou ainda *Poemas Análogos* (1927) e *Alguns Poemas entre Muitos* (1957), entre outros.

TARSO DE MELO nasceu em Santo André (SP), em 1979. Poeta, advogado e professor universitário, estreou na literatura com seu livro de poemas *A Lapso* (1999). Ao lado de Eduardo Sterzi, editou a revista *Cacto* (2002-2004) e o *K: Jornal de Crítica* (2016), ambos dedicados a divulgação e crítica de poesia contemporânea. Entre suas obras, figuram os livros *Carbono* (2002), *Lugar Algum* (2007) e *Íntimo desabrigo* (2017), entre outros.

TITE DE LEMOS nasceu no Rio de Janeiro (RJ), em 1942, onde faleceu, em 1987. Poeta, dramaturgo, letrista e jornalista, estreou com *Marcas do Zorro* (1979). Nos anos 1970, fundou, com Torquato Neto, Luiz Carlos Maciel e Rogério Duarte, *A Flor do Mal*, jornal com tendências contraculturais dedicado à publicação de novos escritores. Lançou os livros de poemas *Corcovado Park* (1985) e *Caderno de Sonetos* (1988), entre outros.

TORQUATO NETO nasceu em Teresina (PI), em 1944, e morreu no Rio de Janeiro (RJ), em 1972. Em 1961, conheceu Gilberto Gil, Caetano Veloso e Gal Costa em Salvador (BA). Posteriormente, no Rio de Janeiro, formou com eles e outros artistas o movimento tropicalista. Em 1971, criou a coluna Geleia Geral no jornal *Última Hora*. Seus textos foram publicados em *Os Últimos Dias de Paupéria* (1973), além de antologias póstumas.

VILMA ARÊAS nasceu em Campos dos Goytacazes (RJ), em 1936. Escritora e ensaísta, é professora de literatura brasileira na Universidade Estadual de Campinas (Unicamp) e uma das principais estudiosas da obra de Clarice Lispector. Seus textos, geralmente curtos, têm forte carga poética. Estreou na ficção em 1976 com o livro *Partidas*. Como contista, escreveu ainda *A Terceira Perna* (1992), *Trouxa Frouxa* (2000) e *Vento Sul* (2011).

VIRGÍLIO VÁRZEA nasceu em Nossa Senhora do Desterro – hoje Florianópolis (SC) –, em 1863, e faleceu no Rio de Janeiro (RJ), em 1941. Filho de marinheiro, aos treze anos foi para a Escola Naval do Rio de Janeiro, onde permaneceu por três anos. Viajou pelo mar a diversas partes do mundo, experiência presente em boa parte de sua obra. Estreou com o livro de poemas *Traços Azuis* (1884) e publicou *Tropos e Fantasias* (1885), em parceria com Cruz e Sousa.

WALDO MOTTA nasceu em São Mateus (ES), em 1959. Cursou jornalismo na Universidade Federal do Espírito Santo (Ufes), sem finalizá-lo. Tornou-se autodidata e passou a ministrar oficinas literárias. Além de recitar poemas em escolas, teatros e outros locais, voltou-se para os estudos de numerologia, religião e mitologia. Entre suas obras estão: *Bundo e Outros Poemas* (1996), *Transpaixão* (1999) e *Recanto* (2002).

XAVIER PLACER nasceu na cidade de Niterói (RJ), em 1916, onde faleceu, em 2008. Poeta e ensaísta, foi pioneiro, junto a Andrade Muricy, nos estudos sobre o poema em prosa no Brasil. Desse gênero, publicou os livros *O Navegador Solitário* (1956), *O Sonhador* (1958) e *Silêncio Adentro* (1961), além do estudo *O Poema em Prosa* (1962), no qual consta uma breve antologia de poemas em prosa no cenário brasileiro.

Agradecimentos

Foram dezenas as pessoas com quem conversei, direta ou indiretamente, sobre os assuntos abordados neste trabalho. Por envolver uma larga pesquisa de campo, recorri a bibliotecas públicas e particulares e também a amigos e amigas em busca de livros e informações. Impossível agradecer a todos.

No entanto, seria injusto não registrar aqui algumas pessoas que tiveram uma colaboração muito importante para viabilizar o resultado final, de minha total responsabilidade: Bárbara Borges, Carina de Luca, Diogo Cardoso Santos, Gérard Dessons, Jean Pierre Chauvin, José Victor Neves, Juliana Schmitt, Lucia Riff, Maria Amélia Mello. Agradeço também aos bibliotecários das seguintes instituições: Biblioteca Nacional, Real Gabinete Português de Leitura, Biblioteca Mário de Andrade, Biblioteca do Instituto de Estudos Brasileiros (IEB) e Biblioteca Florestan Fernandes.

Minha gratidão a Thais Fonseca, cuja atuação foi essencial para a obtenção das autorizações dos autores. A todas as editoras, escritores e herdeiros que concordaram com a publicação dos respectivos textos. Aos professores do IEB, de quem recebi estímulo para seguir adiante com a pesquisa.

Agradeço ainda a Sergio Fingermann, que, de pronto, concordou em ceder suas imagens poéticas para acompanharem os poemas.

Referências e *Copyright* dos Poemas

"A Alegoria das Parábolas" – Vítor, Nestor. *Folhas que Ficam: Emoções e Pensamentos, 1900-1914*. Rio de Janeiro, Leite Ribeiro & Maurillo, 1920. © Domínio público.

"A Arara" – Lemos, Tite de. *Corcovado Park*. Rio de Janeiro, Nova Fronteira, 1985. © Lívia Mariani Lemos e Tomás Mariani Lemos.

"Acontecimento" – Cartum, Leda. *As Horas do Dia: Pequeno Dicionário Calendário*. Rio de Janeiro, 7Letras, 2012. © Leda Cartum.

"A Doadora" – Glenadel, Paula. *Quase uma Arte*. São Paulo/Rio de Janeiro, Cosac Naify/7Letras, 2005. © Paula Glenadel.

"A Dor Dor" – Melim, Angela. *Mais Dia Menos Dia: Poemas Reunidos, 1974-1996*. Rio de Janeiro, 7Letras, 1996. © Angela Melim.

"Agonia" – Perneta, Emiliano. *Obras Completas de Emiliano Perneta*. Vol. 1. Curitiba, Gerpa, 1946. © Domínio público.

"A Guitarra Elétrica" – Bell, Lindolf. *Incorporação: Doze Anos de Poesia, 1962 a 1973*. São Paulo, Quíron, 1974. © Rafaela Hering Bell.

"A Hora da Criação" – Placer, Xavier. *O Navegador Solitário*. Rio de Janeiro, Edições Margem, 1956.

"Além do Passaporte" – Ivo, Lêdo. *Poesia Completa: 1940-2004*. Rio de Janeiro, Topbooks, 2004. © Gonçalo de Medeiros Ivo.

"[A Máscara Disfarça]" – Borges, Contador. *O Reino da Pele*. São Paulo, Iluminuras, 2002. © Contador Borges.

"A Menina e a Cantiga" – Andrade, Mário de. *Poesias Completas*. Ed. crít. Diléa Zanatto Manfio. Belo Horizonte, Villa Rica, 1993. © Domínio público.

"Anotações para um Apocalipse" – Willer, Claudio. *Estranhas Experiências: E Outros Poemas*. Rio de Janeiro, Lamparina, 2004. © Claudio Willer.

"Antideus" – Proença, Ruy. *Germina: Revista de Literatura e Arte*, vol. 14, n. 1, mar. 2018. © Ruy Proença.

"A Orquestra da Natureza" – Maciel, Maria Esther. *Longe, Aqui: Poesia Incompleta (1998-2019)*. Belo Horizonte, Quixote+Do Editoras Associadas/Tlön Edições, 2020. © Maria Esther Maciel.

"A Papagaio" – Várzea, Virgílio; Sousa, [João da] Cruz e. *Tropos e Fantasias*. Rio de Janeiro/Florianópolis, Fundação Casa de Rui Barbosa/Fundação Catarinense de Cultura, 1994. © Domínio público.

"A Perna Calada" – Marinho, Samarone. *Incêndios*. Rio de Janeiro, 7Letras, 2013. © Samarone Marinho.

"À Queima-Roupa" – Arêas, Vilma. *Vento Sul: Ficções*. São Paulo, Companhia das Letras, 2011. © Vilma Arêas.

"Aquela em que Não se Deve Crer..." – Medeiros e Albuquerque. *Poemas sem Versos*. Rio de Janeiro, Livraria Editora Leite Ribeiro, 1924. © Domínio público.

"Arpejos"– Cesar, Ana Cristina. *Poética*. São Paulo, Companhia das Letras, 2016. © Flavio Lenz Cesar.

"As Bestas" – Sant'Anna, Affonso Romano de. *Poesia Reunida*. Vol. 1: *1965-1999*. Porto Alegre, l&pm, 2007. © Affonso Romano de Sant'Anna.

"[As Cores Acabam Azuis]" – Antunes, Arnaldo. *As Coisas*. São Paulo, Iluminuras, 1992. © Arnaldo Antunes.

"As Metamorfoses" – Azevedo, Carlito. *Monodrama*. Rio de Janeiro, 7Letras, 2009. © Carlito Azevedo.

"A Tentação da Morte" – Castro, Nestor de. *Obras*. Vol. iii: *Brindes*. Curitiba, Tipografia Mundial, 1898. © Domínio público.

"A Volta" – Barros, Manoel de. *Poesia Completa*. São Paulo, Leya, 2013. © herdeiros de Manoel de Barros.

"Balada de Loucos" – Sousa, [João da] Cruz e. *Obra Completa*. Rio de Janeiro, José Aguilar, 1961. © Domínio público.

"Biografia de uma Baleia" – Piccolo, Rosana. *Sopro de Vitrines*. São Paulo, Alameda, 2009. © Rosana Piccolo.

"Cabeça Erguida, Crê que É Invisível" – Garcia, Marília. *20 Poemas para o Seu Walkman*. Rio de Janeiro/São Paulo, 7Letras/Cosac Naify, 2006. © Marília Garcia.

"Canções" – Guimarães, Júlio Castañon. *Matéria e Paisagem e Poemas Anteriores*. Rio de Janeiro, 7Letras, 1998. © Júlio Castañon Guimarães.

“Caranguejo” – Daniel, Claudio. *Fera Bifronte*. São Paulo, Lumme, 2009. © Claudio Daniel.

“Carta ao Inventor da Roda” – Gullar, Ferreira. *A Luta Corporal*. São Paulo, Companhia das Letras, 2017. © herdeira de Ferreira Gullar.

“Carta de Amor ao Meu Inimigo Mais Próximo” – Gullar, Ferreira. *A Luta Corporal*. São Paulo, Companhia das Letras, 2017. © herdeira de Ferreira Gullar.

“Carta do Morto Pobre” – Gullar, Ferreira. *A Luta Corporal*. São Paulo, Companhia das Letras, 2017. © herdeira de Ferreira Gullar.

“Cavalhadas” – Veras, Dalila Teles. *A Janela dos Dias*. Santo André, Alpharrabio, 2002. © Dalila Teles Veras.

“Certidão de Nascimento” – Carvalho, Andréia. *Grimório de Gavita*. São Paulo, Maçã de Vidro, 2014. © Andréia Carvalho.

“Cetraria” – Costa, Horácio. *Satori: Poemas*. São Paulo, Iluminuras, 1989. © Horácio Costa.

“Cigarra” – Franchetti, Paulo. *Bíblicas (& Não)*. São Paulo, Leonella Ateliê, 2018. © Paulo Franchetti.

“*Cityscape*” – Lopes, Rodrigo Garcia. *Nômada*. Rio de Janeiro, Lamparina, 2004. © Rodrigo Garcia Lopes.

“Colagem” – Torquato Neto. *Os Últimos Dias de Paupéria*. 2. ed. rev. e ampl. São Paulo, Max Limonad, 1982. © George Mendes e Thiago Silva.

“[Como Quem Escreve um Livro]” – Campos, Haroldo de. *Galáxias*. São Paulo, Editora 34, 2006. © Ivan Pérsio de Arruda Campos.

“Conclusão” – Pompeia, Raul. *Obras*. Vol. iv: *Canções sem Metro*. Org. Afrânio Coutinho & Eduardo Faria Coutinho. Rio de Janeiro, Civilização Brasileira/Oficina Literária Afrânio Coutinho (Olac)/Fundação Nacional de Material Escolar (Fename), 1982. © Domínio público.

“Contratempo” – Glenadel, Paula. *Quase uma Arte*. São Paulo/Rio de Janeiro, Cosac Naify/7Letras, 2005. © Paula Glenadel.

“Corpo” – Franceschi, Antonio Fernando de. *Caminho das Águas: Poemas*. São Paulo, Brasiliense, 1987. © Antonio Fernando de Franceschi.

“Crônica” – Junqueira, Ivan. *Poemas Reunidos*. Rio de Janeiro, Record, 1999. © Maria Cecilia Costa Junqueira e Suzana da Cunha Junqueira.

“[Daqui Deste Lado da Calçada]” – Malufe, Annita Costa. *Como se Caísse Devagar*. São Paulo, Editora 34, 2008. © Annita Costa Malufe.

"Debelatório" – Castro, César de. *Péan: Ampolas de Escuma*. Porto Alegre, Brasil Meridional, 1910. © Domínio público.

"Declaração de Amor" – Andrade, Carlos Drummond de. *A Paixão Medida*. São Paulo, Companhia das Letras, 2014. © Graña Drummond.

"Demolições (1)" – Melo, Tarso de. *Lugar Algum: Com uma Teoria da Poesia*. Santo André, Alpharrabio Edições, 2007. © Tarso de Melo.

"Descurso" – Cohn, Sergio. *O Sonhador Insone*. Rio de Janeiro, Azougue, 2012. © Sergio Cohn.

"De Tatu" – Barros, Manoel de. *Poesia Completa*. São Paulo, Leya, 2013. © herdeiros de Manoel de Barros.

"De Verde sob o Relógio" – Garcia, Marília. *20 Poemas para o Seu Walkman*. Rio de Janeiro/São Paulo, 7Letras/Cosac Naify, 2006. © Marília Garcia.

"Dias Circulares" – Willer, Claudio. *Estranhas Experiências: E Outros Poemas*. Rio de Janeiro, Lamparina, 2004. © Claudio Willer.

"Discurso da Mosca" – Meyer, Augusto. *Poesias: 1922-1945*. Rio de Janeiro, Livraria São José, 1955. © Amélia Moro.

"Discurso Patético a um Homem que Envelhece" – Machado, Aníbal. *Cadernos de João*. Rio de Janeiro, José Olympio, 2004. © MCM Produções.

"Do Hinário de um Nômada" – Kilkerry, Pedro. *In*: Campos, Augusto de. *Re-Visão de Kilkerry*. São Paulo, Fundo Estadual de Cultura, 1970. © Domínio público.

"Do Manuscrito Satânico" – Perneta, Júlio. *Malditos*. Curitiba, Livraria Econômica, 1909. © Domínio público.

"Do Novíssimo Testamento" – Paes, José Paulo. *Poesia Completa*. São Paulo, Companhia das Letras, 2008. © Dora Paes.

"Drósera" – Veras, Dalila Teles. *A Janela dos Dias*. Santo André, Alpharrabio, 2002. © Dalila Teles Veras.

"*Due Storielle Fiorentine*" – Fonseca, José Paulo Moreira da. *In*: Ramos, Péricles Eugênio da Silva (org.). *Poesia Moderna*. São Paulo, Melhoramentos, 1967. © Paulo Sérgio Moreira da Fonseca.

"[E Começo Aqui e Meço Aqui]" – Campos, Haroldo de. *Galáxias*. São Paulo, Editora 34, 2006. © Ivan Pérsio de Arruda Campos.

"[Ele Era Todo Liso]" – Roquette-Pinto, Claudia. *Ciranda da Poesia*. Org. Paulo Henriques Britto. Rio de Janeiro, Eduerj, 2010. © Claudia Roquette-Pinto.

“*Enjambement*” – Polito, Ronald. *In*: Galvão, Donizete & Polito, Ronald. *Pelo Corpo*. Santo André, Alpharrabio, 2002. © Ronald Polito.
“[...Entre Pernas, Entre Braços]” – Roquette-Pinto, Claudia. *Margem de Manobra*. Rio de Janeiro, Aeroplano, 2005. © Claudia Roquette-Pinto.
“Episódios para Cinema” – Melo Neto, João Cabral de. *O Cão sem Plumas: E Outros Poemas*. Rio de Janeiro, Alfaguara, 2007. © herdeiros de João Cabral de Melo Neto.
“[Eu Conheci o Diabo]” – Proença, Ruy. *Pequenos Séculos*. São Paulo, Klaxon, 1985. © Ruy Proença.
“Eu Durmo Comigo” – Freitas, Angélica. *Um Útero É do Tamanho de um Punho*. São Paulo, Companhia das Letras, 2017. © Angélica Freitas.
“Eurinice” – Guimaraens, Alphonsus de. *Obra Completa*. Rio de Janeiro, José Aguilar, 1960. © Domínio público.
“Exercício para García Lorca” – Bell, Lindolf. *Incorporação: Doze Anos de Poesia, 1962 a 1973*. São Paulo, Quíron, 1974. © Rafaela Hering Bell.
“Falação” – Andrade, Oswald de. *Poesias Reunidas*. São Paulo, Companhia das Letras, 2017. © Oswald de Andrade.
“Festival do Rock da Necessidade” – Piva, Roberto. *Obras Reunidas*. Vol. II: *Mala na Mão & Asas Pretas*. Porto Alegre, Globo, 2006. © Editora Globo.
“Forte” – Melo, Tarso de. *Lugar Algum: Com uma Teoria da Poesia*. Santo André, Alpharrabio Edições, 2007. © Tarso de Melo.
“Fugir em Voo Rasteiro” – Milliet, Sérgio. “Fugir em Voo Rasteiro”. *In*: Ramos, Péricles Eugênio da Silva (org.). *Poesia Moderna*. São Paulo, Melhoramentos, 1967. © Teresa Cristina Guimarães.
“Gabriel Rindo de Si Mesmo” – Martins, Floriano. *Lembranças de Homens que Não Existiam*. Fortaleza, ARC Edições, 2013. © Floriano Martins.
“Gaivotas” – Paixão, Fernando. *Palavra e Rosto*. Cotia, Ateliê, 2010. © Fernando Paixão.
“Guerrilha” – Fraga, Myriam. *As Purificações ou O Sinal de Talião: Poesia*. Rio de Janeiro/Brasília, Civilização Brasileira/Instituto Nacional do Livro (INL), 1981. © Angela Fraga Buarque de Sá.
“Heliogábalo III” – Piva, Roberto. *Obras Reunidas*. Vol. I: *Um Estrangeiro na Legião*. Porto Alegre, Globo, 2005. © Editora Globo.
“Histórias Naturais” – Polito, Ronald. *Terminal*. Rio de Janeiro, 7Letras, 2006. © Ronald Polito.
“Imperativos Orientais” – Carvalho, Andréia. *Grimório de Gavita*. São Paulo, Maçã de Vidro, 2014. © Andréia Carvalho.

"Informações Sobre a Musa" – BARROS, Manoel de. *Meu Quintal É Maior que o Mundo: Antologia*. Rio de Janeiro, Alfaguara, 2015. © herdeiros de Manoel de Barros.

"Introdução ao Instante" – MELO NETO, João Cabral de. *O Cão sem Plumas: E Outros Poemas*. Rio de Janeiro, Alfaguara, 2007. © herdeiros de João Cabral de Melo Neto.

"Inverno" – CASTRO, Nestor de. *Obras*. Vol. III: *Brindes*. Curitiba, Tipografia Mundial, 1898. © Domínio público.

"Ismália" – GUIMARAENS, Alphonsus de. *Obra Completa*. Rio de Janeiro, José Aguilar, 1960. © Domínio público.

"Jardim de Vestígios" – SISCAR, Marcos. *Isto Não É um Documentário*. Rio de Janeiro, 7Letras, 2019. © Marcos Siscar.

"Koisas da Polítika" – FRÓES, Leonardo. *Sibilitz*. Belo Horizonte, Chão de Feira, 2015. © Leonardo Fróes.

"Lamento para Solo de Cordas" – PUCHEU, Alberto. *A Fronteira Desguarnecida: Poesia Reunida, 1993-2007*. Rio de Janeiro, Azougue, 2007. © Alberto Pucheu.

"Lésbica" – CASTRO, César de. *Frutos do Meu Pomar*. Brasil Meridional, 1910. © Domínio público.

"Limiar (As Chaves)" – RAMOS, Juliana. *No Coração Fosco da Cidade*. Belo Horizonte, Impressões de Minas, 2018. © Juliana Ramos.

"Limites ao Léu" – LEMINSKI, Paulo. *Toda Poesia*. São Paulo, Companhia das Letras, 2013. © Alice Ruiz Schneronk, Aurea Alice Leminski e Estrela Ruiz Leminski.

"Marta" – VÁRZEA, Virgílio; SOUSA, [João da] Cruz e. *Tropos e Fantasias*. Rio de Janeiro/Florianópolis, Fundação Casa de Rui Barbosa/Fundação Catarinense de Cultura, 1994. © Domínio público.

"Memento" – BRITTO, Paulo Henriques. *Mínima Lírica: Poemas*. São Paulo, Companhia das Letras, 2013. © Paulo Henriques Britto.

"Metapatafísica" – MEYER, Augusto. *Poesias: 1922-1945*. Rio de Janeiro, Livraria São José, 1955. © Amélia Moro.

"Mercado-Trem" – RAMOS, Juliana. *No Coração Fosco da Cidade*. Belo Horizonte, Impressões de Minas, 2018. © Juliana Ramos.

"Monólogo de Hamlet" – OLIVEIRA GOMES. *Terra Dolorosa: Impressões e Fantasias*. Rio de Janeiro, Tipografia Aldina de A.J. Lamoureux, 1898. © Domínio público.

“Morada” – Marinho, Samarone. *Incêndios*. Rio de Janeiro, 7Letras, 2013. © Samarone Marinho.

“Morte do Palhaço” – Duque, Gonzaga. *Horto de Mágoas: Contos*. Rio de Janeiro, Benjamin de Águila, 1914. © Domínio público.

“Mulher. Cavalo” – Santos, Diogo Cardoso dos. *Sem Lugar a Voz*. São Paulo, Dobradura, 2016. © Diogo Cardoso dos Santos.

“Na Cantina Mágica” – Costa, Horácio. *The Very Short Stories*. São Paulo, Iluminuras, 1991. © Horácio Costa.

“[Não Entende a Aranha]” – Borges, Contador. *O Reino da Pele*. São Paulo, Iluminuras, 2002. © Contador Borges.

“Nas Catacumbas” – Rocha Pombo. *No Hospício*. Brasília, Instituto Nacional do Livro (inl), 1970. © Domínio público.

“Navios” – Sousa, [João da] Cruz e. *Obra Completa*. Rio de Janeiro, José Aguilar, 1961. © Domínio público.

“Nefas” – Castro, César de. *Péan: Ampolas de Escuma*. Porto Alegre, Brasil Meridional, 1910. © Domínio público.

“*Neighbours*” – Ávila, Carlos. *Bissexto Sentido*. São Paulo, Perspectiva, 1999. © Carlos Ávila.

“*Nihil*” – Veloso, Dario. *Obras*. Vol. ii. Curitiba, Instituto Neopitagórico, 1969. © Domínio público.

“No Cu do Mistério” – Motta, Waldo. *Bundo e Outros Poemas*. Campinas, Editora da Unicamp, 1996. © Waldo Motta.

“Noite” – Ávila, Carlos. *Área de Risco*. São Paulo, Lumme, 2012. © Carlos Ávila.

“Noites de Luar” – Guimaraens, Alphonsus de. *Obra Completa*. Rio de Janeiro, José Aguilar, 1960. © Domínio público.

“No País de José Paulo Paes” – Sanches Neto, Miguel. *Venho de um País Obscuro: E Outros Poemas*. Curitiba, Travessa dos Editores, 2000. © Miguel Sanches Neto.

“Nota sobre a Autoria” – Cohn, Sergio. *O Sonhador Insone*. Rio de Janeiro, Azougue, 2012. © Sergio Cohn.

“Notas Trêmulas” – Kilkerry, Pedro. *In*: Campos, Augusto de. *Re-Visão de Kilkerry*. São Paulo, Fundo Estadual de Cultura, 1970. © Domínio público.

“Noturno” – Milano, Dante. *Obra Reunida*. Rio de Janeiro, Academia Brasileira de Letras (abl), 2004. © Ana Maria Milano Souto e Gilda Milano.

“Novos Antropofágicos I” – HILST, Hilda. *Da Prosa*. Vol. II. São Paulo, Companhia das Letras, 2018. © Daniel Bilenky Mora Fuentes.

“Ó” – RAMOS, Nuno. *Ó*. São Paulo, Iluminuras, 2009. © Nuno Ramos.

“O Anjo Boxeador” – AZEVEDO, Carlito. *Monodrama*. Rio de Janeiro, 7Letras, 2009. © Carlito Azevedo.

“O Apanhador de Poemas” – QUINTANA, Mário. *Da Preguiça como Método de Trabalho*. Org. Italo Moriconi. Rio de Janeiro, Alfaguara, 2013. © Elena Quintana.

“O Aprendiz de Poeta no Ano da Graça de 1931” – RAMOS, Péricles Eugênio da Silva. *Poesia Quase Completa*. Rio de Janeiro, José Olympio, 1972. © Clóvis Frederico da Silva Ramos.

“Oásis” – LOPES, Rodrigo Garcia. *Nômada*. Rio de Janeiro, Lamparina, 2004. © Rodrigo Garcia Lopes.

“O Bucolismo de um Riso” – CASTRO, Nestor de. *Obras*. Vol. III: *Brindes*. Curitiba, Tipografia Mundial, 1898. © Domínio público.

“O Campo e a Alcova” – MEDEIROS E ALBUQUERQUE. *Poemas sem Versos*. Rio de Janeiro, Livraria Editora Leite Ribeira, 1924. © Domínio público.

“Ode ao Vinho” – OLIVEIRA GOMES. *Terra Dolorosa: Impressões e Fantasias*. Rio de Janeiro, Tipografia Aldina de A. J. Lamoureux, 1898. © Domínio público.

“O Desembarque do Poema” – MACHADO, Aníbal. *Cadernos de João*. Rio de Janeiro, José Olympio, 2004. © MCM Produções.

“O Direito ao Dia Seguinte” – MACHADO, Aníbal. *Cadernos de João*. Rio de Janeiro, José Olympio, 2004. © MCM Produções.

“O Farejador” – PAIXÃO, Fernando. *Palavra e Rosto*. Cotia, Ateliê, 2010. © Fernando Paixão.

“O Filho do Fazendeiro” – VILLAÇA, Alcides. *Viagem de Trem*. São Paulo, Duas Cidades, 1988. © Alcides Villaça.

“O Grande Desastre Aéreo de Ontem” – LIMA, Jorge de. *Poemas Negros*. Ed. ampl. São Paulo, Alfaguara, 2016. © Maria Thereza Jorge de Lima e Lia Corrêa Lima Alves de Lima.

“O Homem Inacabado” – MACHADO, Aníbal. *Cadernos de João*. Rio de Janeiro, José Olympio, 2004. © MCM Produções.

“O Jardim Mágico” – VELOSO, Dario. *Psykês e Flauta Rústica*. Curitiba, Instituto Neopitagórico, 1941. © Domínio público.

“O Mar” – POMPEIA, Raul. *Obras*. Vol. IV: *Canções sem Metro*. Org. Afrânio Coutinho e Eduardo Faria Coutinho. Rio de Janeiro, Civilização

Brasileira/Oficina Literária Afrânio Coutinho (Olac)/Fundação Nacional de Material Escolar (Fename), 1982. © Domínio público.

"O Maribondo Metafísico" – Vítor, Nestor. *Folhas que Ficam: Emoções e Pensamentos, 1900-1914*. Rio de Janeiro, Leite Ribeiro & Maurillo, 1920. © Domínio público.

"O Monge" – Rocha Pombo. *No Hospício*. Brasília, Instituto Nacional do Livro (INL), 1970. © Domínio público.

"O Nome dos Navios" – Ivo, Lêdo. *Poesia Completa: 1940-2004*. Rio de Janeiro, Topbooks, 2004. © Gonçalo de Medeiros Ivo.

"O Outro" – Meyer, Augusto. *Poesias: 1922-1945*. Rio de Janeiro, Livraria São José, 1955. © Amélia Moro.

"O Ovo" – Mendes, Murilo. *Poliedro*. São Paulo, Companhia das Letras, 2017. © herdeiros de Murilo Mendes.

"O Poeta, a Musa e a Noite" – Mendes, Murilo. *Poesia Completa e Prosa*. Org., prep. e notas Luciana Stegagno Picchio. Rio de Janeiro, Nova Aguilar, 2006. © herdeiros de Murilo Mendes.

"O Poeta Eduardo Leva Seu Cão Raivoso a Passear" – Costa, Eduardo Alves da. *No Caminho com Maiakóvski*. Rio de Janeiro, Nova Fronteira, 1985. © Eduardo Alves da Costa.

"O Quadrado Branco, Ernst e a Vitrola" – Lima, Manoel Ricardo de. *Quando Todos os Acidentes Acontecem*. Rio de Janeiro, 7Letras, 2009. © Manoel Ricardo de Lima.

"O Quadrado Branco, Futebol" – Lima, Manoel Ricardo de. *Quando Todos os Acidentes Acontecem*. Rio de Janeiro, 7Letras, 2009. © Manoel Ricardo de Lima.

"Oração a Satã" – Perneta, Júlio. *Bronzes*. Curitiba, Adolpho Guimarães, 1897. © Domínio público.

"Os Cânticos" – Sousa, [João da] Cruz e. *Obra Completa*. Rio de Janeiro, José Aguilar, 1961. © Domínio público.

"O Sétimo Selo" – Fraga, Myriam. *As Purificações ou O Sinal de Talião: Poesia*. Rio de Janeiro/Brasília, Civilização Brasileira/Instituto Nacional do Livro (INL), 1981. © Angela Fraga Buarque de Sá.

"Os Olhos de Charlotte Rampling" – Galvão, Donizete. *In*: Galvão, Donizete & Polito, Ronald. *Pelo Corpo*. Santo André, Alpharrabio, 2002. © Ana Tereza Marques de Souza.

"Outros Passos" – Bonvicino, Régis. *Até Agora: Poemas Reunidos*. São Paulo, Imprensa Oficial, 2010. © Régis Bonvicino.

"O Ventre" – POMPEIA, Raul. *Obras*. Vol. IV: *Canções sem Metro*. Org. Afrânio Coutinho & Eduardo Faria Coutinho. Rio de Janeiro, Civilização Brasileira/Oficina Literária Afrânio Coutinho (Olac)/Fundação Nacional de Material Escolar (Fename), 1982. © Domínio público.

"'Padre-Nosso' Brasileiro" – BOPP, Raul. *Poesia Completa de Raul Bopp*. Rio de Janeiro/São Paulo, José Olympio/Edusp, 1998. © Sérgio Alfredo Bopp.

"Par Ímpar" – MENDES, Murilo. *Poesia Completa e Prosa*. Org., prep. e notas Luciana Stegagno Picchio. Rio de Janeiro, Nova Aguilar, 2006. © herdeiros de Murilo Mendes.

"Partida" – FRANCHETTI, Paulo. *Bíblicas (& Não)*. São Paulo, Leonella Ateliê, 2018. © Paulo Franchetti.

"Pássarosurpresa" – PLACER, Xavier. *Silêncio Adentro*. Rio de Janeiro, Livraria São José, 1961.

"[Passatempos e Matatempos]" – CAMPOS, Haroldo de. *Galáxias*. São Paulo, Editora 34, 2006. © Ivan Pérsio de Arruda Campos.

"Pátria!" – CARDOSO, Lúcio. *Poesia Completa*. Ed. crít. Ésio Macedo Ribeiro. São Paulo, Edusp, 2011. © Rafael Cardoso.

"Pátria dos Costumes" – CHAMIE, Mário. *Objeto Selvagem: Poesia Completa*. Vol. II. São Paulo, Scandar, 2007. © Lina Chamie.

"Péan" – CASTRO, César de. *Péan: Ampolas de Escuma*. Porto Alegre, Brasil Meridional, 1910. © Domínio público.

"Peg-ação do Outro" – FRÓES, Leonardo. *Sibilitz*. Belo Horizonte, Chão de Feira, 2015. © Leonardo Fróes.

"Pequeno Soneto em Prosa" – CAMPOS, Paulo Mendes. *Paulo Mendes Campos*. Sel. Humberto Wernek. São Paulo, Global, 1990 (Melhores Poemas). © herdeiros de Paulo Mendes Campos.

"Perguntas a H.P. Lovecraft" – LEITE, Sebastião Uchoa. *A Uma Incógnita: 1989-1990*. São Paulo, Iluminuras, 1991. © Guacira Bonacio Coelho Waldeck.

"Permanência" – MENDES, Murilo. *Poesia Completa e Prosa*. Org., prep. e notas Luciana Stegagno Picchio. Rio de Janeiro, Nova Aguilar, 2006. © herdeiros de Murilo Mendes.

"Pessoal Intransferível" – TORQUATO NETO. *Os Últimos Dias de Paupéria*. 2. ed. rev. e ampl. São Paulo, Max Limonad, 1982. © George Mendes e Thiago Silva.

"Pétalas" – Torres Filho, Rubens Rodrigues. *Novolume: 5 Livros de Poesia, Poemas Novos, Inéditos, Avulsos e Traduções*. São Paulo, Iluminuras, 1997. © Célia Cavalheiro.

"Poema" – Junqueira, Ivan. *Poemas Reunidos*. Rio de Janeiro, Record, 1999. © Maria Cecilia Costa Junqueira e Suzana da Cunha Junqueira.

"Poema Conceitual: Teoria e Prática" – Sant'Anna, Affonso Romano de. *Poesia Reunida*. Vol. I: *1965-1999*. Porto Alegre, L&PM, 2007. © Affonso Romano de Sant'Anna.

"Poema das Aproximações" – Campos, Paulo Mendes. *Domingo Azul do Mar*. Rio de Janeiro, Civilização Brasileira, 1958. Publicado inicialmente como poema em prosa, o autor também repetiu o mesmo texto como crônica, sob o título "A Puberdade Abstrata", na revista *Manchete*, Rio de Janeiro, 3 abr. 1971. © herdeiros de Paulo Mendes Campos.

"Poema em Prosa a Quatro Mãos para um *Leitmotiv*" – Villaça, Alcides. *O Tempo e Outros Remorsos*. São Paulo, Ática, 1975. © Alcides Villaça.

"Poema para Duas Vozes" – Malufe, Annita Costa. *Nesta Cidade e Abaixo dos Teus Olhos*. Rio de Janeiro, 7Letras, 2007. © Annita Costa Malufe.

"Poema Placebo" – Ramos, Nuno. *O Mau Vidraceiro*. São Paulo, Globo, 2010. © Nuno Ramos.

"[Por Duas Vezes Gritei]" – Santos, Diogo Cardoso dos. *Paisagem e Pântanos*. São Paulo, Baboon/Loplop, 2019. © Diogo Cardoso dos Santos.

"Porto Real do Colégio" – Ivo, Lêdo. *Poesia Completa: 1940-2004*. Rio de Janeiro, Topbooks, 2004. © Gonçalo de Medeiros Ivo.

"Praça do Paraíso" – Meyer, Augusto. *Poesias: 1922-1945*. Rio de Janeiro, Livraria São José, 1955. © Amélia Moro.

"Pra Donde que Você me Leva" – Lima, Jorge de. *Poemas Negros*. Ed. ampl. São Paulo, Alfaguara, 2016. © Maria Thereza Jorge de Lima e Lia Corrêa Lima Alves de Lima.

"Pré-Desperto" – Ferraz, Heitor. *Coisas Imediatas: 1996-2004*. Rio de Janeiro, 7Letras, 2004. © Heitor Ferraz.

"Presente" – Cartum, Leda. *As Horas do Dia: Pequeno Dicionário Calendário*. Rio de Janeiro, 7Letras, 2012. © Leda Cartum.

"Prisão da Distância" – Pessanha, Juliano Garcia. *Sabedoria do Nunca*. Cotia, Ateliê, 1999. © Juliano Garcia Pessanha.

"Prosa" – Bonvicino, Régis. *Até Agora: Poemas Reunidos*. São Paulo, Imprensa Oficial, 2010. © Régis Bonvicino.

"Quarto e Sala" – Alvim, Francisco. *Passatempo e Outros Poemas*. São Paulo, Duas Cidades, 1988. © Francisco Alvim.

"Quintana's Bar" – Andrade, Carlos Drummond de. *Claro Enigma*. São Paulo, Companhia das Letras, 2012. © Graña Drummond.

"Quixotesca Ficção Verbal" – Pessanha, Juliano Garcia. *Ignorância do Sempre*. Cotia, Ateliê, 2000. © Juliano Garcia Pessanha.

"R.C." – Freitas, Angélica. *Rilke Shake*. São Paulo/Rio de Janeiro, Cosac Naify/7Letras, 2007. © Angélica Freitas.

"Reflexos" – Leite, Sebastião Uchoa. *Obra em Dobras: 1960-1988*. São Paulo, Duas Cidades, 1988. © Guacira Bonacio Coelho Waldeck.

"Rei Palhaço" – Barroso, Colatino. *Anátemas*. Rio de Janeiro, Companhia Impressora, 1895. © Domínio público.

"Renascença" – Perneta, Emiliano. *Obras Completas de Emiliano Perneta*. Vol. I. Curitiba, Gerpa, 1946. © Domínio público.

"Réquiem para Gullar" – Gullar, Ferreira. "O Vil Metal" (1954-1960). *Toda Poesia: 1950-1999*. Rio de Janeiro, José Olympio, 2008. © herdeira de Ferreira Gullar.

"Retorno Triunfal" – Motta, Waldo. *Bundo e Outros Poemas*. Campinas, Editora da Unicamp, 1996. © Waldo Motta.

"Sábado" – Ivo, Lêdo. *Poesia Completa: 1940-2004*. Rio de Janeiro, Topbooks, 2004. © Gonçalo de Medeiros Ivo.

"Sapo!..." – Duque, Gonzaga. *Horto de Mágoas: Contos*. Rio de Janeiro, Benjamin de Águila, 1914. © Domínio público.

"Saudade" – Milliet, Sérgio. "Saudade". *In*: Ramos, Péricles Eugênio da Silva (org.). *Poesia Moderna*. São Paulo, Melhoramentos, 1967. © Teresa Cristina Guimarães.

"Semanário no Templo" – Chamie, Mário. *Objeto Selvagem: Poesia Completa*. Vol. I. São Paulo, Scandar, 2007. © Lina Chamie.

"Sensualismo" – Veloso, Dario. *Obras*. Vol. II. Curitiba, Instituto Neopitagórico, 1969. © Domínio público.

"Sentado numa Pedra" – Milano, Dante. *Obra Reunida*. Rio de Janeiro, Academia Brasileira de Letras (ABL), 2004. © Ana Maria Milano Souto e Gilda Milano.

"Sermão na Catedral" – Ramos, Péricles Eugênio da Silva. *Poesia Quase Completa*. Rio de Janeiro, José Olympio, 1972. © Clóvis Frederico da Silva Ramos.

"Sex Shop" – Daniel, Claudio. *Fera Bifronte*. São Paulo, Lumme, 2009. © Claudio Daniel.

"Sub-urb" – Melim, Angela. *Mais Dia Menos Dia: Poemas Reunidos, 1974-1996*. Rio de Janeiro, 7Letras, 1996. © Angela Melim.

"*Tableau!*" – Quintana, Mário. *Canções Seguido de Sapato Furado e A Rua dos Cata-Ventos*. Org. Italo Moriconi. Rio de Janeiro, Alfaguara, 2012. © Elena Quintana.

"Tempo Perdido" – Quintana, Mário. *Caderno H*. Org. Italo Moriconi. Rio de Janeiro, Alfaguara, 2013. © Elena Quintana.

"[Tenho Meditado na Poesia]" – Lemos, Tite de. *Corcovado Park*. Rio de Janeiro, Nova Fronteira, 1985. © Lívia Mariani Lemos e Tomás Mariani Lemos.

"Teologia Natural" – Hilst, Hilda. *Da Prosa*. Vol. i. São Paulo, Companhia das Letras, 2018. © Daniel Bilenky Mora Fuentes.

"Tese Terceira: Torção" – Flores, Guilherme Gontijo. *Todos os Nomes que Talvez Tivéssemos*. Curitiba, Kotter, 2020. © Guilherme Gontijo Flores.

"Tradução Livre de um Poema Inexistente de Lyn Hejinian" – Pucheu, Alberto. *A Fronteira Desguarnecida: Poesia Reunida, 1993-2007*. Rio de Janeiro, Azougue, 2007. © Alberto Pucheu.

"Última Canção" – Guimarães, Júlio Castañon. *Matéria e Paisagem e Poemas Anteriores*. Rio de Janeiro, 7Letras, 1998. © Júlio Castañon Guimarães.

"Uma Coleção Individual" – Cardoso, Lúcio. *Poesia Completa*. Ed. crít. Ésio Macedo Ribeiro. São Paulo, Edusp, 2011. © Rafael Cardoso.

"Uma Prosa É uma Prosa É uma" – Torres Filho, Rubens Rodrigues. *Novolume: 5 Livros de Poesia, Poemas Novos, Inéditos, Avulsos e Traduções*. São Paulo, Iluminuras, 1997. © Célia Cavalheiro.

"Um Modo de Estar" – Siscar, Marcos. *Isto Não É um Documentário*. Rio de Janeiro, 7Letras, 2019. © Marcos Siscar.

"Vacas" – Piccolo, Rosana. *Meio-Fio*. São Paulo, Iluminuras, 2003. © Rosana Piccolo.

"Velórios" – Ferraz, Heitor. *Coisas Imediatas: 1996-2004*. Rio de Janeiro, 7Letras, 2004. © Heitor Ferraz.

"Vibrações" – Pompeia, Raul. *Obras*. Vol. iv: *Canções sem Metro*. Org. Afrânio Coutinho & Eduardo Faria Coutinho. Rio de Janeiro, Civilização Brasileira/Oficina Literária Afrânio Coutinho (Olac)/Fundação Nacional de Material Escolar (Fename), 1982. © Domínio público.

"viii" – Lima Campos. *Confessor Supremo*. Rio de Janeiro, Laemmert & C., 1904. © Domínio público.

"Virgens" – Barroso, Colatino. *Anátemas*. Rio de Janeiro, Companhia Impressora, 1895. © Domínio público.

"Vitalização" – Sousa, [João da] Cruz e. *Obra Completa*. Rio de Janeiro, José Aguilar, 1961. © Domínio público.

"xxii" – Lima Campos. *Confessor Supremo*. Rio de Janeiro, Laemmert & C., 1904. © Domínio público.

"xxxviii" – Martins, Floriano. *Lembranças de Homens que Não Existiam*. Fortaleza, arc Edições, 2013. © Floriano Martins.

"Zefa Lavadeira" – Lima, Jorge de. *Poemas Negros*. Ed. ampl. Rio de Janeiro, Alfaguara, 2016. © Maria Thereza Jorge de Lima e Lia Corrêa Lima Alves de Lima.

Referências da Apresentação

ALENCAR, José de. *Iracema*. Ed. crít. M. Cavalcanti Proença. Rio de Janeiro/São Paulo, Livros Técnicos e Científicos (LTC)/Edusp, 1979, pp. 216-272. (1. ed. crít.: *Iracema: Lenda do Ceará, 1865-1965*. Rio de Janeiro, José Olympio, 1965).

ALMEIDA, Pires de. *A Escola Byroniana no Brasil*. São Paulo, Conselho Estadual da Cultura, 1962.

ANDRADE, Mário de. *A Escrava que Não É Isaura: Discurso Sobre Algumas Tendências da Poesia Modernista*. Rio de Janeiro, Nova Fronteira, 2003.

______. "Estética". *Klaxon*, n. 1, pp. 2-3, maio 1922.

ARRIGUCCI JR., Davi. *Humildade, Paixão e Morte: A Poesia de Manuel Bandeira*. São Paulo, Companhia das Letras, 1990.

ASSIS, Machado de. "A Nova Geração". *Obra Completa de Machado de Assis*. Vol. III: *Poesia, Crônica, Crítica, Miscelânea e Epistolário*. Org. Afrânio Coutinho. Rio de Janeiro, Nova Aguilar, 1954.

______. "Iracema". *In*: ALENCAR, José de. *Iracema*. Ed. crít. M. Cavalcanti Proença. Rio de Janeiro/São Paulo, Livros Técnicos e Científicos (LTC)/Edusp, 1979.

BAKHTIN, Mikhail. *Teoria do Romance*. Vol. I: *A Estilística*. Org. Serguei Botcharov & Vadim Kójinov. Trad., pref., notas e glossário Paulo Bezerra. São Paulo, Editora 34, 2015.

BANDEIRA, Manuel. *Antologia Poética*. Rio de Janeiro, Sabiá, 1961.

BARREIRA, João. *Guaches: Estudos e Fantasias*. Porto, Lugan & Genelioux, 1892.

BAUDELAIRE, Charles. "*Spleen* de Paris (Pequenos Poemas em Prosa)". *Poesia e Prosa*. Org. Ivo Barroso. Trad. do poema "*Spleen* de Paris" de Aurélio Buarque de Hollanda Ferreira. Rio de Janeiro, Nova Aguilar, 1995. (1. ed.: *Oeuvres Complètes de Charles Baudelaire*. Vol. 4: *Petits Poèmes en Prose: Les Paradis Artificiels*. Paris, Michel Lévy Frères, 1869).

Bernard, Suzanne. *Le Poème en Prose: De Baudelaire Jusqu'à Nos Jours*. Paris, Librairie A.-G. Nizet, 1994.

Bosi, Alfredo. *História Concisa da Literatura Brasileira*. São Paulo, Cultrix, 1992.

Bourassa, Lucie. *Rythme e Sens: Des Processus Rythmiques en Poésie Contemporaine*. Paris, Rhythmos, 2015.

Brayner, Sônia. "A Reflexão do Ser em Sua Linguagem Interior". *Labirinto do Espaço Romanesco: Tradição e Renovação da Literatura Brasileira, 1880-1920*. Rio de Janeiro/Brasília, Civilização Brasileira/Instituto Nacional do Livro (INL), 1979.

Broca, Brito. *A Vida Literária no Brasil: 1900*. 2. ed. rev. e aum. Rio de Janeiro, José Olympio, 1960.

Camilo, Vagner. "Nota sobre a Recepção de Rilke na Lírica Brasileira no Segundo Pós-Guerra". *Navegações: Revista de Cultura e Literaturas de Língua Portuguesa*, vol. 10, n. 1, pp. 71-78, jan.-jun. 2017.

Campos, Haroldo de. "Iracema: Uma Arqueografia de Vanguarda". *Revista USP*, n. 5, pp. 67-74, mar.-maio 1990.

Campos, Paulo Mendes. "Manuel Bandeira Fala de Sua Obra". *Travessia*, vol. 5, n. 13, pp. 124-140, 1986.

Candido, Antonio. *Formação da Literatura Brasileira: Momentos Decisivos*. Vol. II: *1836-1880*. São Paulo/Belo Horizonte, Edusp/Itatiaia, 1975.

Carpeaux, Otto Maria. *Origens e Fins: Ensaios*. Rio de Janeiro, Casa do Estudante do Brasil (CEB), 1943.

Castelo, José Aderaldo. *A Polêmica Sobre a Confederação dos Tamoios*. São Paulo, Faculdade de Filosofia, Ciências e Letras (FFCL), Universidade de São Paulo (USP), 1953.

______. "Apontamentos para a História do Simbolismo no Brasil". *Revista da Universidade de São Paulo*, ano 1, n. 1, pp. 111-121, jan.-mar. 1950.

Castro, César de. *Péan: Ampolas de Escuma*. Porto Alegre, Brasil Meridional, 1910.

Cesar, Ana Cristina. *Correspondência Incompleta*. Rio de Janeiro, Aeroplano/Instituto Moreira Salles (IMS), 1999.

______. *Poética*. São Paulo, Companhia das Letras, 2013.

Cesar, Guilhermino. "Introdução". *In*: Cesar, Guilhermino (org.). *Historiadores e Críticos do Romantismo*. Vol. I: *A Contribuição Euro-*

peia: Crítica e História Literária. Rio de Janeiro/São Paulo, Livros Técnicos e Científicos (LTC)/Edusp, 1978.

COHN, Sergio (org.). "Apresentação". *Poesia.br*. Rio de Janeiro, Azougue, 2012.

COUTINHO, Afrânio. "Introdução". *In*: POMPEIA, Raul. *Obras*. Vol. IV: *Canções sem Metro*. Org. Afrânio Coutinho & Eduardo Faria Coutinho. Rio de Janeiro, Civilização Brasileira/Oficina Literária Afrânio Coutinho (Olac)/Fundação Nacional de Material Escolar (Fename), 1982.

CRESPO, Ángel. *Muestrario del Poema en Prosa Brasileño*. Madrid, Enbajada del Brasil en Madrid, 1966; *Revista de Cultura Brasileña*, n. 18, pp. 225-258, set. 1966 (separata).

DECAUNES, Luc. *Le Poème en Prose: Anthologie 1842-1945*. Paris, Seghers, 1984.

DELVILLE, Michel. *The American Prose Poem: Poetic Form and the Boundaries of Genre*. Gainesville, University Press of Florida, 1998.

DESSONS, Gérard & MESCHONNIC, Henri. *Traité du Rythme: Des Vers et des Proses*. Paris, Dunod, 1998.

DIAS, Gonçalves. "Meditação". *Obras Póstumas de A. Gonçalves Dias*. Rio de Janeiro, H. Garnier, 1909.

FERRAZ, Eucanaã (org.). *Poesia Marginal: Palavra e Livro*. Rio de Janeiro, Instituto Moreira Salles (IMS), 2013.

FONSECA, Maria Augusta. *Dois Livros Interessantíssimos:* Memórias Sentimentais de João Miramar *e* Serafim Ponte Grande – *Edições Críticas e Ensaios*. São Paulo, Faculdade de Filosofia, Letras e Ciências Humanas (FFLCH), Universidade de São Paulo (USP), 2006. Tese de Livre-Docência.

GENETTE, Gérard. *Fiction et Diction: Précédé de Introduction à l'Architexte*. Paris, Seuil, 2004.

GUIMARÃES JR., Luís. *Noturnos*. Rio de Janeiro, A. de A. de Lemos, 1872.

GULLAR, Ferreira. *Autobiografia Poética e Outros Textos*. Belo Horizonte, Autêntica, 2007.

______. *Poesia Completa, Teatro e Prosa*. Pref., org. e estabelecimento de texto (com assistência do autor) Antonio Carlos Secchin. Colab. Augusto Sérgio Bastos. Rio de Janeiro, Nova Aguilar, 2008.

HAMBURGER, Kate. *A Lógica da Criação Literária*. Trad. Margot P. Malnic. São Paulo, Perspectiva, 2008.

HOCQUARD, Emmanuel. *Ma Haie: Un Privé à Tanger II*. Paris, POL, 2001.

HOLDER, Jonathan. *The Fate of American Poetry*. Athens, University of Georgia Press, 1991.

HOLLANDA, Heloisa Buarque de. "O Estranho Horizonte da Crítica Feminista no Brasil". *In*: SÜSSERKIND, Flora; DIAS, Tânia & AZEVEDO, Carlito (orgs.). *Vozes Femininas: Gênero, Mediações e Práticas de Escrita*. Rio de Janeiro, Fundação de Amparo à Pesquisa do Rio de Janeiro (Faperj)/Edições Casa de Rui Barbosa/7Letras, 2003.

INIMIGO *Rumor 14: Revista da Poesia*. São Paulo/Rio de Janeiro/Coimbra/Lisboa, Cosac Naify/7Letras/Angelus Novus/Cotovia, 2003.

MELO NETO, João Cabral de. *O Cão sem Plumas: E Outros Poemas*. São Paulo, Companhia das Letras, 2007.

MELLO, Jefferson Agostini. "O Poema em Prosa no Brasil: Ângulos de Experimentação". *Teresa: Revista de Literatura Brasileira*, n. 14, pp. 95-110, 2014.

MENDES, Murilo. *Poesia Completa e Prosa*. Org., prep. e notas Luciana Stegagno Picchio. Rio de Janeiro, Nova Aguilar, 1994.

______. "Sinal de Deus". *Poesia Completa e Prosa*. Org., prep. e notas Luciana Stegagno Picchio. Rio de Janeiro, Nova Aguilar, 1994.

MERQUIOR, José Guilherme. *De Anchieta a Euclides: Breve História da Literatura Brasileira*. Rio de Janeiro, José Olympio, 1977.

MESCHONNIC, Henri. *Critique du Rythme: Anthropologie Historique du Langage*. Lagrasse, Verdier, 1982.

MEYER, Augusto. "Alencar". *In*: ALENCAR, José de. *Iracema*. Ed. crít. M. Cavalcanti Proença. Rio de Janeiro/São Paulo, Livros Técnicos e Científicos (LTC)/Edusp, 1979.

MOISÉS, Massaud. *História da Literatura Brasileira*. Vol. IV: *Simbolismo*. 3. ed. São Paulo, Cultrix, 1997.

MOLINA, Diego A. "A Meditação de Gonçalves Dias: A Natureza dos Males Brasileiros". *Estudos Avançados*, vol. 30, n. 86, pp. 235-252, 2016.

MURICY, Andrade. *Panorama do Movimento Simbolista Brasileiro*. Vol. 1. São Paulo, Perspectiva, 1987.

MURPHY, Margueritte S. *A Tradition of Subversion: The Prose Poem in English from Wilde to Ashbery*. Amherst, University of Massachusetts Press, 1992.

______. *Dissidences: Hispanic Journal of Theory and Criticism*, n. 6-7, p. 17, 2010.

PAIXÃO, Fernando. *Arte da Pequena Reflexão: Poema em Prosa Contemporâneo*. São Paulo, Iluminuras, 2014.

______. "Ecos da Bíblia em *Iracema*, de José de Alencar". *Estudos Avançados*, vol. 32, n. 92, pp. 269-282, jan.-abr. 2018.

______. "Pacto e Linguagem nas *Memórias Sentimentais de João Miramar*". *Luso-Brazilian Review*, vol. 53, n. 1, pp. 39-54, jun. 2016.

PALHARES, Vitoriano. *As Noites da Virgem*. Recife, Garraux/De Lailharcar e Cie, 1868.

PEREIRA, Carlos Alberto Messeder. *Retrato de Época: Poesia Marginal Anos 70*. Rio de Janeiro, Fundação Nacional de Artes (Funarte), 1981.

PESSANHA, Juliano Garcia. *Sabedoria do Nunca*. Cotia, Ateliê, 1999.

PIRES, Antônio Donizeti. "O Concerto Dissonante da Modernidade: Narrativa Poética e Poesia em Prosa". *Itinerários*, n. 24, pp. 35-73, 2006.

______. *Pela Volúpia do Vago: O Simbolismo: O Poema em Prosa nas Literaturas Portuguesa e Brasileira*. Araraquara, Faculdade de Ciências e Letras (FCL), Universidade Estadual Paulista (Unesp), 2002. Tese de Doutorado.

PIVA, Roberto. *Coxas*. São Paulo, Feira de Poesia, 1979.

PLACER, Xavier. *O Poema em Prosa: Conceituação e Antologia*. Rio de Janeiro, Serviço de Documentação/Ministério da Educação e Cultura (MEC), 1962.

PROENÇA, M. Cavalcanti. "Transforma-se o Amador na Coisa Amada". *In*: ALENCAR, José de. *Iracema*. Ed. crít. M. Cavalcanti Proença. Rio de Janeiro/São Paulo, Livros Técnicos e Científicos (LTC)/Edusp, 1979.

RAMOS, Nuno. *O Mau Vidraceiro*. São Paulo, Globo, 2010.

ROQUETTE-PINTO, Claudia. *Margem de Manobra*. Rio de Janeiro, Aeroplano, 2005.

SIMIC, Charles. *Wonderful Words, Silent Truth: Essays on Poetry and a Memoir*. Ann Arbor, University of Michigan Press, 1994.

SOUSA, [João da] Cruz e. *Obra Completa*. Org. geral, intr., notas, crono. e biblio. Andrade Muricy. Rio de Janeiro, José Aguilar, 1961.

TEIXEIRA, Ivan. "Apresentação". *In*: SOUSA, [João da] Cruz e. *Missal; Broquéis*. Estabelecimento de texto Ivan Teixeira. São Paulo, Martins Fontes, 1993.

TODOROV, Tzvetan. "La Poesie Sans Vers". *La Notion de Littérature et Autres Essais*. Paris, Seuil, 1987.

Torquato Neto. *Torquatália*. Vol. 2: *Geleia Geral*. Org. Paulo Roberto Pires. Rio de Janeiro, Rocco, 2004.

Utrera Torremocha, María Victoria. *Teoría del Poema en Prosa*. Sevilla, Universidad de Sevilla, 1999.

Vasconcelos Jr., Gilberto Araújo de. *O Poema em Prosa no Brasil (1883-1898): Origens e Consolidação*. Rio de Janeiro, Faculdade de Letras, Universidade Federal do Rio de Janeiro (ufrj), 2014. Tese de Doutorado.

Vincent-Munnia, Nathalie; bernard-griffiths, Simone & Pickering, Robert (dir.). *Aux Origines du Poème en Prose Français (1750-1850)*. Intr. Nathalie Vincent-Munnia. Pref. Simone Bernard-Griffiths. Posf. Robert Pickering. Paris, Honoré Champion, 2013.

Vítor, Nestor. "Cruz e Sousa". *In*: Coutinho, Afrânio (org.). *Cruz e Souza*. Rio de Janeiro, Civilização Brasileira, 1979 (Fortuna Crítica, 4).

Wilson, Edmund. *O Castelo de Axel: Estudo Sobre a Literatura Imaginativa de 1870 a 1930*. Trad. José Paulo Paes. São Paulo, Cultrix, 1990.

Título	*Antologia do Poema em Prosa no Brasil*
Organizador	Fernando Paixão
Ilustrações	Sergio Fingermann
Editor	Plinio Martins Filho
Revisão	Bárbara Borges
Produção Editorial	Millena Machado
	Carolina Bednarek Sobral
	Carlos Gustavo Araújo do Carmo
Projeto Gráfico	Jorge Buzzo
Capa	Gustavo Piqueira | Casa Rex
Formato	16×23 cm
Tipologia	Objektiv (capa)
	Questa (miolo)
Papel	Cartão Supremo 250 g/m² (capa)
	Chambril Avena 80 g/m² (miolo)
Número de Páginas	376
Impressão e Acabamento	Visão Gráfica